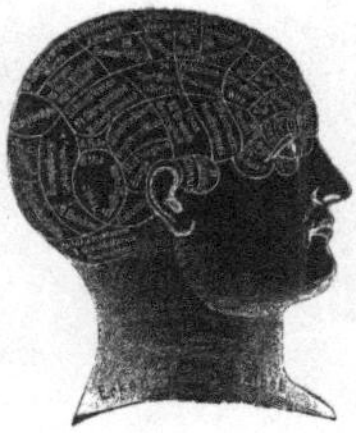

CHRISTIANE GREF /
MEIKE SCHWAGMANN

Die Schädeljäger

DAS SCHWEIGEN DER SCHÄDEL Weimar im Spätsommer 1805. Die gehobene Gesellschaftsschicht erwartet Dr. Franz Joseph Gall, der während einer Vortragsreihe seine Schädellehre vorstellen will. Als auf einer Soiree ein Leichnam ohne Kopf gefunden wird, schlägt zunächst niemand die Brücke zu Galls Lehre. Der Weinhändler Adrian Dennfelder ist aus geschäftlichen Gründen gezwungen, einen von Galls Vorträgen zu besuchen. Als nun Victor von Marbach, ein Konkurrent Galls, ihn eines Tages darum bittet, seinen Kopf vermessen zu dürfen, lehnt Dennfelder angewidert ab. Als erneut Ermordete ohne Kopf gefunden werden, geht Dennfelder der Sache einmal genauer auf den Grund. Er findet heraus, dass seine Angebetete, die Künstlerin Marie Malo, einen Liebhaber hat, einen Dichter. Dieser verdient sich einige Münzen zusätzlich mit der Suche und Bergung interessanter Schädel. In Dennfelder keimt der Verdacht, dass der Dichter sich nicht nur mit der Totengräberei begnügt …

Meike Schwagmann wurde 1971 in Lübeck geboren. Sie arbeitet als freie Mitarbeiterin für eine hessische Zeitung. Ihre Kurzgeschichten präsentiert sie auf Lesungen im Rhein-Main-Gebiet.

Christiane Gref wurde 1975 in Köln geboren. Heute lebt und arbeitet sie in Hanau. Sie ist wie Meike Schwagmann Mitglied der Autorengruppe »ZwanzigZehn«. »Die Schädeljäger« ist ihr dritter Roman und zugleich das Debüt von Meike Schwagmann und Christiane Gref im Gmeiner-Verlag.

Die Autorinnen engagieren sich außerdem bei diversen Benefizlesungen.

CHRISTIANE GREF /
MEIKE SCHWAGMANN

Die Schädeljäger

Historischer Kriminalroman

GMEINER *Original*

Besuchen Sie uns im Internet:
www.gmeiner-verlag.de

Im Ehnried 5, 88605 Meßkirch
Telefon 07575/2095-0
info@gmeiner-verlag.de

2. Auflage 2013

Lektorat: René Stein
Herstellung: Julia Franze
Umschlaggestaltung: U.O.R.G. Lutz Eberle, Stuttgart,
unter Verwendung des Bildes »Das neue Naturheilverfahren«
von Friedrich Eduard Bilz
http://commons.wikimedia.org/wiki/File:Phrenology1.jpg
Druck: CPI – Ebner & Spiegel GmbH, Ulm
Printed in Germany
ISBN 978-3-8392-1298-1

1

Der Mann liess den Eingang des Alexanderhofs nicht aus den Augen. Als er sah, dass der Professor zur Tür strebte, verließ er seinen Posten an der Straßenecke. Die Hitze des Tages stieg von den Pflastersteinen auf. Der Mann wischte sich den Schweiß vom Gesicht. Als er das Tuch sorgfältig in seiner Tasche verstaute, betrat der Professor das Gebäude.

»Sie können fahren, ich bleibe hier«, wandte sich der Mann an den Kutscher, der neben ihm wartete, und ließ drei Münzen extra in dessen ausgestreckte Hand fallen.

Der Mann war noch nie im Innern des neuen Gasthofes gewesen. Teure Holzvertäfelungen zierten die Wände, kelchförmige Vasen, gefüllt mit Rosen, standen auf Beistelltischen. Auffallend viele Bedienstete schlängelten sich an plaudernden Grüppchen vorbei, boten angenehm kühle Getränke und appetitlich arrangierte Süßigkeiten an. Der Mann wendete sich ab, als er den Gastgeber und dessen Frau erblickte. Er entschwand aus ihrem Blickfeld, ohne dass sie Notiz von ihm nehmen konnten. Im Speisesaal hatte man in moderner Manier auf eine lange Tafel verzichtet und stattdessen einzelne runde Tische aufgestellt. Hier und da rückten Bedienstete ein Besteck zurecht.

Noch standen oder saßen die geladenen Gäste in den anderen Räumen und ergötzten sich am Aperitif. Aus dem größten Saal erklang liebliche Musik. Die Fläche in der Mitte hatte man freigelassen, sodass später getanzt werden konnte. Dem Mann blieb, dank der Pünktlichkeit des Professors, genügend Zeit, seinen erhitzten Körper mit einem Glas Champagner zu kühlen, ehe er zur Tat schreiten würde.

Ein Diener balancierte sein Tablett zu einer Gruppe von Gästen, die eng zusammen standen und verschwörerisch tuschelten. Nicht ein Blick der aufgeregt diskutierenden Männer verirrte sich in ein wogendes Dekolleté. Das Thema, das sie erörterten, schien ihnen aufreizend genug zu sein.

Der Diener erreichte die Gäste und bot ihnen Wein und Champagner dar.

»... ist dieser merkwürdige Kauz doch gleich hierhergekommen, um sich auf seine Gebeine zu stürzen wie ein Hund auf den Knochen.«

»Ich mag ihn nicht. Er ist für mich nicht besser als ein Totengräber, dieser Gall«, ließ sich eine empörte Dame vernehmen. Nachdrücklich zupfte sie eine Locke zurecht.

»Liebes, er ist Wissenschaftler«, sagte der hoch aufgeschossene Mann zu ihrer Linken und legte begütigend seine Hand auf ihren Arm.

Der Diener kannte den Mann nicht, über den die Dame mit der widerspenstigen Locke hergezogen hatte, aber eines wusste er: Der Tratsch hatte wieder einmal seinen Höhepunkt erreicht.

»Wie geht es unserem ehrenwerten Dichter?«, wollte der Amtmann wissen und angelte sich als Letzter ein Glas Champagner vom Tablett.

»Nicht so gut, wie ich hörte«, kicherte die Dame.

Erleichtert, weil sein Tablett endlich leer war, ließ der Diener das Raunen hinter sich und wandte sich den Musikern zu, die erschöpft ihren Durst mit Wasser stillten.

»Es ist eine Schande«, sagte der Cellist. »Wir spielen für ein Publikum, das vorgibt, die Kunst zu lieben, und kommen mit unseren Instrumenten nicht gegen das Geschnatter an.«

Der Diener nickte verständnisvoll. Dasselbe war ihm auch durch den Kopf gegangen. Es gab Menschen in Weimar, die sich über die wunderbare Musik gefreut hätten. Nur befanden sie sich nicht auf dem Fest. Überhaupt waren die Gäste unangenehm. Er sehnte sich den Zeitpunkt herbei, an dem sie alle still sitzen und ihr plapperndes Mundwerk zum Zerkauen der delikaten Speisen benutzen würden.

Der Gastgeber, Conrad Behrmann, flanierte Arm in Arm mit seiner Frau durch den Saal. Stets aufs Neue versicherte er sich, dass es seinen Gästen an nichts mangelte, nickte wichtigen Persönlichkeiten zu, plauderte mal mit dieser ein wenig und scherzte mit jener.

»Das Kleid ist viel zu offenherzig. Ich fühle mich nicht wohl. Können wir das hier bitte abkürzen?«, raunte seine Frau ihm zu.

Behrmann lächelte zwei Herren an, die ihre Taschen abklopften und wehmütigen Blickes zur Tür schielten. »Kann ich Ihnen behilflich sein?«, sprach er sie an.

»Nun, es scheint, als hätten wir unsere Zigarren vergessen«, gab der beleibtere der beiden zurück.

Er hatte sich Behrmann noch nicht vorgestellt. Anscheinend war der dicke Mann in Gedanken ganz bei seiner Zigarre, sodass er jegliche Manieren vergaß.

»Sie finden jede Menge Tabakwaren im Salon gegenüber«, sagte Behrmanns Frau zuckersüß, die das Gespräch mitverfolgt hatte. Die beiden Herren dankten, verbeugten sich und gingen raschen Schrittes nach nebenan.

»Du bist wohl nicht bei Trost, unsere kostbaren Zigarren zu verschwenden. Die hatte ich für wichtigere Gäste vorgesehen.«

Das Lächeln auf dem Gesicht der Frau erstarb. »Es soll meinen Gästen an nichts mangeln. ›Dieses Fest soll als eines der besten des Jahres in die Geschichte Weimars eingehen‹«, zitierte sie ihren Gatten, der vor nicht ganz drei Stunden diese Worte an sie gerichtet hatte.

»Bisher ist es das auch.«

»Wie kommt es dann, dass sich einige offensichtlich nicht wohl fühlen und so aussehen, als müssten sie eine Zuchthausstrafe absitzen?«

Behrmanns Frau deutete diskret auf einen jungen Mann, der sich an einem vollen Glas Wein festhielt und trüben Blickes in die Menge sah. Weder schien er die Gesellschaft noch den Wein zu genießen. Seine Wangen waren bleich und eingefallen.

»Das ist Adrian Dennfelder«, belehrte Behrmann seine Frau. »Der schaut immer so drein.«

Lautes Gelächter lenkte Frau Behrmann ab. Drei junge Dinger hatten sich um einen Mann geschart und buhlten um seine Aufmerksamkeit. Eines der Mädchen vollführte sogar einige Tanzschritte und redete lebhaft auf ihn ein. Der Mann lächelte freundlich. Kurz überlegte sie einzugreifen. Es schickte sich nicht, derart in der Öffentlichkeit zu poussieren. Dann entschied Hermine sich jedoch, die Szene lieber aus einiger Entfernung zu beobachten. Der Mann war überaus gut erzogen, hatte für alle drei Damen ein freundliches Wort, ermunterte sie zum Reden, nickte aufmerksam in die Runde und gestikulierte nonchalant mit seinem Glas in der Hand.

Conrad war ihrem Blick gefolgt, nahm ihren Arm und strebte auf die lachende Gruppe zu.

»Herr von Marbach, darf ich Ihnen meine Frau vorstellen, Hermine Behrmann? Hermine, das ist Victor von Marbach, ein geschätzter Gast, dessen Vater ich bereits kennenlernen durfte, als ich noch ein kleiner Junge war.«

Der Mann verneigte sich und deutete einen Handkuss an. Hermine konnte nicht umhin zu erröten. Sie kam sich vor, als hätte sie die Gruppe bei weitaus schändlicheren Angelegenheiten als gemeinsamen Gelächters ertappt. Und was noch schlimmer war: Von Marbachs Lächeln war wissend.

»Es hat mich gefreut, Herr von Marbach. Sie entschuldigen mich bitte.«

Hermine ließ ihren verdatterten Mann und von Marbach stehen. Letzterem schien ihre Flucht nichts zu bedeuten, jedenfalls unternahm er keinen Versuch, sie daran zu hindern. Er wandte sich wieder den drei Grazien zu, was Hermine einen Stich versetzte.

Sie fand sich neben Adrian Dennfelder am Rande des Geschehens wieder. Bewusst drehte sie von Marbach und seiner Hühnerschar den Rücken zu und war erleichtert, dass Dennfelder sie nicht mit Plattitüden belästigte. Er hatte sich keinen Schritt bewegt. Hermine war überzeugt, dass auch kein Schluck aus seinem Glas fehlte.

Die bedeutendste Feier des Jahres schien an Dennfelder unbemerkt vorbeizuziehen.

Der Diener verließ die Musiker und begab sich in das Entree, um sich ein wenig auszuruhen. Dort standen samtbezogene Bänke und es gab viele Separees, in die man sich zurückziehen konnte.

»Karl«, hörte er jemanden seinen Namen rufen. Er stellte sich auf die Zehenspitzen, lugte über die Köpfe der Gäste hinweg. Uli kam auf ihn zu. Karl entsann sich, dass Ulrich draußen zum Dienst eingeteilt war. Er war dafür verantwortlich, dass die aufgestellten Laternen im Park brannten und genügend Decken für diejenigen bereitlagen, die es später aus der stickigen Hitze an die frische Luft zog.

Uli sah blass aus. Schweiß bedeckte sein Gesicht.

»Komm mit«, sagte Uli.

»Was ist denn?«

»Nicht hier.«

Karl folgte seinem Freund in den Park. Während Karl ging, taumelte Uli, als habe er einen über den Durst getrunken.

»Was ist dir denn?«

»Zeig ich dir. Das glaubst du mir sowieso nicht, wenn ich's dir nur erzähle.«

Als sein Blick Ulis ausgestrecktem Finger folgte, verstand Karl, was Uli meinte. Er verstand es so gut, dass er sich erbrach. Der Tote, der abseits des Weges lag, bot einen grausamen Anblick.

Dennfelder nickte Frau Behrmann zu. Sie lächelte ihn zwar an, doch er wusste, dass sie es nur aus reiner Höflichkeit tat. Mit ihren Gedanken war sie sicherlich noch bei von Marbach, auch wenn sie ihm den Rücken zukehrte. Ihr Blick wirkte abwesend. Ihre geröteten Wangen erschienen ihm lächerlich. Doch er wusste, sie war nicht die Einzige, die von Marbachs Charme erlegen war. Der Name schien wie ein Fluch über der weiblichen Gesellschaft Weimars zu liegen. Dennfelder nickte Frau Behrmann nochmals zu und entschied, sie sich selbst zu überlassen.

Karl hatte Uli zur Hauptwache geschickt. Er selbst hatte sich ein paar Schritte von dem Leichnam entfernt, hin und her gerissen, seine Herrschaften zu informieren oder aufzupassen, dass nicht einer der Gäste aus Versehen auf den Toten stieß. Hätte er Uli doch erst zur Küche geschickt, der Sohn des Stallmeisters hätte ebenso gut zur Polizei laufen können. Und schneller wäre er allemal gewesen. Karl wischte sich mit seinem Hemdsärmel über die Stirn. Irgendwo in der Nähe stimmte ein Vogel ein wütendes Klagen an, im selben Moment sah Karl ihn aus den Sträuchern auffliegen. Ganz sicher hat ihn nur die Katze aufgeschreckt, versuchte er sich zu beruhigen. Trotzdem lief ihm ein kalter Schauer über den Rücken. Von der Terrasse erklang das helle Lachen einer Dame. Am liebsten würde Karl fortlaufen. Wenn ihm doch nur nicht so übel wäre. Und wie lange brauchten die Polizisten denn noch? In diesem Moment vernahm er Stimmen und eilige Schritte. Endlich!

Friedemann, der Sohn des Stallmeisters, drückte sich am Vorhang zu den Gesellschaftsräumen herum. Bevor Karl das letzte Mal zu den Gästen gegangen war, hatte er ihm aufgetragen, mit einem frisch gefüllten Tablett am Vorhang zu warten. Jetzt balancierte Friedemann das Tablett in seiner Hand. Doch wo war Karl? Ob er ihn falsch verstanden hatte? Friedemann setzte das Tablett auf das kleine Tischchen neben sich und schob den Vorhang gerade so weit zur Seite, dass er in den Raum spähen konnte. Ein Gast mit einem Glas Wein in der Hand verschwand in einem der

Separees. Friedemann war gerade einmal zehn Jahre alt, dennoch wusste er, dass auf den Festen der hohen Herren schon so manche junge Dame mit geröteten Wangen, in der Hoffnung unentdeckt zu bleiben, in eines der Separees schlich. Nur Augenblicke später nahm ein unbekümmerter Herr den gleichen Weg. Welche junge Dame wohl auf diesen Herrn wartete? Er sah so ernst aus.

Hermine Behrmann kicherte, als von Marbach mit seinen Fingern die Linie ihrer Stirn nachzeichnete. Sie hatte nicht lange gebraucht, sich wieder der geselligen Runde von Marbachs zu nähern. Als Vorwand hatte sie ihrem Mann eine Nichtigkeit ins Ohr geflüstert. Und ihre Einsicht wurde belohnt: Die Schädellehre dieses Wiener Doktors Gall war in aller Munde und hatte den Vorteil, besonders zur Freude der Damen, dass einige interessante Spielereien daraus erwuchsen, die auf den Gesellschaften überaus beliebt waren. Als von Marbach vorschlug, ihren Kopf abzutasten, um die Geheimnisse ihres Wesens ans Licht zu bringen, brauchte Hermine zur Überredung nur einen Blick in die enttäuschten Gesichter der jungen Damen zu werfen, um lächelnd zuzustimmen. Von Marbachs Blick wich sie allerdings aus.

Friedemann beobachtete, wie der Mann wieder aus dem Separee heraustrat. Nun war er gespannt, welche Dame gleich folgen würde. Da erwischte ihn etwas von hinten, sodass Friedemann in den Vorhang taumelte, in den er sich Hilfe suchend krallte.

»Friedemann, was stehst du hier im Weg?«

Wie eine Quaste baumelte Friedemann im Vorhang und blickte dem anderen Diener hinterher, der mit zwei

Schüsseln in der Hand durch die Tür des Speisesaals verschwand.

Der Herr aus dem Separee war stehen geblieben und sah ihn belustigt an.

»Wenn du deine Beine wieder findest, könntest du mir eine Kutsche rufen.«

Friedemann rappelte sich hoch und strich seine Kleider glatt. Zur Antwort senkte er den Kopf und verneigte sich.

Victor von Marbach strich mit der Daumenkuppe über die Augenbrauen Hermine Behrmanns.

»Ihr Mann sagte, Sie hätten sich nicht ein Mal in Ihrem Leben verloren …«, von Marbach hielt inne und spitzte seine Lippen. Dann löste er seine Hände von ihrem Haupt. Für einen Moment senkte er den Blick.

Hermine schluckte. War er verlegen? Konnte das sein? Nein, nicht der weltgewandte, der Frauenherzen verschlingende Victor von Marbach! Oder doch? In ihr wuchs das lähmende Gefühl der Verzückung. Nein, sie durfte nicht. Sie trat einen Schritt zurück.

Er hob den Kopf. »Verzeihen Sie meine ungelenken Worte, wie stümperhaft von mir. Die Wahrheit ist«, Victor von Marbach glitt ein Lächeln über das Gesicht, »Ihr Mann hält große Stücke auf Ihren Orientierungssinn. Er sprach davon, dass Sie, wenn Sie einmal einen Ort besucht haben, ihn jederzeit, um nicht zu sagen, mit verbundenen Augen wiederfinden könnten. Ist das wahr, Frau Behrmann? Ist es Ihr größtes Geheimnis, dass Sie sich ohne Hilfe Ihres Gatten in unserer Welt zurechtfinden?«

Hermine Behrmann fühlte sich kein Stück besser als eine der Damen, über die sie sich Augenblicke zuvor noch so erhaben gefühlt hatte. Sie warf einen Blick auf ihren Mann. Konnte der Nichtsnutz sie nicht aus dieser Situation retten, in die sie sich dummerweise selbst begeben hatte? Orientierungssinn, völlig unbrauchbar für eine Frau, dachte sie, als würde eine Frau überhaupt die Gelegenheit bekommen, sich zu verlaufen. Doch wie recht von Marbach hatte. Es ging darum, zu verlieren, sich zu verlieren. Den dümmsten Fehler zu begehen, den eine Frau tun konnte. Wenn sie nicht aufpasste, würde sie sich vor den Augen ganz Weimars lächerlich machen. Aber dafür hatte sie nicht diesen Kauz geheiratet, damit sie sich bei der ersten Gelegenheit ihre eigene Arbeit, ihr eigenes Ansehen selbst verdarb.

Sie wollte gerade zu einer Antwort ansetzen, als sie hinter von Marbach den Diener Karl auftauchen sah. Er trug kein Tablett in seinen Händen, schaute sich nicht wohlsorgend bei den Gästen um. Was machte er? Sein Blick schweifte durch den Saal – wie unverfroren.

Keine gute Art, Karl, dachte sie. Sie musste ihn verwarnen, sobald wie möglich. Sie sah, wie Karl anscheinend gefunden hatte, was er suchte – er eilte auf jemanden zu. Hermine Behrmanns Blick folgte seinem eiligen Schritt. Er stob direkt auf ihren Mann zu, der sich anscheinend von der Gruppe entfernt hatte. Wann war das geschehen? Er hatte doch gerade noch neben ihr gestanden. Nun unterhielt er sich mit diesem unangenehmen Menschen, der tatsächlich die Hälfte des Jahres im ungemütlichen England weilte. Kaum hatte Karl ihn erreicht, flüsterte er ihm etwas ins Ohr – ohne zu warten, bis dieser sein Gespräch beendet hatte. Was war nur mit diesem Diener los?

Dennfelder wartete auf Nachricht, dass seine Kutsche eingetroffen sei. Merkwürdigerweise waren alle Diener aus dem Vorraum verschwunden, waren sie doch vor Kurzem noch in Scharen präsent gewesen. Er schaute zur Tür, wartete, tippte mit der Schuhspitze auf den Fußboden. Kurze Zeit später tauchte der Junge aus dem Vorhang wieder vor ihm auf, die Augen ohne Furcht auf ihn gerichtet. Er schien etwas außer Atem zu sein, die Wangen wirkten erhitzt, wahrscheinlich hatte er seinen Auftrag so schnell wie möglich zu erfüllen versucht. Der Junge erstaunte ihn. Er hätte vermutet, dass er das Weite suchen würde, sobald sich ihm die Gelegenheit dazu böte. Immerhin hatte er den Jungen in einer äußerst peinlichen Lage gefunden. Mutig! Das gefiel Dennfelder. Er schürzte die Lippen und überlegte. Wie hoch wohl sollte der Lohn für diesen wagemutigen Burschen ausfallen? Zu viel als auch zu wenig könnte den Geist verderben.

»Mein Herr, ist etwas? Soll ich die Kutsche wieder fortschicken?«

Eine Spur Verunsicherung glomm in den hellen Augen Friedemanns auf. Dennfelder schmunzelte. »Nein, Junge, es ist alles in Ordnung. Hier dein Lohn für so viel Eifer.« Er drückte ihm eine kleine Münze in die Hand. Sie reichte, um sich der Loyalität des Jungen für das nächste Mal zu versichern. Ohne ihn weiter zu beachten, wandte Dennfelder sich um.

Noch ehe er den Knauf umfasste, wurde die Tür von außen aufgezogen. Dennfelder trat einen Schritt zur Seite, um dem Ankömmling nicht wider Willen um den Hals zu fallen. Es war ein Polizist, der sich zwar nicht die Zeit nahm, ihn anzuschauen, aber trotzdem das Wort an ihn richtete. Im Vorbeigehen, die Hand erhoben, um schon von vornherein alle Fragen im Keim zu ersticken.

»Niemand verlässt den Gasthof!«

Trotz des noblen Äußeren erinnerte er Dennfelder an eine Vogelscheuche. Er ging so aufrecht, als hielte ihn ein Stock im Rücken. Das Gesicht war von Falten zerfurcht. Doch die Augen glänzten voller Tatendrang.

»Was ist denn geschehen?«, murrte Dennfelder unwillig.

Die Vogelscheuche warf ihm einen hastigen Blick zu.

»Ich bin Inspektor Niemer. Und Sie sind?«

»Adrian Dennfelder.«

»Begleiten Sie mich bitte wieder hinein in den Salon. Ich werde mich zu gegebener Zeit erklären. Und du kommst auch mit, Junge!«

Friedemann sah mit großen Augen zu dem hageren Mann empor, wurde von ihm unsanft nach vorne geschoben und lief schließlich mit zitternden Beinen vor den Männern her.

Hinter den Dreien strömten weitere Polizisten ins Foyer und durchmaßen in kleinen Gruppen die anderen Räume. Überwältigt von der Schnelligkeit der Männer lehnte sich Dennfelder an die Wand und harrte der Dinge, die da unweigerlich kommen würden. Er hatte darauf geachtet, sich so zu positionieren, dass er die Ansprache des Inspektors hören konnte.

Conrad Behrmann sah sich mit fahlen Wangen im Raum um. Hermine flüsterte von Marbach eine Entschuldigung zu und ging zu ihrem Mann.

»Ah, Hermine, da bist du.«

Irrte sie sich oder bebte er vor Fassungslosigkeit? »Was ist los?«, flüsterte Hermine.

»Wir haben eine Leiche im Park.«

Hermine rang um ihre Contenance. Sie fächelte sich mit beiden Händen Luft ins Gesicht, viel zu wenig, um ihren flatternden Atem zu beruhigen.

»Wer?«, krächzte sie und erkannte ihre Stimme nicht wieder.

»Ich weiß es nicht. Die Polizei muss jeden Moment hier sein.«

Es verstrichen tatsächlich nur wenige Augenblicke, bis Uniformierte den Raum betraten. Ein Diener deutete auf die Behrmanns, die Seite an Seite standen und so aussahen, als müssten sie zum Gefecht ausrücken.

Dennfelder beobachtete die Szene von seinem Standort aus. Hermine Behrmann hatte er unterschätzt. Sie hielt sich besser als ihr Mann, der abwechselnd rote und dann wieder blasse Wangen bekam, als könne sich seine Haut nicht für eine Temperatur entscheiden. Er schien auch nicht in der Lage zu sein, dem Inspektor zu antworten. Hermine gab für ihn Auskunft, untermalte ihre Worte mit anmutigen Gesten. Der Inspektor schien zufrieden. Er drehte sich einmal im Kreis, inspizierte die gaffende Festgesellschaft und wartete, bis die Polizisten alle Gäste in den Saal bugsiert und an den Türen Stellung bezogen hatten.

Der Inspektor klatschte in die Hände. Augenblicklich erstarb das aufgeregte Flüstern ringsum.

»Sehr verehrte Anwesende. Es tut mir leid, diese Feier

für beendet zu erklären und Sie dennoch zu bitten, den Alexanderhof nicht zu verlassen. Halten Sie sich für Fragen bereit. Verzichten Sie auf Mutmaßungen und konzentrieren Sie sich auf Geschehnisse, die Sie möglicherweise beobachtet haben. Wir werden versuchen, uns für jeden von Ihnen genügend Zeit zu nehmen.« In den letzten Worten lag eine gewisse Schärfe, wie Dennfelder feststellte.

Stille senkte sich über den Saal. Mit großen Augen schauten die Gäste umher, versuchten zu ergründen, was sich Abscheuliches zugetragen hatte. Niemand wollte auffallen und doch machte sich jeder verdächtig.

Eine korpulente Dame neben Dennfelder konnte sich nicht mehr auf den Füßen halten. Unbeholfen fing er sie auf, konnte nicht verhindern, dass seine Hand am unteren Rand ihres Korsetts Halt suchte, das daraufhin ein hässliches Knirschen von sich gab. Angesichts der nicht eben leichten Person ging er unfreiwillig in die Knie und war erleichtert, als ihm die Fracht von einem Diener abgenommen wurde, der sie auf einen Stuhl setzte und sich bei den Umstehenden nach Riechsalz erkundigte. Als Dennfelder den Blick hob, sah er, dass von Marbach nur wenige Schritte entfernt stand, seine Lippen waren amüsiert gekräuselt.

Ulis und Karls Vernehmung dauerte am längsten. Die beiden waren aufgeregt, wiederholten sich des Öfteren und fielen sich gegenseitig ins Wort.

Inspektor Niemer hielt sie für unschuldig. Er erkannte Lügner, wenn er sie sah. Diese Burschen waren ehrliche Häute, das spürte er. Leider konnten sie nichts zur Aufklärung beitragen. Kopflos sei die Leiche gewesen. Nun, das war offensichtlich. Den Kopf hatten Niemers Männer noch nicht entdeckt, obgleich sie mit hellen Laternen immer und immer wieder den Park absuchten. Das viele Blut wies darauf hin, dass der Mann im Park ermordet worden war. Die Leiche war, sah man einmal vom fehlenden Haupt ab, unversehrt. Es zeigten sich nicht die geringsten Kampfspuren an Haut oder Kleidung. Wohlgefällig waren alle Knöpfe und Schließen noch an Ort und Stelle. Der Siegelring am rechten Zeigefinger hatte dem Toten schließlich zu seinem Namen verholfen, denn der Schmuck wurde mehrfach von den Gästen erkannt: Es handelte sich um Professor Ferdinand Paul Schilling, der an der Universität in Jena Geisteswissenschaften gelehrt hatte.

Inspektor Niemer saß mittlerweile in seiner Amtsstube und vergrub stöhnend die Stirn in seinen Handinnenflächen. »So weit so gut, wir haben einen toten Professor ohne Kopf. Wurde das weise Haupt inzwischen gefunden?«

»Nein«, gab Unterinspektor Weiland mit belegter Stimme zurück.

»Das ist niederträchtig.«

»Mord ist immer infam«, bekundete Weiland und reichte seinem Vorgesetzten ein Glas mit Selbstgebranntem.

Der Inspektor trank es leer und lächelte dankbar. Dann hielt er das Glas in die Höhe und zog die Augenbrauen zusammen.

»Apropos Schnaps. Dieser Dennfelder, irgendwas stimmt mit dem Kerl nicht. Der war so still. Ich glaube, wir sollten ihm morgen einen Besuch abstatten. Unangekündigt, ganz früh, da sind sie immer besonders hilflos, diese ruhigen Gesellen.«

2

Es KLOPFTE. Dennfelder stützte sich seufzend auf die Armlehne, seine Schreibfeder hielt er sorgsam über das Tintenfass. Er sah zur Tür. Wenn es seine Schwiegermutter Martha Starken wäre, würde sie hereinstürzen, ohne die dazugehörige Aufforderung abzuwarten. Doch nichts passierte. Also musste eine Person mit mehr Manieren vor der Tür stehen – sein getreuer Hausdiener Lambrecht zum Beispiel.

»Herein!«, rief Dennfelder. Er schloss für einen kurzen Moment die Augen, gerade so lange, bis er hörte, wie die Türklinke vollends heruntergedrückt wurde. Der Türöffner wies eine mechanische Tücke auf, wodurch die Falle erst im letzten Moment des Herabdrückens in der Art nachgab, als hätte sie sich zuvor gegen das Öffnen gewehrt und gäbe nun jeden Widerstand auf. Dabei verursachte die Falle ein lautes Klacken, als sie endlich aus dem Schließkolben sprang. Als Dennfelder dieses Klacken vernahm, öffnete er seine Augen wieder.

Elsa Luise, die junge Frau Dennfelders, saß in ihrem Privatsalon am anderen Ende des Flures im ersten Stock ihres Stadthauses und stickte. Ihre Mutter, die Witwe Martha Starken, stand am Fenster und blickte missmutig hinaus.

»Liebes Kind, wie kannst du nur in diesem schrecklichen Licht deine Arbeit verrichten? Ich kann mir kein günstigeres Zimmer vorstellen, was dem Sticken so wenig zuträglich wäre wie dieses hier. Überhaupt ist Weimar so … so dunkel.«

Elsa Luise nickte. Allerdings galt das Nicken ihren letzten Stichen, die sie gerade zählte. Ihrer Mutter hatte sie gar nicht richtig zugehört.

»Wenn dein werter Herr Papa dies sehen könnte, aber ach, was klage ich?«, jammerte die Witwe und schnäuzte sich in ihr besticktes Taschentuch. »Dein werter Herr Papa, Gott hab' ihn selig, hätte deinen Gatten unterstützt. Ja, auf eine gewisse Art sind die Männer doch alle gleich. Das Geschäft, das Geschäft! Es ist das Einzige, was sie wirklich interessiert.«

Elsa Luise schüttelte verärgert den Kopf. Nun hatte sie sich doch verzählt. Ihre Mutter wertete dies als Zustimmung.

»Mein liebes Kind, quäle dich doch nicht. Gehe zu deinem Gatten. Er soll sich umsehen. Nach einem anderen Haus. Gleich in Halle. Das wäre sowieso viel günstiger für uns. Das Geschäft ist doch viel zu weit entfernt. Wie will er das von hier aus betreiben? Das ist völlig absurd.«

Dann setzte sich Martha Starken auf einen Stuhl am Fenster und schwieg. Es schien, als wäre ihr von der einen auf die nächste Sekunde entfallen, wie sie weiterhin Worte bilden konnte, die so gleichmäßig aus ihrem Mund sprudelten wie Wasser aus einem Wasserspeier. Sie wirkte geradezu unschuldig, wie sie nun dasaß, die Hände im Schoß gefaltet, der Rücken gerade, den Blick durch das Fenster auf die vom Regen tropfenden Blätter der vor dem Fenster stehenden Eiche gerichtet.

Elsa Luise biss den Faden durch, legte ihre Arbeit neben sich in den dafür vorgesehenen Korb und stand auf.

Lambrecht trat in die Bibliothek, verbeugte sich und verkündete: »Herr Inspektor Niemer wünscht Sie zu sprechen, mein Herr.«

Dennfelder schaute Lambrecht an, der seinem Blick standhielt. Keiner von beiden verriet, was er bei der Ankündigung dieses Namens dachte. Lambrecht war ein Meister darin, seine Mimik zu kontrollieren, genau wie sein Brotgeber. So vergingen einige Sekunden. Schließlich schmunzelte Dennfelder.

»Sehr gut, Lambrecht. Ich frage mich, wer kommen muss, um Sie aus der Fassung zu bringen.«

Die Gesichtszüge des Dieners zuckten, glätteten sich wieder, dann konnte er ein leichtes Grinsen nicht mehr unterdrücken. »Soll ich Ihrem Gast ein Glas Wein in den Salon bringen?«

Dennfelder steckte die Schreibfeder in den Halter, lehnte sich zurück und schaute mit gefalteten Händen zum Fenster hinaus.

»Was für ein Sommertag, es regnet seit dem Morgengrauen! Lambrecht, Lambrecht, was kann ein solcher Tag schon hervorbringen?« Er seufzte. »Nein, keinen Wein, Niemer trinkt keinen Wein. Dessen bin ich mir sicher.«

Lambrecht wartete.

»Bringen Sie ihm lieber eine Karaffe mit Wasser. Und bieten Sie ihm einen Kaffee an. Und – ich habe später eine Verabredung im ›Schwanen‹. Sorgen Sie dafür, dass um kurz vor Elf mein Mantel bereit liegt. Ich hoffe, ich kann den Termin einhalten.«

Lambrecht verbeugte sich und verließ die Bibliothek.

Niemer also. Dennfelder hätte es sich denken können. Im Gegensatz zu Lambrechts Gedanken meinte er Niemers lesen zu können wie ein offenes Buch.

Elsa Luise eilte auf die Bibliothek zu, als Lambrecht gerade die Tür zu zog.

»Lambrecht, wie gut, dass ich Sie treffe. Ist heute Post für meine Mutter gekommen?«

Lambrecht verneigte sich. »Sie liegt auf dem Tablett im Speisesaal, gnädige Frau.« Er konnte sich gerade noch ein »wie immer« verkneifen.

»Gut, bringen Sie sie bitte in meinen Salon, meine Mutter erwartet sie. Ich nehme an, mein Gemahl ist in der Bibliothek?« Sie drängte sich an Lambrecht vorbei, um an die Tür zur Bibliothek zu klopfen. Als sie schließlich hinter der Tür verschwand, schüttelte Lambrecht den Kopf. Seine junge Herrin hatte diesem Haus noch nicht lange vorgestanden, als das Schicksal ihr die andauernde Gegenwart ihrer Mutter bescherte. Schien sie sich zuvor langsam an ihre neue Rolle zu gewöhnen und die anfängliche Unsicherheit zu überwinden, war davon seit der Ankunft Martha Starkens nichts mehr zu spüren. Im Gegenteil, Lambrecht fand, sie wirkte mit jedem Tag hilfloser.

»Adrian, wir müssen sprechen! Meine Mutter …«

In dem Moment wurde die Tür aufgerissen und Martha Starken rauschte ins Zimmer.

Dennfelder hatte für den Auftritt seiner Schwiegermutter nur ein Augenrollen übrig. »Inspektor Niemer wartet im Salon auf mich. Wir müssen unser Gespräch leider auf einen späteren Zeitpunkt verschieben.« Unbeholfen tätschelte er Elsa Luises Schulter. Seine Frau hielt ihren Blick nun gesenkt und betrachtete mit rotgefleckten Wangen ihre vor dem Bauch gefalteten Hände.

»Inspektor Niemer? Was, in Gottes Namen, hat ein Inspektor in diesem Haus zu suchen?« Martha Starken hatte sich neben ihren Schwiegersohn aufgebaut.

»Ich bin gerade auf dem Weg, dieses herauszufinden«, wandte sich Dennfelder geduldig an sie.

»Ich wette, er will endlich von diesem Wucherer weg, der den schlechtesten Wein von ganz Sachsen-Weimar* anbietet.«

Dennfelder sah sie verwundert an. Die Fantasie seiner Schwiegermutter erstaunte ihn immer wieder. Dennoch ließ er sie in ihrem Glauben. Sicherlich hatte sie noch nichts von dem Tod des Professors gehört. Doch er sah es nicht als seine Aufgabe an, sie darüber zu informieren. Wozu traf sie sich jeden Nachmittag mit ihren neuen Freundinnen? Er ging zu seinem Schreibtisch und verschloss das Tintenglas. Wie gewohnt untersuchte er es noch einmal auf Tintenspuren, bevor er es zurück auf den Schreibtisch stellte. Die Feder legte er in ein mit Holzornamenten verziertes Kästchen neben das Tintenfass. Das Blatt, an dem er gearbeitet hatte, kam in die oberste Schublade, die er mit einem kleinen goldenen Schlüssel versperrte. Der Schlüssel wanderte in seine Brusttasche. Er schenkte den Damen zum Abschied ein bedauerndes Lächeln, sagte »Ich muss leider« und wandte sich zum Gehen.

Martha Starken eilte nur Augenblicke später mit Elsa Luise im Schlepptau durch den Flur in Richtung des kleinen Privatsalons. Sie musste unbedingt mit ihrer Tochter den ungewöhnlichen Besuch erörtern.

Ein Junge betätigte den Glockenzug am Haus Nr. 17 in der Breiten Gasse. Seine Kleidung war vom Regen ganz durch-

* Das heute zum Bundesland Thüringen zählende Weimar gehörte damals zum Herzogtum Sachsen-Weimar.

nässt. Während er darauf wartete, dass jemand öffnete, rieben seine Zehen in der weichen Matte. Als er das dritte Mal nieste, öffnete sich die Tür und ein Diener steckte mürrisch seinen Kopf heraus.

»Was treibst du dich hier herum, Bursche? Wenn du Hunger hast, komm zum Dienstboteneingang, ansonsten scher dich.«

Der Diener zog seinen Kopf wieder zurück und wollte gerade die Tür schließen, als der Junge mit beiden Händen gegen die Tür drückte. Der Diener gab dem Druck nach und schaute den Buben fragend an. Dieser griff in seine Hosentasche und zog ein kleines Päckchen heraus, das gerade in seine Handfläche passte. Es war in ein weißes Tuch gewickelt und mit einem Band verschlossen. Er hielt dem Mann das Päckchen entgegen.

»Was ist das?«

Der Junge deutete mit der anderen Hand auf das Päckchen und schaute ihn eindringlich an.

Der Diener nahm es zögerlich. »Von wem ist es? Wer schickt dich?«

Der Junge griff erneut in seine Tasche und zog ein Stück zerknittertes Papier heraus, das er dem Diener hinhielt.

»Kannst du nicht sprechen, was ist?«

Wie zuvor hüllte sich der Junge in Schweigen. Mit einer Handbewegung erneuerte er seine Aufforderung an den Diener, endlich das Papierstück zu nehmen. Dabei färbten sich seine Wangen rot. Der Diener griff jedoch anstelle des Papiers den Haarschopf des Jungen und bog seinen Kopf nach hinten.

»Mach den Mund auf!«, befahl er ihm.

Der Junge presste seine Lippen zusammen und schloss die Augen.

»Nun mach schon, dir passiert schon nichts«, sagte der Diener nun etwas sanfter.

Langsam öffnete der Junge den Mund.

»Mein Gott!« Der Diener ließ den Schopf los, ergriff das Papier und trat einen Schritt zurück. Der Junge stand mit hängendem Kopf vor ihm. Als der Diener seine Fassung wieder gewonnen hatte, sagte er: »Komm nach hinten, Junge, am Herd kannst du deine nassen Kleider trocknen.«

Dennfelder erreichte den Schwanen mit dem elften Glockenschlag der Turmuhr. Wegen Niemer war er zu spät, obwohl das Gespräch Dennfelders Meinung nach reine Zeitverschwendung gewesen war. Auch Niemer wird darauf kommen, dachte er. Er zog seine Taschenuhr heraus und warf einen Blick darauf. Wenigstens die funktionierte, wie er es wünschte. Dabei hatte er nicht gedacht, dass der neue Uhrmacher so sorgfältig arbeitete, machte er doch eher den Eindruck von Unaufgeräumtheit. Jedenfalls war dessen Kleidung für Dennfelders Geschmack etwas zu nachlässig. Aber er hatte sich wohl getäuscht, der Uhrmacher hatte wirklich gute Arbeit geleistet – was man von seinem Vorgänger nicht behaupten konnte. Dennfelders Mundwinkel verzogen sich verächtlich, als er an den dicken, schwitzenden Mann dachte, die Hände viel zu ungeschickt für so einen Beruf. Er war ein Nichtsnutz, ein Schurke. Ihm hatte einfach die Akkuratesse gefehlt.

Dennfelder zog die schwere Holztür vom Schwanen auf. Der Wirt, gerade in seine Abrechnungen vertieft, hob den Kopf. Ein freundliches Lächeln glitt über sein Gesicht.

»Herr Dennfelder! Ich heiße Sie willkommen. Wie geht es Ihrer lieben Frau Gemahlin?«

»Danke, gut.« Dennfelder nahm sich den Hut vom Kopf und wischte mit der Hand über die nasse Krempe. »Ich nehme an, ich werde erwartet?«

»Ja, natürlich!« Der Wirt legte die Schreibfeder zur Seite und umrundete den Tresen. »Und ich habe ihm die zwei Weine präsentiert, wie Sie es mir aufgetragen haben.«

Er eilte auf seinen kurzen Beinen auf eine der zwei Türen zu, die sich dem Gastraum anschlossen. Bevor er klopfte, wischte er sich mit den Händen über seinen stattlichen Bauch, als hätte er gerade eine schmutzige Arbeit verrichtet.

»Kommen Sie, Herr Dennfelder, der Herr wartet in diesem Salon auf Sie.«

Aus dem Inneren des Raumes ließ sich ein dumpfes »Treten Sie ein!« vernehmen.

Der Gastwirt öffnete die Tür und steckte seinen Kopf durch den Spalt.

»Mein Herr, Ihr Gast, Herr Dennfelder, …«

»Bitte, bitte, lassen Sie ihn doch endlich herein!«

Dennfelder spitzte die Ohren: Die Stimme war freundlich, gleichzeitig bestimmend, auf keinen Fall unhöflich. Aber doch etwas zu weich, zu hell. Sollte das die Stimme des Mannes sein, der zukünftig seine Geschäfte in Halle regeln sollte?

Der Gastwirt ließ Dennfelder eintreten.

»Kann ich Ihnen noch zu Diensten sein, Herr Benner, vielleicht noch etwas Wein?«

»Ja, bringen Sie noch etwas von dem Tropfen, dem Letzten, der war besser. Der erste taugt nicht, schon gar nicht für den werten Herrn Dennfelder.«

Benner stand nun auf und wandte sich Dennfelder zu. Mit der Serviette in der Hand wies er auf seinen reich gedeckten Tisch. Mit einer Geste lud er seinen Gast ein, sich zu ihm zu setzen. Die andere Hand befand sich währenddessen an seinem Mund, der kleine Finger pulte nach Essensresten zwischen den Zähnen, was ihn jedoch nicht davon abhielt weiter zu sprechen:

»Dennfelder, seien Sie mein Gast! Nehmen Sie sich, der Braten ist vortrefflich. Und auch der Pudding ist gelungen – eine Sensation, wenn Sie mich fragen.«

Dennfelder zog einen Stuhl vom Tisch zurück, und setzte sich. »Ich danke Ihnen für die Einladung, Herr Benner. Doch ich nehme mein Frühstück gewöhnlich gegen acht Uhr ein.«

»Natürlich, natürlich, entschuldigen Sie. Ich weiß, es ist unhöflich, so ein wichtiger Termin. Dennoch, mein Magen ist so früh nicht geneigt, Speisen zu sich zu nehmen, ohne mich danach auf das Gründlichste mit Magenschmerzen der unangenehmsten Art zu foltern. Deshalb lasse ich das Frühstück auch meist ausfallen, nur einen kleinen Happen um diese Zeit, nichts Großes!«

Dann begann er seinen fast leeren Teller wieder zu füllen.

Der Wirt trat mit einem Krug und einem weiteren Weinglas ein, das er vor Dennfelder abstellte.

»Herr Benner, kommen wir zum Geschäftlichen. Sie wissen, ich suche einen Geschäftsführer für das Weinkontor in Halle. Es war das Geschäft meines verstorbenen Schwiegervaters. Seit er …«

Eifrig nickend fiel Benner ihm ins Wort: »Herr Dennfelder, ich kann es kaum erwarten, die Angelegenheit unter Dach und Fach zu bringen. Es kribbelt mir schon in den Fingern. Sie werden sehen, Halle wird Ihr liebstes Kind werden.«

Dennfelder sah zu, wie Benner ihm schwungvoll aus dem Krug eingoss. Er erschien ihm sehr eifrig – sogar etwas zu eifrig. Dennfelder begann, an der Empfehlung Monsieur Sautiniers zu zweifeln. Benners Aussagen empfand er als plump und gewöhnlich – er war nicht der weltgewandte Geschäftsmann, den er erwartet hatte. Dennoch hatte Benner die Empfehlungen aus Berlin, Würzburg und Trier vorzuweisen. Und wenn Dennfelder seinem Lebenslauf traute, hatte er zur Weinkunde sogar alle wichtigen Länder bereist. Und immerhin hatte er den Wein in seinem Glas als den edlen Tropfen erkannt, der er war. Was also störte ihn an Herrn Benner? Dennfelder führte sein Glas zum Mund.

Lambrecht saß währenddessen mit den anderen Bediensteten in der Rittergasse am großen Küchentisch, als der Klingelzug aus dem Privatsalon Elsa Luise Dennfelders die Glocke an der weiß getünchten Wand entlang rieb und anstelle eines Glockenklangs eher ein Schaben und Scheppern hervor brachte.

»Ich gehe nicht! Auf keinen Fall! Ihre Mutter beleidigt mich jedes Mal, sie ist eine unausstehliche Person!«

Lambrecht musste ob der Worte des jungen Mädchens grinsen. Dann blies er in den heißen Kakao und steckte seine Nase in die Tasse.

Hertha, die gute Seele der Küche und für Lambrecht eine wahre Künstlerin auf dem Gebiet, einen anständigen Kakao zuzubereiten, erwiderte: »Ich verstehe dich schon, Kindchen, aber ich fürchte, Frau Starken wird noch eine Weile bei uns bleiben.«

»Für immer! Ich weiß es genau!«, jammerte das Mädchen.

»Kindchen, nun male nicht den Teufel an die Wand. Ihr Gatte ist gerade erst verstorben, sie wird einige Tage bei uns bleiben, doch dann wird sie sicherlich in ihre gewohnten Kreise zurückkehren. Nun geh schon, die gnädige Frau wartet doch.«

Das Mädchen verschränkte die Arme vor der Brust und blickte störrisch auf die Kerbe, die sich vor ihr auf der Tischplatte zeigte.

Lambrecht drehte die Tasse in seiner Hand und setzte zum letzten Schluck an. Dann stellte er sie auf den Tisch und stand auf. Der Stuhl kratzte laut über den Steinboden. »*Ich* gehe«, sagte er. »Hertha, dein Kakao war köstlich. Wie immer! Ach, und die Witwe Starken bleibt übrigens. Habe es selbst gehört. Gewöhnt euch an sie.« Damit ließ er die beiden Frauen mit aufgerissenen Mündern sprachlos zurück.

Als Lambrecht den Salon von Frau Dennfelder betrat, wurde er auch schon mit Fragen seitens Frau Starken überhäuft.

»Lambrecht, wo ist mein Schwiegersohn? Meine Tochter hat ihn bereits im ganzen Haus gesucht. Und wo ist das Mädchen? Warum kommt sie nicht? Außerdem suche ich schon den ganzen Morgen mein Taschentuch. Ich denke, ich habe es vielleicht beim Frühstück auf dem Tisch liegen gelassen. Könnten Sie sich bitte darum kümmern?«

Lambrecht nickte und beantwortete damit zumindest die letzte Frage.

»Was ist, Lambrecht, haben Sie Ihre Sprache verloren? Wo ist mein Schwiegersohn denn nun?«

»Er verließ vor einer halben Stunde das Haus, gnädige Frau.«

»Und wo ist er hin? Muss ich Ihnen denn alles aus der Nase ziehen?«

»Nein, natürlich nicht, verzeihen Sie, er ist zum Schwanen gegangen.«

Elsa Luise Dennfelder hob überrascht den Blick.

»Haben Sie ihm denn nicht gesagt, dass ich dringend mit ihm zu sprechen wünsche?«, fuhr Martha Starken mit ihrer Befragung fort.

Lambrecht zuckte zurück. »Nein, tut mir leid, ich wusste nichts davon.«

»Aber meine Tochter hat es doch dem Mädchen mitgeteilt. Dreimal mindestens.«

»Ich sagte dir doch, sie taugt nicht, du musst sie dringend ersetzen«, wandte sie sich nun an Elsa Luise. »Und dein Gatte kommt und geht, als wenn ich nicht gerade erst meinen Gatten, deinen werten Herrn Vater, Gott habe ihn selig, verloren hätte. Gestern ist er sogar auf das Fest gegangen. Auch wenn du sagst, liebes Kind, dass er aus geschäftlichen Gründen dorthin musste. Ach, du lässt ihm zu viel durchgehen«, schniefte sie. »Mein Taschentuch! Wo ist mein Taschentuch?«

Lambrecht zog den Kopf ein.

»Nun besorgen Sie doch endlich das Taschentuch, Lambrecht!«, herrschte Martha Starken ihn Sekunden später schon wieder an. »Oder schicken Sie das Mädchen! Was stehen Sie hier denn noch herum?«

Lambrecht verließ eilig den Salon und wusste, dass er das Mädchen auf keinen Fall schicken würde, bis entweder Martha Starken gegangen oder sein Herr wieder im Hause war.

Dennfelder betrachtete den Wein in seinem Glas, unschlüssig, wie er sein Gegenüber beurteilen sollte.

»Monsieur Sautinier sagte, Sie waren in Pontarlier?«

»Eine wunderbare Sache, Herr Dennfelder, Monsieur Henri-Louis Pernod ist ein Mann mit Ideen.« Herr Benner strich sich die Fingerspitzen an der Serviette ab, um gleich darauf nach einer Hähnchenkeule zu greifen.

»Sie mögen also Absinth?« Dennfelder nahm einen Schluck Wein.

»Ich weiß nicht, ob Wermut eine Frage des Geschmacks ist – obwohl die Franzosen dem wohl einen abgewinnen können. Er ist und bleibt eine Medizin. Bekanntlich hilft er gegen eine große Anzahl von Krankheiten.« Dabei rieb er sich den Bauch.

Dennfelder sah ihn interessiert an. »Sie denken also, Pernod wird mit der Großproduktion Erfolg haben?«

Benner, der gerade in die Hähnchenkeule gebissen hatte, kaute und schmatzte und dachte nach.

Dennfelder drehte sein Weinglas in der Hand und ließ den kauenden Benner dabei nicht aus den Augen. Was sollte er tun? Der Tod seines Schwiegervaters war plötzlich gekommen. Er brauchte nun dringend jemanden, der das Geschäft in Halle fortführte. Er hatte keine Zeit, lange nach einem Ersatz zu suchen. Es musste eine schnelle Entscheidung her – ein Umstand, den Dennfelder für gewöhnlich zu vermeiden suchte, so gut es ging. Schnelle Entscheidungen waren nur tauglich für schnelle Geschäftsvorgänge, beispielsweise beim Einkauf ein lukratives Geschäft riechen und dann sofort zuschlagen. Doch alle anderen Bereiche eines erfolgreichen Betriebes mussten genauestens durchdacht werden. Was also machte er nun mit Benner?

Es war nicht von der Hand zu weisen, dass seine Empfehlungen durchweg gut waren. Somit ließ er Dennfelders eigenen Kandidaten auf den Posten des Geschäftsführers weit hinter sich. Toni Weber, sein getreuer Schreiber in Weimar, hielt er zwar für sehr ehrgeizig, doch leider war er gänzlich ohne Erfahrung in der Geschäftsführung. Dennfelder ließ sich ungern etwas aus der Hand nehmen und Weber hatte kaum Gelegenheit bekommen, ihn zu vertreten.

Benner schluckte endlich den großen Bissen herunter, schmatzte ein letztes Mal und sagte dann: »Pernod ist der Mann, der Erfolg haben kann.« Dann lachte er und sagte: »Vielleicht verkauft er uns die Medizin sogar als Modegetränk.«

Begeistert von seinem eigenen Witz brach Benner in Gelächter aus und schlug sich auf die Schenkel.

Dennfelder lächelte höflich. Er war zu einem Entschluss gekommen. »Benner, wann können Sie in Halle beginnen?«

»Wenn die Bedingungen stimmen, sofort.«

3

Victor von Marbach stand im Eingangsportal seines neuen Domizils und wartete auf die Fuhrwerke, die mit seinen Besitztümern beladen waren. Sein Blick wanderte zum Himmel. Die Gewitterwolken passten zu seiner Stimmung. Bald würde die Dämmerung heraufziehen und von Marbach musste sich eingestehen, nichts getan zu haben, außer zu warten. Aber so war das im Leben: Ständig war man dazu verdammt stillzuhalten. Es sei denn, man nahm die Dinge selbst in die Hand.

Halbherzig schwang das Mädchen den verrotteten Besen, den es in einer der Dachkammern gefunden hatte. Die junge Frau war erschöpft, wie die übrigen dienstbaren Geister auch. Schließlich hatten sie den ganzen Tag das Haus geputzt, so gut es mit den vorhandenen Mitteln möglich war.

»Ihr könnt euch zurückziehen«, rief von Marbach ins Haus. »Das wird heute nichts mehr. Bald wird es dunkel. Ich werde heute Nacht in der Stadt logieren.«

Der Knecht sattelte von Marbachs Pferd und reichte seinem Herrn die Zügel.

Von Marbach hieb seine Fersen in die Flanken des Tieres, das nervös tänzelte. Stechmücken ließen sich auf dem Pferd nieder und setzten ihm zu. Von Marbach wollte noch vor Einbruch der Dunkelheit in der Stadt sein. Als er am Schlangenstein vorbei ritt, lächelte er. Und sinnierte darüber, wie passend sein neuer Wohnort gewählt war. ›Genio huius loci‹ besagte die Gravur – ›Dem Geist dieses

Ortes‹. In diesem Moment donnerte es und schon zerriss der nächste Blitz das Firmament. Die ersten dicken Tropfen fielen. Das Pferd legte die Ohren an. Die schwarzen Wolken fraßen das Abendlicht. Von Marbach trieb das Pferd noch härter an. Er kehrte der Ilm den Rücken, ritt ein gutes Stück querfeldein und gelangte schließlich auf die Hauptstraße.

Bis auf die Haut durchnässt erreichte er den Alexanderhof. Seinen Erwartungen entsprechend gab es wenige Gäste.

Ein Stubenmädchen staubte den Zierrat eines Beistelltischchens im Foyer ab.

Sie zuckte zusammen, als von Marbach hereinkam. Er lächelte sie an und sagte: »Ich wollte das Gewitter überreden zu warten, bis ich hier bin. Aber es hatte wohl seinen eigenen Kopf.«

Das Mädchen kicherte. »Es sind alle ein wenig angespannt. Sie wissen doch sicherlich, was geschehen ist?«

»Der Mord. Natürlich, ich bin im Bilde.«

»Viele sind ausgezogen, haben sich Unterkünfte in billigen Quartieren genommen. Unser Haus steht fast leer.« Das Mädchen hatte vor Aufregung rote Wangen und untermalte seine Worte mit einem wilden Schwung seines Staubwedels.

»Mir macht das nichts aus. Ich bin da nicht empfindlich«, sagte er leichthin.

»Marlene, was stehst du hier herum!«, bellte der Concierge los, kaum, dass er hinter den Empfangstresen getreten war. »Belästige unsere Gäste nicht.«

Von Marbach wandte sich dem Mann zu. »Entschuldigen Sie, werter Herr. Es war meine Schuld. Ich habe die junge Dame von ihrer Arbeit abgehalten.«

Der Concierge murmelte nun seinerseits verlegen eine Entschuldigung, straffte seine beleibte Statur und fragte: »Was kann ich für Sie tun?«

»Ich benötige ein Zimmer für diese Nacht. Mein Name ist Victor von Marbach.«

Der Concierge erbleichte, die Ausläufer seines Bartes zitterten leicht. Hastig schlug er den Folianten mit den Buchungen auf. »Sehr wohl, der Herr. Die Fürstensuite ist frei, wenn diese Ihren Ansprüchen genügt.«

»Sicher.«

»Marlene, hilf dem Herrn mit seinem Gepäck. Nein, geh vorher in die Küche und besorge dem Herrn eine Flasche Wein.«

»Ich fürchte, das mit dem Gepäck erübrigt sich, ich habe keines.«

Der Concierge stutzte.

»Ich ziehe gerade um und die Fuhrwerke haben sich verspätet.«

Marlene stand unschlüssig am Tresen.

»Was ist? Bringe Herrn von Marbach zu seiner Suite.«

»Soll ich zuerst den Wein holen oder Herrn von Marbach die Räume zeigen?«

»Erst das eine, dann das andere«, gab der Concierge zurück. Er schüttelte den Kopf. »So sind sie, die jungen Dinger. Alles muss man ihnen erklären. Wäre ja auch noch schöner, wenn sie anfangen selber zu denken.«

Die Suite genügte in der Tat von Marbachs Ansprüchen. Weitläufige Räume, mit feinstem Holz getäfelt, luden zum Verweilen ein. Über das Bett spannte sich ein Himmel aus hellblauem Stoff, der zart wie Spinnenweben in der Luft bebte. Von Marbach zog das Gespinst zur Seite. Er bevorzugte den freien Blick zur Zimmerdecke. Unter meterlangen Stoffbahnen fühlte er sich eingesperrt.

Es klopfte. Marlene blieb schüchtern im Entree stehen.

»Komm nur näher. Was bringst du mir da?«

»Einen Rotwein. Der Koch meint, er wäre gut.«

»Du kennst dich also mit Wein nicht aus?«

Sie errötete wieder. Von Marbach schmunzelte.

»Wie wäre es, Marlene, wenn wir zusammen ein Gläschen trinken? Der Genuss eines guten Tröpfchens Wein ist eine Erfahrung, die man in seinem Leben – und sei es noch so kurz – unbedingt einmal gemacht haben muss.«

Ihr Blick huschte unsicher zur Tür. »Aber ich muss …«

»Der Concierge hat gewiss Verständnis dafür, dass ich deine Dienste benötige. Immerhin musste ich mein Personal zu Hause lassen, für den Fall, dass meine Möbel doch noch geliefert werden.«

»Ich weiß nicht, ob ich die richtige Gesellschaft für Sie bin. Ich bin nur ein einfaches Mädchen.«

»Niemand auf dieser Welt ist einfach. Das musst du dir merken. Jeder Mensch ist etwas Besonderes«, sagte er scharf. Marlene ließ die Schultern hängen. Sanfter fuhr er fort: »Gerade die Menschen, die sich selbst für unedel halten, bergen die schönsten Juwelen in ihrem Geiste. Würdest du die Flasche öffnen?«

Zwei Stunden später verließ Marlene erhitzt die Suite, um eine neue Flasche Wein zu holen. Den Namen des Weins hatte von Marbach ihr aufgeschrieben. Selig presste sie den Zettel an die Brust. Sie würde ihn behüten wie ihren kostbarsten Schatz.

»Was grinst du denn so dämlich?«, fuhr der Erste Koch sie an. »Es gibt nichts zu grinsen. Wenn die Gäste für länger ausbleiben, müssen einige hier ihr Bündel schnüren. Das ist dir doch hoffentlich klar.«

Entrückt starrte sie auf die blank polierten Pfannen, die sich über der Kochstelle aufreihten.

»Man könnte meinen, du wärst verliebt«, feixte der Zweite Koch. Die Röte in Marlenes Gesicht war ihm Antwort genug.

»So? In wen denn?«, hakte der Erste Koch nach.

Marlene reichte ihm stumm den Zettel, den er ausgiebig studierte und dann Anstalten machte, ihn in das Feuer zu werfen. Marlene fiel ihm wild schreiend in den Arm, entriss ihm ihren Schatz und machte zwei Schritte zurück.

»Jetzt ist aber genug der Kinderei«, herrschte der Erste Koch sie an. »Nimm deinen Wein und troll dich. Verrückte in meiner Küche. Soweit kommt's noch.«

Am nächsten Morgen erwachte von Marbach ausgeruht und voller Tatendrang. Er bezahlte sein Zimmer und verließ frohen Mutes den Gasthof. Er ritt, gemächlich dieses Mal, nach Hause und sah halb entladene Fuhrwerke vor dem Haupteingang stehen. Zwei Männer kamen soeben hinaus. Sie zogen ihre Mützen und verbeugten sich.

»Guten Morgen, die Herren«, sagte von Marbach.

»Entschuldigen Sie die Verzögerung. Bei zweien unserer Wagen ist die Achse gebrochen. Wir mussten sie erst reparieren lassen.«

»Nun sind sie ja da«, gab von Marbach zurück und trat ins Haus.

Am Nachmittag sah sein Refugium schon wohnlich aus. Die Stubenmädchen räumten seine Kleider in die Schränke und der Knecht schleppte die leeren Kisten und Truhen auf den Dachboden. Von Marbach ließ sich am Schreibpult nieder und erledigte seine Korrespondenz. Vieles war aufgrund des Umzugs liegengeblieben. Er beendete seinen letzten Brief, als der Diener erschien und meldete, dass das Essen fertig sei.

Zufrieden mit dem Verlauf des Tages speiste er und sprach anschließend mit dem Personal seine weitere Planung durch. Die Tage würden ausgefüllt sein mit Konzertbesuchen, Empfängen oder Einladungen von bekannten Persönlichkeiten, die sich gerne selbst zur Schau stellten. Und doch lagen auch wichtige Termine vor ihm, die er zwingend einhalten wollte, wie die Vorlesungen des Schädelforschers Gall. Nachdem von Marbach von Galls Besuch in Weimer erfahren hatte, hatte er sich informiert, wann der Professor seine beliebten Vorträge halten würde. Er studierte den Plan, um sich zu vergewissern, dass alles seine Richtigkeit hatte. Der erste Vortrag sollte bereits am nächsten Tag stattfinden.

Die Menschen drängten sich aufgeregt tuschelnd vorwärts. Der Raum im ersten Stock bot nicht genügend Platz für alle Zuhörer, sodass einige kurzerhand wieder weggeschickt wurden.

»Aber meine Herren, meine Damen. Es wird noch Vorträge unseres geschätzten Professors geben. Ja, der nächste findet morgen zur gleichen Stunde statt, guter Herr«, versuchte der Saaldiener sich Gehör bei den Abgewiesenen zu verschaffen.

Von Marbach hatte sich einen Platz ergattert. Er stand in der ersten Reihe des Halbkreises, den die Zuschauer um den Professor und seinen Gehilfen Spurzheim gezogen hatten. Er stand so nah, dass er die feinen Schweißperlen sah, die sich auf den bloßen Stirnkanten des Assistenten sammelten. Kein Wunder, hatte Spurzheim doch viel zu schleppen. Ein Tisch aus massivem Holz schrammte über das Parkett. Darauf drapierte der Gehilfe allerlei Gegenstände. Einen Vermessungsring aus Metall, ein Maßband aus Stoff sowie zusammengerollte Zeichnungen von ausnehmend großem Format. Als er den echten menschlichen Schädel mit den leeren Augenhöhlen in Richtung des Publikums wandte, geschah, was sich jedes Mal zutrug: Die Damen seufzten auf, der eine oder andere spitze Schrei, gefolgt von peinlich berührtem Gelächter, durchschnitt die vor Anspannung dicke Luft. Ungerührt von den Lauten der Umstehenden befestigte Spurzheim das Anschauungsstück auf einer Halterung. Dabei ging er sehr vorsichtig zu Werke, um Kratzer zu vermeiden. Das gesamte Schädeldach war in verschiedene Zonen eingeteilt und samt und sonders akribisch beschriftet.

Gall stand wie aus Stein gemeißelt und sah ruhig in die Runde. Er strahlte jene heitere Gelassenheit eines Mannes aus, der sich seines Sieges bereits sicher ist.

»Werte Herren, gnädige Damen. Sie sind das Wagnis eingegangen, etwas zu erleben, das Sie verändern wird. Ich verspreche Ihnen, dass Sie nicht mehr die sein werden, die Sie waren, bevor Sie durch diese Türe kamen.«

Gall deutete auf den Eingang. Das Getuschel verebbte. Der Professor besaß jetzt die volle Aufmerksamkeit der Zuhörerschaft.

»Was denken Sie, haben Sie mit diesem jungen Mann hier gemein?« Er deutete auf den Schädel.

»Gar nichts«, tönte ein älterer Mann aus dem Publikum.

Gall schien mit einem Einwand gerechnet zu haben. Er schmunzelte und sagte: »Dann treten Sie doch einmal nach vorne zu mir.«

»Das würde ich ja gerne«, ächzte der Mann. Die Leute wollten den Blick auf die Geschehnisse nicht verlieren und verharrten eisern auf ihren Plätzen. Er setzte seine Ellenbogen ein.

»Werte Herrschaften, lassen Sie doch bitte den netten Mann durch«, mahnte Gall.

Das Gefühl, aus vielen Augenpaaren begafft zu werden, zügelte das unwirsche Gebaren des älteren Mannes mit der Knollennase gehörig. Scheu starrte er den Professor an.

»Hier bin ich also«, sagte er leise.

»Ich bitte Sie nun, nichts von sich preiszugeben. Ich werde nicht nur Ihren Beruf erraten, sondern auch Ihre Stärken ans Tageslicht bringen. Die Schwächen wollen wir für heute erst einmal beiseitelassen.«

Spurzheim hatte nur auf seinen Einsatz gewartet und reichte dem Professor den Metallring.

»Wären Sie so gut, Ihre Perücke zu entfernen?«, bat Gall. Der Alte schluckte und zog beschämt das Haarteil vom Kopf.

»Ideale Voraussetzungen für eine Vermessung, möchte man meinen.«

Das Publikum lachte und ein rötlicher Schimmer zog sich über die Glatze des Kauzes. Widerstandslos ließ er sich den Metallring um den Schädel legen. Auch als Gall die Feststellschraube Drehung um Drehung zuzog, zuckte er nicht zurück.

»Spurzheim, notieren Sie: Umfang 71 Centimeter.«

»Das hätte ich Ihnen auch sagen können«, murrte der Mann.

»Geduld, mein Bester. Ein paar Messungen müssen wir noch machen, aber gleich wird es spannend.«

Gall vermaß den Halsumfang, ebenso die Länge des Kopfes. Er betastete die Stirn des Mannes oberhalb der Augenbrauen, dann wanderten seine Finger zu den Wangenknochen. Gall diktierte seinem Assistenten Zahl um Zahl.

Die Zuschauer wurden allmählich unruhig.

»So, das hätten wir.« Gall klopfte dem Mann auf die Schulter. »Sind Sie bereit, die Wahrheit über sich zu erfahren?«

Der Kauz ließ sich schwer auf den Stuhl fallen, den Spurzheim ihm anbot. Er kratzte sich den gewaltigen Backenbart und nickte schüchtern.

»Nun, Sie sind ein praktisch veranlagter Mensch. Komplexe Gedankengänge und viel Drumherum sind Ihnen ein Gräuel.«

Die Lippen des Mannes formten sich zu einem verwunderten Rund.

»Sie besitzen viel Humor und Tatendrang. Außerdem sind Sie jemand, der lieber Befehle gibt, als sie zu empfangen. Sonderlich gläubig scheinen Sie mir auch nicht zu sein. Alles Klerikale scheidet bei Ihnen als Beruf aus.«

Gall stellte sich hinter seinen Stuhl und legte ihm die Hände auf die Schultern, den Blick unverwandt ins Publikum gerichtet.

»Ihr Schädel spricht zu mir und ich möchte wetten, Sie sprechen tagein, tagaus mehr als jeder andere von uns. Und deshalb vermute ich an dieser Stelle, dass Sie entweder Lehrer oder Wirt sind.«

»Welches von beidem?«, fragte der Mann listig.

Gall schürzte die Lippen und sagte: »Da ich ebenfalls sehen kann, dass Sie eine Neigung zu gutem Essen und Trinken verspüren – und das, mein Bester, habe ich nicht aus Ihrer Schädelform herausgelesen – nehme ich stark an, dass Sie Wirt sind.«

Die Menge klatschte, Zwischenrufe bestätigten die Vermutung und nannten den Namen der Schenke, die dem Mann gehörte. Das Publikum war außer sich.

Von Marbach kannte Galls Vorträge noch aus der Zeit in Wien. Das lag einige Jahre zurück. Dann hatte der Kaiser dem Wissenschaftler verboten, öffentlich über die Schädellehre zu sprechen. Gall war kurzerhand zu einer langen Reise in die angrenzenden Nachbarländer aufgebrochen, in denen das Redeverbot nicht galt. Von Marbach hatte Galls Vorträge in Fulda, Leipzig und Hamburg besucht. Jedes Mal war er verblüfft, wie schnell der Professor die Herzen der Anwesenden eroberte, jedweden Zweifel wegwischte und dennoch die Versuchsperson nicht brüskierte. Es war Zauberei. Als der Professor nach einem weiteren Freiwilligen fragte, gingen fast sämtliche Hände in die Höhe.

Zur selben Zeit klingelte Inspektor Niemer an der Tür eines Hauses. Das Gebäude war schon älter, dennoch gut gepflegt, und strömte die Art von Liebe aus, die ein Mensch aufwendete, ein Heim wohnlich zu machen. Die

Treppe war ordentlich gefegt, das Messingschild, auf dem schlicht ›Desdemona‹ zu lesen stand, war blank geputzt, ebenso der Türknauf und der Klöppel des Glockenzuges. Das Glöckchen bimmelte zart in der drückenden Luft. Allein das Geräusch erweckte in Inspektor Niemer ein Gefühl von Geborgenheit, weil er es mit einer wohltuenden Tasse feinsten Tees verband, die ihm in wenigen Augenblicken kredenzt werden würde.

Niemer musste nicht lange warten, bis man ihm öffnete. Der Diener, Hermann, lächelte, als er ihn erkannte und bat ihn mit einer Geste hinein. »Frau von Burlitz erwartet Sie schon.«

»Wie das, ich habe ihr meinen Besuch nicht angekündigt?«

»Das wird sie Ihnen gewiss gleich darlegen. Wenn Sie mir bitte folgen möchten. Sie ist im Salon.«

Niemer befiel eine plötzliche Unruhe. Normalerweise hielt sich seine Freundin um diese Zeit in der Bibliothek auf, las in einem der neuen Werke und verfluchte die Unfähigkeit der modernen Schriftsteller.

Niemer betrat den Salon und sah Desdemona am Tisch sitzen, was ganz und gar ungewöhnlich war.

Enttäuscht blickte sie ihm entgegen.

»Guten Abend, meine Schöne.«

»Setz dich«, erwiderte sie ohne ein Lächeln.

»Was ist geschehen?«

»Das wirst du mir jetzt erklären. Ich hätte nicht gedacht, dass du mich so lange warten lässt.«

Verblüfft nahm Niemer Platz und gleich anschließend die Tasse Tee entgegen, die der Bedienstete ihm reichte.

Diskret zog sich der Diener zurück.

»Wie kommst du darauf, ich sei mit dir verabredet gewesen? Mein Entschluss, dich zu besuchen, war ein spontaner Einfall.« Er nahm einen Schluck Tee und musste sich beherrschen, ihn nicht in die Tasse zurück zu spucken. Das Getränk war glühend heiß.

»Lügst du mich an, Niemer?«

»Ich habe dich noch nie belogen und sehe keinen Anlass dazu, jetzt damit anzufangen.«

»Warum schickst du mir einen grässlich verstümmelten Jungen mit einer Tabakdose und einer beleidigenden Nachricht? Für was hältst du mich denn bitte schön?«

Niemer war entsetzt. Desdemona sah ihn zweifelnd an. Ihr Misstrauen wich einem besorgten Gesichtsausdruck. Sie berichtete ihm, was vorgefallen war. »Wer sollte sich einen derart üblen Scherz erlauben?«

»Das werden wir hoffentlich gleich herausfinden«, sagte Niemer.

Desdemona schob ihm einen Humidor zu.

»Nein, danke.«

»Ich will dich nicht zum Rauchen nötigen. Los, mach ihn auf«, drängte sie.

Niemer öffnete den Deckel. Zum Vorschein kamen eine Tabakdose, ein Schnupftuch sowie ein ehemals zerknülltes Stück Papier, das glattgestrichen und ordentlich – einmal längs und einmal quer – gefaltet worden war.

Die Tabakdose nahm Niemer als erstes in Augenschein. Sie war aus Zinn, blank poliert und leer. Erhaben prangte ein Wappen auf dem Deckel. Es kam ihm bekannt vor. Als er auf Anhieb nicht darauf kam, wo er es schon einmal gesehen hatte, legte er die Dose beiseite und wandte seine Aufmerksamkeit dem Schnupftuch zu. Der feine Leinenstoff war gebleicht und mit sorgfältig gehäkelter Spitze versehen. Das Tuch wies Knitterspuren auf, die genau zu den Abmessungen der Dose passten.

»Ich nehme an, dass die Dose in das Tüchlein eingeschlagen war?«

Desdemona nickte.

Niemer entfaltete den Zettel mit der Nachricht, las sie und erbleichte.

4

Ein ärgerlicher Zeitverlust, ging es Dennfelder durch den Kopf. Diese Vorstellung glich einer Kuriositätenschau, wie sie zuhauf durch die Lande zogen und zahlungswillige Kundschaft anlockten. Dass ein gebildeter Mensch derart nach Anerkennung lechzte, seinen – zumindest im Moment noch – halbwegs respektablen Ruf selbst in den Schmutz zu ziehen, verstand er nicht.

»So ebbes hen i noch net gsähe!«, ergötzte sich der Weinsammler Federle, der eigens aus dem Schwäbischen angereist war, um sich von Dennfelder beraten zu lassen. Kurzatmig richtete er sich auf und sah seinen Gastgeber von der Seite an. »Isch Ihne net wohl? Sie schauet ja gar net do hi zum Gall.«

Dennfelder lächelte verhalten. »Doch, er ist großartig.«

Dem Schwaben mit dem Urgemüt schien Dennfelders Antwort zu genügen. Er sah wieder nach vorne, jubelte mit, als die Menge die Vermutung des Professors bestätigte. Ein Wirt. Dennfelder hätte den Berufsstand auch ohne Schädelvermessung nennen können. Die aufgeplatzten Adern auf der Nase zeugten von zu vielen durchzechten Nächten, die teigige Haut tat ihr Übriges den Verdacht zu untermauern. Die Schädelkunde, einst wissenschaftlich fundiert, verkam zu einer Burleske.

Am liebsten wäre Dennfelder in sein Kontor gegangen, hätte sich um die Versäumnisse gekümmert, die sich aufgrund der zeitaufwendigen Betreuung des Schwaben angehäuft hatten.

»Ein erbärmlicher Köter, der sich an den tumben Beinen einer Straßendirne reibt«, sagte Niemer, nachdem er eine Weile fassungslos am Tisch gesessen hatte. »Wie kannst du nur annehmen, ich würde dir solche Unverschämtheiten schicken?«

»Du sendest doch öfter Straßenjungen mit Nachrichten zu mir … Es tut mir leid, dass ich dich verdächtigt habe. In der Tat hast du ein gutes Herz, weil du den Kerlchen ja auch stets ein paar Münzen zusteckst.« Desdemona ertrug es nicht, ihren alten Freund leiden zu sehen. Sie griff nach den Händen des Inspektors und drückte sie. »Tragen wir die Tatsachen zusammen, vielleicht ergibt sich das Gesamtbild ganz von selbst.«

»Das gefällt mir nicht«, sagte Niemer kraftlos.

Desdemona zwinkerte ihm schelmisch zu. »Es scheint, als wolle ein Unbekannter unsere Intelligenz auf die Probe stellen. Wohlan, tun wir ihm den Gefallen.«

Niemer seufzte. »Dich kann wohl gar nichts schrecken.«

»Alles was mich im Leben ängstigen sollte, hat bereits vor Jahren seine Arbeit erledigt. Was also soll mir noch geschehen?« Sie deutete auf ihre nutzlosen Beine.

Der Inspektor nickte, dann fragte er: »Wollen wir hierbleiben?«

»Nein, trag mich in die Bibliothek. Im Angesicht all der Bücher lässt es sich besser denken.«

Der schmale Inspektor besaß mehr Kraft, als es den Anschein erweckte. Ohne Mühe trug er Desdemona zwei Räume weiter und setzte sie vorsichtig in ihren Ohrensessel ab. Er zündete für sie eine Zigarre an, ohne dass es einer Absprache bedurfte, reichte sie ihr und schenkte zwei Gläschen mit Kirschgeist ein.

»Was haben wir?«, sagte sie in die Luft und schickte zwei Rauchwolken hinterher. »Einen Unbekannten, der von unserer Freundschaft weiß und der uns, wenn ich mir die Bemerkung erlauben darf, nicht gerade wohl gesinnt ist.«

Niemer spürte, wie ihn die Nachricht erneut aufregte. In seinen Magenwänden setzte jenes charakteristische Reißen ein, das ihn stets gemahnte, ruhiger zu werden.

»Wobei ich ihm die ›Straßendirne‹ nie verzeihen werde«, fauchte er.

Desdemona wischte den Einwand beiseite. »Man hat mir die Nachricht überbracht, nicht dir. Was sagt uns das?«

»Der Unbekannte wusste, dass du es mir erzählen würdest.«

»Oder die Unbekannte.«

Niemer blickte Desdemona über den Rand seines Schnapsglases hinweg an, stürzte den Inhalt herunter und lächelte. »Ma chère, ich weiß, dass du eine der wenigen Damen mit Köpfchen bist, denen ich einen gewieften Mord zutrauen würde. Allerdings haben wir im Park keine Räderspuren entdeckt. Daher fällst du als Täterin dieses Mal aus.«

Desdemona grinste breit und paffte einige Wölkchen. »Trotzdem sollten wir nicht ausschließen, dass es auch eine Frau gewesen sein könnte.«

Niemer öffnete ein Fenster. Schwüle Luft kam in den Raum. Dabei sagte er: »Das Taschentuch hat seinen Zweck erfüllt. Die Nachricht selbst ist relativ bedeutungslos. Vielmehr sollten uns nun die Tabakdose und der Junge interessieren.«

»Das arme Kerlchen«, sagte sie voller Mitgefühl. »Wie kann man einem Kind nur so etwas antun?«

»Beschreib ihn mir«, bat Niemer.

»Er war sehr schmal und blass. Etwa zehn Jahre alt. Das Haar war an den Spitzen ausgebleicht. Möglicherweise arbeitet er in einer der Färbereien. Das würde auch die vernarbten Hände erklären. Die Zunge wurde ihm nicht sauber aus dem Mund getrennt, sondern herausgerissen. Die Wunde war noch recht frisch und fing immer wieder an zu bluten.«

»Wo ist er jetzt?«

»Das weiß ich nicht. Ich gab Hermann die Anweisung, ihn zu meinem Arzt zu bringen. Auf halber Strecke riss sich der Junge los und floh. Hermann suchte ihn noch eine geraume Weile. Doch vergeblich – der Junge wollte nicht gefunden werden.«

Dennfelder schaute sich im Saal um. Sein Blick glitt über die Gesichter, als wären sie Teil von Galls legendärer Schädelsammlung. Er sah eine unkritische Menge, fasziniert von dem Gedanken, ein jeder könne den Charakter seines Gegenübers auf so scheinbar leichte Weise selbst ergründen. Doch wo kann ich die Wulst entdecken, die euch in eurer Leichtgläubigkeit eint?, dachte Dennfelder spöttisch.

Sein Finger glitt über die säuberlich drapierten Falten seines Halstuches, immer höher, bis er schließlich die oberste Falte erreichte, um nur kurz darunter zu schlüpfen. Die Luft im Raum war entsetzlich dick, er hatte das Gefühl, den Schweiß der Menge einzuatmen. Unbewusst glitt seine Hand vor den Mund. Sein Blick blieb an einem Gesicht hängen: Victor von Marbach. Wie enttäuschend für die Damenwelt; ist er doch nur ein weiteres schlichtes Gemüt, leicht zu ködern mit einem Schädel und ein paar wundersamen Behauptungen.

»Entschuldigen Sie«, raunte Dennfelder dem Schwaben Federle zu, »ich bin gleich zurück.« Dann steuerte er durch die Menge auf die Tür zu.

»Oh, Herr Dennfelder, müssen Sie schon gehen?«

Dennfelder erkannte einen Kunden – den mit der Vorliebe für den fruchtigen Junker aus Freyburg. Er wäre fast an ihm vorbei geeilt. Er senkte den Kopf, um dem kleinen Mann zu antworten. »Ich werde sofort zurück sein, nur etwas frische Luft.«

»Natürlich!« Der Herr neigte seinen Kopf zum Gruß und rückte etwas zur Seite, um ihm Platz zu machen.

Ein paar Augenblicke später schloss Dennfelder die Saaltür von außen. Ein frischer Luftzug erreichte ihn vom geöffneten Fenster vor dem Treppenabsatz. Jemand hatte die Tür zum Stadthaus geöffnet. Eilige Schritte nahmen die Treppenstufen. Wenige Augenblicke später stand er Justus Gruber gegenüber.

»Herr Dennfelder, einen schönen Tag wünsche ich Ihnen. Ich bin spät dran. Sicherlich habe ich das meiste schon verpasst, nicht wahr? Ist der Vortrag schon zu Ende?«

»Nein, das ist er nicht. Doch werden Sie genügend Gelegenheit finden, Gall ganz zu hören. Schon Morgen soll der Vortrag erneut stattfinden.«

»Wirklich? Das ist wunderbar.« Er klang zwar erfreut, sah jedoch gleichzeitig nachdenklich aus. Er kratzte sich am Hinterkopf. »Ich frage mich …«

»Ja?«

»Herr Dennfelder, ich weiß nicht, wie ich es sagen soll. Sie wissen, ich schätze Sie sehr.«

Dennfelder zog seine Augenbrauen hoch. Was mochte Justus Gruber wollen? Er war sein treuester Kunde, schon seit er seine Weinhandlung am Marktplatz eröffnet hatte. Einer der wenigen, der seine Empfehlungen wirklich zu schätzen wusste.

»Ich war in Halle, bei meiner Tochter, die Taufe meines lieben Enkels zu feiern. Und man sagte mir, dass der Wein, der geliefert wurde … Stimmt es, dass er aus Ihrem Hallenser Kontor kommt?« Aufrecht stand Gruber vor ihm, die Arme auf dem Rücken verschränkt. »Doch es war bestimmt eine Verwechselung, oder, Herr Dennfelder? Ich kenne doch Ihren ausgezeichneten Geschmack, Ihre Empfehlungen sind immer die Besten.«

Dennfelder war verblüfft. »Ich kann Ihnen nur sagen, dass ich selbst noch den Auftrag gegeben habe, den Würzburger Wein – ein wirklich ausgezeichneter Jahrgang – ins Haus Ihres Schwiegersohns zu schicken. Leider konnte ich nicht in Halle bleiben, um die Lieferung selbst zu überwachen. Der neue Faktor, Herr Benner, hat mir jedoch zugesichert, alle Geschäftsangelegenheiten so vorzunehmen, wie ich sie vorbereitet hatte. Ich entnehme Ihren Worten, dass Sie die Lieferung nicht zufrieden gestellt hat?«

Ein bedauernder Blick von Gruber beantwortete ihm die Frage.

»Das tut mir sehr leid. Aber ich kann Ihnen sagen, dass ich gerade im Begriff bin, nach Halle zu reisen, morgen früh schon. Ich werde mich dann persönlich mit Ihrem Schwiegersohn in Verbindung setzen.«

»Das ist gut, ja, das ist sehr gut. Tun Sie das, Herr Dennfelder. Sehr gut.« Mit einem freundschaftlichen Schlag auf die Schulter verabschiedete sich Justus Gruber von Dennfelder und verschwand durch die Saaltür.

Dennfelder sah ihm einen Augenblick nachdenklich hinterher. Er spürte, dass er ihn nicht ganz zufrieden gestellt hatte. Doch im Augenblick konnte er nicht mehr tun. Er seufzte. Sicherlich handelte es sich um ein Missverständnis.

Als er das Stadthaus verließ, sog er die frische Luft ein. Er hoffte, sie würde seinen vom Vortrag verklebten Gedanken Klarheit bringen. Er hatte gute Lust, den Augenblick zu nutzen und Federle zu entkommen. Zögernd blickte er um sich. Auf einmal ging ein Lächeln über seine Lippen. Ausgezeichnet, dachte er, genau der, den ich suche.

»Heda, Bursche, komm doch mal her!«, rief er und winkte.

Verunsichert gehorchte der Junge. Zwei Schritte vor ihm blieb er stehen und sah zu ihm auf.

»Kennst du mich noch? Ich bin der, dem du eine Kutsche gerufen hast. Auf der Abendgesellschaft der Behrmanns.«

Der Junge seufzte sichtlich auf. »Ja, ich erinnere mich.«

»Du möchtest dir bestimmt ein paar Münzen verdienen, oder?«

Friedemann nickte eifrig.

Dennfelder sah nach links und rechts, zog den verdutzten Jungen schließlich um die nächste Häuserecke. »Es muss nicht sein, dass uns jemand belauscht«, raunte er.

Friedemann erschrak, trat unruhig von einem Bein auf das andere und sein Blick wirkte wie der eines gefangenen Tiers.

»Was zappelst du so herum?«, wollte der feine Herr von ihm wissen, während er suchend seine Taschen abklopfte.

Friedemann biss sich auf die Zunge und fragte sich, wie lange er sie wohl noch besitzen würde. Die Nachricht von dem Jungen, dem man die Zunge herausgerissen hatte, verbreitete sich wie ein Lauffeuer. Seitdem war Friedemann auf der Hut.

»Ich möchte, dass du in mein Kontor eilst und meinem Schreiber, Toni Weber, eine Botschaft übermittelst. Du weißt, wo du ihn findest?«

Der Weinmensch beugte sich zu ihm herab. Anstelle der geflüsterten Nachricht hörte Friedemann nur das Rauschen seines eigenen Blutes. Der Atem des Mannes fühlte sich seltsam kalt an seiner Ohrmuschel an.

Friedemann schnürte sich der Hals zu. Er schrie auf, als der Mann ihn am Arm packte.

»Wiederhole, was ich dir eben aufgetragen habe!«

Friedemann brach der Schweiß aus.

Victor von Marbach verließ zufrieden den Vortrag. Gall war ein Visionär, seine Ideen brachten neue mit sich. Ungefestigte Charaktere mochten ihre Not haben, all das zu verarbeiten, was Gall dem Publikum auf heitere Weise zeigte. Die eigentliche Lehre brannte nach wie ein doppelter Schnaps, sie ließ ihn nicht in Ruhe.

Glücklicherweise bin ich ein Mann mit Intellekt, dachte er. Ein Schrei riss ihn aus seinen Gedanken. Neugierig, woher der Laut gekommen war, bog er um die Ecke und sah den Weinhändler Dennfelder, der einen Jungen am Arm gepackt hielt und auf ihn einredete.

Die Blicke der beiden Männer kreuzten sich, dann entließ Dennfelder den Jungen aus seinem Griff und befahl ihm zu gehen. Der Junge rannte, so schnell ihn seine Füße trugen.

Von Marbach lächelte schmal und neigte für einen verschwindend geringen Moment sein Haupt. Dennfelder erwiderte den Gruß nicht. Vielmehr schien er ärgerlich, gestört worden zu sein.

»Hier sin Sie«, schnaufte ein dicker Mann und kam näher.

Von Marbach schenkte dem Mann ein herzliches Lächeln, was diesen in Redelaune versetzte: »Des isch wirklich ä Sach gwäh. So ebbes henn i mei Läbtag no net gsähe.«

»Sie haben sich Professor Galls Vortrag angesehen?«, wollte von Marbach wissen.

»So isch es. Da weiß der eifach, dass der än Wirt isch. Wo mirs grad vom Wirt henn, wollet mer hier noch rumstehe oder ganget mer was trinke?«

Federle hatte den Satz kaum ausgesprochen, da stand Dennfelders Antwort schon fest. »Ich werde mich nach Hause begeben.«

Federle entwischte ein enttäuschtes »Oh«.

»Doch nichts für ungut, Herr Federle. Kommen Sie doch morgen Früh in mein Kontor. Ich stelle Ihnen eine gute Lieferung für Ihren Keller zusammen.« Dennfelder wusste, er hatte Federle enttäuscht, doch zu mehr war er nicht bereit.

»Abba Sie ganget no mit fort, odder?«, wandte sich Federle schließlich an von Marbach.

»Es wäre mir eine Freude, Sie in eine Wirtschaft zu begleiten.«

Während sich die beiden entfernten, hörte Dennfelder den Schwaben noch sagen: »Des isch überhaubt kei gmütlicher Mensch, der Dennfelder. Guggt immer so ernscht, als würd ma ihm die Wurscht vom Brot hole wolle. Abba guude Wein …«

Ob er sich auf den Jungen verlassen sollte, der gewiss vor Aufregung die falsche Richtung eingeschlagen hatte? Da er sich des Schwaben entledigt hatte, konnte er genauso gut auch selbst mit Toni Weber sprechen. Ein Dogma, das sich seine Schwiegermutter zu Herzen nehmen sollte. Die Dame ließ stets andere für sich arbeiten und verrichtete nur die Handschläge selbst, die nicht zu delegieren waren. Sah man einmal von ihren hässlichen Häkeldeckchen ab, die mittlerweile zahlreiche Beistelltischchen, Kommoden und neuerdings auch sein Schreibpult verunstalteten.

Federle quetschte sich auf die Bank des Wirtshauses. Während er auf von Marbach wartete, der sofort nach Betreten des Schankraumes in ein Gespräch verwickelt worden war, überlegte er, ob er sich nicht doch lieber für einen Stuhl entscheiden sollte. Gegen die Enge des Bankplatzes stand die viel zu kleine Sitzfläche des Stuhls. Auf der Bank würde die Tischkante ständig auf seinen Magen drücken, auf dem Stuhl käme das allein durch seine Sitzhaltung.

So wog er Vor- und Nachteile ab und blieb schließlich, wo er war. Der Wirt kam und Federle gab nach kurzem, verständigen Blickkontakt mit von Marbach eine Bestellung für zwei Krüge Bier auf. Als der Wirt wieder davonschlurfte, rief er sich den Vortrag Galls in Erinnerung und versuchte nun mit bloßem Auge den Wirt als solchen an seinem Äußeren zu erkennen.

Von Marbach reichte einem der Männer einen Münzbeutel. Sie verabschiedeten sich mit einem Handschlag, gefolgt von einer respektvollen Verbeugung. Federle richtete seine Aufmerksamkeit wieder auf den Wirt.

Wie war des noch? Was hot der Gall gsagt? Vermesse

kann i den Wirt zwar net, aber i glaub, des war die Glatz'. Oder de kurze Hals? Hmm. Wie isch der noch emol drauf komme? Ach, bevor i heimfahr, schau i mir dem Gall sei Vortrag noch emol an. Wie en Wirt sieht der scho aus. Und es wär doch verhext, wenn i net die Weisheit heimtrage und all meine Leut vorführe könnt.

Federle seufzte und sah zu von Marbach.

En feiner Mensch isch der, sehr beliebt dazu, gut, dass der Dennfelder heim isch.

Der Wirt kam zurück, stellte die Krüge auf den Holztisch und schlurfte wieder davon.

»Sehr gut, dass Sie schon bestellt haben. Sie entschuldigen doch mein Gespräch? Es war sehr wichtig.«

»Nur zu, nur zu! I tät mi net wunnern, wenn hier zur Zeit viele ernschte Gspräche gführt wern.«

»Womit Sie sicher den Mord meinen?«

»Natürlich, so ebbes geht net emol an äm Besucher wie mir vorbei.«

»Die Stadt ist bestürzt über den Mord an dem Professor. Besonders, da die Polizei noch im Dunkeln tappt.«

»Un, isch es wahr, dass die Morde im Zusammehang mit dem Gall g'bracht wern?«

»Gerüchte, Gerüchte! Wir wollen doch auf keinen Fall den Namen des werten Doktors verunglimpfen!«

Federles Gesichtsfarbe wurde merklich dunkler. Er versuchte, sich auf der Bank zu bewegen, doch sah er dabei aus wie ein zappelnder Fisch, wenn er, gepackt von der Zange einer Marktfrau, aus dem Wasserfass gezogen wurde. Schließlich sank er hilflos gegen die Holzlehne.

»Sie sind allerdings nicht der Einzige, der sich über die große Sammlung von Schädeln wundert, die der Herr Doktor Gall sein Eigen nennt. Das gebe ich zu.«

»Herr von Marbach, nun eröffne Sie mir abba den Zusammehang!«

»Wie könnte ich? Es ist ein einträgliches Geschäft, Schädel zu besorgen, das ist kein Geheimnis. Viele betrachten es als Ehre, wenn der Herr Doktor an einem Schädel aus einer Familie interessiert ist.«

»Ein Schädel von em Tote!«

»Natürlich. Dafür wurde schon so manche Gruft freiwillig geöffnet.«

»Un unfreiwillig?«

»Es würde mich nicht wundern.«

»Dabei isch der Gall so en sympathischer Mensch.«

»Herr Federle, ich denke, der Doktor ist nur für seine wissenschaftlichen Ergebnisse verantwortlich zu machen. Ein jedes Ding hat seine zwei Seiten. Und niemand sollte den Fortschritt aufhalten, wenn die Herkunft eines Schädels auch zwielichtig erscheinen mag. Das zu untersuchen ist Aufgabe der Polizei, nicht die des Forschers. Nun, Herr Federle, ich sehe, Sie sind ganz blass. Vorhin nach dem Vortrag wirkten Sie so unbeschwert. Der Vortrag gefällt Ihnen doch immer noch?«

»Ha jo. Sicher.«

»Nun, dann wollen wir ihn auch so in Erinnerung behalten!«

Federle heiterte die unbeschwerte Art seines Begleiters auf. Er fasste Vertrauen und kam noch einmal auf Gall zu sprechen. »Wisset Se, Herr von Marbach, vorhin hen i versucht, an der Kopfform vom Wirt seinen Beruf zu erkenne.«

»Tatsächlich! Sie sind forsch, wollen gleich das Gelernte in die Praxis umsetzen. Gut, sehr löblich.«

»Ja, so isch es, es wär wohl so, wenn es mir gelunge wär. Abba leider kann i mi net erinnere. I werd morge doch noch emol den Vortrag besuche müsse.«

»Herr Federle!«

»Ja, sinn Sie nur erstaunt, aber i henn scho immer Probleme damit g'het. I vertrau Ihne mein gröschtes Geheimnis an. Nur Zettel helfe mir, Zettel. Zettel für mei G'schäfte. Zettel für mei Besorgunge. Ja, Sie sehet jetscht bestürzt aus, aber es isch so.«

»Nein, nein, nicht bestürzt. Ich habe nur ...«

»Herr von Marbach, Sie müsset nichts beschönige, es isch, wie es isch. Und ich henn Angscht!«

»Ich denke, Sie sollten die Sache nicht ...«

»Herr von Marbach, i wiederhol's ungern, aber höret Sie, i henn Angscht! Sie glaube ja gar net, wie diese Lehre mich beunruhige tut. Wenn die Leut des an meinerer Stirn sehe könne, dass i net emol en Name für fünf Minute behalte kann! Wisset Se, deshalb auch der weite Weg hierher. Als wenn i die Empfehlunge von dem Dennfelder net hätt an em Ort versuche könne, der wo näher an meiner Heimat g'lege isch.«

Federle blickte grimmig vor sich, seine Finger umklammerten den Bierkrug, als wollte er ihn zum Bersten bringen.

Victor von Marbach schaute nachdenklich zu Federle.

»Oh, jetzt tu i Sie belaschte! Noi, noi, des isch des Bier. Des Bier! Des isch hier sehr stark. Zu stark für mi, fürcht i.«

»Herr Federle, beruhigen Sie sich doch!«

»Noi, i kann mich net beruhige. Es isch zu schlimm. Schon bald wird der Gall sei Vorträg auch in unserer Nähe halte. Und dann werd i entdecket sei.«

Federle bemerkte, wie von Marbach ihn mitleidig anschaute.

»Ich könnte Ihnen vielleicht helfen, Herr Federle. Ich befasse mich schon seit längerem mit den Studien des Doktors …«

»Noi, noi. Des Beschte wird sei, i geh zu meiner Unterkunft zrück.«

Federle ächzte, als er sich von seinem Sitzplatz befreien wollte. Von Marbach reichte ihm die Hand, doch Federle winkte ab. Schließlich stand er in gebeugter Haltung vor dem Tisch. Angestrengt sog er die Luft ein, sammelte sich.

»Es war mir en Vergnüge, Ihre Bekanntschaft zu mache, Herr von Marbach.«

Er nickte zum Abschied freundlich.

5

Als Dennfelder sein Haus betrat, sah er auf dem Tisch am Eingang einen Brief, der aufrecht an der Porzellanvase lehnte. Die Ecken des Umschlags hatten sich in den Löchern von Martha Starkens neuestem Häkeldeckchen verfangen. Der Aufdruck, ein Bienenkorb und zwei Füllhörner, stach ihm sofort ins Auge. Dennfelder nahm den Brief in die Hand. Der Umschlag war aus edlem, schweren Papier und das Siegel auf der Rückseite mit dem schwungvollen ›B‹ räumte seine letzten Zweifel aus. Jeder Weimarer Bürger hätte den Absender sofort erraten. Er fragte sich, was ihm die Ehre eines Briefes aus dem Hause Bertuch verschaffte. Das Mädchen eilte auf ihn zu. Sie wollte gerade nach dem Gehstock greifen, als er den Kopf schüttelte.

»Wo ist Lambrecht?«

»Er sucht Sie überall, mein Herr.«

»Er war meines Wissens über meinen Aufenthalt informiert.«

»Er sucht Sie wegen des Briefes. Als er gebracht wurde, wurde angemerkt, dass Sie ihn noch vor der Abreise sehen sollten. Und da Sie ja so früh fahren wollen …«

»Schon gut. Wenn Lambrecht kommt, sagen Sie ihm, er soll zu mir kommen. Ich bin in der Bibliothek.«

Desdemona fluchte. Sie lag in ihrem Bett, umrundet von einem Wall aus Kissen. Irma meinte es gut mit ihr, immer nur gut. Sie hatte gesagt, sie würde es tun, da sie Angst habe, Desdemona könne aus dem Bett fallen. Was für eine Idee! Das arme Ding konnte sich einfach nicht in ihre

Lage versetzen, nicht verstehen, wie schwer es fiel, sich im Bett auch nur ein bisschen zu bewegen, wenn man die geniale Erfindung Beine zwar besaß, aber nicht benutzen konnte. Nun musste sie für jede kleine Bewegung auch noch den Kampf gegen die Kissen aufnehmen. Oh, wie sie es hasste! Immerhin brachte sie Irma dazu, die Kissen vom Bett zu nehmen, wenn sie schlafen ging, doch wenn sie in der Nacht wach wurde, hatte Irma jedes einzelne Kissen wieder um sie herum drapiert. Selbst die Drohung, sie vor die Tür zu setzen, ließ Irma unbeeindruckt. Sie wusste, Desdemona würde es nicht über ihr Herz bringen. Irma war einfach schon zu lange die gute Seele in ihrem Hause. Und leider hatte sie recht.

Ein gurgelnder Laut vom Fenster brachte Desdemona dazu, einen Seufzer auszustoßen und die Augen gen Himmel zu rollen. Irma schnarchte.

Sie hatte es mal wieder nicht geschafft, den Lehnstuhl vor dem Einschlafen zu verlassen. Auch das noch, dachte Desdemona. Wenn es nicht die Kissen waren, so raubte Irma ihr mit ihrer Schnarcherei die Nachtruhe. Vergeblich bat sie Irma jeden Abend, doch bitte gleich in ihre Kammer zu gehen, doch auch davon wollte Irma nichts wissen. Was wäre, wenn sie noch etwas bräuchte. Nein, es würde ihr doch gar nichts ausmachen. Sie solle sich nicht stören lassen. Desdemona überlegte, Irma mit einem gezielten Wurf eines ihrer in Reichweite liegenden Kissen zu wecken. Doch sie wusste, es half nur kurz. Irma fiel bald schon wieder in den Schlaf und das Geschnarche begann erneut. Es musste eine Lösung her, dachte Desdemona verzweifelt. Sonst würde sie noch verrückt werden.

Irmas Atmung setzte kurzfristig aus. Stille trat ein. Desdemona gab sich gerade der Aussicht hin, dass das Problem gelöst sei, würde der Atemaussetzer nur lange genug anhalten, als sie das Klopfen vernahm. Es hallte durch das Haus. Nun hielt auch Desdemona den Atem an. Noch einmal klopfte es, bis sie endlich die schlurfenden Schritte von einem der Bediensteten hörte. Der Riegel der Tür wurde quietschend zurückgezogen. Dann setzte Irmas Schnarchen wieder ein, laut und bedrohlich.

Dennfelder saß, mit seiner Frau Elsa Luise zur Rechten und seiner Schwiegermutter Martha Starken zur Linken, am Kopfende des Frühstückstischs. Bertuchs Brief lag neben ihm. Dennfelder wischte sich gerade mit einer Serviette die Krümel vom Mund, als er bemerkte, wie die beiden Frauen ihn anstarrten. Er hatte gar nicht bemerkt, dass sie nicht mehr vor sich hin schnatterten. Fragend hob er die Augenbrauen.

»Adrian, hörst du denn gar nicht zu?«

»Entschuldige, Liebes, ich war mit meinen Gedanken woanders. Wovon sprachst du gerade?«

»Mama meinte, dass du bestimmt wissen willst, wie es gestern war.«

Adrian blinzelte ein paar Mal, ihm fiel beim besten Willen nicht ein, wovon seine Frau sprach. Er nahm seine Kaffeetasse und sagte, bevor er das Porzellan an den Mund setzte: »Natürlich, ich wollte gerade danach fragen.«

Martha Starken wackelte ein paar Mal mit ihrem Gesäß hin und her und kam schließlich, Dennfelder etwas mehr zugewandt, wieder zur Ruhe. »Frau Ellert meinte, wunderschöne Häuser stünden in Halle frei, es wäre ein guter Zeitpunkt, eines auszuwählen.«

»Von was für einem Haus sprecht ihr?«

»Oh, ich denke, es sollte drei Salons haben. Bei der

Anzahl der Schlafzimmer sind wir noch unsicher, aber zehn genügen vielleicht, was meinst du?« Martha Starken drehte geschäftig ihren Teller hin und her, als könnte sie das blaue Blumenmuster auf diese Art und Weise genau ausrichten.

Als Dennfelder seine Kaffeetasse wieder absetzte, verweilte er mit seinem Blick für einen Moment auf dem Tassenrand.

»Ich denke, dass du entscheiden solltest, wie viele Schlafzimmer und Salons das Haus braucht«, entgegnete er. Die beiden Frauen sahen sich an. Dennfelder wunderte sich über ihre glücklichen Gesichter. Er gratulierte sich, offenbar die richtige Antwort gegeben zu haben.

»Adrian, Mutter meint, es wäre eine gute Idee, wenn wir dich nach Halle begleiteten.«

Dennfelder nahm die Tageszeitung und überflog mit den Augen die erste Seite. Dabei murmelte er: »Ich fahre nicht nach Halle. Ich habe Toni Weber geschickt. Er ist heute früh losgeritten.«

»Toni Weber! Ist das nicht dein Schreiber?«, rief Elsa Luise erstaunt.

»Das ist wahr. Nur ein Schreiber. Aber meiner Meinung nach mit Talent für weit mehr. Ich habe vor, ihn zu meinem Vertreter auszubilden. Ich baue fest auf ihn.«

Elsa Luise stieß einen verwunderten Laut aus.

Dennfelder sah seine Schwiegermutter an, denn er erwartete nun eine Reaktion ihrerseits, schließlich ließ sie es sich nie nehmen, ihre Sichtweise der Dinge zum Ausdruck zu bringen. Doch die sagte nichts. Wie eine in sich zusammengesunkene Puppe saß sie vor ihrem Teller. Dennfelder hatte sie noch nie so friedlich gesehen. Zufrieden konzentrierte er sich wieder auf die Zeitung.

Elsa Luise tippte nun mit ihrem Zeigefinger auf die Tischplatte. Ein Zeichen, so hatte Dennfelder während ihrer kurzen Ehe gelernt, dass sie noch etwas auf dem Herzen hatte, doch offenbar noch an ihrer Formulierung feilte.

Als der Zeigefinger wieder zur Ruhe gekommen war, fragte sie: »Warum fährst du nicht nach Halle, es war dir doch so wichtig?«

Dennfelder hob den Brief auf und wedelte damit. »Zugegebenermaßen etwas kurzfristig. Doch sollte das unsere Haltung zu der Angelegenheit nicht beeinflussen. Im Gegenteil, ich bin wirklich hoch erfreut und habe unsere Zusage schon gegeben.« Dennfelder genoss den Augenblick der Spannung, bevor er mit der Neuigkeit herausplatzte.

»Eine Einladung zu Bertuchs Gesellschaft. Morgen Abend.«

Elsa Luise schrie auf, in die Witwe Starken kehrte augenblicklich Leben zurück. Wie aus einem Mund riefen sie: »Bertuchs Gesellschaft!«

Dennfelder musste lachen. »Eine große Ehre, ich weiß. Er schreibt, er will mich mit seinem Schwiegersohn Froriep bekannt machen. Er ist Professor in Halle.«

Desdemona saß auf der Terrasse. Irma hatte ihr gerade eine Decke gebracht, da es heute Morgen außergewöhnlich frisch war. Jedenfalls kam es Desdemona so vor. Sie fröstelte. Ihr Blick hing an den Knospen der Kletterrose, die sich am Pfosten der Überdachung hochrankte. Wie wunderschön diese Blume war. Ihr Frühstück stand unberührt auf dem runden Tisch vor ihr. Der Wind spielte mit der Tischdecke, die fast bis auf den Boden reichte. Dann erfasste er ein Stück Papier, das auf dem Tisch lag. Desdemonas Faust schlug blitzschnell drauf, bevor es wegwehen konnte. Es war das herausgerissene Stück einer Landkarte. Es war in der Nacht gebracht worden. Wieder von einem Jungen. Wieder ohne Zunge. Es war nicht derselbe, hatte Hermann gesagt.

Dennfelder betrat den kleinen Salon. Er war leer. Ein Fenster stand offen. Draußen hörte man die gedämpften Stimmen einiger Männer, die sich etwas zuriefen und dann lachend weitergingen. Weimarer Stadtgeräusche an einem Spätsommerabend. Dennfelder trat ans Fenster und sah in den Garten hinunter. Die Köchin eilte gerade von den Ställen kommend zum Hintereingang. Sie sah ihn nicht. Sie wischte sich mit dem Handrücken über das Gesicht, Dennfelder konnte den dunklen Streifen sehen, den diese unüberlegte Handlung auf ihrer Stirn hinterlassen hatte. Dennfelders Gesichtszüge verrieten, was er dachte: Ihm könnte so etwas nicht passieren. Dennoch, er achtete sie. Wie jeden seiner Angestellten. Sie scheuten die Arbeit nicht. Sie kamen ihren Aufgaben treu nach, es gab selten Grund zur Klage. Erst in letzter Zeit öfter, seit seine Schwiegermutter auch ein Wörtchen mitredete. Doch Lambrecht hatte ihm in einer vertraulichen Minute erzählt, dass die Beschwerden unten in der Küche im gleichen Maße zugenommen hatten. Und lief nicht immer alles auf ein Gleichgewicht hinaus? Man musste nur die Struktur erkennen, und dann war es ein Leichtes, an der Schraube zu drehen. Es war ihm klar, dass er das Ausmaß an Klagen beizeiten wieder senken würde. Es mussten nur ein paar Vorbereitungen getroffen werden, und dann würde alles wieder beim Alten sein.

Hinter ihm räusperte sich jemand, Dennfelder drehte sich um. Lambrecht stand im Eingang, hielt ein paar glänzend gewichste Lederstiefel in der einen Hand, die andere umfasste noch die Klinke.

»Ihre Stiefel, mein Herr.«

Dennfelder zog an der Kette seiner Taschenuhr und betrachtete mit zusammengezogenen Augenbrauen das Ziffernblatt. »Endlich, Lambrecht, ich habe schon auf Sie gewartet …«

»Verzeihen Sie, dass es so lange gedauert hat. Ich hatte Sie in Ihren Räumen vermutet.«

Dennfelder grinste. »Noch können Sie keine Gedanken lesen, wie?«

»Ich übe mich stets darin«, sagte Lambrecht, während er untertänigst seinen Kopf senkte – eine gute Gelegenheit, sein Lächeln zu verbergen.

Dennfelder schritt zur Tür und winkte Lambrecht hinter sich her. »Ich habe mich für das blaue Jackett entschieden. Sie können es mir dann bringen. Und noch was: Haben Sie meine Frau gesehen? Ich habe schon überall nach ihr gesucht.«

Lambrecht musste sich bemühen, dem schnellen Schritt Dennfelders die Treppe hinunter zu folgen. »Ich hörte, sie ist mit Frau Starken ausgefahren. Zu einer Freundin, glaube ich.«

»Um diese Zeit? Sind Sie sicher?«

Vor Lambrechts Augen verschwammen die Stufen. Das Muster der Holzleisten wurde zu einem wogenden Meer, er rutschte ab. Die Stiefel fielen aus seiner Hand. Lambrecht griff mit beiden Händen ans Geländer, um Halt zu suchen. Die Stiefel polterten die Treppe hinunter, an Dennfelder vorbei.

Dennfelder drehte sich um. Mit besorgtem Blick sah er, wie Lambrecht sich auf den Stufen niederließ. Er sah zutiefst betrübt aus.

Dennfelder sprang schnell die Stufen zu ihm hoch. »Lambrecht, was ist los? Schon wieder schwindelig?«

Der Diener schnaufte durch die Nase, sagte aber nichts. Er richtete sich mühsam auf und ließ Dennfelder wortlos stehen. Während er eine Stufe nach der anderen hinunterstieg, hielt er sich am Geländer fest.

»Sind Sie beim Doktor gewesen?«

Lambrecht zuckte mit den Schultern. Er war inzwischen bei den Stiefeln angekommen und hob sie auf. Als er sich umdrehte, war sein Blick gleichgültig. »Möchten Sie die Stiefel in der Bibliothek anziehen?«

Dennfelder seufzte. Er würde Lambrecht noch selbst zum Doktor bringen müssen. Dann sagte er streng: »Natürlich in der Bibliothek! Wo denn sonst? Und jetzt kommen Sie, Sie sturer Esel. Ich bin in Eile!«

Das Gelächter aus dem Hause Bertuch klang bis auf die Straße hinaus.

»Mir scheint, es geht nicht halb so distinguiert zu, wie ihr es erwartet habt«, richtete Dennfelder das Wort an Elsa Luise und seine Schwiegermutter, wobei er Martha Starken mit einem längeren Blick bedachte.

»Es kann doch nicht immer ernst zugehen«, echauffierte sich seine Schwiegermutter.

Ausgerechnet sie sagt das, dachte er. Gesetzt den Fall, es trügen sich da drinnen unschickliche Dinge zu, würde sie ihre Scheuklappen aufgesetzt lassen. Denn schließlich gab es nichts Unschickliches im Hause Bertuch.

Mit vorgetäuschter Geduld half er den beiden Damen

aus der Kutsche und überprüfte den Sitz seines Kragens. Der Diener am Eingang ließ sie hinein und die allgegenwärtige Hitze umfing sie. Dieser Sommer war ein Graus. Viel zu heiß, viel zu wenig Regen. Zumindest war es in Weimar so. Im Geiste ging Dennfelder seine Lieferanten durch. Einige der Weingüter mochten genau das richtige Maß an Regen und Sonne erhalten. Kein Zweifel, der diesjährige Jahrgang würde formidabel gedeihen.

Caroline Bertuch empfing sie mit einer angenehmen Balance aus Bescheidenheit und Fröhlichkeit. Sie entschuldigte sich, dass ihr Mann im Salon aufgehalten worden war, plauderte dann mit Elsa Luise, bezog Martha Starken umgehend in das Gespräch ein, als sie bemerkte, wie sich die Mundwinkel der älteren Dame nach unten zu senken begannen, und fing gleichzeitig mit einer Hand ein Kind ab, das die Gruppe im Eifer beinahe umgerannt hätte. All das gelang ihr, ohne den Blick von Elsa Luise und ihrer Mutter zu wenden. Dennfelder war beeindruckt und hoffte, dass seine Frau zumindest einen Hauch des Frohmuts mit nach Hause nehmen würde, den Frau Bertuch so großzügig verteilte.

Er war froh, sich Elsa Luise und Martha Starken für einige Zeit entziehen zu können, ohne ein schlechtes Gewissen zu empfinden, wusste er sie doch in bester Gesellschaft. Er betrat den Salon und sah sich Auge in Auge Victor von Marbach gegenüber, der wie eine Spinne im Netz am Eingang auf der Lauer lag.

»Guten Abend, Herr Dennfelder. Ich freue mich, Sie heute in guter Verfassung zu sehen.«

Spielte er auf das unglückliche Zusammentreffen nach

Galls Vortrag an? Dennfelder wollte nichts riskieren und nickte von Marbach unverbindlich zu.

Dieser schenkte ihm jenes spöttische Lächeln, das Dennfelders Magensäfte zum Kochen brachte. Glücklicherweise wandte sich von Marbach ab, sodass er sich einen Moment sammeln konnte, ehe er dem Gastgeber seine Aufwartung machte.

Hermine Behrmann drängte ihren Gatten zur Eile. Das Fest bei den Bertuchs hatte bereits vor einer Stunde begonnen und ihr Mann ließ sich immer noch Zeit.

»Dieses Tuch oder lieber das?«, fragte er und deutete auf seine Auswahl. Hermine sah nicht hin.

»Das linke passt besser«, sagte sie mühsam beherrscht. Die Standuhr im Foyer schlug die neunte Stunde.

»Hilfst du mir mit dem Knoten?«, bat er Hermine.

Unwirsch schlang sie das Tuch um seinen Hals.

»Warum zittern deine Hände?«, fragte Conrad.

»Man sollte dich stets eine Stunde früher einladen, damit du mit deiner Garderobe fertig bist, wenn die Veranstaltung tatsächlich beginnt.«

»Wir sind doch gleich soweit.«

»Ich bin schon seit einer Stunde angekleidet. Mir ist heiß und ich sehne mich nach einem kühlen Getränk – und vor allem nach guter Gesellschaft.«

Die Falten um Conrads Mund vertieften sich. Er drehte sich zum Spiegel um. Hermine sah seiner gequälten Miene an, dass er mit ihrem Knoten unzufrieden war. Sie hatte ihn mit Absicht höchst nachlässig gebunden. Wie öfter in letzter Zeit schluckte er eine Bemerkung herunter. Ihr Sieg versöhnte sie mit der Verspätung, doch das würde sie gegenüber Conrad niemals zugeben.

»Enchanté, Madame«, sagte von Marbach mit einem Lächeln. Leiser fügte er hinzu: »Ich dachte schon, dass dieses Fest zu einer Klosterversammlung frommer Brüder verkommt.«

Hermine strahlte und ihr wurde heiß, als von Marbachs Lippen ihren Handrücken berührten.

»Ihr Benehmen ist frivol, werter Herr«, gab sie ebenso leise zurück. Sie senkte den Blick, als ihr Mann neben ihnen erschien.

»Hoch erfreut, Herr Behrmann«, rettete von Marbach die Situation.

»Die Freude ist ganz auf unserer Seite«, antwortete Conrad und zog Hermine mit sich fort.

»Wir wollen doch Herrn Bertuch begrüßen. Was denkt er wohl, wenn wir mit jedem sprechen, nur nicht mit ihm?«

»Victor von Marbach war der einzige, mit dem wir gesprochen haben. Oder sind mir die anderen Gespräche entgangen?«

»Dieser von Marbach ist ein sehr netter Mensch, aber du bist auch eine sehr nette Frau, wenn du verstehst, was ich meine.«

»Du bist eifersüchtig«, raunte Hermine. Sie sah zu von Marbach, der ruhig dastand und verhalten lächelte.

Dennfelder blätterte in einer Ausgabe von Bertuchs Kinderbüchern, die für die jungen Besucher des Festes bereitlagen. Zwei etwa achtjährige Mädchen saßen auf einem Diwan, ihre Beine baumelten in der Luft. Zwischen ihnen lag ein aufgeschlagenes Buch. Sie unterhielten sich über Vulkane. Dennfelder trat näher und warf einen Blick auf die Seite, welche die beiden mit höchster Aufmerksamkeit studierten. Ein ausbrechender Vulkan war zu sehen, die Lava rann in einem feurigen Strom die Serpentinen herab.

»Wenn der flüssige Stein über dich läuft, dann stirbst du«, betonte das Mädchen mit den Sommersprossen und tippte mit dem Finger auf die orangefarbenen Flammen.

»Tue ich nicht«, gab das andere zurück. »Ich kann nämlich schneller laufen als wie das Feuer.«

»Nein«, mischte sich Dennfelder ein. »Das kannst du nicht. Das Feuer ist schneller als der Wind. Du würdest verbrennen.«

Die Mädchen sahen ihn mit aufgerissenen Mündern an.

»Ich will euch keine Angst machen. Bei uns gibt es keine Vulkane. Der hier befindet sich in Italien, und das ist weit weg.«

Das Mädchen mit den Sommersprossen schlug das Buch zu. »Wollen wir spielen gehen?«, fragte es. Das andere Kind nickte und beide trollten sich.

Dennfelder griff nach dem Buch. Er staunte über die Detailtiefe der einzelnen Themen. Auch die anderen Titel besah er sich. Seine Achtung vor Friedrich Justin Bertuch wuchs.

»Ach hier bist du, Adrian.« Elsa Luise sah irritiert auf die Kinderbücher.

»Ich betrachte mir Herrn Bertuchs Werke.«

»Professor Froriep möchte dich sprechen. Er wartet im Foyer.«

»Es freut mich, Ihre Bekanntschaft zu machen, Herr Dennfelder.«

»Das Vergnügen ist ganz auf meiner Seite. Im Übrigen

ist es erfrischend, die üblichen Vorstellungsfloskeln beiseite zu lassen.«

Froriep lachte. Seine lang gezogenen Zähne betonten das überaus schmale Gesicht. Einzig das gut gepolsterte Kinn mochte nicht recht zu der Erscheinung passen.

»Ihre Frau erzählte mir, dass Sie einen Vortrag meines Kollegen Gall besucht haben? Interessant, nicht wahr?«

»Nun, ich kenne mich mit der Schädellehre nicht sonderlich gut aus. Zu wenig jedenfalls, um mir ein Urteil anmaßen zu können.«

»Sie ziehen sich galant aus der Affäre. Das gefällt mir. Haben Sie nie daran gedacht, Ihren Schädel vermessen zu lassen? Wer weiß, welche Talente in Ihnen schlummern? Wollen wir ein Stück gehen? Es ist fürchterlich heiß und ich saß viele Stunden in einer Kutsche.«

Dennfelder fiel das Glitzern in Frorieps dunklen Augen auf. Ein ungutes Gefühl beschlich ihn.

»Sollte ich nicht meine Frau fragen, ob sie uns begleiten möchte? Sie ist sehr interessiert an der Naturwissenschaft.«

»Ihre Gemahlin ist anscheinend sehr in ein Gespräch mit meiner werten Frau Schwiegermama vertieft. Es wäre mir unangenehm, dieses Einvernehmen zu stören. Keine Sorge, ich werde Sie nicht lange aufhalten. Aber Sie sind mit der wichtigste Grund, weshalb ich die beschwerliche Reise auf mich genommen habe.«

Hermine war es endlich gelungen, ihren lästigen Mann loszuwerden. Mit der Ausrede, sich ein wenig frisch machen zu müssen, war sie in das Ankleidezimmer geflohen, das die Bediensteten in eine Zuflucht verwandelt hatten. Auf einem Tisch aus dunklem Holz stand eine Porzellanschale, die mit Pfefferminzwasser gefüllt war. Tücher lagen bereit, außerdem durften sich die Damen aus der bereitgestellten Puderdose bedienen. Hermine griff nach einem Tuch, tauchte es in das duftende Wasser, wrang es aus und genoss die Kühle auf ihrem Gesicht. Sie sehnte sich nach Victor von Marbach, befürchtete jedoch, dass er das Fest bereits verlassen hatte. Zumindest hatte sie ihn auf ihrem Streifzug durch die Räumlichkeiten nicht entdecken können.

Einen Moment verharrte sie reglos, dann erst wagte sie, ihrem Spiegelbild einen Blick zu schenken. Wie erwartet waren ihre Augen umschattet. Conrad riss sie häufig aus dem Schlaf. Er schnarchte entsetzlich. Hermine seufzte. Früher war sie von Conrad wegen angenehmerer Dinge geweckt worden, die mitnichten Augenränder verursacht hatten, obwohl sie schlafraubend waren. Im Gegenteil, frisch und strahlend hatte ihr Gesicht am Morgen danach ausgesehen. Diese Zeiten waren vorbei. Conrad hatte große Probleme, die sich auch in mangelnder Manneskraft niederschlugen. Aber er besaß viel Geld, deshalb blieb sie bei ihm.

Hermine puderte ihr Gesicht und zwickte sich in die Wangen, um sie rosig und gesund aussehen zu lassen. Sie erhob sich und sah aus dem Fenster. Im Park lustwandelten einige der Gäste. Die Hitze hatte nachgelassen und nicht wenige Besucher zog es nach draußen an die frische Luft. Hermine entschied, sich ihnen anzuschließen.

»Das Essen ist wunderbar«, seufzte Martha Starken und tupfte sich die Lippen mit der Serviette ab.

Sie wusste, dass sich ihr Schlingen nicht gehörte, aber sie konnte nicht anders.

Ihr wurde bewusst, dass die Qualität der Speisen im

Hause Dennfelder in den letzten Wochen abgenommen hatte und nahm sich sogleich vor, das Personal zu rügen und einen neuen Speiseplan aufzustellen; ihre Tochter hatte noch einiges zu lernen.

Dennfelder und Froriep kamen in das Speisezimmer, angeregt in ein Gespräch vertieft. Elsa Luise sah auf die freie Sitzfläche neben ihrem Platz. Dennfelder beendete das Gespräch mit einer bedauernden Geste und setzte sich neben Elsa Luise.

»Wo warst du so lange«, fragte sie in jener weinerlichen Art, die er zutiefst verabscheute.

»Ich habe ein sehr lohnendes Geschäft abgeschlossen.«

»Aber du bist viel zu spät! Siehst du, wir haben den Hauptgang schon verzehrt«,

mischte sich nun Martha Starken ein.

»Wenn ich kein Geld mehr verdienen soll, dann brauchst du es nur zu sagen.

Allerdings bezweifle ich, dass du dann überhaupt etwas auf den Tisch bekommst.«

Martha Starken reckte ihr Kinn betont stolz in die Luft und würdigte ihn keines Blickes mehr. Sie unterhielt sich stattdessen betont fröhlich mit Elsa Luise.

Dennfelder war froh, als alle mit dem Dessert fertig waren und man sich vom Tisch erheben konnte, ohne die Etikette zu verletzen.

Bertuch kam auf ihn zu. »Ah, Herr Dennfelder, begleiten Sie uns in den Salon?

Ich könnte einen guten Cognac vertragen.«

»Sehr gerne.«

»Mein Schwiegersohn berichtete mir von den zukünftigen Schätzen für seinen Weinkeller. Wenn es Ihnen nichts ausmachen würde, schließe ich mich gerne an.

Verdoppeln Sie einfach alles, was er bestellt hat und lassen Sie die Hälfte davon hierher liefern.«

Bertuch zwinkerte ihm zu und reichte ihm einen Schwenker mit einer hellbraunen Flüssigkeit.

Dennfelder verbeugte sich, nahm dankbar den Cognac entgegen und erwiderte:

»Möchten Sie nicht zuerst den Wein verkosten?«

»Wissen Sie, ich vertraue meinem Schwiegersohn vollauf. Er trifft stets die richtige Wahl. Ich besuche ihn öfter, und da wir gerne einen guten Wein zusammen trinken, haben sich unsere Geschmäcker wohl im Laufe der letzten Jahre angeglichen.«

»Ich werde die Lieferung sofort veranlassen, gleich morgen früh.«

Per Handschlag besiegelten sie das Geschäft. Es entspann sich ein Gespräch über Weine und deren Herkunftsorte. Bertuch kannte sich gut aus, was Dennfelder sehr zu schätzen wusste.

»Wie wäre es, wenn wir ein Buch über Weine drucken würden?«

»Ich dachte, so etwas gibt es schon?«, gab Dennfelder zurück.

»Mir schwebt etwas Neues vor. Eine Art Encylopädia über den Wein, von der Traube bis zur angemessenen Art und Weise, ihn zu kredenzen. Was halten Sie davon?«

»Eine wundervolle Idee.«

»Kann ich mit Ihrer fachkundigen Hilfe rechnen?«

»Es wäre mir eine Ehre.«

6

Elsa Luise betrat Bertuchs Salon. Sorgenfalten bedeckten ihre Stirn. Dennfelder sah ihr fragend entgegen.

»Es tut mir leid, dass ich stören muss. Aber Mutter geht es nicht gut. Sie scheint das Essen nicht vertragen zu haben.«

»Entschuldigen Sie uns kurz«, wandte sich Dennfelder an den Gastgeber. Er nahm Elsa Luise am Arm und zog sie außer Hörweite. »Bist du von Sinnen, unsere Gastgeber zu brüskieren, indem du das Essen verantwortlich für ihren Zustand machst? Wie kannst du nur?«

»Es … es tut mir leid.«

»Überfressen hat sie sich und das werde …« Dennfelder bemerkte Bertuch, der mit höflich abgewandtem Blick immer noch auf ihn wartete. Er bremste sich. »Nun gut, ich werde eine Kutsche rufen lassen.«

»Das habe ich bereits getan. Ich hatte gehofft, du wirst uns begleiten?«

»Wie du willst. Allerdings werden wir uns verabschieden, und zwar so, wie sich das gehört. Kein Wort über das Essen mehr!«

Elsa Luise nickte eingeschüchtert. Dennfelder warf ihr noch einen zornigen Blick zu, dann holte er tief Luft und kehrte zu Bertuch zurück. Mittlerweile hatte sich Froriep zu ihm gesellt, und noch zwei weitere Herren; zwei Bankiers, wie Dennfelder im Laufe des Abends herausgefunden hatte.

»Herr Bertuch, es tut mir furchtbar leid, aber es scheint, als ginge es meiner werten Schwiegermutter nicht sonderlich gut. Ich denke, ich werde die Damen sicher nach Hause geleiten. Vielen Dank für diesen interessanten Abend.«

»Ich habe mitbekommen, dass Ihre Frau etwas von ›Essen‹ und ›nicht vertragen‹ erzählte. Das war natürlich nicht Sinn und Zweck dieser Abendgesellschaft. Erlauben Sie mir, diesen Fauxpas wieder gut zu machen, in dem ich Ihnen drei Karten für das Konzert von Marie Malo überreiche? Sie ist eine Göttin am Pianoforte.«

»Das kann ich unmöglich annehmen, Herr Bertuch. Sie beschämen mich.«

Bertuch legte ihm freundlich eine Hand auf die Schulter und sagte: »Ich hätte Ihnen die Karten so oder so geschenkt. Wir sollten unseren Austausch vertiefen.«

Dennfelder fehlten die Worte, zum Dank verbeugte er sich tief.

»Schade, dass Sie schon gehen«, sagte Victor von Marbach und stellte sich Dennfelder in den Weg. »Ich hatte gehofft, ein wenig mit Ihnen plaudern zu können. Allerdings hat unser werter Gastgeber Sie in Beschlag genommen und da wollte ich nicht stören.«

»Entschuldigen Sie, aber hätten Sie dem Essen beigewohnt, lägen die Dinge anders. Wir hätten sicher ein Wort wechseln können. Dies ist ein denkbar schlechter Zeitpunkt. Meiner Frau Schwiegermutter ist nicht wohl und wir möchten nach Hause.«

»Ich sehe Ihrem Blick an, dass Sie weit davon entfernt sind, den heimatlichen Hafen anzusteuern zu wollen. Sie befolgen vielmehr die Konventionen der Pflichterfüllung.«

Dennfelder zuckte zusammen. Es war eine winzige Bewegung, doch sie gab von Marbach recht.

»Man sagt, Sie seien der beste Weinkenner weit und breit.«

»Ja, das sagt man wohl. Und nun entschuldigen Sie uns bitte.« Dennfelder wollte an ihm vorbeigehen, doch von Marbach machte einen kleinen Ausfallschritt und stand wieder vor ihm.

»Ich wette mit Ihnen, Sie sind nicht in der Lage, einen Merlot von einem Burgunder zu unterscheiden.«

Dennfelder schnaubte durch die Nase und ließ von Marbach stehen.

Zufrieden sah er, wie Dennfelder in Begleitung seiner Frau und seiner Schwiegermutter dem Ausgang entgegeneilte. Die Saat war ausgebracht, nun galt es, auf das erste zarte Pflänzchen zu warten, das er mit Stumpf und Stiel ausreißen würde. Dennfelder konnte ihm nichts vormachen.

Ein Kissen um das andere purzelte vom Bett, als sich Desdemona aufrichtete. Der Türklopfer schlug an. Der Takt steigerte sich zu einem wütenden Stakkato und brach dann unvermittelt ab. Die Stille war furchtbarer als das andauernde Klopfgeräusch. Mit pochendem Herzen drehte Desdemona den Docht der Lampe höher. Beruhigend ergoss sich das Licht in den Raum.

»Irma«, wisperte Desdemona. Ihre Bedienstete regte sich im Schlaf. »Irma!«, rief sie nun und warf ein Kissen nach der Frau. Irma fuhr hoch.

»Geh nachsehen, wer dort an der Tür ist. Es ist mir ein Rätsel, warum niemand geöffnet hat.«

Irma murmelte Unverständliches und taumelte schlaftrunken zur Tür. Nach einiger Zeit drang ein spitzer Schrei aus dem Erdgeschoss hoch zu ihr, dann hörte Desdemona ihre Bedienstete ausrufen: »Gott steh mir bei!«

Die folgenden Minuten zogen sich zu einer Ewigkeit. Schließlich betrat Irma in Begleitung einer weiteren Person ihr Schlafgemach.

»Findest du es nicht unpassend, Besuch hier hereinzubringen. Wie sieht das denn aus?«

Irma führte den Gast näher und sagte: »Darum brauchen Sie sich keine Sorgen zu machen.«

Desdemona gab ein ersticktes Keuchen von sich. Vor ihrem Bett stand eine Frau, die ein festliches Kleid trug. Zwei rote Rinnsale zogen sich über die kreidebleichen Wangen. Die leeren Augenhöhlen entließen stetig neues Blut.

Irma führte die Frau zu ihrem Stuhl, den sie normalerweise niemals hergab, überzeugte sich, dass sie richtig saß, und eilte mit einem »ich hole etwas zum Verbinden« hinaus.

»Sind Sie die Frau, die ›Desdemona‹ genannt wird?«

Desdemona nickte, dann fiel ihr ein, dass ihr Gast sie nicht sehen konnte. »Ja, bin ich. Wer hat Ihnen das angetan?«

»Sie müssen mich begleiten. Schnell! Wir müssen vor Aufgang der Sonne zu einem weit entfernten Ort.«

Desdemona sah sich die Füße der Frau an. Geschunden waren sie, die Sohlen ihrer edlen Schuhe voller Schmutz, eine Schnalle war abgerissen, der Riemen baumelte nutzlos an der Seite.

»Ich werde Sie begleiten, aber ich benötige jemanden, der meinen Rollstuhl schiebt«, sagte Desdemona in ruhigem Tonfall.

Inspektor Niemer war noch wach, als der Bote bei ihm an die Tür pochte und ihn bat, ihm zu folgen.

Irma wartete vor der Tür von Desdemonas Haus. »Es ist so schrecklich. Wer kann einer Frau nur so etwas antun?«

Niemers Blut sackte in die Beine. »Desdemona?«, keuchte er.

»Nein, ihr geht es gut. Die andere Frau meine ich doch.«

»Irma, machen Sie das nie wieder!«

»Die beiden sind im Schlafzimmer.«

Niemer kannte den Weg und nahm immer zwei Stufen auf einmal. Erschrocken prallte er zurück, als er in das verheerte Antlitz von Frau Behrmann blickte. Er bemühte sich, zartfühlend zu sein.

»Frau Behrmann, ich bin Inspektor Niemer. Sie kennen mich bereits von Ihrer Soiree. Ich war der Störenfried, der Ihr schönes Fest frühzeitig beendet hat.« Während er sprach, besah er sich ihr Gesicht. Die Augenhöhlen waren vollkommen leer. Jemand hatte fachkundig die Augäpfel entfernt. Die Wunden erweckten nicht den Anschein, als hätte sich ein Verrückter an Frau Behrmann vergangen. Gerade die Akkuratesse jagte Niemer einen Schauer über den Rücken.

»Es fällt mir nicht leicht. Aber ich muss Sie fragen, wer Ihnen das angetan hat. Und, was noch wichtiger ist, warum ausgerechnet Ihnen?«

»Keine Zeit«, hauchte Hermine Behrmann. »Wir müssen weg von hier – weit weg.«

»Was geschieht, wenn wir bleiben?«, fragte Desdemona.

»Dann kommt er wieder und tötet mich.«

Desdemona und Niemer warfen sich einen langen Blick zu, dann nickte der Inspektor. »Wir werden alles Weitere auf dem Weg besprechen.«

»Sie halten sich erstaunlich, wenn ich bedenke, dass Sie schwer verletzt wurden«, wunderte sich Inspektor Niemer. Er entzündete eine Lampe, die er Desdemona reichte.

»Er hat mir einen bitteren Saft eingeflößt. Danach verschwand der Schmerz und Feuer scheint seitdem durch meine Adern zu fließen«, sagte Hermine Behrmann.

Niemer schob Desdemonas Rollstuhl über die gepflasterten Straßen. Die Lampe hopste wie ein beschwipstes Irrlicht. Eine Hand von Frau Behrmann lag auf seiner. Hin und wieder bat die Frau darum anzuhalten. Prüfend bewegte sie den Kopf von links nach rechts. Horchte.

»Sie sind blind und das nicht von Geburt an. Wie können Sie sich so exzellent orientieren?«, wollte Niemer wissen.

»Das ist ein Talent von mir. Ich verlaufe mich niemals. Wir müssen uns in Richtung der Ilm halten.«

Desdemona studierte den Fetzen der Landkarte und nickte bestätigend. »Meine Liebe, wir möchten Ihnen helfen. Sagen Sie uns, wie sich alles zugetragen hat. Sie machen einen sehr tapferen Eindruck. Sprechen Sie sich das Leid von der Seele.«

»Ich bin nicht halb so mutig, wie sie vielleicht annehmen. Aber Sie haben recht. Ich sollte jetzt darüber sprechen, denn ich weiß nicht, ob mir das jemals wieder gelingen wird.«

»Denken Sie daran, meine Liebe, wir stehen auf Ihrer

Seite.« Desdemona griff nach Frau Behrmanns Hand und drückte sie.

Hermine Behrmann holte tief Luft, stieß sie zischend aus und begann zu erzählen. »Ich war auf dem Fest der Bertuchs. Mein Mann und ich hatten zuvor eine Auseinandersetzung, weshalb meine Laune getrübt war. Ich fand keinen rechten Anschluss an die Gespräche, war mit meiner Aufmerksamkeit nicht bei den Themen, die diskutiert wurden. Irgendwann am Abend, die Uhrzeit weiß ich nicht, aber es war vor dem Abendessen, zog ich mich zurück, um mich ein wenig frisch zu machen. Danach verließ ich das Haus, hinter dem sich ein Park erstreckt. Wie Sie wissen, ist nur ein Teil des Geländes eingezäunt. Der Asbach bildet eine natürliche Barriere. Ein Wald schließt sich dem Park an, zahlreiche Wege führen direkt hinein.«

»Und dann gingen Sie in den Wald?«, fragte Niemer ungeduldig dazwischen.

»Nein, ich mied den Wald. Bäume jagen mir nachts Angst ein.«

»Also war es schon dunkel?«

»Jetzt unterbrich sie doch nicht dauernd!«, tadelte Desdemona.

Frau Behrmann war die Überwindung anzusehen, die es sie kostete, mit ihrer leidvollen Geschichte fortzufahren. »Es dämmerte. Man sah viele der Gäste im schwindenden Licht spazieren gehen. Sie alle befanden sich, wohl angesichts des nahenden Abendessens, auf dem Rückweg. Ich weiß nicht, was mich getrieben hat, aber ich kehrte der Gesellschaft den Rücken. Ein Fehler, der mich das Augenlicht gekostet hat.«

Niemer und Desdemona schwiegen.

Hermine Behrmann fuhr fort: »Ich ging ein Stück den Bach entlang. Hin und wieder kam ich an Holzstegen vorbei, die über das Wasser führen. Ein kleines Spielzeugboot konnte ich im Wasserfarn erspähen. Es war schon sehr aufgeweicht, der Mast war gebrochen. Sofern es ein Segel besessen hatte, war es wohl vom Wasser fortgeschwemmt worden. Ich erinnere mich deshalb so gut an das Schiff, weil dies das Letzte war, was ich sah. Plötzlich fühlte ich rauen Stoff an meinen Lippen. Dann schwanden mir die Sinne.«

»Die Durchführung weist darauf hin, dass wir es tatsächlich mit einem Arzt zu tun haben könnten«, murmelte Niemer vor sich hin. Dann wandte er sich mit lauter Stimme an Hermine. »Sie waren bei den Bertuchs. Welche Gäste waren anwesend? Kannten Sie sie?«

»Wenn Sie sagen, ein Arzt könnte der Verbrecher sein, dann fällt mir nur einer ein, der auf dem Fest zugegen war. Es handelt sich um Professor Froriep. Er ist Chirurg.«

»Heiliges Kanonenrohr!«, rief Niemer. »Wir haben ihn.«

»Nicht so voreilig«, warnte Desdemona. »Das Offensichtliche ist meist der falsche Weg. Jemand stellt uns gezielt eine Falle. Das kann überhaupt nicht Froriep gewesen sein.«

»Du spielst darauf an, dass Froriep in Halle wohnt, ja? Könnte er sich nicht Helfershelfer bedient haben?«

»Der Schwiegersohn von Bertuch ist unschuldig«, ging Hermine Behrmann dazwischen. »Ich habe ihn zum Haus laufen sehen, nur wenige Minuten, bevor ich betäubt wurde.«

»Könnte er nicht zurückgekommen sein?«

»Möglich wäre es.«

»Was geschah, als Sie wach wurden?«

»Ich litt schreckliche Schmerzen und jammerte und schrie. Niemand hörte mich. Ich versuchte, mir die Augen zu reiben. Aber da war nichts mehr. Nur Blut, jedenfalls glaubte ich, dass es mein Blut war ...«

Hermine Behrmann zuckte und hob die Hände vor das Gesicht.

Es gibt wohl wenig Grausameres, als ohne Augen weinen zu wollen, dachte Niemer.

Sie verließen die Stadt und schlugen unwegsamere Gefilde ein. Immer wieder musste Niemer die Räder des Rollstuhls aus Schlaglöchern befreien. Desdemona hielt die Lampe mit beiden Händen fest.

Hermine Behrmann schienen die Kräfte zu verlassen. Die Wirkung des Saftes konnte nicht ewig andauern, der Schmerz würde unweigerlich zurückkehren. Noch hielt sie sich auf den Füßen. Niemer fragte sich allerdings, wie lange noch.

»Ich hörte eine Stimme, die meinen Namen sagte«, setzte Frau Behrmann ihren Bericht fort. »Viel sprach er nicht – nur, dass er mich auf die Probe stellen wolle.«

»Kannten Sie die Stimme?«

»Nein, sie klang dumpf. Als hätte er durch ein Tuch oder eine Maske gesprochen.«

»Hat er Sie berührt?«

»Nein, er stand wohl neben mir. Ich lag auf einer Decke. Der Boden war klamm – das spürte ich durch die Decke hindurch – und ich hörte Wasser rauschen. Zuerst dachte ich, wir seien noch im Park. Es roch aber anders. Fauliger. Jeder Weimarer kennt diesen Geruch im Sommer. Es ist die kleine Bucht, in der die Baumstämme vermodern. Er würde mich am Leben lassen, sagte er, wenn es mir gelänge, die Frau namens Desdemona hierher zu bringen. Zum Glück wusste ich, wo Sie wohnen. Ich glaube, jeder in Weimar kennt Sie.« Sie wandte Desdemona ihr Gesicht zu. »Jetzt gilt es nur noch, den Ort zu finden.«

»Ich weiß, wo das ist«, rief Desdemona und wedelte mit der Karte.

Hermine Behrmann brach zusammen. Dies geschah so plötzlich, dass Desdemona und Niemer sie nicht auffangen konnten.

»Wir müssen sie bei Sinnen halten, sonst fällt sie in tiefe Bewusstlosigkeit, aus der sie vielleicht nie mehr erwacht«, sagte Niemer. Er dachte an die grausam zugerichteten Opfer, die er in seinen Dienstjahren zu Gesicht bekommen hatte. Etliche hatten es nicht überlebt.

Er hievte Frau Behrmann auf Desdemonas Schoß und tätschelte ihre Wangen.

»Frau Behrmann, Sie dürfen nicht schlafen, hören Sie! Wir brauchen Sie. Ohne Ihre Hilfe sind wir verloren.«

»Ich bin nicht sicher, ob der Rollstuhl das Gewicht von uns beiden trägt«, wandte Desdemona ein. »Allerdings fällt mir auch nichts anderes ein.«

»Das werden wir sehen. Halte du sie wach, ich schiebe euch beide.«

Es war ein Kraftakt und mehrmals musste Niemer anhalten und verschnaufen. Aufgeben kam nicht infrage. Hermine Behrmann wimmerte und gab zusammenhanglose Laute von sich, aber sie war wach. Und das zählte!

»Jetzt ans Ufer«, sagte Desdemona.

»Dorthin könnt ihr nicht mitkommen. Und ich brauche die Lampe«, wandte Niemer ein.

Er hielt die Lampe dicht über den Boden und suchte Zoll für Zoll das Gras ab. Dabei bewegte er sich auf den Asbach zu. Frau Behrmanns Beschreibung entsprach der Wahrheit: Die Bucht stank faulig. Frösche hatten sich zu einem Stelldichein versammelt und gaben ein dissonant gequaktes Konzert zum Besten. Niemers übermüdete Augen spielten ihm öfter Streiche und vermeintliche Hinweise entpuppten sich jedes Mal als Steine oder Schneckengehäuse. Er wollte gerade umkehren und Desdemona nochmals die Karte überprüfen lassen, als er im Licht des Mondes etwas schimmern sah. Der Schein der Lampe erfasste eine bizarre Skulptur. Sie lehnte an einem großen Stück Treibholz. Niemer hielt die Lampe näher an das Gebilde. Seine Galle kochte hoch und verbrannte seinen Hals von innen. Er schloss die Augen und atmete mehrmals tief ein und aus. Die Haut war meisterlich auf einen Holzrohling aufgezogen. Die Gesichtszüge der Skulptur entsprachen genau denen, die dem getöteten Professor aus Jena zugeschrieben wurden. Die Augen waren echt. Niemer brauchte nicht zu überlegen, wem diese einst gehört hatten. Er nahm die Maske ab und drehte sie um. Dabei fielen die Augen und etwas Dunkles ins Gras. Niemer bückte sich und hob den Gegenstand auf. Entgegen seiner ersten Befürchtung wurde er von weiteren abgetrennten Körperteilen verschont. Es war eine schwarze Klaviertaste.

7

Dennfelder steckte die Schreibfeder in den Halter. Seine Finger krümmten und streckten sich in einer langsamen Bewegung, als würde er mit den Händen dem Treiben einer Musik folgen. Sein Blick wandte sich wieder der aufgeschlagenen Seite zu. Anderthalb Stunden hatte ihn die Überprüfung der Zahlenkolonnen gekostet, eine Arbeit, für die er sonst nicht mehr als die Hälfte der Zeit brauchte. Immer wieder war von Marbach in seine Gedanken gekrochen. Was wollte er von ihm? Wieso machte er Andeutungen, als wüsste er etwas? Dennfelder seufzte. Er musste ihm aus dem Weg gehen. Von Marbach hatte das Talent, ihm das Gefühl zu geben, durchschaut worden zu sein. Als hätte er ein Stück seiner Seele gesehen. Dennfelder schauderte.

Ein Klopfen ließ ihn hochfahren. Ohne Aufforderung wurde die Tür geöffnet und jemand rauschte herein. Seufzend ließ er sich zurückfallen. Er schloss die Augen. Er war jetzt nicht in der Stimmung für eine erneute Auseinandersetzung mit seiner Schwiegermutter. Dann erst fiel ihm die Stille auf, nahezu unmöglich, wenn er einen Raum mit Martha Starken teilte. Er sah auf und stellte fest, dass Elsa Luise hereingekommen war.

»Adrian, hast du das von Frau Behrmann gehört?«, fragte sie mit ihrer tonlosen Stimme.

»Seit wann betrittst du mein Zimmer ohne Aufforderung?« Dennfelder konnte sich nicht damit abfinden, dass sich Marthas schlechte Manieren nun auch auf seine Frau übertrugen.

Elsa Luise wurde rot. Sie trat näher. Sie beobachtete, wie er ein Taschentuch aus seiner Hosentasche zog. Er wischte sich über die Stirn.

»Was ist los, Adrian. Du siehst so blass aus, geht es dir nicht gut?«

»Elsa Luise, ich mag es nicht, wenn jemand so unverhofft hereinplatzt! Das macht mich verrückt.«

»Du siehst so aus, als hättest du einen Geist gesehen.«

»Rede nicht so einen Unsinn! Was wolltest du von mir?«

»Frau Behrmann hat sich für das Konzert angekündigt!« platzte Elsa Luise heraus.

Dennfelder sah sie zweifelnd an. »Das kann nicht sein. Du musst dich verhört haben. Es ist nicht möglich!«

Mit einem Kopfschütteln verteidigte sie sich: »Nein, Adrian, es ist wahr! Sie hat verkünden lassen, dass sie es sich nicht nehmen lassen wird, ihr Leben so weiterzuführen, wie sie es bisher auch getan hat. Eine Schneiderin ist beauftragt, ihr ein Kleidungsstück zu fertigen, das ihre Wunden verhüllen soll. Es sei nichts weiter passiert, als dass sie nun in der Lage sei, nur die angenehmsten Bilder in ihrer Vorstellungskraft heraufzubeschwören. Sie freue sich auf die wunderbare Musik der jungen Französin. Ein Ereignis der ganz besonderen Art, wozu man sowieso das Augenlicht nicht brauche, hat sie gesagt. Außerdem fiele ihr nicht ein Name ein, der ihr diesen Genuss missgönnen könnte. Sollte jemand anderer Meinung sein, ließ sie verkünden, sei er eingeladen, sie ihr persönlich mitzuteilen. Und von mitleidigen Bekundungen wolle sie auf gar keinen Fall etwas hören. Was sagst du dazu, Adrian, ist das nicht unglaublich?«

»Eine starke Frau«, murmelte Dennfelder. Er wunderte sich ernsthaft über Elsa Luises ungewöhnlich lange Rede.

Dann stand er auf. »Elsa Luise, ich gehe davon aus, dass du und deine Mutter genug Anstand besitzt, die Frau in Ruhe zu lassen. Wir sind auf besondere Einladung von Herrn Bertuch dort. Ich möchte, dass ihr daran denkt, dass wir bis vor Kurzem nicht in diesen Kreisen verkehrt haben. Ob es in Zukunft so sein wird, hängt ganz davon ab, wie gut du dich benehmen kannst.«

Elsa Luise trat bebend vor ihn. »Wie kannst du nur so gemein sein? Manchmal komme ich mir vor, als könnte ich es dir nie recht machen!«

Dennfelder wich ihrem Blick aus, schob sie zur Seite und flüchtete zur Regalwand. Er fing an, Bücher wahllos herauszuziehen und wieder hineinzuschieben. Hinter ihm ging die Tür auf und wieder zu. Er hörte, wie sich Elsa Luises Schritte entfernten.

Als Victor von Marbach über den Marktplatz schlenderte, sah er, wie ein Pferdekarren vor dem Geschäft des Weingroßhändlers Dennfelder hielt. Er blieb interessiert stehen. Ein junger Mann sprang herunter und half dem Kutscher, einen Reisekoffer von der Ladefläche zu ziehen. Von Marbach beobachtete, wie er dem anderen gestenreich einen Weg wies. Dann holte er ein Papierstück heraus, zeigte darauf und reichte es weiter. Zum Abschied klopfte er dem Kutscher auf die Schulter und sah zu, wie der wieder auf seinen Sitz kletterte. Schließlich verschwand der junge Mann hinter der Ladentür.

Von Marbach überlegte nur kurz, dann steuerte er entschlossenen Schrittes auf das Geschäft zu. Links der Tür war die Gravur ›Adrian Dennfelder, Weingroßhandlung‹ auf einem Messingschild angebracht, gefolgt von einer Aufzählung des angebotenen Sortiments. Von Marbach war von der Auswahl beeindruckt, aber nicht wirklich verwundert – nichts anderes hatte er von einem Mann wie Dennfelder erwartet. Als er das Geschäft betrat, bemerkte er, dass keine Ladenglocke sein Eintreten ankündigte. Der Raum lag verlassen da, der junge Mann musste in den hinteren Räumen verschwunden sein. Er beschloss, sich zuerst etwas umzusehen, bevor er seine Anwesenheit kundtat. Von Marbach hatte keine Vorstellung davon, wie ein Weingroßhandel aussehen sollte. Normalerweise wurde ihm der Wein in seinen eigenen Räumen feilgeboten. Oder lieber noch wählte er sie selbst auf seinen Reisen aus.

Der Raum war auf den ersten Blick schlicht, als einziges Möbel gab es eine Theke. Allerdings stand sie mitten im Raum. Sie konnte kaum den Zweck erfüllen, die Kunden von den Angestellten zu trennen. Die Wände zierte die übliche Holzvertäfelung aus dunkel glänzendem Holz, an drei Wänden war sie jedoch nur hüfthoch angebracht. Wo es kein Holz gab, waren die Wände weiß getüncht und in regelmäßigen Abständen hingen kunstvoll verzierte Kerzenhalter. Von Marbach betrachtete das Arrangement der Weinflaschen, die auf den handbreiten Abschlusshölzern der tieferen Wandvertäfelungen aufgereiht standen. Sie wirkten eher wie Dekoration als wie Ware, die dargeboten wurde. Es war – für einen Weinkenner wie ihn – eine verlockende Auswahl. Auf dem glänzend polierten Holz der Theke stand, auf einem Tonteller, eine große, weiße Kerze. Die Kerze brannte. Neben dem Tonteller stand eine Glocke. Offensichtlich die, die an der Eingangstür fehlte, dachte von Marbach. Er nahm sie und bewegte sie ein paar Mal hin und her. Ein heller Ton erklang. Von Marbach legte seine Hand über die Glocke, sodass sie wieder verstummte. Dann sah er erwartungsvoll zum Vorhang, der den hinteren Ladenteil vor neugierigen Blicken verbarg. Er hörte Schritte – eilige Schritte, die offensichtlich einen längeren Weg zurücklegten. Der Vorhang wurde beiseite geschoben und der junge Mann, den von Marbach vorhin noch auf der Straße gesehen hatte, trat hindurch.

»Guten Tag, mein Herr. Was kann ich für Sie tun?«

»Ich denke, es ist recht gefährlich, eine Kerze unbeobachtet brennen zu lassen. Und dann in einem Raum mit so viel Holz, finden Sie nicht?«

Toni Weber sah irritiert zu der Kerze, dann wieder zu von Marbach.

»Ich habe nicht gesehen, dass …«

»Umso schlimmer. Umso schlimmer. Aber das wissen Sie selbst, nehme ich an.«

Toni Weber spürte, wie er rot anlief. Er sah an von Marbach vorbei auf den Marktplatz, dann wieder zu ihm.

»Kann ich Ihnen außerdem behilflich sein, Herr …?«

»Von Marbach. Ehrlich gesagt würde ich lieber mit Herrn Dennfelder persönlich sprechen. Ist er hier?«

»Oh, Herr Dennfelder, natürlich. Leider kann ich Ihnen nicht …«

»Nein, Sie können nicht! Das habe ich schon gewusst, denn …«, von Marbach zwinkerte, »die Kerze hat es mir erzählt.«

Toni Weber nahm den spöttischen Blick wahr. Er hatte keine Ahnung, welches Spiel hier gespielt wurde, doch wusste er, dass er keine Lust hatte, es mitzuspielen. Er sah, wie von Marbach sich verbeugte und zur Tür wandte.

»Sagen Sie Herrn Dennfelder, dass ich noch mal vorbeischaue. Irgendwann. Sagen Sie ihm, es gehe um die Wette.«

Toni Weber hörte sein Lachen, bis die Tür ins Schloss fiel. Er musste sich unweigerlich schütteln. Als könnte er dadurch die Begegnung mit dem merkwürdigen Menschen ungeschehen machen. Dann seufzte er und sah nachdenklich in die Flamme der Kerze. Er fragte sich, ob er ihn hätte aufhalten sollen. Auch wenn er Dennfelder noch nicht gesehen hatte, so war er sehr wahrscheinlich da. Schließlich brannte die Kerze, wie von Marbach es ihm selbst unter die Nase gerieben hatte. Toni Weber war nach seiner Rückkehr aus Halle gerade mal in der Lage gewesen, sich seines Reisemantels zu entledigen und im Häuschen auf dem Hof zu verschwinden. Er zuckte die Schultern. Was soll es? Er hatte Herrn Dennfelder nicht nur diese unangenehme Sache zu berichten. Die Frage war nur, wie er es schaffen sollte, ihm zu erklären, dass zumindest die Hallenser Angelegenheit nicht seine Schuld war. Toni Weber drehte sich zum Vorhang, schob ihn mit der Hand zur Seite. Herr Dennfelder hatte großes Vertrauen in ihn gesetzt, als er ihn allein nach Halle schickte. Der Vorhang rutschte an seiner Schulter vorbei und verschloss den Durchgang hinter ihm. Aber wie sollte er, Toni Weber, ein einfacher Schreiber, gegen den guten Ruf Benners sein eigenes Handeln verteidigen? Toni Weber sah die offene Tür zu Dennfelders Schreibstube. Ohne nachzudenken, betrat er den Raum und ließ sich auf Dennfelders breiten Stuhl vor dem ausladenden Tisch sinken. Er hatte das Gefühl, wie damals, als er in der kleinen Dorfschule als Ältester der Schüler von seinem Lehrer dafür verantwortlich gemacht wurde, dass er nicht verhindert hatte – nicht verhindern konnte – wie ein paar Jüngere die Katze des Dorflehrers ertränkt hatten. Was war er, jedermanns Trottel? Eine Wachsfigur? Auf einmal schreckte er hoch. Wachs! Die Kerze! Sie brannte ja immer noch.

Desdemona hielt sich ein leinenes Tuch vor Mund und Nase. Inspektor Niemer hatte es ihr verlegen mit den Worten »Vielleicht etwas staubig geworden« gereicht, aber sie hatte es dankbar gegriffen. Sie seufzte, als sie den für ihren Geschmack etwas zu herben Duft einatmete. Doch mit der Zeit gewöhnte sie sich an den Geruch und meinte sogar, eine angenehme blumige Note entdeckt zu haben. Ein wenig entspannter ertrug sie nun den Weg durch die schmutzigen Gassen.

Inspektor Niemer hingegen ertrug die pikante Mischung aus den Gerüchen der dreckigen Straße ohne Hilfsmittel. Was blieb ihm auch anderes übrig, dachte er. Dennoch schob er Desdemona so schnell wie möglich über das holprige Pflaster. Als sie in das Eisfeld einbogen, nahm er die gedämpfte Stimme Desdemonas wahr.

»Ist es schon besser, Inspektor? Ich traue mich nicht, das Tuch zu entfernen.«

»Du wolltest ja unbedingt mitkommen!«

»Glaubst du, ich hätte mir das entgehen lassen, wenn wir Erfolg gehabt hätten?«

»Hatten wir aber nicht!«

»Inspektor, ich finde, du verhältst dich mir gegenüber sehr unhöflich!«

Sein Gesicht verriet, was er dachte, doch das konnte Desdemona zum Glück nicht sehen.

»Niemer, wann sind wir da? Ich kenne mich hier überhaupt nicht aus.«

»Ich hätte mich auch gewundert, wenn du hier früher schon einmal einen Spaziergang gemacht hättest«, knurrte er.

»Vielen Dank, Ihr Ton ist freundlich und Ihre Worte hilfreich. Wie immer, werter Freund!« Desdemona lüftete vorsichtig das Tuch, um sich selbst einen Eindruck zu verschaffen.

Inspektor Niemer musste bei ihren Worten die griesgrämige Haltung aufgeben. Seine Lippen bebten, dann lachte er. »Meine Liebe, du hättest deinen Kutscher nicht fahren lassen dürfen.«

»Damit du mich gleich wieder heimschickst? Nein, nein! Auch wenn ich es ungern zugebe, aber dieses Mal erlaubten mir meine tauben Beine ausnahmsweise einen Vorteil, den ich einfach nicht ausschlagen konnte!«

Inspektor Niemer schob den Rollstuhl mit seiner störrischen Freundin um die letzte Biegung des Eisfeldes. Jetzt konnte er schon die ersten Fassaden des Töpfenmarktes sehen.

»Also gut. Du hast den Jungen gesehen. Seine Zunge schien noch ausgezeichnet zu funktionieren.«

»Und hat dennoch kein Wort über seinen Aufenthalt preisgegeben.« Desdemona dachte an den aufgeweckten Jungen, der mehrere Tage verschwunden war, wie ihnen in der Waisenanstalt mitgeteilt wurde. Er konnte reden wie ein Wasserfall und dabei geschickt der Beantwortung aller ihm gestellten Fragen aus dem Weg gehen. Schließlich hatten Inspektor Niemer und Desdemona sich angeguckt. Dieser Junge führte sie in ihren Ermittlungen nicht weiter. Was auch immer der Junge in der Zeit, in der er vermisst worden war, gemacht hatte und nun nicht preisgeben wollte, er gehörte nicht zu denen, die dem Zungenabschneider zum Opfer gefallen waren.

»Ich werde dir eine Mietkutsche besorgen, die dich sicher nach Hause bringt.«

»Wirst du noch weitere Besuche machen, Inspektor?«

»Und zu Hause wird dir Irma hoffentlich ordentlich

den Kopf dafür waschen, dass du den Kutscher weggeschickt hast.« Niemer dachte gar nicht daran, auf die Frage seiner eifrigen Freundin einzugehen.

»Herr Günther von der Waisenanstalt hat dir noch weitere Namen genannt. Was willst du mit denen anfangen?« Desdemona wollte sich nicht von Niemer ärgern lassen und bohrte stattdessen weiter.

»Doch wird es schwierig sein, dem Kutscher beizukommen. Schließlich ist er ihr Schwager. Keiner sägt an dem Ast, auf dem die Schwester sitzt.« Niemer schüttelte ärgerlich den Kopf.

»Was wirst du der Generalpolizeidirektion berichten, um über den Fortgang der Ermittlungen zu informieren?«

»Du meinst von Fritsch? Ich sollte ihm vorschlagen, einen Straftatbestand daraus zu machen, wenn Kutscher Anweisungen befolgen, aus denen ungehörige Unternehmungen von übereifrigen Damen entwachsen.«

»Niemer! Ich kann mich erinnern, dass du einst gern den Rat einer alten Freundin annahmst und du oft aufgrund ihrer geistigen Gewandtheit zweifelsfrei der Lösung eines verzwickten Falls näher kamst!«

»Liebe Katharina von Burlitz! Und ich kann dich nicht zum Zwecke der Verbrecherjagd durch die Gassen Weimars schieben!« Niemer hatte den Satz kaum ausgesprochen, da tat es ihm auch schon wieder leid. Er wollte nicht mit ihr streiten oder sie gar anschreien. Als er bemerkte, dass Desdemona nichts mehr sagte, und es ihm sogar so vorkam, als wäre sie in ihrem Rollstuhl geschrumpft, da tätschelte er ihr unbeholfen die Schulter. »Desdemona, es wäre mir eine Freude, wenn ich dich heute noch aufsuchen dürfte, um mit dir alles zu diskutieren, was uns dem

Absender der abscheulichen Botschaften näherbringen könnte. Ich werde heute und natürlich auch in Zukunft deinen Rat sehr schätzen.«

»Ihn brauchen!«

»Wie bitte?«

»Du wirst meinen Rat brauchen!«

Inspektor Niemer drehte seinen Blick gen Himmel. »Gut, ich werde ihn brauchen!«

»So begleitest du mich also?«

»Jetzt?«

»Natürlich! Es gibt viel zu besprechen. Bei einer heißen Tasse Tee werden wir alles noch einmal durchgehen. Oder möchtest du Kaffee? Eine heiße Schokolade?«

»Tee ist ausgezeichnet.«

»Sicher?«

Inspektor Niemer seufzte. »So wahr mir Gott helfe.«

Dennfelder nahm die letzten Stufen aus dem Weinkeller in den Hinterhof. Zwei Weinflaschen klemmten unter seinem linken Arm, eine hielt er in der rechten Hand. Während er durch den Hof eilte, ging er noch einmal in Gedanken die Weinsorten durch, die er Bertuch und Froriep anbieten wollte. Er würde ihnen diese drei Flaschen portugiesischen Weins ins Haus liefern lassen, als Dank für die Einladung zu dem Konzert. Er wusste, sie würden den exquisiten Geschmack zu schätzen wissen. Das Weingut, das er im letzten Jahr während einer Geschäftsreise selbst entdeckt hatte, war klein, weshalb nur wenige in den Genuss dieses edlen Tropfens kommen konnten. Bertuch und Froriep sollten jedoch auf alle Fälle dem Kreis angehören. Dennfelder lächelte. Was für eine glückliche Fügung. Es konnte nicht besser laufen.

Er dachte an Toni Weber, der vielleicht nächste Woche aus Halle zurück sein würde. Er war gespannt auf die Neuigkeiten. Das Hallenser Weinkontor hatte zwar durch die Geschäftstüchtigkeit seines Schwiegervaters einen respektablen Ruf erworben, doch Dennfelders Ziele waren höher gesteckt. Wozu nur Mittelmaß anstreben? Wenn ein Kunde nicht das Gefühl hatte, etwas wirklich Besonderes bekommen zu haben, wozu dann der Aufwand? Und was die Hallenser Taufgesellschaft betraf, so hatte Benner die Angelegenheit inzwischen sicherlich zu aller Zufriedenheit geregelt. Der einzige Wermutstropfen war der heimische Haussegen. Doch er setzte darauf, dass Martha Starken bald ein Haus in Halle beziehen würde. Merkwürdig nur, dass Lambrecht nicht daran zu glauben schien. Er war allerdings zu gut erzogen, um seine Meinung frei zu äußern. Doch Dennfelder kannte ihn. Und er fand, dass Lambrechts Blicke Bände sprachen.

Er trat vom Hof direkt in das hintere Büro, in dem seine Angestellten nebst Toni Weber ihren Arbeitsplatz hatten. Allerdings waren alle Angestellten ausgeflogen, um sich zu Hause ein warmes Mittagessen vorsetzen zu lassen. Er stellte die Flaschen auf einen Tisch und klopfte unsichtbaren Staub und Dreck von seinen Hemdsärmeln und von seiner Weste. Dann zog er seine Taschenuhr heraus. Er sah darauf, zog nachdenklich seine Stirn kraus und ging dann zur Hintertür, um sie abzuschließen. Den Schlüssel legte er in die oberste Schublade von Toni Webers Schreibplatz. Bevor er das hintere Zimmer verließ, griff er noch das Jackett, das er über eine Stuhllehne gehängt hatte. Er betrat den kleinen Flur, von dem er entweder in sein Büro oder in den Verkaufsraum gelangen konnte. Er schob den Vorhang zum Laden zur

Seite und machte einen Schritt hinein. Das erste, was er bemerkte, war der unverkennbare Geruch. Dann sah er die erloschene Kerze.

Dennfelder fluchte. Über die Kerze. Über sich selbst. Über seine Unachtsamkeit. Über den Geruch, den die Kerze, deren Flamme nicht im Wachs erstickt worden war, verbreitete. Dann spürte er, wie sich der Vorhang in seinen Rücken drückte. Er drehte sich blitzschnell um und umfasste ihn mit beiden Armen. Eine Person versuchte, sich aus dem Stoff zu befreien. Er konnte es nicht glauben – er hatte einen Dieb erwischt! Er hob den Arm und stieß seinen Ellenbogen kraftvoll auf die Stelle, wo er den Kopf des Eindringlings vermutete.

»Hilfe!« jammerte kläglich eine Stimme hinter dem dicken Stoff. Dennfelder, der gerade noch einmal zustoßen wollte, hielt inne. »Weber?«

»Herr Dennfelder? Sind Sie das?«, fragte die gedämpfte Stimme.

Dennfelder ließ den Stoff los und wickelte seinen Schreiber Toni Weber aus dem Vorhang.

»Weber! Was machen Sie denn hier? Warum sind Sie nicht in Halle?«

Dennfelder sah seinen Schreiber an. Eine Rötung knapp neben dem rechten Auge zeigte ihm, wo ihn sein Ellenbogen getroffen hatte. Er seufzte.

»Tut mir leid, Weber. Ich hatte wirklich nicht mit Ihnen gerechnet.« Er folgte Webers Blick zur Kerze.

»Kommen Sie, gehen wir in mein Zimmer. Sie hätten sie mit dem Stab ersticken sollen, Sie wissen, dass ich den Geruch nicht leiden kann!«

Dennfelder umfasste freundschaftlich die Schulter seines Schreibers und schob ihn zurück durch den Vorhang.

»Ich habe die Kerze nicht …«

»Lassen Sie es gut sein, Weber. Setzen Sie sich erstmal.«

Dennfelder schob Toni Weber zu seinem Stuhl, den der Schreiber erst vor Kurzem verlassen hatte. Er betrachtete die Rötung, die sich sicherlich bald zu einer ordentlichen Schwellung entwickeln würde. Dennfelder wandte sich dem Schrank an der Rückwand zu und öffnete die mittlere Glastür, in der vor einer verspiegelten Rückwand ein silbernes Tablett mit verschiedenen Flaschen stand. Er hob eine aus der Mitte und zog den Korken heraus. Den goldfarbenen Inhalt goss er in ein bauchiges Glas.

»Hier ist ein Cognac, Weber. Der wird Ihnen gut tun.«

Dennfelder setzte sich auf die Schreibtischkante und wartete.

Toni Weber nahm das Glas und nippte daran. Ohne seinen Blick vom Glas zu lösen, begann er zu sprechen.

»Sie wundern sich bestimmt, dass ich schon zurück bin. Der Grund ist, dass Sie dringend nach Halle fahren müssen.«

Dennfelder beugte sich zu seinem Schreiber.

»Hat Benner Sie geschickt? Was ist passiert?«

Toni Weber schüttelte kaum merklich den Kopf. »Nein, Benner hat mich nicht geschickt. Benner ist das Problem!« Toni Weber griff mit seiner Hand vorsichtig an die gerötete Stelle neben dem Auge. Nur ganz zaghaft betasteten seine Finger die Haut, um das Ausmaß seiner Verletzung abzuschätzen. »Herr Dennfelder, ich weiß nicht, wie ich es erklären soll. Alles ist wie gewöhnlich. Wie hier habe ich auch dort alle Bestellungen bearbeitet, die Weine bereitgestellt und die Auslieferungen angeordnet, Benner brauchte nur noch meine Arbeit abzusegnen. Dennoch, die Kunden sind empört!«

»Empört? Wieso?«

»Ich weiß es doch selbst nicht. Herr Benner steht in Kontakt mit den Kunden. Ich arbeite nur im Hintergrund. Mir gegenüber tut er auch so, als wäre alles in Ordnung. Wenn man seine Laune beurteilen sollte, so denkt man, dass die Geschäfte nicht besser laufen könnten. Aber das Geschwätz, Herr Dennfelder! Es bringt jedes Geheimnis ans Licht, das wissen Sie. Was man so hört, und man hört es nicht nur von einer Seite, dann steht Ihr Weinkontor in Halle in Verruf. Selbst von Betrug ist die Rede! Irgendetwas stimmt nicht. Ich kann nur nicht sehen, was. Ich bin nur ein kleiner Schreiber. Aber Sie, Sie müssen nach Halle fahren und nach dem Rechten sehen!«

Dennfelder erhob sich von seinem Platz und lief hin und her.

»Herr Dennfelder, Sie wissen – ich hoffe, Sie wissen –, ich nehme meine Arbeit ernst! Trotzdem … Herr Benner wird alle Schuld bei mir suchen. Aber – aber Sie dürfen ihm nicht glauben.«

Dennfelder hob seinen Arm und gebot Toni Weber zu schweigen. Er murmelte vor sich hin. »Ich kann nicht fahren. Nicht heute. Unmöglich. Dann verderbe ich es mir mit Bertuch. Morgen in der Frühe. Dann geht es.«

Dennfelder sah zu seinem Schreiber. »Weber, ich kann eigentlich nicht fort, aber ich werde morgen früh nach Halle reiten. So muss es sein. Ich vertraue Ihnen. Halten

Sie hier die Stellung. Ein paar Tage nur. Dann werde ich schlauer sein.«

Toni Weber erhob sich. Er sah sichtlich erleichtert aus, trotz der inzwischen bedrohlich wirkenden Schwellung am Auge.

»Ach Herr Dennfelder, noch was. Wo Sie doch nun wegfahren. Es war vorhin ein Herr da. Der wollte Sie persönlich sprechen. Er war sehr … unangenehm.«

»Wie hieß er?«

»Von Marbach. Er sagte, er wolle sie wegen einer Wette sprechen.«

Dennfelder presste die Lippen aufeinander. »Gut, Weber. Danke für die Nachricht.«

Toni Weber wirkte unschlüssig. »Ich danke Ihnen, Herr Dennfelder, dass Sie mir glauben. Und …«

»Weber, sein Sie nicht albern. Ich denke, Sie sollten jetzt nach Hause gehen. Ich nehme an, Sie sind die ganze Nacht unterwegs gewesen?«

Toni Weber nickte.

»Dann will ich Sie heute nicht mehr sehen. Und falls Herr von Marbach nochmals auftaucht, so sagen Sie ihm, ich werde mich bei meiner Rückkehr bei ihm melden. Ach, eins noch: Weiß Benner, dass Sie hier sind?«

»Nein. Ich sagte ihm, es gäbe eine dringende familiäre Angelegenheit und meine Verlobte habe nach mir geschickt. Ehrlich gesagt hatte ich das Gefühl, dass er froh war, mich verabschieden zu können.«

»Also erwartet er mich nicht?«

»Hätte ich Sie denn verpflichten können?«

»Natürlich nicht. Sie haben recht. Aber nun gehen Sie schon. Schlafen Sie sich aus.«

Als Dennfelder wenige Stunden später sein Tagwerk beendete, strebten die Weimarer Bürger gut gelaunt über den Markt. Die frühen Abendstunden versprachen etwas kühlere Luft und die Geschäfte luden mit ihren Auslagen zu etwas Abwechslung ein. Dennfelder grüßte die vorbeigehenden Damen und Herren. Üblicherweise wurde er in kein Gespräch verwickelt, die Leute wussten, dass er nie zu einer Plauderei aufgelegt war. Die Damen fanden ihn seltsam oder einfach uninteressant, die Herren schätzten seinen Wein, aber sie suchten in diesen Stunden etwas anderes als seine stets korrekte Art. Umso mehr wunderte es ihn, dass er heute Abend offenbar Gegenstand der einen oder anderen Tuschelei war. Oder kam es ihm nur so vor? Nein, die Dame dort hinten hatte ganz sicher bis eben noch in seine Richtung geguckt. Und da war der Bürgermeister Schultze. Er lupfte den Hut in seine Richtung. Seine Frau winkte sogar. Dennfelder war erstaunt, aber sein Kopf war mit anderen Dingen voll, sodass er sich nicht weiter darum kümmerte. Er schlug den Weg nach Hause ein. Er hatte gerade ein paar Schritte getan, als ihm einfiel, dass er die Weinflaschen für Bertuch hatte stehen lassen. So drehte er sich noch einmal um und rannte dabei direkt in die Arme des Kommissionärs Felsmeyer.

»Herr Dennfelder!«

»Herr Felsmeyer, guten Abend.«

»Hoppla! Ich wusste, vor Ihnen muss man auf der Hut sein!« Felsmeyer verzog seinen Mund zu einem breiten Grinsen, dass Dennfelder unweigerlich an einen Esel denken musste.

»Nun, was hört man von Ihnen, Dennfelder?«

Dennfelder antwortet mit einem verständnislosen Blick.

»Sie wollen uns verlassen?«, dröhnte der dickliche Mann.

»Bitte? Ich verstehe Sie nicht, Herr Felsmeyer. Wovon sprechen Sie?«

»Na, die Spatzen pfeifen es doch schon von den Dächern!«

Der Kommissionär sah ihn an, als würde er für sein Wissen eine Belohnung von Dennfelder erwarten. Doch Dennfelder tappte immer noch im Dunkeln.

Schließlich konnte Felsmeyer es nicht mehr aushalten, sein Wissen kundzutun und wieherte los: »Na, Sie haben sich doch ein feines Häuschen in Halle gekauft! Und es gibt schon den einen oder anderen, den ich kenne, der sich hier nach Ihren vier Wänden die Finger leckt.«

Dennfelder sah ihn an, als hätte der Kommissionär den Verstand verloren.

»Bitte, Herr Felsmeyer, es muss sich um ein Missverständnis handeln. Ich beabsichtige weder heute noch irgendwann, Weimar zu verlassen.«

»Jaja, so ist es richtig. Der Kaufmann durch und durch. So treibt man den Preis erst richtig hoch. Da hätte ich doch große Lust, selbst um einen guten Preis zu feilschen. Ein Wettstreit. Von Geschäftsmann zu Geschäftsmann. Das wäre ein Spaß.«

Der Kommissionär drückte seinen Zeigefinger währenddessen so fest in Dennfelders Brust, dass er einen Schritt zurückweichen musste. Dennfelder kam die Situation zu absurd vor, als dass er Lust hatte, die Sache noch weiter zu verfolgen und entschied, Felsmeyer mit seiner fixen Idee allein zu lassen. Er verbeugte sich zum Abschied. Dann schlug er einen Bogen um den Mann, der immer noch seinen Finger in Dennfelders Richtung streckte und dabei vor Lachen wieherte.

8

Als Adrian Dennfelder gemeinsam mit Elsa Luise und seiner Schwiegermutter das Stadthaus erreichte, fanden sie das Foyer bereits gut besucht vor. Es widerstrebte Dennfelder, den neugierigen Blicken der übrigen Gäste nicht ausweichen zu können. Warum starrten sie ihn an? Er wich an die Wand zurück und ließ die Menschen vorbeiziehen. Er hob den Kopf erst, als er ein misstönendes Quietschen vernahm. Es rührte von einem Rad, das zu einem Rollstuhl gehörte. Ausgerechnet Inspektor Niemer schob das Gefährt. War die Dame, die darin saß, dessen Frau? Schnell sah Dennfelder in eine andere Richtung. Fehlte noch, dass der Inspektor ihn vor den Augen der anderen in ein Gespräch über den Mord verwickelte. Doch der Inspektor war wohl privat hier. Sein Augenmerk galt dem Ausschank, auf den er geradewegs zusteuerte.

»Adrian, Mutter möchte noch ihren Schal abgeben«, flüsterte Elsa Luise ihm zu.

»Ich habe ihr gleich gesagt, es ist ein blödsinniges Anliegen, einen Schal bei dieser Hitze mit sich zu führen.«

Elsa Luise seufzte und wandte sich der Garderobe zu.

Martha Starken erging sich in einem jammervollen Monolog, welche Zumutung der Weimarer Sommer für den Leib, aber mehr noch für das Gemüt sei. In Halle wäre die Hitze erträglicher. So wie alles andere auch. Die Garderobiere ließ den Redeschwall geduldig lächelnd über sich ergehen. Verärgert stellte Dennfelder fest, dass die Schlange der Wartenden hinter ihnen immer länger wurde.

Endlich hatte Martha alles gesagt und die Schlange konnte aufrücken.

Die Glocke wurde geschlagen und lockte einen Großteil der Besucher in den Konzertsaal. Nur allzu gern folgte auch Dennfelder dem Aufruf.

Die Luft roch nach Holz, gepolsterten Möbeln und Staub und erinnerte Dennfelder an seine Lehrzeit, wenn er nach stundenlangem Addieren in den Salon seines Dienstherren ging, um ihm das Resultat seines Tagewerks vorzulegen. Wie oft hatte er dem Tanz der Staubpartikel zugesehen und auf die Kritik gewartet. Nach Lob roch diese Luft nicht. Dennfelders Erinnerungen wurden jäh unterbrochen, als sich Marthas Fliederparfum in den Geruch der Vergangenheit drängte.

»Wo sitzen wir denn?«, sprach sie ihn an.

Dennfelder war überzeugt, dass Martha Starken diesen schrillen Beiklang in ihrer Stimme ausschließlich für die Festlichkeiten reserviert hatte, die Bertuch ausrichtete.

»In der dritten Reihe, Plätze 12 bis 14«, gab er leise zurück, ohne nochmals einen Blick auf die Billets werfen zu müssen.

»Da sieht man ja gar nichts!«

»Es sind die besten Plätze«, widersprach er, als er feststellte, dass man freie Sicht auf das Pianoforte genoss, das auf den frisch gebohnerten Bühnendielen stand.

Martha bestand darauf, neben ihrer Tochter zu sitzen. Bald verfielen sie nach gewohnter Manier in lautstarkes Geschnatter.

Dennfelder überlegte derweil seine nächsten Schritte. Da war das dringliche Problem in Halle, das ihm keine Ruhe ließ. Die Lösung des Rätsels war sicherlich äußerst simpel. Die Frage lautete: Wie war es möglich, dass seine

Kunden schlechte Ware erhielten, wenn doch nachweislich alle Bestellungen aus seinem Lager stammten und Dennfelder nur gute Weine im Sortiment führte? Hatte Toni Weber etwas übersehen? Tauschte Benner die Flaschen aus? Er zwang sich, an etwas anderes zu denken, denn es war müßig, darüber zu spekulieren. Es führte kein Weg an einer Reise nach Halle vorbei.

Der Geräuschpegel um Dennfelder verebbte, als Bertuch die Bühne betrat.

Elsa Luise raunte ihm ins Ohr. »Meine Mutter kann ihr Lorgnon nicht finden.«

»Wozu braucht sie ein Lorgnon? Selbst wenn sie blind wäre, könnte sie die Musik doch hören«, knurrte Dennfelder.

Elsa Luises Blick huschte zu Hermine Behrmann, die nicht weit entfernt in der ersten Reihe saß. Betreten senkte sie den Blick. »Sie sagt, sie braucht es, um das Programm zu lesen.«

»Ich kann jetzt unmöglich noch mal nach Hause gehen. Soll sie es doch ohne Lorgnon versuchen.« Dennfelders Nasenflügel bebten.

»Verehrte Gäste, liebe Freunde«, richtete Bertuch das Wort an das Publikum. »Es ist mir eine große Freude und zugleich eine Ehre, eine großartige Pianistin aus Poitiers in Frankreich anzukündigen. Ihre berühmte Lehrerin Hélène de Montgeroult selbst bescheinigt ihr, eins der aufstrebendsten Talente unserer Zeit zu sein. Schon mit 14 Jahren machte sie im künstlerischen Umfeld ihres berühmten Vaters, dem Cellisten Benedict Luis Malo, insbesondere durch ihre Beethoven-Interpretationen auf sich aufmerksam. Sie verzückte die Menschen bereits von Wien bis Berlin und«, hier machte er eine gewichtige Pause, »Beethoven selbst nennt es eine Ehre, dass sie seinen Kompositionen Glanz verleiht. Begrüßen Sie nun bitte mit einem herzlichen Applaus: Marie Malo.«

Während im Saal ein höflicher Applaus erklang, durchschritt die junge Französin den Raum. Sie trug ein hochtailliertes Kleid, dessen helles Blau ihr blasses Dekolleté betonte. Ihre fraulichen Reize waren von zarter französischer Spitze verdeckt. Dennfelders Blick heftete sich an die zierliche Gestalt. Sie konnte kaum zwanzig sein, dachte er. Auch die leichte Rötung, die er auf ihren Wangen zu sehen glaubte, unterstrich seiner Meinung nach ihr Alter. Er schätzte sie als schüchtern ein.

Dennfelder schielte zum Programmblatt, das Elsa Luise gerade von ihrer Mutter entgegen nahm. Oeuvre 31, Livre 2, L'edition très correcte der 3 Sonaten für das Pianoforte in d-moll von Ludwig van Beethoven.

Dennfelder stieß einen Laut des Erstaunens aus. Wie war sie nur auf die Idee gekommen, ausgerechnet diese Sonate Beethovens zu wählen? Sie wird sich mit dieser unbequemen Sonate keine Freunde machen. Schon manch einer vor ihr hatte das Werk zu einer wertlosen Ansammlung von Noten degradiert. Hoffentlich ist sie das Talent, das Bertuch in den höchsten Tönen angepriesen hat, sonst wird es ein grässlicher Abend werden, dachte Dennfelder. Er schaute zu seinem Gastgeber, der gerade einen Handkuss auf Marie Malos dargebotene Hand hauchte.

Beide drehten sich zum wartenden Publikum um. Sie belohnte es mit einer koketten Andeutung eines Lächelns, er strahlte seine übliche Zuversicht aus, als er sie zum Pianoforte geleitete. Er wartete, bis sie sich gesetzt hatte, dann räusperte er sich. »Meine Damen und Herren, wie sie dem Programmblatt entnehmen können, wird Marie Malo uns heute Ludwig van Beethovens sogenannte ›Sturmsonate‹ vortragen. Der Komponist selbst empfiehlt, zum besseren Verständnis Shakespeares ›Der Sturm‹ zu lesen. Nun, ich hoffe, dass dieses Werk nicht jedem gänzlich unbekannt ist, ansonsten bin ich gern bereit, demnächst mit einer Sonderausgabe zur Aufklärung beizutragen.« Das Publikum lachte höflich. »Meine Damen und Herren, ich wünsche Ihnen allen einen angenehmen Abend.« Er nickte den wartenden Gästen noch einmal zu und suchte dann seinen Platz in der ersten Reihe auf.

Marie Malo saß vor dem Klavier, ihre Gesichtszüge wirkten konzentriert. Ihre Hände hielt sie ruhig über die Tasten, die Finger leicht gebeugt.

Sie ist tatsächlich nicht einmal aufgeregt, dachte Dennfelder. Sein Blick verfing sich in den kleinen weißen Blüten, die ihr hochgestecktes, dunkles Haar zierten.

Das Publikum wartete gespannt auf den Beginn der Sonate. Jemand versuchte sein Hüsteln zu unterdrücken und produzierte stattdessen gequält klingende Kehllaute. Ein anderer raschelte mit seinem Programmblatt und wurde dafür mit einem verärgerten Zischeln bestraft.

Die ersten Töne erklangen. Ein zarter Lauf aus einer Hand, aufgehalten von der anderen, die ihn träge weiterführte. Dennfelders Mund kräuselte sich spöttisch. Er ließ die Blüten, seine Konzentration galt nun ganz dem Spiel. Die Französin versuchte offensichtlich, die Ungeduld der nächsten Sequenz tapfer durchzuhalten. Wie verkrampft sie nun wirkte. Er hatte schon viele Pianistinnen gesehen. Seiner Meinung nach konnten Frauen das gewaltige Instrument nicht für eine wirklich meisterliche Sonate bezwingen – nicht in der Art, wie Männer es konnten. Ihnen fehlte einfach die Kraft! Es wäre, als würde die Maus den Elefanten zähmen wollen. Er lehnte sich zurück, die Arme vor der Brust gekreuzt.

Der zweite Lauf gelang ihr schon besser. Dennfelder zog die Augenbrauen zusammen, als ihre zehn Finger hemmungslos die Tasten bearbeiteten. Der Klang erfüllte den Raum bis in den letzten Winkel.

Auf einmal Entspannung, die Pianistin nahm das zahm daherkommende Motiv auf. Dennfelder schluckte.

Dann erneut der wilde Notenreigen. Doch diesmal übersah Dennfelder nicht, wer die Zügel in der Hand hielt. Sie lenkte die ungestüme Komposition sicher durch alle Wendungen, bis ein paar einzeln gesetzte Noten der Pianistin wie auch den Zuhörern eine kurze Pause gönnten.

Elsa Luise zog an Dennfelders Ärmel. »Meine Mutter meint, sie hat das Lorgnon eingesteckt. Sie denkt, dass es sich im Schal verheddert haben könnte. Bitte, kannst du nachsehen gehen?«

Dennfelder fiel es schwer, seine Aufmerksamkeit von dem gerade beginnenden Adagio abzuwenden. Sie spielt mit uns, wiegt uns in Sicherheit, dachte er.

»Adrian, was ist? Warum sagst du nichts?«

Er packte Elsa Luises Hand, wünschte, sie wäre still. Er merkte nicht, dass er ihre Hand fast zerquetschte.

»Au!«, zischte Elsa Luise. Entrüstet befreite sie sich.

Das Spiel des dritten Satzes, des Allegrettos, überwältigte ihn endgültig. Er klagte still über die Vollkommenheit, die nicht sein durfte und schloss die Augen, als könne er auf die Art und Weise der Musik entfliehen. Doch die Noten holten ihn ein, bedrängten ihn und schufen in seinem Geiste immer neue Bilder des Idealen. Dennfelder seufzte. Er gab auf. Wie eine Trophäe trug die Musik ihn fort, über Höhen und Tiefen, hinein in eine neue Welt.

Elsa Luise holte ihn jedoch unsanft in den Konzertsaal zurück. Er spürte ihre Knüffe in die Seite. »Adrian, warum atmest du so komisch?«

Er sah sie an. Sie trug weiße Blüten im Haar. Er streckte den Arm aus, um sie zu berühren, doch sie bog seine Hand zur Seite.

»Adrian, was ist mit dir?« Sie beugte sich zu ihm. »Du bist ganz blass! Wirst du krank?«

Dennfelder schloss die Augen. Oh mein Gott, dachte er, ich drehe durch. Er spürte, wie Elsa Luise seine Stirn mit einem Tuch abtupfte. Nun war er es, der ihren Arm weg stieß. Ich muss mich zusammenreißen, dachte er.

Er zwang sich, seine Frau anzusehen. Die weißen Blüten waren glücklicherweise verschwunden.

Ganz still saß Marie Malo da und lauschte der Resonanz der letzten Töne, die den Korpus des Instruments verlassen hatten. Auch das Publikum hielt einen Augenblick inne, ehe es zum Applaus anhob. Dennfelder saß wie gelähmt auf seinem Stuhl. Seine Hände klammerten sich an die Kante des Sitzes. Es war ihm unmöglich, sie zur Honoration des großartigen Klavierstücks zu heben, noch sie zu lösen, als die ersten Zuschauer schon dem Ausgang zustrebten.

»Adrian, schau doch mal, die Leute möchten vorbei.« Elsa Luise zupfte an seinem Arm.

Weiße, unschuldige Blüten für ein Gemüt, das ganz und gar nicht unschuldig daherkam. Die Bühne war leer. Wann war sie gegangen? Dennfelder hatte es nicht bemerkt – und das brachte ihn umso mehr aus der Fassung. Ächzend wie ein alter Mann erhob er sich und trat steifbeinig aus der Sitzreihe. Seine Oberschenkel pulsierten dumpf.

»Was ist denn mit dir?«, wollte Martha Starken wissen. Ihre Stimme klang schrill, zumindest die Besorgnis darin kam ihm echt vor. Echter als dieses perfekte Klavierspiel.

»Meine Beine schmerzen«, antwortete Dennfelder kurz angebunden.

»Das ist ja auch kein Wunder. So verkrampft, wie du dagesessen hast. Ich fürchtete schon, du hättest vielleicht ein Problem mit der Blase.«

»Also bitte!«, fuhr er auf und blickte sich um. Die Leute kümmerten sich jedoch um ihre eigenen Belange. Als auch Martha Starken sich bequemt hatte, die Reihe zu verlassen, gingen sie ins Foyer.

»Ich hätte schrecklich gerne einen Likör«, ließ sich Martha Starken vernehmen.

»Und ich einen Weißwein«, fügte Elsa Luise hinzu.

Dennfelder sah Marie Malo auf der Treppe stehen. Ihr Blick glitt über ihn hinweg und kehrte zu ihm zurück. Einen kurzen Moment sahen sie sich an. Ihr gütiger Gesichtsausdruck machte einer abweisenden Miene Platz. Ein goldgerahmter Spiegel fing seinen Blick ein. Eine tiefe Falte teilte seine Stirn. Zornig sah er aus, nein, schlimmer: verbittert. Kein Wunder, dass die Französin ihm keinen nachhaltigeren Blick schenkte.

Aber das kann mir egal sein, dachte er und kniff die Lippen zusammen.

»Adrian, ich hätte immer noch gerne einen Likör«, quengelte Martha.

Dennfelder stieß zischend die Luft aus. »Du kannst mich keine fünf Minuten in Frieden lassen, oder?«

Marthas Mund klappte auf und nicht wieder zu. Sie wandte sich ab und rauschte wutschnaubend davon.

»Hundsgemein war das. Ich weiß nicht, was heute in dich gefahren ist. Aber so behandelst du meine Mutter nicht mehr«, zeigte sich Elsa Luise entrüstet.

»Es tut mir leid.« Dennfelder klang wenig überzeugend.

Seufzend steuerte er den Getränkeausschank an und bestellte einen Birnenschnaps, einen Weißwein sowie den süßesten Likör, der feilgeboten wurde. Martha schien sich gerade bei Elsa Luise über seine Verfehlung zu beschweren, als er zurückkehrte.

»Sorge dich nicht, mein Kind. In Halle wird alles besser.« Martha kniff ihrer Tochter verschwörerisch in die Wange.

»Was wird in Halle besser?«, wollte Dennfelder wissen.

»Das Leben«, schnappte Martha.

»Ihr werdet euch nach dem Umzug rasch eingewöhnen«, fügte sie dann im liebevollen Ton an Elsa Luise gewandt hinzu.

Dennfelder, der sich geistesabwesend umgesehen hatte, wurde in die Wirklichkeit zurückgeholt. »Was meinst du mit ›ihr‹?«

»Damit meine ich«, sagte Martha Starken spitz, »es wird nur kurze Zeit dauern, bis ihr euch im neuen Heim wohl fühlt. Ihr habt mehr Platz. Und: Wir haben sogar an Zimmer für meine Enkel gedacht.«

»Ihr habt ein Haus gekauft?«, fragte er tonlos.

Elsa Luise und Martha Starken lächelten und nickten eifrig.

In diesem Moment näherten sich Bertuch, von Marbach und ein weiterer Mann, den Dennfelder nicht kannte. Dennfelder schluckte schwer und versuchte, seine Sprache wiederzufinden.

Bertuch sah fröhlich aus, seine Wangen glühten. »War das nicht herrlich? Wie kann eine so junge Dame nur so unverschämt gut spielen?«, wandte sich Bertuch an ihn. Dennfelder nickte ohne Begeisterung.

»Sie haben ein Haus gekauft? Glückwunsch, Herr Dennfelder. Wie es der Zufall will …«

Den Rest des Satzes bekam Dennfelder nicht mit, da ihn jemand an der Schulter berührte. »Herr Dennfelder, schön, Sie hier zu sehen. Sagen Sie, geht das mit meiner Weinlieferung auch den rechten Gang? Wissen Sie, ich brauche den guten Tropfen für eine Abendgesellschaft, und ich kann meine Gäste ja nicht auf dem Trockenen sitzen lassen. Ihr Angestellter hat Sie doch informiert, oder?«

Dennfelder blickte auf einen Mann herab, der seine feingliedrige Hand soeben zurückzog. Die spitze Nase verlieh dem Kunden eine gewisse Ähnlichkeit mit einer Maus.

»Selbstverständlich. Der Wein wird, wie gewünscht, am 23. August an Sie ausgeliefert.«

»Fabelhaft. Ich freue mich schon auf diesen Abend und möchte Sie nicht länger stören.« Der Kunde deutete auf Bertuch und verabschiedete sich mit einer Verbeugung.

Dennfelder stieß die Luft durch die Nase aus. Marthas Jauchzen verhieß nichts Gutes.

»Das klingt traumhaft. Dieses Arrangement hätten wir dann gerne für alle Zimmer.«

»Dann lassen Sie uns doch einen Besichtigungstermin vereinbaren«, sagte der unbekannte Mann mit einem Glitzern in den Augen.

»Er wird all unsere Räume gestalten. Er soll der beste Architekt sein«, wandte sich Elsa Luise an Dennfelder.

»Gestatten, Fritz von Lohr mein Name.« Der Mann griff in seine Westentasche und förderte eine Karte zutage, die er Dennfelder mit einer Verbeugung überreichte. Dennfelder warf nur einen flüchtigen Blick darauf. Martha, Elsa Luise und der Architekt plauderten weiter. In Dennfelders Ohren rauschte das Blut. Er fing von Marbachs Seitenblick auf.

»Ich wollte Sie nur höflich an unsere Wette erinnern«, sagte er leise. »Möglicherweise tut Ihnen ein wenig ruhigere Gesellschaft gut. Sie wirken müde.«

Lag da Verständnis in von Marbachs Blick?

Dennfelder nickte matt. »Einverstanden, aber erst, wenn ich wieder in Weimar bin. Ich beabsichtige, gleich morgen in der Früh nach Halle zu reisen.«

»Geben Sie mir Bescheid, wenn Sie zurück sind. Ich wünsche Ihnen eine gute Reise und erfolgreiche Geschäfte.«

Von Marbach schaffte es, das angeregte Gespräch der Damen für eine höfliche Verabschiedung zu unterbrechen, auch Bertuch empfahl sich. Der Architekt hauchte Elsa Luise einen Handkuss auf und sagte: »Sie werden es nicht bereuen, wenn Sie mich beauftragen. Ich kenne Ihre Wünsche und kann sie Wirklichkeit werden lassen.« Dennfelder würdigte er keines Blickes.

»Ein netter Mensch«, sagte Martha Starken, als das Dreiergespann außer Hörweite war.

»Schämt ihr euch nicht? Hinter meinem Rücken über mein Leben zu bestimmen!« Dennfelders Stimme, die sich nur selten erhob, überschlug sich nun. Er schleuderte das Weißweinglas zu Boden und ließ den Likör folgen. Nur das Schnapsglas behielt er in der anderen Hand. Elsa Luise wurde kreideweiß. Martha Starkens Lippen bebten. Neugier und Empörung stand in die Gesichter der Umstehenden geschrieben. Dennfelder schnappte nach Luft. Plötzlich war alles zu eng, zu stickig. Er zerrte an seinem Kragen, dabei glitten seine Finger über die dicke Ader am Hals, die wild pulsierte und seinen Gemütszustand mehr als alles andere offenbarte.

9

Gespenstisch ruhig war es vor dem Haus der Hegstädters. Desdemona sah zu Niemer auf. »Kaum zu glauben, dass hier Kinder leben. Viele Kinder.«

Niemer rieb sich das Kinn. Dann griff er nach dem abgenutzten Seil des Klingelzugs. Ein schriller Ton war zu hören. Schritte näherten sich. Sie klangen müde. Eine Frau mit einer schlecht sitzenden Haube öffnete.

»Ja?«, sagte sie barsch.

»Sind Sie Frau Hegstädter?«

Die Frau stemmte die Hände in die ausladenden Hüften. »Und ob ich das bin. Was wollen Sie?« Ihr grimmiger Blick erfasste Desdemona.

»Wir wollen mit den Kindern sprechen.« Niemer reichte ihr ein Geldstück.

Ein Funkeln stahl sich in Frau Hegstädters Augen. »Wollen Sie eins adoptieren?«

»Vielleicht«, sagte Desdemona.

»Nein«, sagte Niemer.

Desdemona knuffte ihn in die Seite.

»Nur rein in die gute Stube«, sagte Frau Hegstädter kopfschüttelnd und ging ihnen voran. Ihr war es gleichgültig, wie Desdemona die hohe Schwelle in ihrem Rollstuhl bewältigte.

Niemer musste Desdemona in das Obergeschoss tragen. Auf der steilen Holztreppe ächzte er und griff immer wieder nach, damit er seine Freundin nicht fallen ließ. Vor einer geschlossenen Tür wartete Frau Hegstädter und runzelte die Stirn. Schwungvoll drückte sie die Klinke herunter und deutete in den Raum.

Niemer stieß geräuschvoll die Luft aus. Auf dem Boden lagen schmutzige Matratzen, aus denen die Füllung quoll. Eine Ratte huschte knapp an Niemers Schuh vorbei und brachte sich in Sicherheit, als er zum Tritt ausholte. Auf den Matratzen saßen Kinder, die ihnen mit großen Augen entgegen sahen. Nur eines, ein Mädchen von etwa fünf Jahren, hielt ein Spielzeug in den Armen. Es war eine Lumpenpuppe, deren Kopf an einem zerfaserten Hanfseil herab baumelte. Im Raum stank es nach Urin.

»Warum sind sie so still?«

Frau Hegstädter hatte Desdemonas leise geäußerte Worte vernommen.

»Die Nachbarn wollen keinen Lärm.«

Niemers Hand zuckte. »Können Sie uns bitte allein mit den Kindern reden lassen?«

»Ich bin unten«, gab Frau Hegstädter zurück.

»Das sind doch mindestens zwanzig Kinder«, keuchte Desdemona fassungslos. »Da haben Schweine in ihrem Koben ja mehr Platz.«

»Hier stimmt etwas nicht, da hast du recht. Ich werde diesen Missstand dem Konsistorialrat Günther melden«, bestätigte Niemer. Vorsichtig bahnte er sich einen Weg und öffnete das Fenster.

»Das dürfen Sie nicht«, rief ein Junge mit einer Stupsnase.

»Ich tu's trotzdem«, sagte Niemer und grinste verschmitzt. »Ihr erstickt ja hier drin.«

»Mein Papa ist auch erstickt«, sagte das Mädchen mit der Puppe leise.

»Ja, am Seil. Aufgehängt haben sie den«, meldete sich ein sehr magerer Junge zu Wort.

Das Mädchen mit der Puppe begann zu weinen.

»Sie ist noch nicht lange hier«, erklärte der Junge mit der Stupsnase.

Niemer bemerkte Desdemonas mitleidigen Blick. »Ich weiß, du würdest sie am liebsten alle mitnehmen. Aber lass uns eins nach dem anderen tun.«

Niemer ließ sich neben dem mageren Jungen nieder und sah ihm in die dunklen Augen. »Ich habe gehört, dass einigen von euch großes Leid angetan wurde.«

Der Junge nickte ernst.

»Wir«, er deutete auf Desdemona und sich, »wollen verhindern, dass der Unhold euch weiter quält.«

Die Kinder tauschten Blicke. Der Junge mit der Stupsnase schüttelte kaum merklich den Kopf.

»Bist du der Anführer?«

Der Junge schwieg und sah trotzig zur Seite.

»Ich weiß nicht, wie wir euch überreden können«, sagte Desdemona. »Einer von euch war bei mir. Man hatte ihm brutal die Zunge herausgerissen. Ich verspreche euch, wir werden niemandem erzählen, dass wir hier waren. Aber wenn ihr uns nicht helft, wird es wieder geschehen.«

»Kannst du nicht laufen?«, fragte das Mädchen mit der Puppe.

»Nein, ein böser Mann hat mich die Treppe hinunter gestoßen. Seitdem sind meine Beine kaputt.«

Plötzlich herrschte eine Verbundenheit zwischen Desdemona und den Kindern. Niemer konnte sie fast greifen. Er überließ Desdemona das Reden.

Desdemona beugte sich in ihrem Rollstuhl nach vorne und musterte ein Kind nach dem anderen. »Ich kann nicht mehr gehen, aber ich kann noch sprechen. Und ihr könnt es auch. Schade, dass ihr es nicht wollt.«

»Na gut«, lenkte der Anführer ein. »Wir kennen einen, der den bösen Mann schon gesehen hat. Er hat so viel Angst vor ihm, dass er ausgerissen ist und sich versteckt hat.«

»Wo finden wir ihn?«

»Ich sag's, aber nur Ihnen ins Ohr. Sie dürfen's nicht weitersagen.«

Desdemona versprach es.

Der Junge mit der Stupsnase beugte sich zu Desdemona, bildete mit seinen Händen einen Trichter und flüsterte ihr mehrere Sätze hinein.

Die Räder des Rollstuhls quietschten erbärmlich. Niemer hatte Sorge, im Matsch stecken zu bleiben. Immer stärker musste er sich gegen den Holzrahmen des Gefährts stemmen, um wenigstens einige Fuß weit voranzukommen.

»Wenn es nicht geht, dann musst du das alleine machen«, schlug Desdemona vor.

»Dir hat er die Stelle verraten und bisher beschränkst du dich ja darauf, mich nach rechts oder links zu lotsen.«

»Einen Schwur breche ich nicht.«

»Dann musst du wohl oder übel mit.« Niemer ächzte und hielt einen Moment inne.

Die Häuser wurden immer schäbiger. Kaum ein intaktes Dach war zu sehen. Rauch quoll aus den Ritzen der verhängten Fenster. Zwei Kinder, die an der Krätze litten, hatten sie eine Weile verfolgt, waren dann aber von ihrer Mutter mit Hieben zurück ins elterliche Haus getrieben worden.

»Ich kann es nicht verantworten, dass du mich begleitest«, sagte Niemer.

»Du musst, mein Lieber, du musst.«

Desdemona wies auf ein Haus, dessen Fassade von üblem Schimmelfraß zersetzt war. Einst musste es sich um ein schmuckes Gebäude gehandelt haben. Doch nun waren die Fenster ohne Scheiben und die Haustür morsch.

Niemer war empört. »Bertuch baut hier angeblich Häuser für die einfachen Leute. Ich möchte nur wissen, wo.«

»Weiter vorne«, sagte Desdemona ungerührt. »Wir müssen allerdings mit diesem hier vorlieb nehmen. Zum Glück nur als Gäste.«

»Sprich bitte erst von Glück, wenn wir den Besuch überstanden haben, ohne von einer einstürzenden Wand erschlagen worden zu sein.«

Niemer nahm Desdemona auf die Arme und trug sie über die Schwelle.

In einem Raum, der einmal die Küche gewesen war, wurden sie fündig. Auf einer fadenscheinigen Decke lag ein Junge mit dem Rücken zu ihnen. Er war zusammengekrümmt wie ein sterbendes Insekt und zitterte stark. Sein übergroßes Männerhemd war feucht, die Füße nackt. Es stank nach Erbrochenem.

Niemer fegte mit dem Fuß Mäusekot zur Seite, Staub wirbelte auf. Er setzte Desdemona behutsam ab.

»Kannst du uns hören?«, sprach er daraufhin den Jungen an. Als keine Antwort folgte, fasste er ihn an der Schulter und drehte ihn um. Desdemona schrie auf, als sie in das Gesicht des Jungen sah. Die Haut um den Mund, bis zur Kehle, war mit eingetrocknetem Blut überzogen. Niemer legte ihm eine Hand auf die Stirn.

»Er hat Fieber, und zwar nicht zu knapp«, teilte er Desdemona mit.

»Wir müssen erst einmal allein zurück und mit einer Kutsche wiederkommen. Den halb toten Jungen und dich zu schieben schaffe ich nicht.«

»Bei Frau Behrmann hat es doch auch geklappt«, sagte Desdemona. »Es ist mir zuwider, den Jungen sich selbst zu überlassen.«

»Ich hätte nie gedacht, dass ich das einmal sagen würde, aber dich und Frau Behrmann damals über die Straße zu schieben war einfacher, als dich alleine über den matschigen Weg.«

Desdemona beließ es bei einem Seufzer als Antwort. Sie hatte angeboten, bei dem Jungen zu bleiben. Aber darauf war Niemer gar nicht erst eingegangen.

Es dämmerte schon, als sie den Jungen endlich zu Desdemonas Haus geschafft hatten. Der Schüttelfrost des Kindes war schlimmer geworden, und seine Zähne schlugen so hart aufeinander, dass Niemer fürchtete, sie könnten abbrechen. Er klemmte ihm ein Tuch zwischen die Lippen. Es verfärbte sich augenblicklich rot. Der Zungenmann hatte sich eine weitere Trophäe geholt.

Niemer ließ sich in der Bibliothek nieder, während Desdemona dem Diener Anweisungen gab. Die erste lautete den Arzt zu holen.

»Dieser Junge wird mir nicht abhauen«, sagte sie resolut. »Ich will wissen, was geschehen ist.«

»Da wirst du viel Geduld brauchen.« Niemer schwenkte sein Cognacglas und sah müde zu, wie sich das Licht der Kerze in der Flüssigkeit brach.

Desdemona sagte: »Niemer, du siehst schrecklich aus. Eine Kur in einem dieser hübschen Bäder täte dir gut.«

Er stieß abfällig die Luft aus. »Und wer jagt den Mörder? Meine Leute sind dazu nicht in der Lage. Der eine erbricht sich, wenn sich nur jemand beim Brot schneiden in den Finger ritzt, der andere denkt nur an seine hübsche Verlobte, was ich ihm nicht verdenken kann. Sie ist tatsächlich sehr nett anzusehen. Und der Dritte im Bunde ist etwas schwer von Begriff.«

»Du machst es nicht besser, wenn du einen Schwächeanfall erleidest.«

»Es ist nur mein Magen, weiter nichts. Und gegen Bauchgrimmen hilft der hier ganz gut.« Er hob seinen Schwenker, was zugleich eine Aufforderung an Desdemona darstellte nachzuschenken.

Es war Toni Weber gelungen, für Dennfelder einen freien Platz in einer Kutsche zu besorgen, die noch am selben Abend Weimar verließ. Dennfelder begab sich zum Gasthof ›Zur Sonne‹. Von dort fuhr die Kutsche ab. Mit viel Glück würde Dennfelder bereits am folgenden Vormittag in Halle eintreffen. Er sank erschöpft gegen das Nackenpolster. Die Erschütterungen und das Quietschen der Räder wiegten ihn in den Schlaf.

Ein kühler Luftzug weckte ihn. Es war dunkel. Er fühlte sich einsam. Die anderen Mitreisenden, eine Dame mittleren Alters und ihr etwa sieben Jahre alter Sohn, sowie ein Ministerialrat mit schütterem Haar, vertraten sich die Beine. Der Postillion wechselte die Pferde und hielt dabei ein Schwätzchen mit dem Betreiber der Kurierstation. Nein, beruhigte dieser den Kutscher, die Lage sei ruhig, Scharmützel seien keine zu erwarten. Dennfelder hörte zu, aber als die Rede auf Leute kam, die er nicht kannte und auch niemals kennenlernen wollte, verlor er das Interesse. Er wollte nur weiter, all die Probleme aus der Welt schaffen und sich nicht mehr wie ein gehetztes Tier fühlen. Er stieg aus der Kutsche, streckte sich und massierte sich den schmerzenden Nacken.

»Haben Sie Hunger?«, fragte der Betreiber der Wechselstation in die Runde. Der Siebenjährige nickte eifrig, während alle anderen Fahrgäste den Kopf schüttelten.

»Tut's ein Stück Brot mit Wurst?«

Der Junge griff dankbar zu.

»Wie lange wird es denn noch dauern?«, wandte sich Dennfelder an den Kutscher.

Der zuckte mit den Schultern und sagte gedehnt: »Bis zum Mittag sind wir wohl da.«

Dennfelder seufzte. Als es weiter ging, wollte sich der ersehnte Schlaf wieder nicht einstellen. Weiße Blüten in schwarzem Haar stahlen sich in seine Gedanken. Er ertappte sich dabei, einen Takt aus Beethovens Stück zu summen. Glücklicherweise gingen die Brummtöne im Rumpeln der Kutsche unter.

Dennfelder zog einige unbeantwortete Briefe aus seiner Tasche, als sich das erste Tageslicht durch den Vorhangspalt zeigte. Er schob den Stoff zur Seite. Freilich war es noch zu dunkel zum Lesen, aber Dennfelder kannte den genauen Wortlaut eines jeden Briefes. Er wollte die Schriftstücke nur vor die Augen halten, um nicht in ein Gespräch verwickelt zu werden. Besonders das Kind war neugierig und hatte seine Geduld während der Pause bereits auf eine harte Probe gestellt.

»Mir ist langweilig«, ließ sich der Junge vernehmen.

Dennfelder schnaubte, blickte jedoch nicht auf. Im Geiste formulierte er Antworten auf die Schreiben.

»Was machen Sie in Halle?«, fragte der Junge und besaß sogar die Frechheit, Dennfelder eine Hand aufs Knie zu legen.

Er fegte die Finger des Jungen beiseite und funkelte ihn zornig an. »Fass mich nicht an.«

Der Knabe schwieg und schob trotzig die Unterlippe vor.

»Meine Güte, er hat Ihnen doch nur eine Frage gestellt«, sagte die Mutter des Jungen.

»Ich möchte lesen«, sagte er kühl.

»Es ist dunkel«, sagte der Junge.

»Sind wir schon da?«, meldete sich nun auch der Ministerialrat.

»Nein«, sagten der Junge und die Mutter wie aus einem Mund.

»Schön wär's«, fügte Dennfelder hinzu.

Die Sonne färbte die Straße, Vogelgezwitscher hob an. Die Welt erwachte, Dennfelder wollte schlafen. Zumindest gelang es ihm zu dösen.

»Ein Schiff, ein Schiff«, frohlockte der Junge.

Dennfelder warf dem Kind einen Blick unter halb geschlossenen Augenlidern zu. Dann richtete er sich mit einem Ruck auf.

»Das ist mein Brief, du Rotzlöffel!« Er entriss dem Kind das gefaltete Stück Papier und glättete es auf seinem Oberschenkel. Es war eine Bestellung über fünf Kisten Beaujolais.

»Mein Schiff«, heulte der Junge.

Wortlos zog die Mutter ihren Sprössling auf den Schoß und sah grimmig aus dem Fenster.

Am nächsten Tag kam Doktor Hunnius zur Visite. Er untersuchte den Jungen eingehend und kam zum gleichen Schluss wie schon Niemer und Desdemona am Tag zuvor. Die Wunde im Mund hatte sich entzündet. Das Fieber hatte ihn bereits bis zur Besinnungslosigkeit geschwächt. Der Junge konnte keine Flüssigkeit mehr zu sich nehmen, und das Fieber dörrte ihn weiter aus. Ein Teufelskreis.

»Lassen Sie regelmäßig die kalten Wickel erneuern. Geben Sie dem Jungen Jesuitenrindenpulver, das senkt das Fieber. Und sorgen Sie dafür, dass seine Mundhöhle mindestens drei Mal täglich mit diesem Sud gespült wird.« Er reichte Desdemona ein Glasfläschchen. »Die Spülungen dürfen allerdings erst vorgenommen werden, wenn der Patient bei Bewusstsein ist, ansonsten läuft er Gefahr zu ersticken. Außerdem darf er den Sud nicht schlucken.«

Desdemona nickte zum Zeichen, dass sie verstanden hatte. Doktor Hunnius und sie kannten sich schon einige Jahre und sie vertraute ihm. Die Zeit war ihr Feind. Jede Stunde, die der Junge in Ohnmacht lag, konnte ein neuer Mord geschehen. Der Ehrgeiz packte sie, dieses Rätsel zu lösen. Wenn die Männer von Niemer nichts taugten, sie taugte allemal.

Grimmig stellte Dennfelder fest, dass Martha Starken zu Unrecht Loblieder auf diese schreckliche Stadt sang. Hier war es mindestens ebenso heiß wie in Weimar. Die Kutsche hatte an der Poststation Halt gemacht. Da es nicht weit zu Dennfelders Ladengeschäft war, beschloss er, zu Fuß zu gehen. Die Scheiben waren staubig. Die Türglocke gab einen misstönenden Klang von sich, als er das Geschäft betrat. Er wartete einige Minuten. Benner erschien. Sein

Hemd wies Fettflecken auf und unter den Achseln zeichneten sich Ränder getrockneten Schweißes ab.

»Herr Dennfelder!«, stieß Benner überrascht aus. »Sie hätte ich hier nicht erwartet.«

»Komme ich ungelegen?«, gab Dennfelder zurück. »Soll ich Ihnen eine Stunde Zeit geben, die Fenster zu putzen und den Boden zu fegen, ehe ich erneut hereinkomme und so tue, als sei ich nicht schon einmal hier gewesen?«

»Ich bin leider noch nicht dazu gekommen, es ist viel zu tun.«

»Sparen Sie sich das.« Dennfelder steuerte die Treppe zum Lager an.

Benner verstellte ihm den Weg. »Das ist ungünstig, ich packe gerade Kisten. Es herrscht ein heilloses Durcheinander.«

»Damit komme ich zurecht.«

Benner trat zur Seite, er schwitzte heftig.

Auf dem großen Packtisch standen in der Tat mehrere geöffnete Kisten. Dennfelders Aufmerksamkeit galt jedoch den Weinflaschen sowie den gläsernen Trichtern, die in den Flaschenhälsen steckten, und ganz besonders den Karaffen mit Wasser.

»Benner, Sie schulden mir eine Erklärung.« Dennfelder deutete auf das Arrangement.

Der Geschäftsführer hob die feisten Hände. »Ich will nur das Beste für das Geschäft, glauben Sie mir. Mit jeder verkauften Kiste verdoppeln wir unseren Gewinn. Das muss doch auch in Ihrem Interesse sein.«

»Sie ruinieren meinen Ruf! Es wird bald in jedem Journal zu lesen sein, dass man besser nicht mehr bei Dennfelder kauft.«

»Selbst verdünnt ist unser Wein noch besser als der, den Sie in den Schenken zu kaufen kriegen.«

»Vergleichen Sie nicht Äpfel mit Birnen.«

Benner griff sich an die Stirn.

»Kapitulieren Sie oder was soll mir die Geste sagen?«, wollte Dennfelder wissen.

Benners Lippen waren zu einem Strich zusammengekniffen.

»Ihr Schweigen ist mir Antwort genug. Sie panschen meinen Wein. Die Kunden beschweren sich bei mir zu Recht.« Letzteres hatte er zu sich selbst gesagt. Benner fasste diese Bemerkung als Affront auf.

»Bei Ihnen beschweren sie sich also. Zu mir sind sie immer höflich und trinken das, was man ihnen vorsetzt.«

»Seien Sie still!«, fuhr Dennfelder ihn an. »Ich sehe keine andere Möglichkeit. Sie sind mit sofortiger Wirkung entlassen. Geben Sie mir den Ladenschlüssel.«

Benner verschränkte die Arme vor der mächtigen Brust. »Ich denke nicht daran. Geschuftet habe ich für Sie, neue Kunden habe ich für Sie gewonnen. Und das ist der Dank?«

»Sie haben mehr Kunden verprellt als Sie gewonnen haben. Sie betiteln sich selbst als Weinkenner. Womöglich sind Ihre Zeugnisse gefälscht. Ich werde jedenfalls dafür sorgen, dass Sie in diesem Gewerbe keine Anstellung mehr finden.«

»Unverschämtheit!«, rief Benner. »Das zahle ich Ihnen heim.«

»Hinaus mit Ihnen!«, schrie Dennfelder.

Für einen Moment schien es, als wolle Benner ihn schlagen, aber dann machte er auf dem Absatz kehrt. Kurze

Zeit später hörte Dennfelder, wie die Ladentür lautstark ins Schloss fiel.

Dennfelders Knie zitterten. Erschöpft setzte er sich an den Packtisch und starrte auf die gläsernen Trichter.

Der Schaden war immens. Benner hatte auf dem Packtisch nicht weniger als zweiundfünfzig Flaschen hochwertigsten Wein verwässert. Hinzu kamen zwei Kisten à sechs Flaschen Burgunder, die fertig beschriftet und bereit zum Versand im Verkaufsraum standen. Dennfelder schüttete den gepanschten Wein weg, stapelte die Kisten an einer Wand und blies die Kerzen aus.

Aus der Schreibstube nahm er die Geschäftsbücher mit. Dann verließ er den Laden und fragte sich zu einem Schlosser durch.

Als Dennfelder die neuen Türschlösser für den Laden in Auftrag gegeben hatte, knurrte sein Magen vernehmlich und ihm wurde bewusst, dass er seit seinem Aufbruch nach Halle nichts mehr zu sich genommen hatte. In einer Wirtschaft trank er zwei Krüge Bier und aß einen deftigen Eintopf.

Als der Wirt das Geschirr abräumte, sprach Dennfelder ihn an: »Sagen Sie, wo finde ich denn die Schustergasse?«

»Das ist hier gleich um die Ecke. Da gehen Sie einfach links zur Türe raus und dann die zweite rechts rein.«

Dennfelder stand vor dem Haus mit der Nummer Zehn und betätigte den Glockenzug. Ein gut gekleidetes Fräulein ließ ihn ein. Sie hatte eine zierliche Nase und viele Sommersprossen. Das Lächeln wäre schöner gewesen, hätte ihr nicht ein Schneidezahn gefehlt.

»Mein Name ist Adrian Dennfelder. Ich möchte mit Herrn Pauser sprechen.«

Das Fräulein kicherte.

»Kann ich ihn sprechen oder nicht?«

»Entschuldigen Sie bitte. Aber der Zufall ist zu komisch«, sagte das Fräulein. »Mein Vater ist nämlich nach Weimar gefahren, um sich Ihr Haus anzusehen.«

»Mein Haus anzusehen?«, echote er.

»Ihre Frau Gemahlin hat das doch selbst mit ihm abgemacht. Wissen Sie etwa nichts davon?«

»Ich muss es wohl vergessen haben.«

»Gestern ist er gefahren. Sie haben sich um wenige Stunden verpasst.«

»Wenn ich schon einmal hier bin, kann ich dann wenigstens einen Blick auf den Kaufvertrag werfen?«

»Tut mir leid. Mein Vater hat alle Papiere mitgenommen. Ich weiß nur, dass Ihre Frau Schwiegermutter unterzeichnet hat.«

»Das genügt mir. Haben Sie vielen Dank.«

Als Dennfelder die Schustergasse verlassen hatte und niemand in seiner unmittelbaren Nähe war, fluchte er laut und trat mit voller Wucht gegen ein Regenfass.

Zwei Tage dauerte es, bis der Junge zu sich kam. Erstaunt sah er sich um. Er hielt sich die sauberen Hände vor das Gesicht, als zweifle er daran, dass sie ihm gehörten. Er versuchte zu sprechen und scheiterte. Desdemona saß an seinem Bett und sah ihn mitfühlend an. Sie konnte sehen, wie die Erinnerungen an den grausamen Angriff zurückkehrten. Seine Finger glitten in seine Mundhöhle und tasteten suchend umher. Als er begriff, warum er nicht mehr sprechen konnte, erbrach er sich. Desdemona strich ihm über den Rücken. Der Junge schluchzte hohl, dicke Tränen liefen über seine Wangen. Desdemona barg seinen Kopf in ihren Armen und weinte ebenfalls.

Friedemann zog die Tür des kleinen Häuschens, in dem er mit seinem Vater und seiner Tante lebte, vorsichtig zu. Die schwüle Abendluft war erfüllt von dem Geruch überreifer Beeren, das Zirpen der Grillen hatte die betriebsamen Geräusche der nahe gelegenen Schleifermühle abgelöst.

»Friedemann! Wo bist du, du Bengel?«, hörte er die ärgerliche Stimme seines Vaters durch das geöffnete Fenster rufen. Schnell schlich er sich zu den Johannisbeersträuchern und quetschte sich zwischen den mit Früchten beladenen Ästen hindurch. Als er die Tür hörte, sank er auf die Knie.

»Friedemann?«

Friedemann ignorierte die Stimme seines Vaters, die vom jahrelangen Alkoholkonsum rau geworden war. Heute Abend schlingerten die Worte aus dessen Mund, als würden sie keinen Halt finden. Wie ein Hund auf einem zugefrorenen See. Friedemann wusste, dass er seinem Vater an so einem Abend besser aus dem Weg ging.

Eine Katze hüpfte von einem verwitterten Holzpfosten. Sie fand ebenfalls ihren Weg durch die Sträucher. Als sie sich an Friedemann schmiegte, glitt seine Hand über ihr weiches Fell. Die Katze schnurrte. Dann verschwand sie im Gestrüpp hinter ihnen.

Friedemann sah zum Haus. Eine Schüssel fiel scheppernd auf den Steinboden. Gleich darauf war das Fluchen seines Vaters und das Jammern seiner Tante zu hören. Das war das Mehl, das ich vorhin von der Mühle geholt habe, dachte Friedemann. Er dachte an das Brot, das seine Tante nun nicht mehr backen konnte. Sein Magen zog sich bei dem Gedanken schmerzlich zusammen. Er wusste, sein Vater würde gleich toben. Doch seine Tante brauchte keine Hilfe, sie hatte ihre Teigwalze.

Friedemann schlich hinter den Obststräuchern weiter Richtung Wäldchen, das zum Asbach abfiel. Wenn er sich nur ein oder zwei Stunden die Zeit vertrieb, würde er seinen alten Herren schnarchend auf der Küchenbank vorfinden. Und seine Tante war froh, dass er selbst für seine Sicherheit sorgte. Er rannte über den weichen Waldboden und über die Wiese. Am Asbach ließ er sich ins hohe Gras fallen. Es war nicht der erste Abend, den er hier verbrachte. Friedemann gähnte. Im hohen Gras fühlte er sich sicher – nicht nur vor seinem Vater. Und tatsächlich dauerte es nicht lange und er war eingedöst.

Irgendwann wurde Friedemann von den Geräuschen eines herannahenden Fuhrwerks geweckt. Er stützte sich auf den Ellenbogen und beobachtete, wie ein Wagen die Straße von Ettersberg herunter kam. Er muss schwer beladen sein oder von weit herkommen, wer sonst kann sich einen Zweispänner leisten, dachte Friedemann. Auf einmal brachte der Kutscher die Pferde zum Stehen. Er sprang vom Bock und umrundete das Fuhrwerk. Etwas muss mit den Rädern nicht stimmen, dachte Friedemann. Sein Vater, der ab und an auch die Fahrten für den Alexanderhof übernahm, hatte ihm einmal erklärt, wie man mit einer angebrochenen Speiche umzugehen habe. Doch der Kutscher hatte wohl nichts gefunden, er kletterte wieder auf seinen Sitz. Dann hob er die Fackel aus der Halterung und wedelte damit hin und her. War der Mann betrunken, wusste er denn nicht, wie leicht die trockenen Wiesen brennen? Es brauchte doch nur einen Funken. Friedemann kniete sich hin, um besser sehen zu können. Doch zum Glück besann sich der Kutscher und steckte die Fackel zurück in die Halterung. Er nahm die Zügel auf und setzte seinen Weg fort in die naheliegende Stadt.

Friedemann gähnte. Wie lange er wohl schon hier war? Das Mondlicht hatte die Landschaft inzwischen in blaugraue Farben getaucht. Er sah über die Wasserpforte zu den Häusern am Kettenberg, in denen die ersten Lichter in den Fenstern standen. Friedemann stand auf und sah zum Asbach. Sein Blick folgte dem Lauf des Wassers Richtung Schwanseewiesen. In der Richtung muss es irgendwo passiert sein. Dort musste die Frau vom Behrmann ihr Augenlicht verloren haben. Ein Schauer lief ihm über den Rücken. Er sah zur Straße. Sie versprach Sicherheit. Dort konnte er schnell sein und auch schnell verschwinden. Er hatte wirklich keine Lust, dem Zungenabreißer über den Weg zu laufen. Gerüchte machten die Runde, auch unter den Kindern. Über den Unbekannten, der nicht zögerte, Botengänger auszuwählen und sie für seine Zwecke herzurichten. Ein unausgesprochenes Gesetz hielt die Gerüchte jedoch in ihren Kreisen, keiner erzählte etwas einem Erwachsenen. Erwachsene stellten nur dumme Fragen, die nicht halfen. Wühlten in den falschen Ecken, verstanden nichts von der Bedrohung, die auf sie lauerte. Sie mussten sich selbst schützen – und so schwiegen sie.

Friedemann zitterte. Er konnte seine Glieder nicht kontrollieren. Er biss seine Zähne zusammen, schlang die Arme um den hageren Körper. Wenn er nur einen Moment so blieb, würde es sicherlich wieder aufhören.

Er hörte Hufgetrappel. Er wandte sich um. Ein Reiter kam über die Wasserpforte. Friedemann warf sich ins Gras. Erst blieb er flach liegen, dann stützte er sich auf seine Arme, um etwas sehen zu können. Der Weg führte direkt an der Wiese vorbei. Sollte er versuchen, sich davonzuschleichen oder sollte er besser liegen bleiben? Er bemerkte, wie sein Fuß hin und her wackelte. Er zog seine Beine unter seinen Körper, seine Sehnen angespannt, jederzeit bereit, aufzuspringen und wegzulaufen. Friedemann hielt die Luft an, die Augen starr auf die immer näher kommende Gestalt gerichtet. Männerkleidung, ein Hut, mehr konnte er nicht ausmachen. Als der Reiter nicht auf den Weg abbog, sondern direkt auf ihn zuritt, dachte Friedemann, er müsste vor Aufregung sterben. Doch dann stoppte der Reiter. Nur fünf, sechs Körperlängen vor ihm. Er griff mit einer Hand hinter sich. Etwas rutschte herab und fiel ins Gras. Der Aufprall machte ein dumpfes Geräusch. Das Pferd erschrak von der unerwarteten Bewegung direkt neben ihm und tänzelte erschrocken zur Seite. Der Reiter brachte es jedoch schnell wieder unter Kontrolle. Friedemann schnappte nur zwei Worte auf: ruhig Junge. Doch brannte sich die Stimme in sein Gedächtnis ein. Er sah dem Reiter nach, der sein Pferd gewendet hatte und nun der Straße zurück zur Jacobsvorstadt folgte. Friedemann entspannte seine Muskeln und rollte sich auf den Rücken. Sein Atem ging kräftig, sein Herz schien im Brustkorb kaum Platz zu haben. Er hielt den Atem an, spürte seine Halsschlagader pulsieren, spürte, dass er noch lebte.

Nach einer Weile meinte er, lange genug gewartet zu haben. Er kroch auf allen Vieren vorwärts. Bald war er an der Stelle, an der der Reiter hatte fallengelassen, was er erst untersuchen musste, bevor er nach Hause gehen konnte. Es lag wie ein Haufen Erde im Mondlicht, ein Sack, wie er bald feststellte. Er betastete den rauen Stoff. Rüben? Kohlköpfe? Na klar, Diebereien dieser Art standen auf der Tagesordnung.

Sollte er? Nur einen? Einer würde nicht auffallen. So wie es sich anfühlte, mussten bestimmt über ein Dutzend Kohlköpfe im Sack sein. Sein Magen stimmte ihm unverzüglich zu, Friedemann fiel das Scheppern der Mehlschüssel auf dem Steinboden ein. Er dachte an das warme Brot, das es in der Frühe nicht geben würde. Eine gute Gelegenheit. Seine Tante würde ihn natürlich erst rügen, so etwas machte ein guter Junge nicht. Und er sollte doch ein guter Junge sein. Doch würde ihnen allen das Gemüse gut tun. Vielleicht wäre Vater sogar stolz auf ihn.

Friedemann zerrte an der Schnur. Er konnte den festen Knoten nicht öffnen, doch schaffte er es, die Schlinge vom Stoff zu ziehen. Eilig öffnete er den Sack, zog die Ränder nach unten. Fahles Mondlicht stahl sich ins Innere. Ein Augenpaar stierte ihn an, dann rollte der Kopf zur Seite, nahm seine Haarpracht mit und gab den Blick auf das nächste Gesicht frei. Friedemann ließ den Sack los. Sekunden später rannte er blindlings auf das Waldstück zu. Er dachte nicht mehr an die Straße, er dachte an gar nichts mehr. Als er die ersten Bäume des Wäldchens erreichte, lehnte er sich atemlos gegen einen Baum, den Blick zurück zu dem grausamen Fund. Doch was war das? Über der Stelle schien ein Licht zu schweben. Wurde er jetzt verrückt? Es wurde immer heller. Doch dann nahm ein Pferdewagen über den Gräsern Gestalt an. Er hielt an der Kurve. Der Kutscher stieg ab, ging zielstrebig auf den Sack zu, ergriff ihn, schleppte ihn zurück zum Weg, hievte ihn auf die Ladefläche und setzte sich ungerührt zurück auf seinen Kutschbock. Dann hob er die Fackel aus seiner Halterung und wedelte damit einmal hin und her. Friedemann rannte zwischen den Bäumen hindurch nach Hause, als der Wagen langsam den Ettersberg hinaufkroch.

Niemer ließ Desdemona eine Nachricht überbringen, dass er sehr viel zu tun habe und sie aus diesem Grund nicht besuchen könne. Aber er verlangte eine Rückantwort, wie es um den Jungen stand.

Er hatte erbärmliche Kopfschmerzen. Vor ihm lagen die neuesten Schriftstücke. Gleich zwei unerlaubte Duelle hatte es in der Nacht gegeben.

»Warum wollen sich die Burschen immer nachts gegenseitig erschießen?«, murmelte er vor sich hin.

Unterinspektor Weiland nahm den Kommentar zum Anlass, mit seinem Wissen über Duelle zu brillieren. »Na, weil sie im Wirtshaus Händel anfangen und schon fühlt sich einer der Burschen in seiner Ehre gekränkt und will's gleich austragen.«

»Weiland, ich versteh die Welt nicht mehr. Die armen Waisenjungen wollen leben, werden aber aus irgendeinem Grund von einem Wahnsinnigen gejagt. Und die Burschen, die nur ein paar Jahre älter sind, werfen ihr Leben einfach so weg. Was machen wir denn nun mit den Kerlen? Wir haben zu wenig Leute, um sie Tag und Nacht zu bewachen, bis sie vor den Richter kommen.«

»Schwierig«, gestand Weiland ein. »Sobald wir sie in eine Zelle sperren, gehen sie sich sofort wieder an die Gurgel. Aber wir haben nicht genügend Zellen.«

»Am liebsten würde ich sie alle in einen Raum sperren und abwarten, was passiert.«

»Das dürfen wir nicht, das Gesetz sagt eindeutig, dass …«

»Das war ein Scherz, Weiland. Nur ein Scherz.«

10

»Kannst du schreiben?«, fragte Desdemona den Jungen. Er öffnete den Mund und gurgelnde Laute drangen aus seiner Kehle. Dann schüttelte er den Kopf.

»Ich weiß, dass es für dich sicherlich unangenehm ist, aber ich muss wissen, wer dir das angetan hat.«

Der Junge presste die Lippen aufeinander.

»Ich gebe auch auf dich acht. Hier bist du in Sicherheit«, fügte sie hinzu.

Der Junge überlegte und nickte auffordernd.

»Danke«, sagte Desdemona erleichtert. »War es ein Mann?«

Nicken.

»War er groß?«

Schulterzucken.

Blöd, so etwas einen Jungen zu fragen, der gerade einmal neun oder zehn Jahre alt ist, dachte Desdemona. Für ihn sind alle groß. Sogar ich.

»Ist dir an ihm etwas aufgefallen?«

Der Junge machte ein nachdenkliches Gesicht. Dann schüttelte er zögerlich den Kopf.

Es klopfte an der Tür des Gästezimmers.

»Herein«, sagte Desdemona unwirsch. Die Störung kam denkbar ungelegen.

Der Diener trat ein und kredenzte dem Jungen einen Teller Suppe. Sie roch herrlich. Desdemonas Magen knurrte.

»Ist noch Suppe da?«

»Der Topf ist noch fast voll«, gab der Diener zurück. »Ich bringe Ihnen gleich einen Teller.«

Nach dem Essen schlief der Junge beinahe augenblicklich ein. Desdemona strich ihm über die Stirn und verspürte ein kleines Glücksgefühl, weil das Fieber merklich gesunken war.

»Wieso sagt sie nie etwas? Ich finde das ausgesprochen unhöflich. Ist sie denn der deutschen Sprache nicht mächtig?« Martha Starken nippte an dem Rand ihrer Teetasse.

»Sie ist gar keiner Sprache mächtig, Mutter.« Elsa Luise balancierte einen weiteren Löffel voll Zucker in ihre Tasse.

»Was soll das heißen, mein Kind?«

»Sie spricht nicht. Caroline sagt, sie habe aufgehört zu sprechen, als ihre Mutter starb. Sie musste mit ansehen, wie sie sich bei einem Reitunfall das Genick brach.«

»Schockierend! Das arme Ding.« Für einen Moment schien Martha Starken wirklich erschrocken zu sein, doch dann zog ein Lächeln auf das faltige Gesicht der Dame und sie sah ihre Tochter zärtlich an. »Du verstehst dich gut mit ihr, nicht wahr?«

Elsa Luise schaute irritiert hoch. »Aber ich kenne sie doch gar nicht.«

»Gerade nanntest du ihren Namen mit einer Selbstverständlichkeit – als würdet ihr euch schon ewig kennen. Es ist so wunderbar. Wer hätte das vor Kurzem noch gedacht? Caroline, ein ausgesprochen hübscher Name. Und wie jung sie wirkt, wo sie doch älter ist als ich.«

»Habe ich dir von ihrem Enkelchen erzählt?« Elsa Luise entdeckte einen angetrockneten Soßenfleck auf der Tischdecke. Sie kratzte mit ihrem Fingernagel an der verkrusteten Stelle.

»Oh, sie ist auch schon Großmutter?« Marthas Lächeln fiel in sich zusammen. Mit leicht zitternder Hand stellte sie ihre Teetasse ab.

»Ja, der kleine Robert ist schon 18 Monate alt.« Als Elsa Luise bemerkte, dass sie den Schaden auf der Tischdecke durch ihr Kratzen nur noch verschlimmerte, gab sie es auf.

»Die Niederkunft der Erbprinzessin ist auch in Bälde zu erwarten.«

Elsa Luise schaute ihre Mutter verwundert an, die auf einmal sehr alt wirkte. »Mutter, ist alles in Ordnung? Hast du wieder Kopfschmerzen?«

Die alte Dame schüttelte für ihren Geschmack ein bisschen zu kläglich mit dem Kopf. Doch Elsa Luise kannte ihre Mutter. Sie würde ihr schon noch sagen, was sie bedrückte.

Marie folgte mit ihrem Blick dem Lauf der aneinandergereihten Tulpen auf dem Spiegelrand. Aus der Blüte der einen wuchs der Stil der Nächsten, kurz und fett und zur Verzierung ein klägliches Blätterpaar um den Hals geschwungen. Wie gefräßige Tiere, denen die Gier aus dem Hals wuchs, dachte sie. Am höchsten Punkt des Ovals standen sich zwei dieser geifernden Knospen gegenüber, bereit, sich gegenseitig an dem Tag aufzufressen, an dem sie aus ihrer hölzernen Starre zu Leben erwachten. Maries Hand schnellte hoch und sie verzog den Mund zu einer schmerzverzerrten Grimasse, als Elisabeth, dieses dumme Ding, ihr die Borsten schon zum dritten Mal über das Ohr anstatt über die Haare gestrichen hatte. Im Spiegel sah sie, dass Elisabeth erschrocken ihre Hand samt Bürste zurückzog und sie hinter dem Rücken versteckte, als könne sie dadurch irgendetwas ungeschehen machen. Kannst du dich nicht mal für fünf Minuten konzentrieren? Aber du hast Angst vor mir, nicht wahr? Du magst mich nicht. Marie suchte den Blickkontakt zu dem Mädchen, das ihr schon den dritten Tag beim Ankleiden zur Seite stand. Doch das Mädchen schaute nicht in den Spiegel.

Caroline Bertuch hatte sie ihr geschickt, als sie hörte, dass ihre Zofe erkrankt war. Frau Bertuch hatte sich mit ihrem Wachhund Gesine verständigt, sie waren sich einig geworden, hatten sich wie handelseinige Männer die Hände gereicht und über ihr Schicksal entschieden.

Die Zimmertür öffnete sich und die Gouvernante kam herein. »Was? Ihr seid ja immer noch nicht fertig. Jetzt aber schnell, die Klavierübungen warten.« Gesine Wielbach klatschte ungeduldig in die Hände.

Marie schloss die Augen. Sie spürte die Haarbürste auf ihrem Kopf eilige Striche ziehen. Ich bin Gefangene in meinen eigenen Räumen. Niemand fragt mich, was ich will.

Marie schob die Gardine ein Stück zur Seite. Die Rose, die seit ihrer Ankunft die Fensterbank zierte, ließ schon die ersten Blätter fallen. Marie sah hinaus. Ihr Blick fand schnell, wonach sie suchte: Ein weißes Taschentuch, an einen Ast gebunden. Endlich! Er war da! Vor Aufregung biss sie sich auf die Unterlippe. Doch was nun? Erstmal musste sie sein Taschentuch von draußen holen mit der Information, wo er untergebracht war. Das konnte sie selbst. Und dann musste sie ihm eine Nachricht zukommen lassen. Sie wollte ihn unbedingt heute noch sehen! Zu lange hatte sie ihn entbehren müssen. Marie schaute in den blauen Himmel. Doch wie bewerkstelligte sie es am

Besten? Sollte sie ihre Zofe um den Gefallen bitten? Sie aus dem Krankenbett holen? Marie schüttelte den Kopf. Nein, das brachte sie nicht über das Herz. Ihre Finger nestelten an dem Stoff ihres Baumwollkleides, während sie fieberhaft nachdachte. Es half nichts, das dumme Ding musste es tun! Marie lief eilig zum kleinen Schreibpult und schrieb ein paar Worte auf ein Blatt Papier. Als sie es gerade falten wollte, hatte sie eine Idee. Sie schrieb noch ein paar Worte hinzu. So würde das dumme Ding sicherlich nichts ausplaudern.

Niemer saß zusammengesunken auf seinem Sessel, den Kopf vornüber gebeugt. Das Glas mit dem Cognac hatte er schon lange ausgetrunken, trotzdem drehte er den Schwenker weiterhin in seinen Händen. Er war einfach zu faul, sich ein weiteres zu holen. Sein Nacken schmerzte von der gebeugten Haltung, in der er saß. Doch er kam gar nicht darauf, sich aus seiner unbequemen Position zu befreien. Bequemlichkeit gab es nicht. Nicht mehr. In Weimar rollten die Köpfe, dass einem schlecht werden konnte. Es tröstete ihn, dass wenigstens keine herrschaftlichen Leichen mehr gefunden wurden. Die Leute mit Einfluss ließen ihn somit in Ruhe. Ihre Laune war trotz der Morde, die in den Gassen und vor der Stadt passierten, ungetrübt. Im Gegenteil, sie stellten sich die Schädel in ihre Zimmer und taten hochwissenschaftlich damit und fragten nicht, woher sie kamen. Der Professor war lange vergessen – er wurde nicht vermisst, kam er doch nicht aus Weimar. Und die Behrmann hatte sich in den Reihen zurückgemeldet. Zugegebenermaßen mit einem Stolz, den er ihr nicht zugetraut hatte, nachdem es ihr jahrelang nur um oberflächliches Getue ging.

Niemer seufzte. Ich bin zu alt für so was. Freue mich über die friedliche Meute, die mich nicht hetzt, nur weil die Köpfe nicht in ihren Reihen rollen.

Er dachte an Desdemona. Wenn er mit ihr zusammen war, war alles möglich. Dann gab es kein Aufgeben.

Nein, verdammt noch mal, er durfte sie nicht mehr mit einbeziehen. Sie der Gefahr auszusetzen. Dies war kein Spiel mehr. Die Nachrichten, die aus den anderen Städten eintrafen, glichen denen, die er selbst Weiland nun schon beinahe täglich diktierte. Sie hatte jetzt den Jungen, um den sie sich kümmern konnte. Das war es, was ihr immer gefehlt hatte. Und sie schien Niemer auch nicht zu vermissen. In ihrer kurzen Nachricht sagte sie nur, alles sei bestens, der Junge erhole sich prächtig. Um seine Aufwartung hatte sie ihn jedenfalls nicht gebeten.

Conrad Behrmanns Anblick war bemitleidenswert, seine Haltung geradezu jämmerlich. Victor von Marbach hätte ihn fast übersehen, doch als er diesen Abklatsch des sonst so selbstsicheren Mannes am Rande des Gartenlokals entdeckte, steuerte er auf ihn zu.

Behrmann bemerkte den herannahenden Bekannten erst, als dessen Schatten über die Tischplatte kroch. Erschrocken hob er den Kopf. »Herr von Marbach!«

Von Marbach zog den Hut. »Werter Herr Behrmann, ich hoffe, ich störe Sie nicht?«

Behrmanns Erziehung mahnte ihn, er sollte jeden Gedanken von Störung höflichst abstreiten und ihn mit einer ausladenden Geste einladen, ihm Gesellschaft zu leisten. Doch er tat nichts, als sich sorgenvoll die Augen zu reiben.

»Behrmann, geht es Ihnen gut?«

Behrmann seufzte und vollführte nun doch die einladende Handbewegung aus. Von Marbach setzte sich.

»Sie teilen sich sicher einen Krug Bier mit mir?« Behrmanns Stimme klang schwach. Von Marbach zog nachdenklich die Stirn hoch.

Behrmann gab dem Kellner ein Zeichen, dass ein weiterer voller Krug Doppelbier gebracht werde. »Nun ist er aus der Stadt, der Gall. Hat für einigen Wirbel gesorgt, nicht wahr?«

»Genau für den Wirbel, den sich die Gemüter von einem trägen Augustmonat sehnlichst erhoffen.«

Behrmann lachte spöttisch. Er setzte sein leeres Glas an die Lippen in Erwartung der letzten Tropfen des heilbringenden Starkbiers.

»Warum so ablehnend, lieber Behrmann? Hat Ihnen die kleine Sensation denn nicht gefallen? Gerade die Gegenwart solch besonderer Menschen regt doch unseren Geist an. Die Neugier verscheucht mit einem Mal alle Leiden. Und wir können uns glücklich schätzen, dass schon wieder eine Sensation zu bestaunen ist: Der Gall ist fort, und wir haben das Vergnügen, eine aufregende Klaviervirtuosin unter uns zu wissen.«

Behrmann ließ das Glas sinken, sein Blick folgte bedauernd dem scheinbar unerreichbaren Rest, der sich wieder auf dem Glasboden sammelte. »Dann zählt meine Frau in Ihren Augen sicherlich auch zu einer Sensation?«

Von Marbach entging der bittere Ton in der Stimme des alternden Salonlöwens nicht. »Aber, aber, werter Freund, warum so missmutig? Ich hörte, ihre Frau habe ihre gesellschaftlichen Aktivitäten wieder ganz und gar aufgenommen?« Von Marbach sah, dass er Behrmanns wunden Punkt getroffen hatte. Seine Gesichtszüge veränderten sich für einen Moment, als würde er wie ein Kind anfangen zu heulen. Doch schnell fasste er sich wieder.

Der Kellner erschien und tauschte den leeren Bierkrug aus. »Zum Glück haben Sie sich geschickter angestellt als Ihr Kollege. Der hatte schon auf dem Weg hierher den halben Inhalt verschüttet. Ach, und an ein Trinkgefäß für meinen Freund hier haben Sie auch gedacht.« Behrmanns Stimme klang gefasst, als er mit dem Kellner sprach. Als der sich anbot, die Gläser zu füllen, winkte er mürrisch ab und schickte ihn fort, um es selbst zu übernehmen. »Sie ist nicht mehr dieselbe.«

Von Marbach hätte die Worte fast überhört, so leise kamen sie aus Behrmanns Mund.

»Sie war die Sonne in meinem Leben. Ich lebte von ihrer mitreißenden Kraft, ihrer Leidenschaft. Mein Letztes würde ich geben, nur um sie noch einmal so von Herzen fröhlich und engagiert zu sehen.«

Von Marbach war sich bewusst, dass es Behrmann nicht leicht fiel, über all das zu sprechen. Sicherlich half ihm das Bier dabei, die Veränderungen zu bewältigen. Von Marbach füllte das Glas seines Gegenübers erneut auf.

»Wussten Sie, dass der Herzog den Gall reichlich belohnte? 100 Carolins gab er ihm für seinen Besuch. Und die Großherzogin bedankte sich mit einem Ring, so sehr fand sie Vergnügen an seinen Vorlesungen. Bis um ein Uhr soll er noch im Schloss geweilt haben, bevor er Weimar endgültig verließ.« Behrmann versuchte, das Thema zu wechseln. Und von Marbach tat ihm den Gefallen, darauf einzugehen.

»Der Wissenschaftler bekommt schließlich seinen gerechten Lohn.« Von Marbach schob das Bier von sich, bei Gelegenheit wollte er es unter dem Tisch loswerden. Er konnte Bier noch nie gut vertragen.

»Ich habe den Gall noch zu mir gebeten«, Behrmann ging gar nicht auf von Marbachs Bemerkung ein. »Und dass er kam, wenn auch nur auf ein halbes Stündchen, rechne ich ihm hoch an! Sehr viele Einladungen musste er ausschlagen, so beliebt, wie er war. Sicherlich interessierte ihn jedoch mein Anliegen, das ich ihm in meiner Einladung unterbreitete. Doch machte Hermine alles zunichte! Erst wollte sie nicht, ging dann aber auf meinen Wunsch ein, Gall zu empfangen. Doch sprach sie verflixt nochmal von allem, nur nicht von Schädeln! Jeden Versuch, das Thema daraufhin zu lenken, verdarb sie!« Behrmann setzte das Glas an und trank es in einem Zug leer. Wütend knallte er es auf den Tisch. »Warum hat sie sich nur so verändert? Ich komme überhaupt nicht mehr mit ihr zurecht. Was ihr vorher lieb und teuer war, weist sie entschieden ab.« Dann sackte er in sich zusammen. »Hermine, meine geliebte Hermine.«

Von Marbach sah den rotgesichtigen Behrmann prüfend an. Dessen Blick sprang ruhelos hin und her, die Lider halb geschlossen. Von Marbach sorgte sich, dass er bewusstlos werden könne. Die Sonne brannte immer noch heiß, obwohl es schon später Nachmittag war. Er war sich nun sicher, dass Behrmann schon vorher mindestens einen Krug geleert haben musste. Wie ein Häufchen Elend saß er da und jammerte wegen seiner Frau.

Von Marbach winkte den Kellner heran und übernahm die Rechnung. Dann sorgte er dafür, dass eine Mietkutsche bestellt wurde. Der Mann wog schwer, als er ihn zum Wagen brachte, beim Einsteigen wäre er fast wieder hinausgefallen.

Auf dem Weg zu Behrmanns Heim ließ von Marbach es zu, dass Behrmann sich an ihn lehnte. Behrmann bekam zum Glück nicht mit, wie die Weimarer in den offenen Wagen starrten, als sie das Elend des ehrenhaften Bürgers so offensichtlich präsentiert bekamen.

Als von Marbach am Behrmann'schen Haus erfuhr, dass die Dame des Hauses nicht zugegen sei, sorgte er dafür, dass Behrmann eine seinem Zustand angemessene Behandlung erfuhr und verabschiedete sich dann mit den besten Genesungswünschen.

Eine aufgeriebene Seele, die sich in ihrer Welt nicht mehr zurecht findet, dachte von Marbach, als er wieder in die Mietkutsche stieg.

Lambrecht stand vor Adrian Dennfelders Kleiderschrank und sah dessen Garderobe durch. Er tat dies lieber in Ruhe und hatte daher einen günstigen Augenblick abgewartet. Weder die herrische Martha Starken noch die stets jammernde Dame des Hauses waren zugegen. Plötzlich spürte er einen starken Stich im Herzen. Der Mantel, an dem ein Stück des Saumes aufgegangen war, entglitt ihm. Kalter Schweiß brach aus allen Poren. Die Angst und das plötzliche Schwindelgefühl zwangen ihn, sich hinzulegen. Er krümmte sich auf den gebohnerten Dielen wie ein an den Beinen zusammengebundenes Opferlamm, das dem Beil entgegensieht, und starrte an die mit Stuck verzierte Decke. Die Putten führten einen wilden Reigen auf. Einige angestrengte Atemzüge später beruhigten sie sich endlich und grinsten pausbäckig auf ihn herab. Lambrecht schloss die Augen und dankte dem Herrn. Nicht etwa dafür, dass der Anfall vorüber war. Nein, er dankte ihm, weil keiner von den Herrschaften Zeuge seiner Schwäche geworden war. Der Diener, der sich auf dem Fußboden wie ein Wurm windet – wie sah das denn aus?

Die Anfälle häuften sich. Allein zwei waren es in dieser Woche gewesen, einer die Woche zuvor. Weiter dachte er nicht zurück. Er zwang sich, nach vorne zu blicken. Aber auch hier blieb er bescheiden, dachte nur die wenigen Tage bis zur Rückkehr von Herrn Dennfelder voraus. Es gab noch so viel zu tun. Lambrecht rollte sich auf die Seite und stemmte sich hoch. Seine Brust war wie zugeschnürt. Aus dem großen Spiegel des Ankleidezimmers blickte ihm sein blasses Antlitz entgegen.

»Du brauchst ein stärkendes Tonikum, das ist alles. Die ganzen Aufregungen der letzten Zeit waren schlichtweg zu viel für die Nerven«, sagte er zu seinem Spiegelbild.

Doktor Herder runzelte die Stirn, als er das Hörrohr wieder und wieder auf Lambrechts Brust setzte und mit geschlossenen Augen dem Herzschlag lauschte.

»Ist Ihnen oft schwindlig?«, wollte er wissen.

»Ja. Es ist ja auch entsetzlich heiß.«

»Hm«, machte der Arzt und lauschte erneut. »Haben Sie Schmerzen in der Brust oder im linken Arm?«

»Ja, woher …«

»Setzen Sie sich bitte«, unterbrach Doktor Herder und deutete auf einen Stuhl.

Lambrecht, der stolz darauf war, in den Mienen der Leute lesen zu können wie in einem offenen Buch, verfluchte sein Talent. Der Arzt wirkte betroffen. Und das erst, seit er das vermaledeite Hörrohr benutzt hatte.

»Haben Sie Ersparnisse?«

»Genug, um Sie zu bezahlen«, sagte Lambrecht heftig.

Doktor Herder hob beschwichtigend die Hände. »So meine ich das nicht. Aber können Sie eine Weile von Ihrer Barschaft zehren, ohne arbeiten zu müssen?«

Lambrecht schürzte die Lippen. »Das wollen Sie mir also sagen. Ich muss bald sterben, ist es nicht so?«

»Sie leiden an einer Herzschwäche«, sagte Doktor Herder ruhig. »Es kann jeden Moment soweit sein.«

Das Blut rauschte in Lambrechts Ohren. Er sah, wie der Arzt den Mund öffnete, wie sich die Lippen bewegten, aber er konnte ihn nicht mehr hören.

Noch Stunden später hielt dieser Zustand an. Bei der übrigen Dienerschaft hatte er sich entschuldigt und sich in sein Zimmer zurückgezogen. Er saß am Schreibpult und starrte missmutig auf den Haufen zusammengeknüllter Blätter, die vom Schein der Lampe beleuchtet wurden. Er las sich seinen letzten Versuch durch und zerknüllte auch diesen.

»Es gibt eben Dinge, die muss man persönlich tun – oder gar nicht«, fluchte er.

Mit einem Mal konnte Lambrecht nicht mehr still sitzen, er musste raus an die Luft. Ziellos strich er durch Weimars Straßen. Der Arzt hatte einen interessanten Aspekt angesprochen: Ersparnisse. Mager sah sein Sparstrumpf aus. Es war mitnichten die Schuld der Dennfelders, denn sie zahlten gut. Aber Margots Unterbringung verschlang fast seinen gesamten Verdienst. Es störte ihn nicht, dass seine Schwester die aufopfernde Liebe nicht zu würdigen wusste. Wenn er bald starb, waren die Tage ihrer Privilegien in der Anstalt gezählt. Sie würde, ebenso wie die anderen Irren, Parasiten und Schmutz überlassen. Margot war doch so zart und empfindsam. Die Vorstellung um die Zukunft seiner Schwester trieb ihm die Tränen in die Augen. Trotzig wischte er sie weg und hob den Blick. Die Fenster der Kaschemme waren fast blind. Drinnen schmetterten gut ein Dutzend Kehlen ein zotiges Lied. Lambrecht betrat die Wirtschaft und setzte sich an einen wackligen Tisch. Fett und Dreck luden wenig dazu ein, seine Hände auf die Tischplatte zu legen. Das Lied war zu Ende, die Sänger hatten Durst. Lautstark verlangten sie nach Bier und Schnaps. Lambrecht schloss sich an und bestellte beides.

Nach drei Gläsern Birnenschnaps und einem Krug Bier ließ das Gefühl von Unwirklichkeit nach. Ohne Rührseligkeit überdachte Lambrecht seine Lage. Wenn er bis Ende September noch sparsamer lebte, reichten die Mittel, Margot drei Monate lang zu beschützen. Allerdings bliebe dann nichts mehr für seine Beerdigung.

Einerlei, dachte er. Margot ist wichtiger als eine Beisetzung mit allem Pomp. Ob ich Herrn Dennfelder davon unterrichten soll? Er würde mir gewiss Geld geben. Ausgeschlossen. Zurückzahlen kann ich es ihm nicht und ich kann nicht in Frieden sterben, wenn ich Schulden habe. Außerdem hat er selbst genug am Hals. Wenn die Gerüchte stimmen, wird er bald noch viel mehr Sorgen haben. Trotzdem, ich brauche Geld. Je mehr, desto besser.

»… bringt viel ein«, hörte er einen Mann am Nachbartisch sagen. Lambrecht wandte den Blick und unterdrückte ein Naserümpfen. Der Kerl hatte kaum noch Haare auf seinem Schädel, die Haut war von Pockennarben übersät, eine dicke Warze saß auf seinem Nasenflügel. Aber seine Augen leuchteten. Er prostete seinem nicht minder hässlichen Trinkkumpan zu und leerte das Glas bis auf einen kleinen Rest.

»Ich find's widerlich«, ließ sich der Trinkbruder vernehmen. »Bei so was mach ich nicht mit.«

»Dann beklag dich auch nicht, wenn dein Liebchen

dir mal wieder die Hölle heiß macht, weil du ihr nie was schenkst.«

Der andere brummelte Unverständliches und warf einen Blick in den Bierkrug.

»Schon wieder leer, aber ich wollt sowieso gehen.«

Er legte zwei Münzen auf den Tisch und verabschiedete sich. Wäre dies ein normaler Tag gewesen, Lambrecht wäre niemals auf die Idee gekommen, diesen heruntergekommenen Kerl anzusprechen. Aber er sah das Gespräch, dessen Zeuge er geworden war, als Wink des Schicksals. Er stand auf und ging zum Nachbartisch hinüber.

»Entschuldigen Sie, darf ich mich einen Moment zu Ihnen setzen?«, sagte Lambrecht.

»Von mir aus«, sagte der Hässliche und zog seinen Krug näher zu sich.

»Ich wollte beileibe nicht lauschen, aber ich habe zufällig mitbekommen, was Sie mit Ihrem Freund besprochen haben.«

»Ja, und?«

»Nun, ich wäre interessiert.«

Der andere hieb sich auf die Schenkel und grölte los. Lambrecht wartete, bis er sich beruhigt hatte. »Sie trinken gewiss noch eins mit, oder?«

»Wenn du zahlst, von mir aus.«

Lambrecht bestellte per Handzeichen zwei Krüge Bier. »Wie sieht denn die Arbeit aus?«

»Das wird dich jetzt wundern, aber du musst gar nichts machen. Nur deinen Kopf verkaufen.«

»Ich verstehe nicht ganz.«

»Du hast doch vom Gall gehört? Der hat hier Vorträge über Köpfe gehalten. Das ist wohl so spannend für die Leute, dass sie jetzt Köpfe kaufen. Und zwar, wenn sie noch dran sind.« Wieder brach der Hässliche in Gelächter aus, das alsbald in Husten überging.

»Mein Schädel hat einen netten Batzen Geld eingebracht. Aber du musst dich erst untersuchen lassen. Die nehmen nich alles, ne, ne.«

»Seltsam, ich habe keinerlei Suchanzeigen in der Zeitung gesehen.«

»Weil's nicht erlaubt ist. Deshalb. Es geht gegen die Sitte oder so ähnlich. Und darum erzähl ich dir auch nicht, wo du hingehen musst.«

Er lehnte sich triumphierend zurück und nahm seinen Krug von der Bedienung in Empfang.

Lambrecht beugte sich über den Tisch und sagte leise: »Da müssen Sie sich nicht sorgen. Ich habe vielleicht noch einen Monat zu leben, wenn überhaupt. Und ich brauche dringend Geld. Helfen Sie mir? Ich beteilige Sie auch, als Vermittlungsgebühr sozusagen.«

»Das ist was anderes. Du musst zum Friedhof gehen, da, wo sie den Schiller beerdigt haben. Zur Mittagszeit machen die Totengräber Pause, frag einfach, wer von denen Werner heißt. Dem sagst du dann, dass du Interesse hast. Alles Weitere macht der dann.«

Lambrecht bedankte sich, bezahlte und verließ die Wirtschaft. Das erste Mal seit seinem Arztbesuch wagte er, mit einem Hoffnungsschimmer vor Augen in die Zukunft zu blicken.

Für den nächsten Tag hatte sich Doktor Hunnius für eine neuerliche Untersuchung angekündigt. Die Wunde im Mund des Jungen schien gut zu verheilen.

Aber seine Seele leidet. Könnte ich ihm diese Qual doch nur abnehmen, dachte Desdemona.

Sie konnte die hohlen Schreie des Jungen hören, wenn ihn in der Nacht Albträume heimsuchten. Sie lag, zur Untätigkeit verdammt, in ihrem Bett und konnte ihm noch nicht einmal zur Seite stehen.

Der Durchbruch stand kurz bevor, das ahnte sie. Doktor Hunnius hatte soeben das Haus verlassen und war guter Dinge, dass der Junge bald gesund würde.

Desdemona saß mit ihm im Speisezimmer. Plötzlich deutete er auf ihre Hand. Vor Aufregung hatte er rote Flecken auf den Wangen.

»Du meinst, der Mann hatte solche Hände wie ich?«

Der Junge sprang auf und hielt ihre rechte Hand ins Licht, deutete wieder und nickte heftig.

»Ich verstehe«, rief sie. »Ja, jetzt weiß ich, was du meinst.«

Natürlich. Der Mann war kein junger Kerl. Er war schon älter. So wie sie. Auch seine Handsehnen standen hervor und Falten gruben sich in die Haut. Sie rieb an dem Altersfleck, der den Knöchel ihres Mittelfingers überzog. Überschwänglich küsste sie den Jungen, der erschrocken zurückwich. »Entschuldige«, sagte sie.

Das Problem war, dass diese Beschreibung auf rund ein Fünftel aller Weimarer zutraf. Wenn der Mörder überhaupt in der Stadt lebte und nicht nur zu Gast war.

»Aber auch das bekommen wir hin«, sagte sie laut. Der Junge schaute sie daraufhin nur verständnislos an. Kurz spielte sie mit dem Gedanken, ihre Erkenntnis mit Niemer zu teilen. Aber ihr Freund war beschäftigt, sodass sie entschied, ihn nicht zu behelligen. Vehement schloss sie das Fenster. Draußen braute sich ein heftiges Gewitter zusammen.

Lambrecht zog die Vorhänge zurück und sah in den Himmel. Dicke Wolken türmten sich auf.

Ob ich es noch trocken bis zum Friedhof schaffe?

Er verließ das Dennfelder'sche Haus, ohne Bescheid zu geben und schlug schnellen Schrittes den Weg Richtung Stadtmitte ein. Vorbei an der Gastwirtschaft ›Zur Sonne‹, ließ er den Rollplatz hinter sich und erreichte eine Minute später den Friedhof. Gnitzen stürzten sich auf Lambrechts blanke Haut. Ganze Schwärme der lästigen Stechmücken hingen über dem Friedhof. Die feuchte Erde der Gräber, die täglich gegossen wurden, lockte sie an. Lambrecht kniff die Augen zusammen und sah drei junge Männer, die gerade um die Kirche herumkamen. Anscheinend suchten sie schattige Gefilde. Ihre bloßen Arme waren braun gebrannt, ebenso die Gesichter. Zwei von ihnen trugen ihre Spaten geschultert, der dritte schob einen Karren mit Erde, den er gleich darauf abstellte. Plaudernd gingen sie auf Lambrecht zu.

»Entschuldigung«, sagte Lambrecht, als sie in Hörweite waren. »Heißt jemand von Ihnen Werner?«

»Wer will das wissen?«, fragte der ohne Schaufel misstrauisch.

»Ich hatte gestern ein interessantes Gespräch in der ›Post‹ und soll mich hier melden.«

Der Mann packte Lambrecht am Revers und zog ihn ein Stück beiseite. »Sind Sie verrückt hier einfach aufzukreuzen?«

»Sind Sie Werner? Aber Ihr Bekannter hatte doch ...«

»Gehen wir ein Stück.«

Werner warf immer wieder Blicke zurück, als fürchtete er, seine Kollegen könnten hinterherkommen. Diese hatten es sich auf einer Bank bequem gemacht und unterhielten sich angeregt.

»Die wissen davon nichts und so soll es auch bleiben.«

Lambrecht nickte.

»Sie wollen also Ihren Schädel verkaufen?«

»So ist es«, sagte Lambrecht überzeugter, als er war.

»Gut, Sie bekommen je nach Güte Ihres Kopfes zwischen 100 und 250 Talern.«

»Wer entscheidet über die Güte?«

»Ich werde für übermorgen ein Treffen arrangieren. Dann wird Ihr Kopf ausgemessen und die Bezahlung festgelegt.«

»Das ist schlecht, da kommt mein Dienstherr von einer Reise zurück.«

»Übermorgen oder gar nicht«, sagte Werner kalt.

Lambrecht seufzte. »Na schön, dann also übermorgen. Wo?«

»Sie kommen in die Wurstgasse. Sorgen Sie dafür, dass niemand Sie verfolgt. Erzählen Sie niemandem davon.«

Werner drehte sich um und ging zu seinen Kollegen, ohne Lambrecht eines weiteren Blickes zu würdigen.

11

»Wir können nicht mehr weitergehen, meine Liebe, wir werden es sonst nicht zu den Nachmittagsübungen schaffen.« Für die Gouvernante Gesine war damit alles gesagt.

Es erstaunte sie wirklich, dass ihr Zögling Marie nach einer Weile immer noch keine Anstalten machte, umzukehren, im Gegenteil, sie wurde immer schneller. Störrisches Ding, dachte Gesine, was sie sich nur immer in den Kopf setzt. »Außerdem wird es gleich Gewitter geben! Die Luft ist zum Atmen doch schon zu dick.« Als sie bemerkte, dass Marie direkt auf den Eingang des Ilmparks zusteuerte, rief sie laut »Halt!«

Marie ignorierte den schrillen Ruf ihrer Gouvernante. Sie wusste, dass Gesine ihr nicht würde folgen können. Sie schnaufte ja jetzt schon. Und so zog sie ihr Tempo weiter an, immer ein bisschen schneller.

»Marie, warte! Bitte, Mädchen.«

Mindestens zwanzig Schritte trennten sie schon.

»Marie, so warte doch.«

Dort hinter dem Baum, da müsste die … ja, und da, da war … Ihr Herz machte einen Sprung, als sie einen jungen Mann im Schatten eines Baumes auf einer Bank sitzen sah.

Gesine war sehr ärgerlich. Marie war tatsächlich in den Ilmpark eingebogen. Dabei hatte sie ihr gesagt, nur eine kleine Runde, eine wirklich kleine, dann seien die Klavierübungen dran. Und jetzt das! Gesine passte sehr genau auf, dass Marie ihre Übungen machte. Begabung hin oder her, es war noch kein Meister vom Himmel gefallen. Außerdem hatte Gesine es Maries Vater versprochen, als er sie allein mit ihr und ihrer Zofe nach Weimar schickte, konnte er sich doch in Berlin nicht abkömmlich zeigen. Schließlich hatte er dort hohe Verpflichtungen!

Gesine blieb stehen. Ihr Dekolleté bewegte sich über dem eng geschnürten Korsett heftig auf und ab. Mit einem Taschentuch tupfte sie sich den Schweiß von der Stirn.

Ein Mann überholte sie. Er lupfte den Hut zum Gruß, doch konnte Gesine sein Gesicht nicht sehen, so schnell war er an ihr vorüber.

Ja, haben es heute denn alle eilig? Gesine schüttelte den Kopf über den Mann. Er hätte sich wenigstens nach ihr erkundigen können. Sah er denn ihre Not nicht?

Ein klägliches »Marie«, kam aus ihrem Munde, als sie bemerkte, dass Marie nun aus ihrem Blickfeld verschwunden war.

In der Ferne hörte sie das Grollen des herannahenden Gewitters.

Dennfelder war froh, dass der Regen, der wie wild auf das Kutschdach trommelte, das alberne Gekicher der jungen Damen unterband. Seit der letzten Wechselstation teilte er sich mit ihnen den beengten Raum. Schon bald hatte er mit Entsetzen festgestellt, dass sie Gefallen an ihm gefunden hatten. Sie eiferten um seine Aufmerksamkeit, scherzten mit ihm und kicherten aufgeregt in ihre Taschentücher. Samt und sonders benahmen sie sich unerträglich. Am meisten ärgerte Dennfelder die Tatsache, dass er die Aufmerksamkeit, die sie ihm zuteil werden ließen, selbst provoziert hatte. Entgeistert hatte er die Dame mit den dunklen hochgesteckten Haaren angestarrt, als sie zustieg und ihren Platz ihm schräg gegenüber einnahm. Er konnte den Blick einfach nicht von ihr lassen. Die Ähnlichkeit mit Marie Malo verstörte ihn. Die Damen ertappten ihn recht schnell dabei, wie sich sein Blick immer wieder von seiner Zeitung löste und das Gesicht der jungen Frau suchte. Sie missdeuteten seine Blicke, schätzten ihn dank seiner feinen Stoffe als begehrenswert ein und trieben fortan ihr Spiel mit ihm. Welch Glück widerfuhr ihm, als sie schließlich durch das Grollen eines herannahenden Gewitters in ihren Sitzen erstarrten. Vor Angst zitternd hielten sie endlich ihren Mund. Dennfelder schaute aus dem Fenster. Den Hügel hinab erkannte er das Weimarer Umland.

Manuel Hermann Brückner erhob sich von der Bank, als er Marie erblickte, und zog sie schnell mit sich. Sie eilten leichtfüßig, von Vorfreude getrieben, auf den Einstieg einer Grotte zu, die sich im Park befand. Er konnte sich nicht beherrschen, hielt inne und presste seine Lippen auf Maries Handrücken. Sie gab ihm einen schelmischen Klaps, und nun war es an ihr, den Dichter hinter sich herzuziehen.

Die Grotte war kühl und ein Schauer lief über Maries Haut. Doch nicht nur der feuchte Fels trug die Schuld daran. Es war Manuels Gegenwart, die sie zittern machte. Erst hier, im Schutz des Felsens, wagten sie einen Kuss.

Manuel, der die Gänsehaut auf Maries Armen missverstand, zog sie an sich und rieb ihre Haut. Marie schüttelte den Kopf und hielt seine Hände fest.

»Ich bin so froh, dass du hier bist. Wo ist dein Schatten?«

Marie lächelte verschmitzt und deutete in den Park.

»Du bist ihm also entronnen. Wie viel Zeit bleibt uns?«

Marie zuckte mit den Schultern. Ein Donner zerriss die Stille. Die Vögel hörten auf zu zwitschern, der Wind frischte auf und die ersten Regentropfen klatschten auf das Laub der Bäume.

»Wenn man fünf von denen abkriegt, ist man nass«, sagte Manuel und zog sich vom Eingang der Grotte zurück, weil der Regenguss nun mit voller Wucht einsetzte.

»Ich habe dir ein Gedicht geschrieben«, sagte er und zog zwei gefaltete Bögen Papier aus seiner Hosentasche. »Willst du es gleich lesen?«

Marie schüttelte den Kopf, streckte aber die Hand nach dem Gedicht aus. Dann legte sie die Hände um Manuels Gesicht, wischte eine seiner vorwitzigen Haarsträhnen zur Seite und küsste ihn. Der Blitz zeichnete Schatten in sein Gesicht und verlieh seinem bäuerlich anmutenden Antlitz eine interessante Schärfe. Marie schloss die Augen. Ihre Finger ertasteten eines seiner Wangengrübchen, die sie so sehr liebte. Manuel war der einzige Lichtblick in ihrem Leben, das ansonsten fremdbestimmt war. Gesine sagte ihr, wann sie am Klavier üben sollte. Gesine tadelte sie, wenn sie nicht aß, wie es der Etikette entsprach. Ihr Vater erwartete Wunder und legte die Messlatte so hoch, dass Marie angst und bange wurde. Sie war sein Augenstern und gleichzeitig sein Werkzeug, um seinem untadeligen Ruf gerecht zu werden.

Ach, würde Mutter noch leben, dachte sie traurig.

»Was hast du, mein Herz?«, wollte Manuel wissen.

Er spürt, wie es um mich bestellt ist.

Marie löste sich von ihm und sah ihm tief in die Augen. Seine Pupillen zogen sich zu winzigen Pünktchen zusammen, als der nächste Blitz kam.

»Wenn ich erfolgreich bin, werde ich bei deinem Vater um deine Hand anhalten«, versicherte er ihr.

Sie seufzte tief.

»Ich liebe dich, Marie. Mehr als mein eigenes Leben.«

Sie legte ihm ihre Hand auf die Brust und nickte ernst.

»Ja, ich spüre, dass du mich auch liebst. Und das gibt mir die Kraft, an den Traum zu glauben, eines Tages mit Goethe gemeinsam vorzulesen.«

Gesine suchte unter einer dichtbelaubten Eiche Schutz. Sie kauerte sich, mit dem Rücken zum Stamm gewendet, in eine halb stehende, halb hockende Position und äugte voller Grimm in den grauen Himmel. Was sollte sie nur tun? Marie war fort und sie wollte sich nicht ausmalen, was geschähe, wenn sie ohne ihren Schützling heimkehren würde. Nie wieder konnte sie mit einer Anstellung in einem wohlsituierten Haus rechnen. Dieses Mädchen war aber auch zu schwierig. Nicht nur, dass sie nicht sprach. Auch ihr ganzes Auftreten drückte Rebellion aus. Gesine war unklar, wogegen Marie sich auflehnte. Sie hatte das schönste Leben. Einen großen Schrank voller Kleider, die feinsten Speisen auf dem Teller und ein weiches Bett. Dinge, die nicht alltäglich waren und für die Gesine dem Herrn jeden Tag aufs Neue dankte. Sie genoss den Reichtum der Malos. Zu tragisch, was Maries Mutter zugestoßen war. Aber allmählich musste Marie sich doch am Riemen reißen können. Gesines Bruder war jung an der Schwindsucht gestorben. Er wäre möglicherweise noch am Leben, wenn Geld für eine medizinische Behandlung da gewesen wäre. Aber hatte sie sich so angestellt? Nein!

Gesine unterdrückte einen Fluch, als mehrere dicke Tropfen auf ihren Kopf prasselten. Sie umrundete den Stamm und hoffte inständig, dass der Regen bald nachließe.

Marie unterdrückte ein amüsiertes Glucksen, als sie ihre Gouvernante erblickte. Der strenge Dutt hatte sich im Regen aufgelöst. Tropfende Löckchen hingen zu beiden Seiten ihres geröteten Gesichts herab. Als Gesine empört nach Luft schnappte, setzte Marie eine betont gleichgültige Miene auf.

»Wo warst du? Ich habe nach dir gerufen!«

Marie hatte das Gefühl, dass Manuels Gedicht ihr ein Loch in die Brust brannte. Aus Angst, es könnte aus ihrem Dekolleté hervorschauen und entdeckt werden, schob sie das Papier tiefer in ihr Mieder.

»Immerhin bist du trocken geblieben. Wo immer du dich auch untergestellt hast, es war eine bessere Wahl als die Eiche da drüben.«

Gesines Finger zitterte, als sie auf besagten Baum deutete. »So, nun lass uns nach Hause gehen. Deine Übungen warten.«

Marie sah auf das wogende Hinterteil ihrer Gouvernante und überlegte, wann Gesine dermaßen in die Breite gegangen war.

Endlich frische Luft. Die Stadt schien nach dem heftigen Regenguss für einen Moment vom staubigen Dunst befreit. Dennfelder atmete tief durch, als er auf dem Vorplatz der ›Sonne‹ stand und der Kutsche hinterher sah, die mit ihrer albernen Ladung über das Kopfsteinpflaster davon wackelte. Er war frohen Mutes. Er musste nur noch die Dinge vor Ort regeln und schon bald würde der Schrecken der vergangenen Wochen vergessen sein. Voller Tatendrang schritt er aus, um als erstes im Kontor nach dem Rechten zu sehen. Mit etwas Glück würde Toni Weber noch dort sein.

Auf dem Weg fiel ihm ein Mann auf. Seine Haltung war gebeugt, er torkelte, und für Dennfelder war sofort klar, dass der Gute zu tief ins Glas geschaut hatte. Er war schon fast an ihm vorbei, als der Mann über die Pflastersteine stolperte und ihm vor die Füße fiel. Dennfelder erschrak, als er ihn erkannte.

»Lambrecht! Was in Gottes Namen …?«

Lambrecht starrte seinen Dienstherren mit ungläubigem Blick an. »Herr Dennfelder, … Oh, verzeihen Sie – ich … ich dachte, Sie kommen erst in zwei Tagen …?«

Dennfelder hatte Lambrecht noch niemals betrunken gesehen. Sorgenvoll betrachtete er ihn. Dann half er ihm auf und umfasste stützend seine Schultern. Er musste ihn nach Hause bringen. Daran führte kein Weg vorbei – und damit würde er Toni Weber für den heutigen Tag verpassen. Lambrechts Kopf hing wieder bedenklich weit vornübergebeugt. Dennfelder seufzte. Was war nur mit Lambrecht los? Aber um das zu erfahren, musste der zuerst seinen Rausch ausschlafen.

Toni Weber erreichte den Laden noch im Morgengrauen. Er war extra eine Stunde früher aufgestanden. Schlafen konnte er sowieso nicht mehr, so sehr war er gedanklich mit seiner Aufgabe im Laden beschäftigt. Er wollte noch einiges erledigen, bevor Dennfelder morgen nach Weimar zurückkehrte. Weber hatte Neuigkeiten für seinen Brotgeber, denn seit den Auslieferungen an Bertuch konnte das Dennfelder'sche Geschäft weitere neun Kunden verzeichnen. Eigentlich hatte er die Anfragen liegen lassen wollen, bis Dennfelder wieder zurück war, doch dann hatte ihn der Ehrgeiz gepackt. Er hatte in die Geschäftsbücher geschaut und verschiedene Weine zur Verköstigung an die Adressen liefern lassen. Glücklicherweise fielen die Rückmeldungen alle positiv aus, die Weinliebhaber ließen Grüße an Herrn Dennfelder ausrichten. Ein Gruß deutete immer auf den Beginn einer Geschäftsbeziehung hin, das hatte sein Lehrmeister ihm von Beginn an beigebracht. Wenn sie angebissen hätten, wären sie freundlich. Zufrieden saß Weber an Dennfelders Arbeitsplatz und füllte mit sauber gemalten Buchstaben die neuen Kundenkarten aus. Als der letzte Strich gezogen war, legte er die Feder beiseite und betrachtete zufrieden sein Werk.

Als Dennfelder durch die Gassen schritt, hörte er die aufgebrachte Morgenpredigt der Vögel, als würden sie ihn anklagen. Dennfelder musste lachen. Er hätte Lambrecht lieber wieder ins Bett geschickt, sein Gesicht war fahler als sein Betttuch, doch niemand konnte Lambrecht belehren. Dickköpfigkeit und Pflichtbewusstsein waren zwei seiner herausragenden Eigenschaften.

Dennfelder grüßte ein paar entgegenkommende Arbeiter. Seine Laune war ausgesprochen gut. Gestern Abend hatte er zumindest noch die Unterkunft des unseligen Maklers ausfindig machen können, eine Absteige, wie er sie keinem Freund empfohlen hätte. Ein kleiner Wermutstropfen, dass er nicht zugegen gewesen war, aber das

Thema Hauskauf konnte Dennfelder auch heute noch aus der Welt schaffen.

Seine Damen hatte er weder am gestrigen Abend noch heute früh angetroffen. Er wunderte sich, wie man so viel Zeit im Schlaf vergeuden konnte.

Am Marktplatz herrschte buntes Treiben, die Marktkarren wurden aufgestellt und die Waren ausgeladen. Die Marktfrauen riefen sich Dinge zu und lachten mit ihren gut durchbluteten Wangen, die in der Morgensonne leuchteten.

Dennfelder umrundete einen Karren, der noch rangiert werden musste und derzeit herrenlos im Weg stand. Die Fenster seiner Weinhandlung spiegelten die Morgensonne wider als stünden sie in Flammen. Bevor er den Laden betrat, befreite er das Messingschild mit seinem Ärmel vom Straßenstaub. Verwundert nahm er zur Kenntnis, dass die Ladentür schon aufgeschlossen war. Als er die Tür schloss, dachte er für einen Moment an die Glocke, die im Hallenser Kontor Besucher ankündigte. Ein schreckliches Gebimmel, auch wenn es seinen Zweck erfüllte.

Er schob den Vorhang zum hinteren Bereich zurück. »Hallo Weber? Sind Sie hier?«

Toni Weber gab sich alle Mühe, die aufkommenden Zweifel herunterzuschlucken und eine fröhliche Miene aufzusetzen. Dennfelder hatte ihm ein ausgezeichnetes Angebot unterbreitet, es abzulehnen wäre unverzeihlich. Dennfelders Blick nach zu urteilen war er jedoch kein guter Schauspieler.

»Was bedrückt Sie, Weber? Ist Ihnen die Verantwortung zu groß?«

Weber schüttelte den Kopf. Er suchte nach den passenden Worten. »Nein, nein. Ich … Das Angebot ehrt mich. Nur dachte ich, hörte ich, dass … Alle sprechen davon, dass Sie nach Halle zurückkehren.«

»Weber, Sie enttäuschen mich. Fallen Sie auch auf das Geschwätz herein?«

Blut schoss in Webers Gesicht. »Wir haben Pläne geschmiedet, Hedwig und ich. Wir wollen heiraten, im nächsten Monat schon. Sie wird Weimar nicht verlassen können, sie pflegt ihre kranke Mutter und kümmert sich um ihre Geschwister.«

»Nichts, was sich nicht lösen ließe.«

»Gewiss.« Weber fühlte sich all seiner Argumente beraubt. Er hatte gehofft, mehr Verantwortung in Weimar übernehmen zu können, gerade wo alles so gut lief. In Halle war er noch nie gewesen und der Ruf der Stadt flößte ihm Respekt ein. Warum übernahm Dennfelder nicht das Hallenser Kontor? Es gab in Halle einen Ruf wiederherzustellen und auch die Kundenzahl war wesentlich größer. Hier befand sich das Geschäft im Ausbau; es gab seiner Meinung nach viel weniger zu verlieren. Er seufzte. »Ich müsste nur zuvor mit Hedwig sprechen.«

»Tun Sie das, lieber Weber. Aber bedenken Sie, dass ich Sie lieber heute als morgen abreisen sehe. Aber nun erzählen Sie mir, wie es Ihnen hier ergangen ist, solange ich fort war.«

Dennfelder hatte mit Erstaunen den neuesten Geschäftsentwicklungen gelauscht. Er wusste, Toni Weber war der Richtige für Halle. Bei dem Erfolg seines Lehrlings ärgerte ihn umso mehr, dass er Benner damals den Vortritt gegeben hatte.

Weber hatte kurz nach der Mittagsstunde noch einmal

ins Geschäft geschaut, um Bescheid zu geben, dass er die Dinge mit seiner Verlobten geklärt habe. Glücklich sah er dabei nicht aus. Aber es sollte alles so laufen, wie Dennfelder es wollte: Sobald Toni Weber seine Hedwig geehelicht hatte, sollte er eine passende Unterkunft anmieten. Dennfelder wollte die Reisekosten für Hedwigs Familie übernehmen, die Kosten für das tägliche Leben würde Weber mit dem aufgebesserten Gehalt als Faktor in Zukunft allein bestreiten können.

Weber war zunächst wieder nach Hause geeilt, um seine Abreise vorzubereiten. Später würde Dennfelder ihn nach Möglichkeit in die Gepflogenheiten des Hallenser Kontors einweisen und ihm das Ausmaß des durch Benner verursachten Schadens verdeutlichen. Und dann galt es für Weber, die nächste Kutsche nach Halle zu erreichen.

Dennfelder wandte sich seinem Kaufmannsbuch zu, um die Einträge seines Gehilfen zu überprüfen. Wie erwartet war alles tadellos. Nun musste er Ersatz für Weber finden. Das würde nicht leicht werden. Dass er mit ihm einen Glücksgriff getätigt hatte, bewies er ihm täglich aufs Neue. Dennfelder klappte das Geschäftsbuch zu und schob seinen Stuhl zurück. Ein Blick auf seine Taschenuhr verriet ihm, dass es Zeit war, sich den Makler vorzuknöpfen.

12

Es ging schon auf den Abend zu, als ein Klopfen Dennfelder und Toni Weber aufschreckte. Die beiden hatten sich in die Bücher vertieft, die Dennfelder aus Halle mitgebracht hatte.

»Haben Sie nicht abgeschlossen?«, wollte Dennfelder wissen.

»Doch. Das Geräusch kommt von draußen.«

»Seien Sie doch so gut und sehen mal nach«, bat Dennfelder.

Es dauerte nicht lange und Weber kehrte zurück. »Es ist Herr von Marbach. Er möchte Sie sprechen.«

Dennfelder rollte mit den Augen, folgte Toni Weber jedoch.

Ein Lächeln zog über von Marbachs Gesicht, als sich ihre Blicke kreuzten. Die in den Stoff gewebten Fäden des Gehrocks leuchteten in den rötlichen Strahlen der Sonne. Der Spazierstock war äußerst elegant.

Dennfelder sperrte auf, blieb aber im Durchgang stehen.

»Guten Abend. Ich sah, dass die Kerze brennt.«

»Ja, wir hatten noch zu tun«, sagte Dennfelder eine Spur zu unwirsch.

»Ich war gerade in der Nähe und da dachte ich an unsere kleine Wette.«

»Möchten Sie nicht lieber morgen …«

»Haben Sie Angst?«

Dennfelder stieß laut die Luft aus. »Kommen Sie rein.«

Von Marbach betrat den Laden.

Ein Mann kam im Eilschritt gelaufen. »Ach, Sie haben noch geöffnet. Was für ein Glück. Ich benötige dringend einen guten Wein.«

»Dann sind Sie bei uns genau richtig«, sagte Toni Weber nonchalant, weil Dennfelder schlichtweg die Worte fehlten. Dankbar klopfte er seinem Faktor in spe auf die Schulter und murmelte: »Das wird heute sowieso nichts mehr mit Ihrer Einarbeitung. Wie haben Sie«, wandte sich Dennfelder an von Marbach, »sich denn die Wette vorgestellt?«

»Ich dachte an vier, nein, sagen wir fünf Gläser, die mit verschiedenen Sorten Wein gefüllt werden. Sie müssen mit geschlossenen Augen den Wein benennen können.« Von Marbach stand selbstbewusst vor dem Weinregal und studierte die Schilder.

»Wenn das alles ist … Weber, bitte holen Sie Probiergläser. Herr von Marbach, Sie wählen aus.«

Der Kunde, der dringend seinen Wein haben wollte, hatte es mit einem Mal nicht mehr eilig. Neugierig starrte er von Dennfelder zu von Marbach und versuchte sich offenbar einen Reim auf diese merkwürdige Konversation zu machen.

Toni Weber stellte ein Tablett mit Probiergläsern auf die Theke. Von Marbach suchte fünf Weine aus, nachdem er Dennfelder gebeten hatte, den Verkaufsraum zu verlassen. Es fuchste Dennfelder, dass ein Emporkömmling wie dieser von Marbach ihn aus seinem eigenen Laden wies. Zumal dies vor den Augen eines anderen Kunden geschehen war. Der war allerdings viel zu gefesselt von der Wette, als dass er Dennfelders Miene eine sonderliche Bedeutung beigemessen hätte.

Als er hineingebeten wurde, hielt ihm Toni Weber einen dunklen Schal hin.

»Was soll ich damit?«

»Herr von Marbach meinte, der sei zum Augen verbinden.«

»Das können Sie vergessen«, sagte Dennfelder. »Sie müssen mir schon vertrauen, dass ich meine Augen geschlossen halte.«

Von Marbach grinste gönnerhaft. »Na schön, wollen wir mal nicht so sein.«

Desdemona war erschöpft. Viele Geschäfte hatte sie an diesem Tag abgeklappert. Irma war in privaten Angelegenheiten unterwegs und fiel als Begleitung aus. Noch einen Tag mit ihren Nachforschungen zu warten, hatte Desdemona jedoch nicht eingesehen und sich allein auf den Weg gemacht. Nun taten ihr die Hände weh. Es war doch um Vieles einfacher, wenn Niemer sie schob. Ach, der gute Niemer. Die letzten Tage mussten schrecklich für ihn gewesen sein. Noch nicht einmal auf einen kleinen Cognac hatte er bei ihr vorbeigeschaut.

Sie fuhr gerade an Dennfelders Weinhandlung vorbei und sah Licht im Verkaufsraum. Verwundert fuhr sie dichter an die Scheibe und spähte hinein. Anscheinend hatte der Laden noch geöffnet. Sie bewegte ihren Rollstuhl bis zur Tür und kniff missbilligend die Lippen zusammen. Dass viele Häuser immer noch diese Hochwasserschwellen besaßen. Dabei war die Ilm schon lange nicht mehr über die Ufer getreten. Sie streckte sich nach der Tür, aber diese lag unerreichbar für ihre Faust, die sie zum Anklopfen geballt hatte.

Glücklicherweise schlenderte ein junger Mann auf sie

zu. Er besaß ein grobschlächtiges Gesicht, das jedoch einen verträumten Ausdruck besaß. Seine Lippen bewegten sich wie zu einer unhörbaren Melodie. Ein Student der Musik?

»Entschuldigen Sie bitte, werter Herr«, sprach sie ihn an.

Er fuhr sichtlich überrascht zusammen und nickte ihr dann freundlich zu.

»Ich wollte Sie nicht so harsch aus Ihrem Lied reißen.«

»Kein Lied«, sagte er und lächelte verschmitzt.

Ein schönes Lächeln hat der Kerl, dachte Desdemona. Wie man Leute oft unterschätzt.

»Ich habe gedichtet.«

»Oh, ein Poet. Sollte man Sie kennen?«

Der Mann verbeugte sich und sagte mit nicht unerheblichem Stolz in der Stimme: »Manuel Brückner mein Name.«

Desdemona dachte scharf nach. Mit jedem Moment, den sie stumm verharrte, wurde die Enttäuschung auf dem Gesicht des Dichters größer.

»Ich weiß, niemand kennt mich bisher. Aber ich arbeite daran, dass sich das ändert.«

»Nichts für ungut, mein Lieber«, gab sie zurück. »Es liegt an mir. Ich bin nicht sonderlich belesen.«

Jetzt lüge ich den armen Knaben auch noch an, dachte sie. Aber er strahlt wenigstens wieder. Diese Künstler. Sie sind so schnell gekränkt.

»Würde es Ihnen etwas ausmachen, mir in dieses Geschäft zu helfen?«

Manuel Brückner erfasste die Lage sofort und eilte zur Ladentür. Er öffnete sie, grüßte in den Verkaufsraum, ohne hineinzusehen und hob Desdemona mitsamt dem Stuhl über die Schwelle.

Erst, als sie sich beide im Laden befanden, hob er den Blick und stutzte.

»Herr von Marbach«, sagte er und verbeugte sich.

»Guten Abend«, fügte Desdemona hinzu und nickte grüßend in die Runde. »Wenn ich schon mal hier bin, kann ich auch gleich einen guten Wein mitnehmen.«

Der Besitzer des Ladens wandte sich an einen Mann, dessen Blicke Desdemona fast schon unangenehm neugierig auf sich ruhen sah. »Sie scheinen ansteckend zu sein. Sie locken Menschen an.«

Sie hatte nicht die geringste Ahnung, warum die Anwesenden in Gelächter ausbrachen. Verlegen grinste der Neugierige.

Von Marbach kam auf den Dichter zu und gab ihm erfreut die Hand. »Was treibt Sie denn hierher? Wollen Sie Ihre Poetenseele mit einem guten Tröpfchen besänftigen?«

»Ich fürchte, dieses Angebot kann ich mir nicht leisten. Noch nicht. Nein, ich habe der werten Dame hier geholfen.«

Desdemona rollte derweil an den ausgestellten Flaschen vorbei, las sorgfältig die Schilder und deutete schließlich auf einen Spätburgunder von 1798. »Den hier hätte ich gerne.«

Der junge Angestellte holte die Flasche aus dem Regal, überprüfte sie eingehend und lief zur Theke.

»Möchten Sie den Wein geliefert bekommen?«

»Gerne. Ich kann ihn schlecht transportieren.«

»Morgen Mittag kommt der Bote. Wenn Sie mir Ihre Anschrift notieren würden?«

Desdemona nahm das Schreibbrett in Empfang und schrieb ihre Adresse in säuberlichen Buchstaben auf das Papier. Der junge Angestellte dankte und legte das Schreibbrett auf die Theke.

»Können wir fortfahren?«, drängte von Marbach.

Dennfelder nickte und fragte sich, wann er wohl nach Hause käme.

Zwei der fünf Weine hatte er bereits richtig erkannt. Das Gute daran war, dass der neugierige Kunde sofort verkündet hatte, diese Weine unbedingt haben zu wollen. Auch die Flasche für die Dame im Rollstuhl, die er in Begleitung von Inspektor Niemer auf dem Konzert gesehen hatte, kostete nicht wenig. Insofern konnte er auch ein kleines Opfer bringen. Er setzte das dritte Glas an die Lippen.

Das Stimmengemurmel verebbte, als er den Wein im Mund rollte, schmatzte, ihn regelrecht zerkaute. Von Marbach war ein Weinkenner, sonst hätte er ihm die Wette nicht so schwer gemacht. Dieser Wein stammte zweifelsohne von einer Wildrebe ab. Er hielt die Spuckschale an sein Kinn und spie den Wein aus. Nun war sich Dennfelder sicher.

»Wir haben hier einen Pinot Noir, dessen Reben aus der Côte-d'Or stammen.«

Toni Weber applaudierte anerkennend. Von Marbach verzog das Gesicht. Der neugierige Kunde drängte zur Theke, um sich die Flasche aus nächster Nähe anzusehen. Von Marbach sagte: »Und weiter geht es.« Er bedeutete Dennfelder mit einer Geste, sich umzudrehen, während er das vierte Glas füllte. Dennfelder hob in Resignation die Hände und wandte den Anwesenden den Rücken zu.

Als er sich wieder der Gruppe zudrehte, sah er, dass die Frau im Rollstuhl plötzlich aschfahl geworden war. Der junge Mann, den von Marbach als ›den Dichter‹ tituliert hatte, fing Dennfelders fragenden Blick auf und reagierte umgehend.

»Gnädige Frau, ist alles in Ordnung mit Ihnen?«

»Mir ist übel.«

»Nichts, was man mit Schnaps nicht wieder hinbekommt«, sagte von Marbach. »Oder gibt es hier nur Wein?«

»Sie wollen doch die Dame nicht betrunken machen«, witzelte der neugierige Kunde.

Von Marbach warf ihm einen bösen Blick zu. »Nein, ich benötige den Schnaps, um ihre Handgelenke abzureiben. Das bringt das Blut wieder in Wallung.«

»Entschuldigung«, murmelte der Kunde und wurde rot.

»Ich bringe Sie nach Hause«, bot der Dichter an.

»Nein«, rief sie. »Rufen Sie mir nur eine Kutsche. Ich warte vor der Tür.«

Der Dichter zuckte mit den Schultern und half Desdemona hinaus.

»Sind Sie sicher, dass Sie alleine nach Hause fahren wollen?«, fragte von Marbach besorgt.

Dennfelder war indes froh, die Dame loszuwerden. Ihr plötzlicher Schwächeanfall war ihm suspekt. Er warf einen Blick auf das Schreibbrett, auf dem sie ihre Anschrift notiert hatte. Vielleicht würde er diese Information irgendwann einmal benötigen.

Es war das zweite Mal in ihrem Leben, dass sie solche Angst verspürte. Das erste Mal hatte sie um ihr Leben gebangt, als sie mit gebrochenen Knochen am Fuße der

Treppe gelegen hatte. Fünfundzwanzig Jahre war es her, doch sie erinnerte sich nur zu gut an den Blick ihres Mannes, der ihr damals das Blut in den Adern gefrieren ließ. Wie hatte sie sich davor gefürchtet, dass er in seiner Raserei nochmals auf sie losgehen würde. Langsam, wie ein Wolf, der im Begriff steht, ein Lamm zu reißen, war er die Treppe herabgestiegen. Noch fünf Stufen, vier, drei, dann hatte die schwere Verletzung ihren Tribut gefordert und ihr waren die Sinne geschwunden.

Die Zeichen dieses Kampfes trug sie noch immer zur Schau. Jedes Mal, wenn sie mit den Händen die Räder ihres Rollstuhls bewegte, erinnerte sie sich an jene schicksalhafte Nacht. Sie nannte sich fortan Desdemona, ehe es jemand anderes hätte tun können. Und sie trug den selbstgewählten Namen mit Stolz.

Was, fragte sie sich, werde ich in dieser Nacht einbüßen? Meine Hände? Meinen Kopf?

Es war das alte Spiel von Schau und Verleugnung. Sie wusste, dass er wusste, dass sie wusste und so weiter. Niemer hatte ihr oft genug Vorträge darüber gehalten.

In den Augen des Mannes in der Weinhandlung hatte sie es gesehen. In ihnen ebenso das Versprechen, ihre Entdeckung nicht ungesühnt zu lassen. Desdemona zog ihren Schal fester um die Schultern, zwang sich, ruhig zu atmen. Beschloss, sich nicht ins Bockshorn jagen zu lassen. Sie war in ihrem Haus. In Sicherheit. Sie verfasste einen Brief an Niemer und läutete nach Irma.

Diese erschien – bereits im Nachthemd und mit zweien der vermaledeiten Kissen unter dem Arm.

»Irma, du musst dich wieder ankleiden. Ich habe eine Depesche für Inspektor Niemer. Bring sie zur Hauptwache, er wird gewiss noch dort sein.«

Irma zog ein Gesicht, das deutlich ihr Unbehagen ausdrückte, aber auch ein Quäntchen Neugier.

»Ich erzähle dir alles, wenn du die Nachricht überbracht hast. Aber die Zeit drängt.«

Sie händigte Irma den gefalteten und versiegelten Umschlag aus. Irma zog von dannen. Desdemona hörte sie ins Schlafzimmer gehen. Die Ordnung der Kissen hatte Vorrang.

Niemer würde gewiss darauf bestehen, Irma zu begleiten, dachte Desdemona, während sie Irmas Rückkehr erwartete. Sie kannte ihren Inspektor. Er war trotz seines barschen Wesens durch und durch ein Gentilhomme. Es musste etwa eine halbe Stunde vergangen sein, als sie Schritte im Haus hörte. Desdemona spitzte die Ohren. Dann schepperte es in der Küche. Sicherlich war es Hermann, der seinen freien Tag ausklingen ließ und sich eine späte Mahlzeit gönnte. Beruhigt lehnte sie sich zurück und sah aus dem Fenster.

Als Augenblicke später jemand ihren Raum betrat, stellten sich ihr die Nackenhaare auf. Hermann würde nicht zu ihr ins Zimmer kommen. Schon gar nicht ohne anzuklopfen.

»Guten Abend«, sagte eine Stimme, die sich wie Samt anschmiegte.

Inspektor Niemer lümmelte mit gekipptem Stuhl an der Wand und warf Münzen in einen Metallbecher. Das Klong der Geldstücke half ihm beim Nachdenken. Fast fiel er um, als unvermittelt die Tür aufgerissen wurde und er Irma erblickte. Ihre Augen leuchteten. Wortlos hielt sie ihm einen Umschlag entgegen. Er besah sich das Kuvert und brach das Siegel. Die Nachricht war kurz, aber aussagekräftig. Niemer sprang auf, umfasste die verdutzte Irma am Ellenbogen und zerrte sie mit sich. »Was ist denn in Sie alle gefahren?«, zeterte sie. »Ich werde herumgescheucht wie ein dressiertes Hündchen.«

Niemer blieb so plötzlich stehen, dass Irma hart gegen ihn prallte. Ernst sah er sie an. »Ihre Dienstherrin fürchtet um ihr Leben.«

Irma wurde kreidebleich, drohte in Ohnmacht zu fallen. Niemer schalt sich insgeheim, dieser sensiblen Seele so unverblümt den Inhalt des Schreibens zusammengefasst zu haben.

Es zeigte sich, dass er Irma unterschätzt hatte. Kaum hatten sie die Hauptwache verlassen, sprang sie in die wartende Kutsche. »Los!«, drängte sie.

Die Schritte des Eindringlings näherten sich dem Tisch. Dann hörte Desdemona, wie der Glaskorpus der Lampe abgenommen und auf den Tisch gestellt wurde. Plötzlich lag der Raum in Dunkelheit. Lähmende Angst kroch in Desdemona hoch. Die Schritte kamen näher zu ihr.

Sie fühlte seine Hände, die sie um die Taille packten und in Richtung des geöffneten Fensters schoben. Desdemona wand sich und hielt sich an seiner Jacke fest, ihr letztes instinktives Aufbegehren gegen den Sturz. Er löste ihre Finger, einen nach dem anderen. Desdemona keuchte vor Schmerz. Dann fiel sie. Sie wollte sich bemerkbar machen, das Unvermeidliche aufhalten, doch kein Laut kam aus ihrer Kehle.

Niemer, der angestrengt durch das Kutschenfenster spähte, sah etwas auf der Straße liegen. Direkt vor Desdemonas

Haus. »Anhalten!«, rief er und war auch schon hinaus. Die ersten Schritte rannte er, dann wurde er langsamer, als er sah, dass das vermeintliche Kleiderbündel menschliche Umrisse besaß. Den letzten Meter schlich er. Irma überholte ihn und bückte sich. Sie schrie und fiel in Ohnmacht.

Niemer ging neben Desdemona in die Hocke und berührte ihre Wange, wie er es wohl schon tausend Mal getan hatte, wenn sie vor dem Kamin eingeschlafen war oder sie sich in Tagträumereien erging. Dieses Mal fühlte sich die Wange fremd an. Er stützte sich ab und fühlte klebrige Flüssigkeit neben ihrem Kopf. Niemer tastete nach ihrer Hand und presste sie sich gegen das Gesicht. Etwas klackerte auf die Pflastersteine. Es war ein Knopf, der nicht abgeschnitten, sondern abgerissen worden war. Er hatte in Desdemonas Hand geruht. Niemers Brustkorb wurde eng, sein Magen verkrampfte sich. Die Tränen, die er weinte, waren eine Erlösung. Zwei Polizisten waren nötig, ihn von seiner Freundin zu trennen. Immer wieder strich er über Desdemonas Haar und flüsterte, dass alles gut werden würde.

Das Mädchen schloss die Tür zum Speisezimmer. Dabei balancierte sie ein Tablett mit einer leeren Karaffe und zwei gefüllten Gläsern. Als sie sich umdrehte, rechnete sie nicht damit, ihren Dienstherren vor sich stehen zu sehen. Sie schrie auf und ließ das Tablett fallen. Erst bückte sie sich, um vergeblich den Schaden mit bloßen Händen zu beheben, dann richtete sie sich wieder auf. Mit hängenden Schultern und rotfleckigem Gesicht stand sie nun vor ihm. »Entschuldigen Sie meine Unachtsamkeit, Herr Dennfelder. Ich werde es sofort …«

Die dünne Stimme wurde vom eifrigen Geschnatter Marthas übertönt, die die Tür aufriss. Fast wäre sie in das Dienstmädchen gerannt. Nun blieb sie neugierig in der Tür stehen.

»Was ist hier los?« fragte Elsa Luise, die ebenfalls vom Krach angelockt wurde.

»Es ... es tut mir leid, ich ... ich habe ...«

»Hätte ich mir ja denken können, dass sie mal wieder was angestellt hat!«, ereiferte sich Martha, die den Schaden auf dem Boden zuerst entdeckt hatte und nun mit ausgestrecktem Finger darauf verwies.

Das Mädchen blitzte Martha Starken an.

»Los, los, mach dich nützlich! Oder bist du dazu auch nicht in der Lage?« Mit Abscheu betrachtete Martha das Mädchen.

»Wenn Sie das Wasser nicht abgelehnt hätten, wäre gar nichts passiert,« maulte das Mädchen.

Martha zog entrüstet die Luft ein. »Jetzt wird es auch noch frech! Als wäre es nicht schlimm genug gewesen, dass es uns abgestandenes Wasser gebracht hat.«

»Das Wasser war frisch!« Tränen der Wut stiegen dem Mädchen in die Augen, als sie sich an Dennfelder wandte.

Dennfelder hob entschuldigend die Schultern. Als seine Schwiegermutter sich nun auch noch zu ihm umdrehte, ging er lieber ganz aus der Schusslinie: Er kniete sich hin und sammelte die größeren Scherbenstücke auf.

»Jetzt eil dich bitte, das Missgeschick aufzuräumen. Siehst du denn nicht, dass mein Mann sich verletzen könnte?«, mischte sich nun endlich Elsa Luise ein. Schmollend rannte das Mädchen in die Küche, um Besen und Kehrblech zu holen.

Dennfelder erhob sich und sah die beiden Damen amüsiert an. Wie konnten sie sich über so eine Kleinigkeit nur so aufregen? Das Mädchen tat ihm leid. Es war das Opfer seiner gelangweilten Schwiegermutter. Und seine Frau schien Martha walten zu lassen, wie es ihr gefiel. Wurde Zeit, dass er den beiden die Leviten las. Doch kam ihm Martha zuvor.

»Adrian, wie ich heute erst erfahren habe, bist du schon seit einem ganzen Tag wieder aus Halle zurück. Warum weiß es jeder im Haus, nur wir bekommen dich gar nicht zu Gesicht?«

Er hob den Arm, um den Frauen den Vortritt ins Speisezimmer zu lassen. »Nichts für ungut, aber ihr wart immer dann fort, wenn ich zu Hause war.«

»Wenn du es nur als nötig erachtet hättest, lieber deine eigene Frau anstelle der Dienstboten zu informieren, dann hätten wir uns sicherlich arrangieren können. Für gestern Abend hat meine Tochter extra einen Gänsebraten mit Knödeln bei Hertha bestellt. Oder ist das etwa nicht dein Lieblingsessen?«

»Es tut mir leid, aber ich wurde aufgehalten. Du kannst dir vielleicht denken, dass vieles während meiner Abwesenheit liegengeblieben ist.«

»Kein Wunder, wie konntest du Toni Weber ganz allein die Verantwortung übertragen?«, beschwerte sich Martha Starken munter weiter.

Dennfelder musste sich zusammenreißen, um nicht laut zu werden. Er griff nach der Zeitung, die auf dem Tisch lag. ›Zeitung für die elegante Welt‹. Ärgerlich kniff er die Lippen zusammen. Noch so eine Neuerung, die mit Martha Starken Einzug in sein Haus gehalten hatte. Gelangweilt überflog er die Titelseite und blieb bei einem Aufsatz zum Thema Geduld hängen. ›Diese himmlische ist es, die den allzu großen Schmerz von uns abhält, wenn ein Glück ausbleibt, auf dessen Kommen wir harren, oder wenn eine Sorge nicht von uns weichen will, die unser Inneres beengt‹, stand dort zu lesen. Wie wahr, wie wahr, dachte Dennfelder und atmete tief ein. Schließlich ließ er die Zeitung sinken und wandte sich an seine Schwiegermutter. »An Toni Webers Arbeit gibt es nichts auszusetzen! Und das ist auch der Grund, weshalb ich ihm guten Gewissens das Hallenser Kontor anvertraue.«

Er hörte, wie Martha Starken nach Luft schnappte. Doch ein fragender Blick von ihm genügte, dass sie ihn vorerst wieder zuklappte. »Er ist schon so gut wie unterwegs, ich habe ihn mit den nötigsten Informationen bereits versorgt. Er wird zunächst die Wohnung über dem Kontor übernehmen. Doch früher oder später, nehme ich an, wird der Platz für ihn und seine zukünftige Familie nicht mehr ausreichen. Vielleicht überlegst du dir, ihm dein Haus anzubieten? Du hast wahrlich einen guten Preis bei diesem zwielichtigen Makler ausgehandelt, ich war erstaunt. Es wäre wirklich zu überlegen, ob du das Haus behältst und jemandem zur Miete anbietest. Dann könntest du dein Einkommen aufbessern und hier auch etwas zum Haushalt beisteuern.«

»Adrian! Was fällt dir ein?« Elsa Luise sah ihn erschrocken an.

»Es geht nicht so weiter, liebe Elsa Luise, dass sie hier die Dame des Hauses spielt, aber keinen Heller dazu beiträgt.« Dennfelder schenkte seiner Frau ein geduldiges Lächeln.

»Du gehst ein Stück zu weit, werter Schwiegersohn.« Die Worte Marthas durchschnitten die Luft. »Es obliegt zum Glück nicht deiner Verantwortung, dich um meinen Besitz zu kümmern. Was im Übrigen auch für das Kontor gilt.«

»Ein Irrtum, der dich das glauben lässt«. Gelangweilt hob Dennfelder die Zeitung wieder an.

»Aber Adrian, Mama hat das Geschäft doch zusammen mit Papa aufgebaut. Es ist sicherlich so, wie sie sagt.«

Martha hieß Elsa Luise mit einer Handbewegung zu schweigen. »Ich habe mit angesehen, wie du Herrn Benner das Hallenser Kontor anvertraut hast. Seine Papiere wiesen ihn als vertrauenswürdig aus und so akzeptierte ich die Entscheidung – als Übergangslösung. Schließlich galt es, hier erst den Haushalt aufzulösen und zusammen mit dem Weimarer Geschäft zu verkaufen.«

Dennfelder ließ die Zeitung sinken. Marthas Worte klangen so verrückt, dass er staunte.

»Doch nun ist der Handel perfekt: Ein Käufer für dieses Haus ist gefunden und das Stadthaus in Halle wird in einem Monat bezugsfertig sein.«

»An wen haben wir das Haus hier verkauft?« Dennfelder sah seine Schwiegermutter neugierig an.

Elsa Luise war froh, etwas beitragen zu können, als sie sah, dass ihrer Mutter der Name nicht einfiel. »Felsmeyer! Der Kommissionär Felsmeyer hat unser Haus gekauft.«

»Felsmeyer? Nicht zu glauben!« Dennfelder schüttelte amüsiert den Kopf. »Gut, dann dürft ihr nicht vergessen, ihn schriftlich darüber in Kenntnis zu setzen, dass aus der Sache nichts wird.«

Dennfelders Blick ging zwischen den beiden Damen hin und her. Elsa Luise wurde immer blasser, Marthas Gesicht verfärbte sich dunkelrot.

»Adrian, ich schaue mir das nicht länger an. Wir haben

dir unsere Tochter gegeben in dem Glauben, dass du ein guter Mensch bist. Der genug Sachverstand hat, eines Tages das Kontor zu übernehmen. Doch scheinen wir uns gewaltig geirrt zu haben. Es wird Zeit, dass ich das Ruder wieder in die Hand nehme.«

»Bitte.« Ungerührt sah Dennfelder sie an. »Es liegt allein in deiner Entscheidung, deinen eigenen Haushalt zu führen.«

Wutentbrannt stand Martha vom Tisch auf. »Oh nein! Ich werde nicht ohne Elsa Luise gehen. Meinst du, ich lasse sie in den Händen von dir Nichtsnutz? Reingelegt hast du uns! Und glaube ja nicht, dass Toni Weber das Kontor auch nur betreten darf. Ich werde mich mit Benner arrangieren, bis ich eine passende Lösung für das Kontor gefunden habe.«

Dennfelder lachte auf. »Benner ist über alle Berge. Er war ein Hochstapler. Und das Kontor, liebe Martha, hat Wilhelm mir direkt nach der Hochzeit übertragen. Sein Herz war damals schon schwach und es erleichterte ihn ungemein, die Dinge geordnet zu sehen. Für dich räumte er eine großzügige Apanage ein, die es dir eigentlich ermöglichen sollte, allein für dich zu sorgen.«

Sämtliche Röte verschwand aus Marthas Gesicht. Kraftlos sank sie zurück auf ihren Stuhl. »Das ist nicht wahr.«

»Es tut mir leid, aber ich dachte, Wilhelm hätte dich damals über die Vereinbarung in Kenntnis gesetzt, und es tut mir leid, dass du es so erfahren musstest.«

Elsa Luise war um den Tisch geeilt und fächelte ihrer Mutter mit den Händen Luft zu. Hilflos sah sie zur Tür, in der Hoffnung, dass das Mädchen endlich mit frischem Wasser zurückkäme.

»Unser Kontor – das Stammhaus – alles für nichts! Oh Wilhelm, wie konntest du mir das antun?«

Dennfelders Sorge, dass er seiner Schwiegermutter allzu sehr zugesetzt haben könnte, verschwand, als er ihren üblichen Jammerton vernahm.

Es klopfte an der Tür, dann trat das Mädchen ein. Sie stellte ein Tablett mit Gläsern und einem Krug Wasser auf den Tisch.

»Bitte, gieß meiner Mutter etwas ein!«

Das Mädchen knickste höflich. Als sie das Glas in Elsa Luises ausgestreckte Hand übergab, sagte sie: »Ich hoffe, das Wasser ist jetzt frisch.«

Anstelle seiner Frau antwortete Dennfelder: »Natürlich ist es frisch. Und ich will auch nichts anderes mehr hören!«

13

Friedemann hatte lange mit sich gerungen. Da war schließlich das ungeschriebene Gesetz, dass die Gerüchte über den Zungenabreißer an keinen Erwachsenen übermittelt werden durften – aber manchmal mussten Gesetze gebrochen werden zum Wohl derer, die kein Zuhause besaßen. Er hatte gehört, dass der Inspektor einen Waisenjungen abgeholt hatte. Die kleine Suse, deren Nase ständig lief, hatte beobachtet, dass eine Kutsche zum Versteck gekommen war und der Inspektor dort den reglosen Waisenjungen mitgenommen hatte. Außerdem kannte Friedemann den Inspektor, hatte schließlich schon bei ihm im Verhörzimmer gesessen. Streng war er gewesen. Aber trotzdem nett. Karl und Uli waren gut von ihm behandelt worden nach dem Mord im Park beim Alexanderhof. Friedemann sah durch das beleuchtete Fenster. An einem Tisch saß der Inspektor, ihm gegenüber sein Mitarbeiter. Friedemann fand, dass der Inspektor mutlos aussah, müde und irgendwie krank. Entschlossen ging Friedemann zur Eingangstür und drückte die Klinke nach unten.

Niemers Gedanken drehten sich im Kreis und blieben bei dem Bild von Desdemonas zerschmetterten Körper stehen.

»Weiland«, sagte er heiser zu seinem Gegenüber, »wir kommen nicht weiter. Die Fakten ziehen sich wie die Schnecken in ihre Häuser zurück.«

Weiland nickte und blätterte in der Akte, die mittlerweile eine respektable Dicke erreicht hatte und dennoch nichts Nennenswertes enthielt, das auf die Identität des Täters schließen ließe.

»Vielleicht kann ich Ihnen helfen?«, sagte eine leise Stimme.

»Sieh an, sieh an. Dich kenne ich doch. Bist du nicht der Junge, der im Alexanderhof bedient hat?«, sagte Weiland.

»Ich möchte eine Meldung machen.«

»Setz dich«, sagte Niemer tonlos. »Weiland, bitte besorgen Sie ein Glas Milch für den Jungen.«

Weiland erhob sich widerwillig und gab seinen Stuhl für Friedemann frei. Der Junge setzte sich, öffnete den Mund und schloss ihn wieder – anscheinend wusste er nicht, wie er anfangen sollte.

»Hast du was ausgefressen?«

»Nein!«

Das kam schnell, fast schon empört. Niemer glaubte ihm.

»Du hast uns nach dem Mord im Alexanderhof etwas verschwiegen?«, riet Niemer.

»Auch nicht. Ich habe am Sonntag etwas beobachtet.«

Niemer wartete geduldig ab, bis der Junge sich etwas gesammelt hatte. Es kostete ihn offensichtlich viel Überwindung, das zu sagen, was er gleich sagen würde.

»Ein Mann hat einen Sack mit Köpfen auf die Wiese geschmissen.«

Niemer richtete sich mit einem Ruck auf. »Wo war das genau?«

Der scharfe Tonfall schüchterte den Jungen sichtlich ein. Doch darauf konnte Niemer nun keine Rücksicht nehmen. Wenn es stimmte, was der Junge erzählte, dann hatte der Mörder schon wieder zugeschlagen.

»Da, wo der Frau Behrmann die Augen ausgestochen wurden.«

»Und dann kommst du erst jetzt?«, brüllte Niemer.

Der Junge sprang auf, hechtete zur Tür und rannte direkt in Unterinspektor Weiland, der vor Schreck das Milchglas fallen ließ. Alle drei verharrten reglos und starrten auf die Scherben.

»Es tut mir leid. Ich wollte dich nicht so anfahren. Setz dich wieder und erzähl in aller Ruhe.«

Zögernd kam der Junge zurück.

»Weiland, wären Sie so gut, nochmal Milch zu besorgen?«

Der Unterinspektor knurrte Unverständliches und machte die Tür lauter als notwendig zu.

Der große Krug, den Weiland vor einiger Zeit auf den Tisch gestellt hatte, war fast leer.

Friedemann kämpfte gegen seine müden Lider an.

Niemer setzte den letzten Punkt auf das Protokoll, unterschrieb es und legte ein Blatt Löschpapier auf die Zeilen, die noch feucht waren.

»Um das Ganze grob zusammenzufassen«, begann Niemer, »du hast erst die Kutsche beobachtet, die vor dir anhielt. Der Kutscher wedelte mit der Fackel und fuhr dann ab. Danach kam ein Reiter, der den Sack mit den abgeschlagenen Häuptern – du sagst, es waren etwa fünf bis sieben in dem Sack – abwarf. Du hast ihn geöffnet und bist weggerannt. Dann kam der Kutscher zurück, fuhr zielsicher zum Sack, lud ihn auf die Ladefläche und entfernte sich.«

Friedemann nickte müde.

»Wie kommst du auf die Idee, das stünde im Zusammenhang mit dem Zungenabreißer?«

»Ich glaube, dass die alle gemeinsame Sache machen. Seit dem Alexanderhof passieren ständig schreckliche Dinge.«

»Da ist was dran. Seitdem steht Weimar Kopf. Dabei war es immer schön ruhig. Außerdem heißt es auch, dass Betrunkene und Kinder immer die Wahrheit sagen.«

»Das tun sie nicht«, sagte Friedemann bitter.

»Was?«

»Betrunkene. Sie sprechen nicht immer die Wahrheit.«

»Es ist ja nur ein Spruch«, besänftigte Niemer. »Und jetzt bringe ich dich nach Hause. Wir haben deine Beschreibung des Mannes mit dem Hut und des Kutschers und können uns auf die Suche machen. Aber erst morgen. Heute Nacht muss ich eine gute Freundin beerdigen.« Den letzten Satz hatte er geflüstert. Friedemann sah ihn aus großen Augen an.

Laternen und Fackeln leuchteten aus allen Gassen, die zur Jakobskirche führten. Es war ein gespenstischer Zug, der sich vor den Toren der Kirche versammelte. Niemer hatte versucht, Angehörige von Desdemona ausfindig zu machen. Vergeblich. Die Frau war auch im Tode ein Rätsel. Da er nicht wollte, dass seine beste Freundin sang- und klanglos verscharrt wurde, hatte er ein Zirkular herumgegeben, das Bekannte und Freunde zum Begräbnis rief, dessen Bestellung er in die Hand genommen hatte. Desdemona sollte um drei Uhr nachts zur ewigen Ruhe gebettet werden. Die Tuchmacherzunft stellte die Sargträger. Niemer hatte nichts gegen den Brauch einzuwenden und auch nicht gegen die Tuchmacher. Edle Stoffe, feine Kleider, davon hatte Desdemona zu Lebzeiten nie genug haben können. Niemer stellte fest, dass die Geladenen sämtlich erschienen waren. Und so standen nun, in festliches Schwarz gekleidet, vierzig Personen vor dem schmiedeeisernen Gitter, das den Friedhof umgab. Nicht wenige der Gäste pressten Tücher an die Augen. Einige schluchzten laut, Männer wie Frauen. Ein zartes Bimmeln lenkte die Aufmerksamkeit der Anwesenden auf die Sargträger. Niemer öffnete das Tor, die Sargträger schritten voran.

»Ich möchte keine Salbaderei, wenn es mal soweit ist«, hatte Desdemona ihm vor einigen Wochen entschieden mitgeteilt. »Und du, lieber Niemer, wirst eine schöne Rede zu Ehren deiner besten Freundin halten. Versprochen?«

Niemer hatte damals nur geknurrt, warum sie annehme, vor ihm das Zeitliche zu segnen. Hatte sie etwas geahnt?

Die Trauergäste versammelten sich in der Kirche, die Blicke starr auf den Sarg gerichtet. Niemer verfluchte Desdemonas letzten Wunsch. Er trat nach vorne und räusperte sich.

»Verehrte Trauergäste, liebe Freunde. Vor gar nicht allzu langer Zeit bat mich Katharina von Burlitz darum, die letzten Worte zu sprechen, ehe sie zu Grabe getragen wird. Nun, da es soweit ist, fehlen sie mir schlichtweg. Ich glaube, sie hätte es verstanden. Nur eines, Desdemona: Ich verspreche dir hiermit, dass ich deinen Mörder finden und ihn zur Strecke bringen werde.«

Niemer verbeugte sich vor dem Sarg und setzte sich wieder. Ein junger Mann stellte sich nun in den Mittelgang, legte das Kinn an die Geige und spielte eine Chaconne von Bach. Niemer kannte sie fröhlicher, als Desdemona sie vor sich hingeträllert hatte. Es tat ihm weh, von seiner besten Freundin in der Vergangenheit zu denken.

An ihrem Grab wurde nicht gebetet und doch nahmen alle angemessen Abschied. Schnaps wurde gereicht und auf ihr Wohl angestoßen. Rosen und Lilien wurden in die Grube geworfen. Eine ältere Dame hatte sogar ein kleines Gemälde dabei, das sie Desdemona als Grabbeigabe verehrte. »Sie hat es so geliebt«, sagte die Frau.

Es war ein schönes Fleckchen, das Niemer sorgfältig ausgewählt hatte. Er wollte nicht, dass Desdemona in die finstere Gruft kam, in der auch Schiller ruhte. Er wollte, dass die Sonne über ihrem Grabstein schien, wollte, dass der Regen den Schmutz abwusch und sich die Pflanzen über der frischen Erde ihren Lebensraum zurückeroberten.

Da es keine Angehörigen gab, blieb er als bester Freund Desdemonas bis zum Schluss. Bis jeder an ihm vorbei flaniert war, ihm die Hand gereicht, die Schulter geklopft und ihm herzliches Beileid gewünscht hatte. Dies war die schwerste Stunde. Niemer verspürte kein Bedürfnis zu sprechen. Die Trauernden hielten sich zurück. Es mochte an der nächtlichen Stunde liegen, an der Stille oder der Dunkelheit.

Das Grab sollte am Morgen nach dem Trauergottesdienst verschlossen werden. Niemer konnte den Gedanken nicht ertragen, dass der Sarg ihm aus der Grube entgegensah. Er nahm den Spaten zur Hand, der in der Erde steckte und schaufelte, als hinge sein Leben davon ab. Es war seine Art, von Desdemona Abschied zu nehmen.

Das Mädchen fragte, ob es noch etwas bringen solle. Dennfelder tupfte die Serviette an den Mund und lehnte dankend ab.

Elsa Luise schaute fragend zu ihrer Mutter, die die ganze

Mahlzeit über noch keinen Ton gesagt hatte. Doch sie hob nicht einmal den Blick, sondern stopfte sich lieber die letzte Weintraube in den Mund. »Nein danke, ich denke, wir sind fertig«, sagte Elsa Luise schließlich.

Als das Mädchen die leeren Schüsseln abräumte, stand Martha Starken auf und verließ wortlos das Speisezimmer. Als auch das Mädchen hinaus ging, sagte Elsa Luise: »Adrian, so geht es nicht weiter. Du musst dich entschuldigen!«

»Wofür?«

»Es geht ihr nicht gut. Du hast sie sehr verletzt.«

Dennfelder rieb sich mit der Hand über das glattrasierte Kinn, während er seine Frau ansah. »Es tut mir leid, dass du dir solche Sorgen um sie machst.« Dann schaute er auf seine Taschenuhr. »Doch ich muss gleich los. Ein Bewerber für Toni Webers Schreiberstelle möchte sich vorstellen.«

Elsa Luise stand auf und ging um den Tisch herum. Als sie hinter dem Stuhl ihres Gatten stand, legte sie ihre Hände auf seine Schultern. »Wir sehen uns kaum noch«, sagte sie leise.

Dennfelder tätschelte eine ihrer Hände. »Es wird sicherlich bald besser werden.«

Ein Botenjunge hatte das Schreiben gebracht. Es war mit Theo Löns unterzeichnet. Dennfelder konnte mit dem Namen nichts anfangen. Dieser bat um ein Gespräch über die freie Schreiberstelle. Da Löns nur heute Abend in Weimar verweilen würde, bat er ihn für den Abend auf ein Glas Wein in den Schwanen. Dabei betonte er ausdrücklich, dass er sich der Unhöflichkeit bewusst war, die er Dennfelder mit der Bitte entgegenbrachte. Eine Antwort wolle er nicht empfangen, so Löns, der Herr Dennfelder solle sich keine Gedanken machen, wenn er seine Zeit nicht an ihn verschwenden wolle.

Dennfelder schritt über das Kopfsteinpflaster Richtung Schwanen. Sicherlich wollte er Löns kennenlernen. Wie ein Magnet schien er derzeit Kuriositäten anzuziehen. Und da fielen ihm nicht nur seine Schwiegermutter und Benner ein. Als er den Schwanen erreichte, schlugen die Glocken von Peter und Paul zur vollen Stunde.

»Wie, er ist nicht mehr hier?« Dennfelder war für einen Moment sprachlos. Was fiel diesem Löns nur ein?

Der Wirt bemerkte, dass er die Sache falsch angefangen hatte. Er musste den Gast aufhalten, der schon halb wieder zur Tür hinaus war. »Herr Dennfelder, warten Sie, bitte. Er hat eine Nachricht für Sie hinterlassen.«

»Wann ist er denn gegangen?«, fragte Dennfelder, als er den gefalteten Brief entgegennahm.

»Er war gar nicht hier.« Der Wirt wischte sich mit einem Tuch über das rote, aufgedunsene Gesicht.

Dennfelder zog die Augenbrauen verwundert hoch. Merkte der Wirt gar nicht, was für einen Unsinn er daherredete? Dennfelder drehte und wendete das Blatt, doch konnte er keinen Hinweis auf einen Absender sehen. Nur die verschwitzten Hände des Wirts hatten ihre Spuren hinterlassen. »Wer hat den Brief gebracht?« Dennfelder reimte sich den fehlenden Teil zusammen.

»Ein Junge.«

»Kennen Sie ihn?«

»Nein, nie gesehen. Er kam herein, legte das Schreiben auf den Tresen und war schon wieder weg.«

Dennfelder öffnete die Versiegelung und las.

Als er aus dem Schwanen trat, schüttelte er den Kopf. Löns schrieb, er habe mit der Hitze der Weimarer Stadt zu kämpfen gehabt. Und Dennfelder solle ihm bitte verzeihen, dass er nun ein kühles Plätzchen im Ilmpark bevorzuge. Wenn Dennfelder so freundlich wäre, dem Weg zum Borkenhäuschen zu folgen, so könnten sie sich noch heute kennenlernen.

Dennfelder brauchte nicht lange zu überlegen. Er würde nach Hause gehen. Es wäre reine Zeitverschwendung, diesen Mann auch nur zur Probe als Schreiber arbeiten zu lassen. Seine Unzuverlässigkeit schrie zum Himmel. Ein Mann lüftete ein Stück weiter seinen Hut zum Gruß. Um ihn erkennen zu können, musste Dennfelder gegen die untergehende Sonne schauen. Er schirmte seine Augen ab. Es war von Marbach. Dennfelder grüßte zurück. Gar nicht so ein unangenehmer Mensch, wie ich zu Anfang dachte. Zumindest hat er die Wette mit Anstand verloren. Als er seinen Weg Richtung Marktplatz fortsetzte, erkannte er Inspektor Niemer, der geradewegs auf ihn zusteuerte. Seine Haltung gebeugt, war er offensichtlich mit sich beschäftigt. Von mir aus zähl du die Kopfsteine, dachte Dennfelder. Er hatte keinen Bedarf an einer neuerlichen Unterhaltung mit dem Inspektor, der ihm seine Abneigung nicht verheimlichte. Also machte er kehrt und bog in die Seiffengasse ab.

Während er durch die enge Gasse lief, malte das Licht der untergehenden Sonne die Fassaden der zweistöckigen Häuser in orangen Tönen an. Zarte Klaviertöne drangen an sein Ohr. Marie Malo! Sofort meinte er zu wissen, dass sie es war. Bertuch musste sie im ›Erbprinzen‹ untergebracht haben.

Er versuchte, durch die Gartenanlage in die geöffneten Fenster zu spähen. Dabei lauschte er der traurigen Melodie. Wie schon im Konzertsaal konnte er sich nicht von der Musik lösen. Vor seinem geistigen Auge erschien das Bild, das er seit beinahe zehn Tagen erfolgreich verdrängt hatte. Ihre anmutige Haltung vor dem großen Instrument, das sie so kunstvoll beherrschte. Das schwarze Haar, verziert mit weißen Blüten.

Auf einmal brach die Musik ab. Das Fenster wurde mit einem lauten Knall geschlossen. Dennfelder erwachte jäh aus seiner Erstarrung. Wie benommen lüftete er seinen Hut und strich sich durch das Haar. Was war mit ihm los? Er war schweißgebadet, das Hemd klebte an seinem Rücken. Ein Spaziergang – ja, das würde ihm gut tun. Er konnte jetzt nicht nach Hause. Nicht arbeiten. Er sah zum Ilmpark. Vielleicht bot ihm der Fluss eine Abkühlung.

Zu viele Leute, dachte Dennfelder, als er den Park betrat. Er senkte den Blick stur zu Boden und wählte nur die einsamsten Pfade. Mücken tanzten in den letzten Sonnenstrahlen, die Sträucher summten das Lied ihrer Bewohner. Einmal überraschte er ein Liebespaar, das erschrocken auseinander sprang. Doch Dennfelder interessierte sich nicht für die Liebenden. Wortlos marschierte er an ihnen vorbei. Als er den Altar des Genius Loci passiert hatte, fiel ihm der Bewerber am Borkenhäuschen ein. Nein, er hatte keine Lust – auch wenn es nicht weit war. Er wählte einen Trampelpfad abseits des Weges, der Richtung Wasser führte. Das weiche Gras am Ufer lud zu einer Pause ein, die Ilm sprudelte um die Steine und floss dann gemütlich weiter. Endlich allein, dachte Dennfelder und setzte sich. Er beobachtete, wie eine Libelle über das Wasser schwebte.

Dann spürte er ein Taschentuch, das ihm auf das Gesicht gepresst wurde. Er hielt den Atem an und schlug um sich, doch es war zu spät.

14

Die Uniformierten schlichen um das Haus. Der Verdächtige war vor einer halben Stunde hineingegangen. Die Fenster waren beleuchtet. Weiland, der den abendlichen Einsatz leitete, spähte immer wieder hinein. Zwei Kinder spielten auf dem Boden der Stube und eine Frau mittleren Alters saß in einem Lehnstuhl und widmete sich einer Häkelarbeit. Der Kutscher betrat die Stube. Er war nun in Stoff und Leinen gekleidet, sah nicht mehr so wuchtig aus, jetzt, da er keine ledernen Hosen mehr trug. Die Haare waren ordentlich in der Mitte gescheitelt. Seine Hände glänzten feucht. Er wischte sie an seiner Hose ab, was ihm ein Stirnrunzeln der Frau eintrug. Die beiden begannen ein Gespräch. Weiland konnte nur vermuten, dass er ihr über sein Tagewerk berichtete.

Einer der Uniformierten wandte sich an Weiland: »Wann können wir ihn rausholen?«

»Wenn die Kinder im Bett sind.«

Als hätte die Frau Weilands Worte vernommen, legte sie die Handarbeit zur Seite, stand auf und ging vor den spielenden Kindern in die Hocke. Eines auf jedem Arm, verließ sie die Stube. Weiland nahm an, dass sie in das obere Stockwerk ging.

»Wir warten noch zehn Minuten, dann gehen wir rein«, bestimmte Weiland.

Der Kutscher setzte sich in den Lehnstuhl und musterte die Häkelei. Dann blickte er ins Leere.

Weiland gab das vereinbarte Zeichen, das von Mann zu Mann weitergegeben wurde. Er ging zur Eingangstür, straffte sich und klopfte energisch an.

Schwere Schritte waren zu hören, dann wurde die Tür mit einem Ruck aufgerissen.

»Guten Abend«, begann Weiland, »ich bin Unterinspektor …«

Weiland konnte gerade noch einen Satz zurück machen, so schnell warf der Kutscher die Tür ins Schloss.

Schritte polterten über die Dielen, eine weitere Tür im Inneren des Hauses wurde lautstark geschlossen. Dann war es einen Moment ruhig, ehe ein gewaltiger Lärm losbrach.

Vom Hintereingang erklang das Geräusch sich kreuzender Klingen. Jemand schrie. Dann die Stimme des Kutschers: »Lasst meine Frau gehen, elende Saubande!«

»Waffe fallen lassen!«, rief eine andere.

Weiland beeilte sich und traf keuchend bei der Hintertür ein. »Sofort aufhören!«, bellte er und hieb zur Verstärkung mit seinem Säbel gegen einen Blecheimer, der an der Hauswand stand. Die Kämpfenden ließen voneinander ab. Dem Kutscher lief Blut aus der Nase. Die Frau des Kutschers hielt sich einen Schnitt am Arm. Weilands Männer waren ebenfalls nicht ungeschoren davon gekommen.

»Ewald Gerber, Sie sind verhaftet.«

»Das ist Willkür. Unbescholtene Bürger schikanieren, das könnt ihr.«

»Sollten Sie wirklich unschuldig sein, werden wir Sie sofort nach dem Verhör wieder zu Ihrer Familie zurückkehren lassen.«

Gerber sah zu seinen Kindern. Sie standen am Fenster in der oberen Etage und weinten bitterlich. Dann wurde ihm augenscheinlich bewusst, dass auch seine Nachbarn ein reges Interesse an der Verhaftung zeigten.

»Gut, Sie Erpresser. Ich gehe mit. Aber das wird ein Nachspiel haben. Das können Sie mir glauben.«

»Jaja«, sagte Weiland. Wie oft hatte er diesen Satz schon aus dem Munde der Verdächtigen vernommen. Er war außerdem sicher, dass binnen kürzester Zeit ganz Weimar von der Abholung des Kutschers in Kenntnis gesetzt werden würde. Nichts verbreitete sich in diesem Nest so schnell wie schlechte Nachrichten.

Der Reiter preschte wie von Furien gehetzt aus der Stadt. Es war ein Wettlauf gegen die Zeit. Er verließ die komfortablere Straße und trieb sein Pferd erbarmungslos über abgeerntete Felder, ließ es Bäche überspringen und wurde erst langsamer, als er merkte, dass er dabei war, das Tier zuschanden zu reiten. Endlich kam das Haus seines Geldgebers in Sicht. Rauch quoll aus dem Schornstein. Was er wohl verbrannte? Es roch nicht nach Holz, sondern schärfer.

Kann mir gleich sein, dachte der Reiter und stieg ab, kaum, dass er den Eingang erreichte.

Der Reiter trank den Krug Bier, den man ihm zur Erfrischung gereicht hatte, in einem Zug leer. Dann wischte er sich mit dem Handrücken den Schaum von den Lippen und kam zum Anlass seines unangemeldeten Besuchs.

»Ewald Gerber wurde verhaftet. Er sitzt im Kerker der Hauptwache und soll noch in dieser Nacht verhört werden. Sie wissen, was das für uns bedeuten könnte.«

Sein Geldgeber lehnte mit dem Rücken am Kaminsims und wirkte kein bisschen beunruhigt.

»Was schlagen Sie vor?«

Der Reiter drehte nervös den Krug in den Händen. »Ich

weiß nicht recht. Man sollte ihn rausholen. Vielleicht kann man ihn freikaufen?«

Sein Gegenüber lachte. »Nein, mein Lieber. Ich denke da an eine andere Lösung.«

Der Reiter wurde blass, als er den Vorschlag, der den Charakter eines Befehls besaß, vernommen hatte. Ein Beutel mit schweren Münzen wechselte den Besitzer. Der Reiter machte sich umgehend auf den Weg. Selbstverständlich auf einem neuen Pferd.

»Jetzt seien Sie doch nicht so stur«, knurrte Niemer. »Also, auf ein Neues: Haben Sie besagten Sack mit den Schädeln nach einem vereinbarten Signal abgeholt? Ja oder nein?«

»Ich habe einen Sack aufgeladen. Das ist wahr. Aber ich wusste nicht, was darin ist.«

»Wer hat Ihnen den Auftrag erteilt? Wohin brachten Sie den Sack als nächstes?«

Der Kutscher schwieg. Niemer sah Angstschweiß auf seiner Stirn. Ihm wurde klar, dass er nur einen kleinen Bückling an der Angel hatte. Der Hecht verbarg sich noch in trüben Gewässern.

»Ich bring doch keinen um«, murmelte der Kutscher.

»Dann reden Sie, Mann. Jede Minute, die Sie weiterhin schweigen, könnte der Mörder – und ich nehme an, das sind nicht Sie – wieder zuschlagen.« Niemer hieb mit der Faust auf den Tisch. »Wen schützen Sie, verdammt noch mal?«

»Ich handle nur mit Schädeln. Mit Leichenfledderei habe ich nichts am Hut.«

»Geht das auch ein wenig genauer, bitte?«

»Seit der Gall da war, ist die Nachfrage nach Schädeln gestiegen. Also bin ich auf die Idee gekommen, die

Zustimmung der Leute, die nach ihrem Ableben geköpft werden sollen, einzuholen. Ich gebe denen Geld, dafür verkaufen sie mir ihre Köpfe. Und wenn sie tot sind, dann gehören die Schädel mir.«

»Und wenn sie nicht gleich sterben, dann helfen Sie ein wenig nach«, provozierte Niemer.

»Nein, es sind ja meistens kranke oder alte Leute, die mein Angebot wahrnehmen.«

»Das wird ja immer besser. Wenn ein Kranker plötzlich stirbt, schöpft niemand Verdacht. Er war ja schließlich krank.«

Ewald Gerber barg den Kopf in den Händen. »Ich sag jetzt nichts mehr«, drang es undeutlich zwischen seinen Fingern hervor.

»Weiland, bringen Sie ihn weg.«

Niemer wollte den Kutscher eine Nacht schmoren lassen und am nächsten Tag in aller Frühe erneut befragen.

Wie vereinbart ging der Wachmann um zwei Uhr nachts sehr lange auf den Abort. Die zusätzlichen Münzen konnte er gut gebrauchen. Die Gefangenen bekamen öfter Leckereien oder Kleidung von ihren Angehörigen gebracht. Der Wachmann gönnte es ihnen, solange seine Bezahlung stimmte. Gegen halb drei kehrte er in die Wachstube zurück. Kein Laut war zu hören. Er widmete sich wieder der Tätigkeit, mit seinem Messer Rillen in die Tischkante zu schneiden. Der Dienst sah vor, alle Stunde nach den Gefangenen zu sehen. Der Wachmann nahm es damit nicht genau. Oft vergingen ganze Nächte, ohne dass er einen Blick durch die Klappen in den schweren Holztüren warf. Er verließ sich darauf, dass sich die Gefangenen schon meldeten, sollte etwas wirklich im Argen sein. Als er morgens um sechs Uhr abgelöst wurde, stellt er fest, dass er sich in dieser Annahme getäuscht hatte. Ewald Gerber lag mit dem Gesicht in einer Lache seines eigenen Blutes. In der Hand ein Messer mit einer etwa einen Fuß langen Klinge.

»Renn schnell zu Inspektor Niemer. Er muss sich das ansehen«, befahl der Wachmann seiner Ablösung.

Niemer, der gerade die Hauptwache betreten hatte, rieb sich die Augen. Er konnte sich nicht mehr erinnern, wann er in einer Nacht mehr als vier Stunden Schlaf bekommen hatte. So, wie sich die Dinge im Moment überschlugen, würde er wohl noch weitaus mehr Nächte mit wenig Schlaf auskommen müssen.

»Inspektor Niemer, Sie müssen mit zum Kerker kommen. Es ist etwas Schreckliches geschehen.«

»Guten Morgen erst einmal. Reißen Sie sich zusammen. Sie sehen aus wie ein Gespenst«, tadelte Niemer.

Der Wachmann zitterte am ganzen Leib.

»Sie setzen sich hin und warten, bis ich wieder da bin«, befahl Niemer.

In der Zelle angekommen, blieb er eine Weile an der offenen Tür stehen und ließ das Bild auf sich wirken. Dann ging er neben dem Toten in die Hocke und drehte ihn auf den Rücken.

»Da will uns jemand vorführen«, sagte er dem Wachmann der Frühschicht. Dieser machte ein fragendes Gesicht. »Diese Verletzung kann er sich nicht selbst zugefügt haben.« Niemer deutete auf den Schnitt, der quer über der Kehle verlief. »Keiner kann sich selbst so den Hals durchschneiden.«

Der Wachmann kämpfte um seine Beherrschung.

»Sehen Sie hin«, forderte Niemer. »Was fällt Ihnen noch auf?«

Der Wachmann zuckte mit den Schultern.

»Das Messer«, half Niemer nach.

»Wir hätten es bei der Durchsuchung finden müssen.«

»Nicht nur das. Sie waren doch gestern Abend bei der Verhaftung dabei. Da müsste Ihnen doch das Offensichtliche mit dem nackten Gesäß ins Gesicht springen.« Niemer seufzte. »Ewald Gerber schlug gestern stets mit der rechten Hand zu. Das haben Sie mir doch selbst erzählt. Dieses Messer jedoch befindet sich in seiner linken.«

»Hausdurchsuchung, das ist alles, was uns bleibt«, teilte Niemer seinen Männern mit. »Ewald Gerber wurde gestern in seiner Zelle ermordet. Sie stellen alles sicher, was sich im Haushalt der Gerbers in Bezug auf Schädel, Korrespondenzen und Büchern befindet. Ich kümmere mich um das Verhör des Wachmanns aus der Nachtschicht.«

Frau Gerbers Mundwinkel wanderten resigniert nach unten, als sie Weiland die Tür öffnete.

»Es tut mir leid, Sie so früh zu stören, aber Inspektor Niemer hat eine Hausdurchsuchung angeordnet.« Er hielt ihr das entsprechende Schriftstück vor das Gesicht.

»Was ist mit meinem Mann?«

»Er befindet sich im Gefängnis«, sagte Weiland nach einigem Zögern. Frau Gerber packte ihn am Arm.

»Sie verschweigen mir etwas. Was ist mit meinem Ewald?«

»Lassen Sie bitte meine Leute ihre Arbeit machen.«

Frau Gerber gab die Tür frei, Weiland jedoch ließ sie nicht an sich vorbei. »Sagen Sie schon.«

Weiland tupfte sich die nasse Stirn mit einem Taschentuch ab. »Er ist tot.«

Frau Gerber schüttelte energisch den Kopf. »Das glaube ich Ihnen nicht.«

Weiland sah ihr ins Gesicht und wiederholte: »Er ist tot.«

Jegliche Farbe wich aus ihrem Gesicht. Sie sagte tonlos: »Das kann nicht sein. Nie würde er … Er würde niemals …«

»Vielleicht setzen wir uns erst einmal. Sie fallen mir ja gleich um.«

Frau Gerber nickte abwesend und murmelte unablässig: »Das kann nicht sein. Das kann nicht sein.«

Sehr viel später, Weilands Männer hatten schon einige Papiere sowie zwei Kisten mit Büchern sichergestellt, brach Frau Gerber in Tränen aus. Weiland hasste diesen Teil seines Berufes. Es kam ihm vor, als gehöre die Hand, die ihr unbeholfen über den Rücken strich, nicht ihm.

»Wie ist es geschehen?«

Weiland fuhr zusammen. »Wie bitte?«

»Er war kerngesund. Wie kann es sein, dass er …«

»Es sieht so aus, als hätte er sich selbst das Leben genommen.«

Frau Gerber lachte schrill auf. »Nein, das würde er nie tun. Schon wegen der Kinder nicht. Er liebt sie über alles. Sie lügen.«

Weiland antwortete nicht. Die Aussage Frau Gerbers untermauerte nur den Verdacht, dass der Kutscher nicht in den Freitod gegangen war.

Am Nachmittag sahen Weiland und Niemer gemeinsam die Dinge aus dem Hause Gerber durch. Private Korrespondenzen überflogen sie lediglich und legten diese dann zur Seite. »Ich finde das scheußlich«, sagte Weiland und steckte den nach Veilchen duftenden Bogen Briefpapier wieder ordentlich in das Kuvert zurück.

»Ich weiß, was Sie meinen. Es ist taktlos und unmenschlich. Aber es ist unsere einzige Möglichkeit, die Identität des Mörders zu erfahren.«

Niemer klopfte auf den Deckel eines Rechnungsbuches. »Hier stehen Namenskürzel, dahinter je ein Geldbetrag und diverse Bemerkungen. Hier, Weiland, der letzte Eintrag lautet auf den Namen ›A. Lambr.‹. Er hat satte 125 Taler für seinen Schädel bekommen. Als Bemerkung steht ›herzkrank‹. Das ist doch mal was. Klappern Sie alle Ärzte in Weimar ab und fragen sie, ob sie etwas mit dem Namenskürzel anfangen können.«

»Jetzt?«

»Haben Sie noch etwas anderes vor? Ein Spaziergang mit Ihrer Liebsten? Natürlich jetzt!«

Weilands Wangen glühten. Seit Frau von Burlitz' Tod war Inspektor Niemer sehr reizbar, und krank sah er aus. Ihn hätte nicht gewundert, auch sein Kürzel in dem Buch vorzufinden. Er nahm seinen Hut von der Ablage und begab sich auf die Suche.

Beim dritten Arzt, es war Doktor Herder, hatte er Glück. Er konnte sich an einen Anselm Lambrecht erinnern, der vor einigen Tagen zur Untersuchung bei ihm gewesen war. Weiland ließ sich die Anschrift geben und rief sich eine Kutsche. Er war es leid, in der Gluthitze umherzulaufen.

Dort angekommen, läutete Weiland. Dennfelder stand auf dem Schild zu lesen. Ein hübsches junges Ding öffnete. Sie rückte ihre Haube zurecht und versuchte würdevoll zu schauen, was ihr nicht gelang.

»Guten Tag, gnädige Frau …«

Das junge Ding prustete und sagte: »Ich bin doch keine gnädige Frau.«

Weiland wäre zu gern auf ihre scherzende Art eingegangen, aber dafür war die Lage zu ernst. »Wohnt bei Ihnen ein gewisser Anselm Lambrecht?«

»Lambrecht heißt Anselm mit Vornamen?« Sie wirkte amüsiert. »Ja, der wohnt hier. Warten Sie, ich hole ihn.«

Im oberen Stockwerk wurde eine Gardine zur Seite gezogen. Eine ältere Dame sah neugierig zu ihm herunter. Weiland lüftete den Hut, die Frau am Fenster verzog jedoch keine Miene. Dafür verfolgte sie neugierig jede seiner Bewegungen. Weiland fühlte sich von den Blicken regelrecht erdolcht. Endlich kam das Mädchen zurück. Ihr folgte ein Diener, der in der Tat krank aussah.

Weiland stellte sich vor. »Ihre Dienste sind dringend erforderlich. Wir benötigen Sie für eine Zeugenaussage in einem Mordfall.«

Lambrecht schien nicht verwundert.

»Gib bitte den Herrschaften Bescheid, dass ich einige Stunden fort sein werde. Ich werde mich erklären, sobald ich wieder da bin.«

Das Mädchen sah aus, als würde es jeden Moment in Tränen ausbrechen. Dann umarmte es Lambrecht und wünschte ihm viel Glück.

Er wirkt nicht unsympathisch, dachte Niemer, als Anselm Lambrecht ihm die Hand gab.

»Kommen Sie«, forderte Niemer den Mann auf, Platz zu nehmen.

»Unterinspektor Weiland teilte mir mit, dass Sie im Hause Dennfelder wohnen.«

»Ich bin der Hausdiener«, gab Lambrecht selbstbewusst zurück.

»Dann sind Sie sicherlich in die Lebensgewohnheiten Ihres Dienstherren eingeweiht.«

Lambrecht nickte.

»Aber zurück zu Ihnen. Ich bin im Besitz einer Aufzeichnung, die dokumentiert, dass Sie Ihren Kopf für 125 Taler verkauft haben. Wieso?«

»Ich bin krank und besitze keine Ersparnisse. Es wäre mir ein Graus, wie ein Selbstmörder oder Bettler in einem Armengrab verscharrt zu werden.«

Niemer sah den Diener scharf an. Die Antwort war zu schnell gekommen. Als hätte er sie auswendig gelernt.

»Was haben Sie mit dem Geld gemacht? Das ist schließlich eine große Summe.«

Lambrecht schwieg. Niemer beschloss, ihn etwas härter anzupacken.

»Ein Mann ist tot. Er wurde in einer Zelle in diesem Gebäude umgebracht. Sie fragen sich nun bestimmt, wie das sein kann. Da sind wir schon zu zweit, das kann ich Ihnen versichern. Die Aufzeichnung, von der ich spreche, gehörte diesem Mann. Sagt Ihnen der Name Ewald Gerber etwas?«

Lambrecht nickte zögernd.

»Sie haben sich mit ihm getroffen und den Handel mit Ihrem Schädel abgeschlossen. Was geschah dann?«

»Ich ging mich betrinken.«

Niemer brüllte: »Haben Sie das verdammte Geld erhalten oder nicht?«

»Nein.«

»Sind Sie sich darüber im Klaren, dass Sie möglicherweise einen Mörder schützen, der auch vor Kindern nicht Halt macht?«

»Es war aber so«, sagte Lambrecht und atmete angestrengt. Sein Gesicht wurde aschgrau und er griff sich ans Herz.

Das fehlte ihm noch, wenn sein Zeuge während des Verhörs einen Herzanfall erlitt. Nicht auszudenken, was dies für einen Rattenschwanz an Schuldzuweisungen nach sich ziehen würde.

»Trinken Sie das.« Niemer hielt ihm einen Becher mit Wasser entgegen.

Zitternd griff Lambrecht danach und trank in kleinen Schlucken. »Es geht schon wieder«, sagte er und atmete mehrmals hintereinander tief ein und aus.

Das Verhör hatte vier Stunden gedauert. Weiland war schon nach Hause gegangen und auch für Niemer wurde es Zeit, sein Tagewerk zu beenden.

Das Verhör ging ihm allerdings nicht aus dem Kopf. Zu Hause ließ er sich in seinen bequemen Sessel sinken und dachte nach.

Anselm Lambrecht war nicht ganz ehrlich zu ihm gewesen, das fühlte er. Er musste nur herausfinden, an welchen Stellen der Mann gelogen hatte. Zweifelsohne war er ein kluger Diener, hatte sich nicht durch Fangfragen in Lügen verstrickt. Er erweckte auch keinesfalls den Eindruck eines notorischen Lügenboldes. Lag die Antwort vielleicht bei

Dennfelder verborgen? Dieser kaltschnäuzige Weinhändler war ihm ein Dorn im Auge. Ständig wiesen Anzeichen auf diesen Kerl hin, ohne dass er ihm etwas nachweisen konnte. Da war die Feier im Alexanderhof, die Dennfelder besucht hatte. Die Soiree der Bertuchs, auf der Hermine Behrmann die Augen ausgestochen worden waren. Dennfelder war wenige Minuten vorher noch mit Froriep in ihrer Nähe gewesen. Lambrecht war Dennfelders Hausdiener. Wenn jemand also noch geschickter war als Lambrecht, so war es Dennfelder.

15

Dennfelder konnte nicht unterscheiden, ob der modrige Geruch wirklich existierte oder er ihn aus den Tiefen des dunklen Traumes mitgenommen hatte, dem er gerade entflohen war. Seine Glieder schmerzten und seine Beine, die langgestreckt auf dem feuchten Boden lagen, waren taub vor Kälte. Er zitterte. Als er versuchte, seine Hände zu bewegen, brannten ihm Fesseln wie Feuer in seine Handgelenke.

»Was zum Teufel …?«

Als er die Augen öffnete, sah er nichts.

Elsa Luise läutete erneut. Sie konnte nicht anders. Doch erkannte sie schon an Lambrechts schlurfenden Schritten, dass er keine Neuigkeiten brachte.

Ihr Magen zog sich zusammen. So etwas passierte immer wieder, doch hätte sie es Adrian niemals zugetraut. Sie schaute Lambrecht nicht an, denn sie würde ihre Tränen bei seinem mitfühlenden Blick nicht zurückhalten können.

Sicherlich dachte Adrian, sie hätte es nicht bemerkt. Doch sie hatte gesehen, wie er die Frau während des Konzerts angesehen hatte. Und als das vorlaute Plappermaul Loretta Mohn aus der Seiffengasse nicht anders konnte, als ihr heute Morgen auf dem Markt zuzuraunen, sie habe mit eigenen Augen gesehen, wie ihr Mann der Französin nachstelle, da konnte Elsa Luise es nicht länger ignorieren. Alles passte so gut zusammen! Seine ständige Abwesenheit, seine Arbeit bis spät in die Nacht. Und jetzt war er nicht mal nach Hause gekommen. Wie konnte er ihr das nur antun?

Als Lambrecht das Zimmer unverrichteter Dinge wieder verlassen und die Tür geschlossen hatte, schluchzte sie laut auf.

Man hatte ihn an eine nasskalte Wand gelehnt und ihm die Hände hinter dem Rücken gefesselt. Dennfelder hatte versucht, sich zu befreien, doch das Ergebnis seiner Bemühungen war einzig, dass die Fesseln nur noch mehr ins Fleisch schnitten. Ein schwacher Lichtstrahl drang nun durch die schmale Ritze zwischen Tür und Boden. Es musste inzwischen Tag geworden sein. Er spendete dem Raum nicht genügend Licht, um sich zu orientieren, doch war er für Dennfelder der Hoffnungsschimmer, sich selbst aus seiner Gefangenschaft befreien zu können.

Er versuchte, die Wand hinter sich zu ertasten. Seine tauben Hände spürten den Schmerz nicht, als seine Finger an der rauen Wand entlang schürften. Trotzdem war da etwas. Vielleicht ein Nagel, der aus der Wand herausstach? Er schöpfte Hoffnung und streckte seine Arme weiter nach hinten, dass seine Finger besser nach dem Gegenstand greifen konnten. Seine Schultern schmerzten. Die geschwollenen Finger glitten immer wieder ab. War es etwa doch nur eine Unebenheit in der verputzten Wand? Vor Wut schlug er seine verschränkten Hände dagegen. Es klirrte. Etwas Metallenes fiel auf den Boden. Er musste es mit seinem Schlag endgültig gelockert haben. Jetzt lag es irgendwo in der Dunkelheit.

Dennfelder tobte innerlich. Wie konnte ihm das nur passieren? Noch nie hat irgendjemand Adrian Dennfelder um seine Freiheit gebracht! Schließlich zwang er sich zur Ruhe. Denk nach, Adrian, denk nach!

Er setzte sich aufrecht hin und versuchte, die Arme so weit zu biegen, dass er sie unter seinem Gesäß durchziehen konnte. Dann wären seine Hände zumindest vor seinem Leib gefesselt, was die Möglichkeiten verbesserte, sich der Stricke zu entledigen. Es ging nicht. Er müsste sich dafür die Schultern auskugeln.

Dennfelder versuchte sich zu erinnern, wo das metallene Geräusch zu hören gewesen war. Konzentriert suchte er den Boden ab, zog Bahnen wie der Bauer auf dem Feld beim Pflügen. Mehrmals zerbröselten scheinbar feste Gegenstände unter seinen Fingern. Mäusekot. Fieberhaft tastete er weiter. Er fand den Nagel, weil er mit dem Gesäß geradewegs darauf zu sitzen kam. Aus seinem Mund kamen Wörter, für die ihm Martha Starken mindestens zwei Wochen lang Vorhaltungen gemacht hätte.

Sie haben sicherlich noch nicht bemerkt, dass ich weg bin.

Er nahm den Nagel zwischen Zeigefinger und Mittelfinger und begann das Seil zu bearbeiten. Dennfelder spürte, wie die Haut sich an den Handgelenken abschürfte. Ob die Wunde einfach nur nässte oder ihm schon das Blut über die Finger quoll, wusste er nicht. Er fürchtete aber schon den Moment, in dem das Seil entzwei ging und das Blut in seinen Händen wieder zu zirkulieren beginnen würde. Als Kind hatte er sich einmal in einem Abakus eingeklemmt. Die Rechenkugeln hatten sich so verkantet, dass er seine Finger lange Zeit nicht mehr herausbekommen hatte. Einen Erwachsenen um Hilfe zu bitten, verbot sich von selbst. Adrian hatte in den Ärmel seines

Hemdes gebissen, um die Schmerzensschreie zu unterdrücken, als er seine Finger endlich aus der Rechenfalle befreit hatte.

Die Spannung auf dem Seil ließ nach. Er schätzte, dass die Hälfte der Fasern bereits aufgerieben war. Verbissen setzte er seine Bemühungen fort.

»Ich habe es dir gleich gesagt«, streute Martha Starken ihrer Tochter Salz in die Wunde. »Er wird sich bei der erstbesten Gelegenheit mit diesem Flittchen trösten.«

»Bitte, Mutter.«

Martha Starken verschränkte die Arme vor der ausladenden Brust. »Ganz Weimar spricht davon. Es ist eine Schande.«

»Jetzt übertreibst du«, sagte Elsa Luise.

»Insgeheim gibst du mir allerdings recht. Ich höre es an deiner weinerlichen Stimme.« Jetzt fuchtelte Martha Starken mit den Händen. Ihr Medaillon, in dem sich ein Bildnis ihres verstorbenen Wilhelm befand, schaukelte hin und her.

»Und was soll ich deiner Meinung nach tun?«

»Was wohl? Denkt doch einmal über ein Enkelchen für mich nach. Das wäre so schön! Er muss sich mehr auf die familiären Angelegenheiten konzentrieren.«

Elsa Luise errötete. »Dafür müssen gewisse Umstände gegeben sein. Und Adrian hat ja nie Zeit.«

»Dann musst du eben attraktiver als dieses Weibsbild sein.«

Elsa Luise seufzte unglücklich.

Ein Ruck ging durch Dennfelders Arme, als der Strick plötzlich zerriss. Er nahm die Hände nach vorne und tastete über die verletzten Stellen. Als seine Finger zu prickeln begannen, biss er in sein Hemd. Wie damals.

Der menschliche Geist sucht danach, unangenehme Geschehnisse zu verdrängen. Sind das Schmerzen!

Sein Kiefer knackte, so fest mahlten seine Zähne auf dem Stoff seines Hemdes. Endlich ließ das Stechen nach. Sobald der Schmerz verklungen war, machte er sich daran, den Knoten seiner Fußfesseln zu lösen. Es krachte über ihm. Dennfelder hielt inne und spitzte die Ohren. Als kein weiteres Geräusch folgte, erhob er sich vorsichtig. Er streckte seine Hände nach oben aus. Die Decke befand sich außerhalb seiner Reichweite. Er machte ein paar Schritte, bis er eine Wand ertastete. An dieser ging er entlang. Kein Hindernis versperrte ihm in den Weg.

Dieser Raum wird wohl für gewöhnlich nicht als Gefängnis genutzt.

Dennfelder stieß auf eine Holztür ohne Schloss. Er fühlte einen Spalt, durch den sein kleiner Finger passte. Er fuhr mit dem Finger von oben nach unten und fand, mittig gelegen, einen Sperrriegel. Er besaß nicht genug Kraft, den Riegel hochzudrücken. Dennfelder tastete nach dem Nagel, den er in seine Hosentasche gesteckt hatte und setzte ihn als Hebel ein. Der Riegel glitt nach oben.

Die Tür öffnete sich knarrend. Dennfelder hielt sie fest und schlüpfte durch den Spalt. Wieder nutzte er eine Wand zur Orientierung. Seine Fußspitze stieß gegen ein Hindernis. Es war eine Treppenstufe. Behutsam setzte er einen Fuß vor den anderen, stützte sich an der Wand ab und bedauerte in diesem Moment alle Blinden, die Zeit ihres Lebens auf das Tasten und Horchen angewiesen waren. Die Tür am Ende der Treppe war unverschlossen. Das Tageslicht blendete so sehr, dass ihm die Augen tränten. Er rechnete jeden Augenblick damit, von hinten niedergeschlagen oder die Kellertreppe hinuntergeworfen zu werden. Doch weder das eine noch das andere geschah, und bald hatten sich seine Augen an das Licht gewöhnt. Er stand in einem schlichten Gang. Dennoch war es kein heruntergekommenes Haus. Die Vertäfelung bestand aus edlem Mahagoni und der Boden aus Carrara-Marmor. Welch ein seltsamer Ort. Abgesehen von seinen Atemzügen war kein Ton zu hören. Vorsichtig lugte er um die Ecke ins Foyer. Eine große Freitreppe führte ins obere Stockwerk. Auch hier hatte der Erbauer nicht mit teurem Interieur gegeizt. Eine große chinesische Vase stand neben einer Chaiselongue, die eher in einen Salon denn ein Entree gepasst hätte. Dennfelder schlich auf Zehenspitzen zur Treppe und gelangte, oben angekommen, in einen Gang, von dem mehrere Türen abzweigten. Aufs Geratewohl nahm er die erste Tür linker Hand und sah, dass es sich um ein ungenutztes Schlafzimmer handelte. Die Laken, die ein Bett und eine Kommode verhüllten, waren staubig. Auch der Boden verriet, dass lange Zeit niemand mehr den Fuß in diesen Raum gesetzt hatte. Die Tür gegenüber führte in ein Zimmer, das benutzt und sauber gehalten wurde. Eine Vase mit frischen Blumen stand auf einem großen Schreibtisch, der mit allerlei Papieren übersät war. An der rechten Wand des Zimmers stand eine Kommode. Ein Schädel starrte ihn aus leeren Augenhöhlen an. Ein goldgerahmtes Portrait zeigte einen Mann, der nicht minder streng auf ihn herabsah. Es war Franz Josef Gall. Dennfelder strich mit den Fingerspitzen über den Schädel. Erschrocken zog er die Hand zurück. Knochen. Es war keine Gipsreplik. Ein edler Leuchter stand daneben. Das Wachs der Kerze war kalt.

Ich bin einem Verehrer Doktor Galls in die Falle gegangen. Ob er es auf meinen Kopf abgesehen hat, den er vom Fleisch befreien und neben den makabren Kameraden auf die Kommode stellen will?

Dennfelder schloss die Tür und setzte sich auf den Stuhl hinter dem Schreibtisch. Immer wieder zog der Schädel seine Aufmerksamkeit auf sich. Er zwang sich, nicht hinzusehen und überflog die Aufzeichnungen. Er war keineswegs überrascht. Offenbar war hier ein Anatom zu Werke gegangen. Die Abbildungen zeigten diverse Teile des menschlichen Körpers. Mehrere Aufzeichnungen beschäftigten sich mit Galls Schädellehre. Dennfelder erinnerte sich mit Grauen an den Vortrag des Doktors. Wie konnte man die Thesen dieses Quacksalbers nur für bare Münze nehmen? Beiläufig nahm er das nächste Blatt in die Hand. Es war eine Liste. Die Namen waren allesamt in einer geschwungenen Schrift verfasst. Er stand an dritter Stelle. Im Gegensatz zu den beiden ersten, Professor Ferdinand Paul Schilling und Hermine Behrmann, war sein Name nicht durchgestrichen. Eiskalt fuhr ihm der Schreck in die Glieder, als er den vierten Namen las: Marie Malo. Fieberhaft wühlte er nun die restlichen Aufzeichnungen durch. Dann machte er sich über das Bücherregal her, zog einen Band nach dem anderen hervor, überflog die Titel und ließ sie achtlos zu Boden fallen. Klassische Literatur wie die Ilias. Werke über Anatomie, die Seele und über Krankheiten. Er fand keinen Hinweis, wem die Aufzeichnungen und Bücher gehörten. Doch es musste sich um einen gebildeten Menschen handeln, der zudem einiger Fremdsprachen mächtig war. Er vergaß die Zeit und wühlte so lange weiter, bis er das Galoppieren eines Pferdes wahrnahm und daran erinnert wurde, dass er besser fliehen sollte.

16

Dennfelder wischte mit dem Ellbogen den Ast zur Seite, der ihm ins Gesicht geschlagen war. Seine Schritte fielen schwer auf den Boden; er war müde, doch eine Pause kam nicht infrage. Er musste weiter, mitten durch diese Armee von Sträuchern und Bäumen, die ihn immer wieder aufhielten. Er hatte kein Gefühl dafür, wie weit er schon gelaufen war oder wie viel Zeit es ihn gekostet hatte. Er wusste nur, er musste so schnell wie möglich zu Marie Malo.

Ein Fluss plätscherte nicht unweit vor ihm – Dennfelder konnte das kühle Nass schon in seiner ausgetrockneten Kehle fühlen. Weit konnte die Ilm nicht mehr sein. Doch nun versperrte ihm ein Baumstamm den Weg. Mühsam hob er seine Beine hinüber, als wären sie mit Blei beschwert. Nach ein paar Schritten sah er das Wasser, auf dessen Oberfläche die Sonnenstrahlen tanzten. Seine einzige Sorge war, dass er einschlafen würde, wenn er sich erst an das weiche, einladende Ufer setzen würde.

Marie ging einen Schritt hinter Gesine. Ihr wäre es Recht gewesen, wenn sich Menschen zwischen sie und ihrem – wie hatte Manuel sie genannt? – Schatten gedrängt hätten. Dann hätte sie Gesine entfliehen können; machen können, was sie wollte. Doch war dieses verschlafene Nest einfach zu klein, als dass sie darauf hoffen konnte. Und außerdem, ja außerdem war sie die Attraktion dieses langweiligen Städtchens. Wenigstens war Manuel hier. Sie seufzte. Oder zumindest in der Nähe. Sie vermisste ihn. Schon seit zwei Tagen hatte er sich nicht mehr gemeldet.

»Marie, was ist denn jetzt schon wieder?« Gesine war stehen geblieben. Ungeduldig griff sie nach ihrem Handgelenk.

Der Hof der Ziegelei lag im Schatten. Durch die dreckigen Fenster des Nachbargebäudes drang Wehklagen. Ein Hund jaulte auf und rannte dann einer Katze hinterher. Aufgewirbelter Staub zeichnete die Verfolgungsjagd durch die aufgetürmten Ziegelsteine nach. Ein Mann erhob sich von seinem Sitzplatz aus Brennholz, als er die Stimme vernahm, deren Singsang er inzwischen aus jeder Menschenmasse heraushören würde. Wie eine Gans schnatterte sie ihr immer gleiches Lied im gleichmäßigen Takt der Hufschläge. Zufrieden sah er die Droschke mit den beiden Damen am Kasseturm vorbeiziehen.

Als die Droschke vor dem dreistöckigen Gebäude am Baumgarten hielt, öffnete sich die weiß gestrichene Eingangstür. Ein Diener in grauer Livree und gelben Beinstrümpfen eilte die zwei Stufen hinab, um erst Marie und dann ihrer Gouvernante aus dem Wagen zu helfen. Gesine strich ihren Rock glatt. Dann griff sie Maries Schulter. »Sieh nur, du bist dem jungen Herrn hier fast auf die Füße getreten.«

Marie schaute erschrocken zum Lakai, der mit unberührter Miene neben ihr stand.

»Meine liebe Marie!«, Caroline Bertuch erschien im Hauseingang und breitete ihre Arme aus. Gesine schob ihren Zögling vor. »Kommen Sie bitte herein – und Sie auch, liebe Frau Wielbach. Wir können es uns im Salon bequem machen. Mein Mann wird gleich da sein.«

Dennfelder glaubte, dass er auf den Straßen nicht allzu viel Aufmerksamkeit erregen würde. Allenfalls, meinte er, sehe er etwas übernächtigt aus. Er hatte sich an einem ruhigen Wasserlauf so gut es ging von den Spuren seines unfreiwilligen Nachtlagers befreit. Seine Kleidung schien soweit in Ordnung. Er hatte sein Leben so eingerichtet, nicht beachtet zu werden. Warum sollte er heute auffallen?

Langsam ging er die Straße entlang. Menschen flanierten herausgeputzt über den Marktplatz, um den Tag des Herren in Muße und angenehmer Gesellschaft zu verbringen. Ein Knecht in sauberem Sonntagshemd eilte mit einem Strauß wilder Blumen unter dem Arm und der Farbe von Klatschmohn auf seinen Wangen vorbei. Dennfelder schielte zum ›Erbprinzen‹, das helle Tageslicht spiegelte sich in den Fenstern. Warum sollte Mademoiselle Malo ihn empfangen? Was sollte er dem Concierge sagen? Er ging am ›Erbprinzen‹ vorbei. Noch hatte er keinen Plan gefasst.

Caroline Bertuch fing den Blick ihres ratlosen Dieners auf. Als sie sah, wer vor der Tür stand, lächelte sie. »Ach, wie nett, Herr von Marbach. Sie konnten doch Zeit finden? Treten Sie ein«, begrüßte sie den späten Gast herzlich.

»Vielen Dank, dass Sie mich nicht fortschicken, weil Sie für mich einen Ersatz gefunden haben.«

»Aber, aber, mein Lieber. Hier wird niemand weggeschickt. Wir sind ein offenes Haus. Und nette Menschen sind uns stets willkommen.«

Sie betraten das Speisezimmer, in dem bereits der erste Gang abgeräumt wurde.

»Möchten Sie Ihre Suppe als Digestif?«, witzelte Caroline.

»Wenn Sie mir sie einpacken könnten, wäre ich Ihnen sehr verbunden«, gab von Marbach zurück.

Caroline Bertuch lachte und schob ihn zum Tisch.

»Nicht, dass Sie sich wundern, wir haben eine neue Hausregel eingeführt. Jeder bedient sich selbst. Ist das in Ihrem Sinne?«

»Selbstverständlich. Aber verraten Sie mir, wie Sie auf diese Idee kamen?«

»Ich finde es grausam, wie wenig einem die Diener auftischen, es verzögert und hemmt die anderen Anwesenden. Uns sind die Gespräche bei Tisch wichtiger als die Etikette.«

»Ein interessanter Gesichtspunkt«, lobte von Marbach und nahm Platz.

Caroline Bertuch sah die junge Frau mitfühlend an. »Nun, meine liebe Marie, wie schmeckt der Ruhm?« Das Mädchen hatte zuerst mit gesenktem Kopf am Tisch gesessen, bis Gesine Wielbach sie ermahnt hatte, manierlich zu sitzen. Daraufhin ließ sie ihre Blicke schweifen. Besonders häufig sah sie aus dem großen Fenster. Die Aussicht auf den Park war wunderschön. Jetzt lächelte sie Caroline Bertuch scheu an und zuckte mit den Schultern.

»Das kann ich mir vorstellen«, kommentierte diese die Geste. »Es ist nicht einfach, sich zwischen all den Größen zu behaupten, die sich dieser Tage in der Stadt versammeln.«

»Wenn Sie auf unseren werten Goethe anspielen, so

habe ich erfreuliche Nachrichten für Sie«, warf ein Bankier ein, der neben ihr saß.

»Sagen Sie bloß, er kehrt aus seinem selbstgewählten Exil zurück?«, spottete von Marbach.

»In der Tat, und er hat wieder einmal die ehrenvolle Aufgabe erhalten, eine Ausstellung vorzubereiten.«

Von Marbach sah, dass Marie nicht an die Sauciere kam, ohne sich über den Tisch beugen zu müssen. »Darf ich Ihnen etwas Sauce reichen?«

Marie sah ihn dankbar an. Ohne großes Federlesen schöpfte er genau die richtige Menge der dunklen Tunke über das Filet. Ein wunderbarer Mann. Er bedrängte sie nicht, wollte nichts über ihr Klavierspiel wissen und war zuverlässig. So wie ihr Manuel. Er war auch stets zur Stelle und fand immer die rechten Worte.

»Ach, apropos Dichter. Ich hörte, der Schiller hätte eine Geliebte gehabt, die in den Freitod gegangen ist. Das war am Montag«, stieß ein anderer Gast hervor. Er war Maler und meistens betrunken. Die Bertuchs förderten seine Kunst, da er trotz seiner Trunksucht Talent hatte. Auch an diesem Abend roch sein Atem streng nach Schnaps, obgleich bislang nur Wein gereicht worden war. Marie drehte öfter den Kopf zur Seite, wenn der Maler sich zu weit zu ihr herüberneigte. Als er gar seinen Arm um sie legte, wurde es Gesine zu bunt.

»Würden Sie bitte den Arm fortnehmen? Fräulein Malo kann ja nicht essen, wenn sie Ihnen ständig ausweichen muss.«

Der Maler war entweder zu ignorant oder zu betrunken, als dass er der Aufforderung Folge geleistet hätte.

»Fräulein Malo, lassen Sie uns doch die Plätze tauschen. Mir scheint, von meinem Platz aus haben Sie die schönere

Aussicht«, bot von Marbach an. Er stand auf und warf dem Maler einen drohenden Blick zu.

Marie nickte ihm dankbar zu und setzte sich auf den neuen Platz. Angesichts des neuen Sitznachbarn nahm der Maler seinen Arm fort. Enttäuscht füllte er sein Weinglas nach.

Die Bertuchs hatten von alldem nichts mitbekommen, da sie sich beide im Disput mit einem Pfarrer befanden. Den Anfang hatte Marie verpasst. Schnell wurde ihr klar, dass die Bertuchs und der Pfarrer äußerst widersprüchliche Theorien vertraten.

»Nach wie vor, ich finde es nicht rechtens. Wo soll das denn hinführen? Gott hat nicht umsonst einige Dinge sehr klein gestaltet, damit man sie nicht sehen kann.«

»Und ich sage Ihnen, dass die Menschen nur lernen können. Wer weiß, was die kleinen Wesen uns beizubringen vermögen?«, konterte Bertuch die Aussage des Pfarrers.

»Muss das denn sein? Können die Menschen in ihrer Wissbegier nicht einmal Fünfe gerade sein lassen?«

»Sind Sie der Ansicht, es sei weise, die Menschheit verdummen zu lassen?«

»Was wollen Sie damit sagen?«

»Was mein Mann damit sagen will«, griff Caroline Bertuch ein, »ist, dass es schade wäre, den feinen Nachtisch in der Hitze des Gefechts schmelzen zu lassen.«

Und tatsächlich: Die Stimmung entschärfte sich angesichts der exzellenten Schokoladen-Mousse. Die Gemüter beruhigten sich ein wenig.

»Nichts für ungut, aber die aufgeklärte Menschheit wird noch viele Probleme bereiten«, sagte der Pfarrer mit vollem Mund.

»Das wird sich weisen, mein Freund.« Bertuch wirkte trotz des harten Tons, der vorher am Tisch geherrscht hatte, versöhnt.

Dennfelder griff hastig zur Feder. Er musste ein paar Zeilen an Elsa Luise schreiben. Zum Glück hatte sie den Burschen geschickt. Er hatte schlafend vor der Tür des Weinhandels gesessen. Musste Stunden auf ihn gewartet haben. Sagte, er hätte nicht eher heimkehren dürfen, als bis er Dennfelder gefunden hätte. Dennfelder musste sich eingestehen, dass er sich bislang noch gar keine Gedanken um ihre Sicherheit gemacht hatte.

»Liebe Elsa Luise, bitte packe das Nötigste ein und reise mit deiner Mutter nach Halle. Sprecht bei Weber vor, er wird für Personal im Haus deiner Mutter sorgen. Sobald ich kann, werde ich mich melden. Es ist dringend, bitte, tue, was ich sage. Ein Lohnkutscher ist bestellt, er wird um 7 Uhr heute Abend in der Rittergasse vorfahren. Adrian.«

Dennfelder griff zur Streusandbüchse.

Sicherlich würde sie sich fragen, was das zu bedeuten habe. Trotzdem hoffte er, dass sie seiner Anweisung einfach Folge leisteten – und nicht stundenlang dasaßen und grübelten, während die Mietkutsche schließlich ohne die beiden Frauen abfahren würde. Dennfelder setzte all seine Hoffnungen in Martha Starken. Unglaublich, dass es einmal so weit kommen würde. Aber hatte sie nicht immerzu gedrängt, endlich nach Halle umzusiedeln? Jetzt bekam sie ihren Willen. Dennfelder war sich sicher, dass seine Schwiegermutter Elsa Luise dort zu jeder Veranstaltung, jedem Kaffeekränzchen schleppen würde – um dort von ganzem Herzen über ihn herzuziehen. Doch das war jetzt wirklich nicht sein dringendstes Problem.

»Bring das zu mir nach Hause und sorge dafür, dass meine Frau diesen Brief sofort erhält.« Mit diesen Worten gab er dem Burschen das Schreiben und eine kleine Münze dazu.

Dennfelder überlegte, wie er es anstellen sollte, Marie Malo begreiflich zu machen, in welcher Gefahr sie schwebte. Würde sie ihn für verrückt erklären? Eine Weile harrte er unentschlossen vor dem Eingang des ›Erbprinzen‹ aus. Gäste, in feinste Stoffe gekleidet, verließen das Hotel, andere kehrten von ihrem sommerlichen Sonntagsspaziergang zurück. Unmöglich, sich unauffällig anzuschließen. Seine Kleidung, obgleich nicht billig, wirkte schäbig neben dem feinen Zwirn der Gäste. Dennfelder erstand ein Journal bei dem Burschen, der seine Zeitungen lauthals anpries. Dann umrundete er das Gebäude und fand den Dienstboteneingang. Er schien unbewacht, aber man konnte nie wissen. Er lehnte sich an die Hauswand und vertiefte sich in einen kurzweiligen Bericht über den Schießmarkt, ein Ereignis, das zwei Wochen zurücklag. Dennoch knickte er immer wieder eine Ecke der Zeitung um. Er wollte keine Bewegung am Dienstboteneingang verpassen. Als er den Bericht fast zur Gänze durchgelesen hatte und sich über die Druckerschwärze ärgerte, die seine Fingerspitzen färbte, verließ ein Junge von vielleicht vierzehn Jahren das Gebäude. Er trug eine Uniform, die ihm noch etwas zu groß war. Die Hosenbeine waren fein säuberlich umgeschlagen, der Kragen des Hemdes war zu weit. Dennfelder ließ das Journal fallen und eilte zur Tür, als der Junge ihm den Rücken zukehrte. Schnell schlüpfte er ins Gebäude, befürchtete er doch, der Junge könnte kehrt machen und die Tür abschließen.

Zwei Mädchen waren dabei, Wäsche in einer riesigen Bütte einzuweichen. Das Waschbrett glänzte feucht in der Sonne. Neben ihnen stand ein Korb mit frischer Wäsche. Dennfelder war beruhigt, da ihm die Mädchen keine Beachtung schenkten. Anscheinend ging hier jeder ein und aus, wie es ihm beliebte. Dieser Umstand wiederum war besorgniserregend. Denn das hieße, dass der Entführer vielleicht genau diesen Weg nehmen könnte, um Marie zu holen. Dennfelder schritt zügiger aus. Der Gang teilte sich. Rechter Hand ging es in den Garten, geradeaus gelangte man zu einer Treppe, die möglicherweise zu den Zimmern führte. Er entschied sich für den Garten. Der Gang war kurz, aber übersät mit allerlei Gerätschaften. Dennfelder stieg über eine Gartenschere sowie einen umgekippten Stapel leerer Blumentöpfe. Ein nachlässig geharkter Kiesweg führte auf den Rasen, der äußerst gepflegt war. Auch die Sträucher und Bäume waren sorgfältig gestutzt.

Kein Wunder, für Gäste nur das Beste, ging es ihm durch den Kopf.

Die Blumenbeete, von Unkraut befreit, boten einen erfreulichen Anblick. Plötzlich nahm er eine Bewegung aus dem Augenwinkel wahr und duckte sich geistesgegenwärtig hinter einen Ginsterstrauch. Ein Mann schlich durch den Park. Immer wieder lugte er zu den Fenstern empor. Besonders einem widmete er viel Aufmerksamkeit. Und das, obwohl man durch die spiegelnden Glasflächen nicht das Geringste sehen konnte. Dennfelder prägte sich das besagte Fenster ein und beobachtete den Mann weiter. Dennfelders Atem klang in seinen eigenen Ohren so laut, dass er befürchtete, der Unbekannte könne ihn hören. Dessen Blick schweifte nun von den Fenstern ab und strich über Bäume, Büsche und auch den Ginster, hinter dem sich Dennfelder noch mehr zusammenkauerte. Nach einer Weile wagte Dennfelder, sich ein Stück aufzurichten. Der Mann kehrte ihm nun sein Profil zu. Dennfelder hielt die Luft an. Er kannte ihn, es war der Dichter, der am Tag der Weinwette ebenfalls in seinem Kontor gewesen war. War er sein Entführer? Mit seiner grobschlächtigen Statur gelang es ihm sicherlich, Menschen ein gutes Stück zu tragen, die weniger wogen als er. Auch sein breites Gesicht und die fleischige Nase passten zum Bild eines Verbrechers. Nun zog er etwas aus seiner Hosentasche. Eine Waffe? Hatte er ihn gesehen?

Dennfelder duckte sich wieder und spähte durch eine Lücke im Gebüsch. Der Dichter band ein weißes Tuch um den Ast eines Rotdornbaums. Dennfelder wusste nicht, was er von der Sache halten sollte. War dies ein Hinweis für Brückners Compagnons? Aber das Zimmer lag im zweiten Stockwerk. Jemand, der nicht gesehen hatte, wie der Dichter nach oben blickte, würde davon ausgehen, die Räumlichkeiten befänden sich in der ersten Etage.

Dennfelder überlegte, ob er das Taschentuch hängen lassen sollte. Ein Bediensteter mit einer großen Gießkanne kam in den Garten. Dennfelder verharrte noch einen Moment hinter seinem Busch und sah zufrieden, wie der Gärtner sich Manuel Brückner näherte. Dieser wiederum beschleunigte seine Schritte. Gärtner und Dichter gelangten bald außer Sichtweite. Dennfelder atmete auf. Er suchte sich ein besseres Versteck in einem

Pavillon, der wegen der Hitze im Garten verlassen war. Von weitem musste er nun wie ein Gast wirken, der ein Nickerchen hielt. Unter halb geschlossenen Lidern beobachtete er den Gärtner, der von seiner Verfolgung abgelassen hatte und sich nun der Bewässerung der Blumenbeete widmete.

Marie legte ihr Blatt auf den Tisch.

»Gibt Mademoiselle Malo etwa auf?« Von Marbach schien belustigt.

»Oh nein, welch Ärgernis. Ich hatte gerade so ein gutes Blatt in den Händen.« Marie verdrehte die Augen über den Ausspruch der älteren Dame mit dem altmodischen Kopfschmuck. Sie hatte den ganzen Abend nichts anderes behauptet. Von Marbach, dem Maries Blick nicht entgangen war, lachte in sich hinein, als er seine Karten zusammenschob.

»Es ist sowieso Zeit zu gehen. Fräulein Malo braucht sehr viel Schlaf.« Gesine sammelte die ausgebreiteten Karten auf dem Tisch ein.

»Kann ich Sie in meiner Kutsche mitnehmen?« Von Marbach wandte sich an Marie. Wieder zuckte sie mit den Schultern und sah fragend Gesine an. Ihr war es egal, wie sie die Gesellschaft verlassen konnte. Und warum nicht in der Gesellschaft dieses offensichtlich weltgewandten Herrn? Dann würde Gesine sie auch nicht mit ihrem albernen Geschwätz belästigen, was sie zumeist nach solchen Abendgesellschaften an den Tag legte. Tat dann so, als wären sie alte Freundinnen, die über ihre heimlichen Liebschaften plauschten.

»Sie wollen gehen?« Caroline Bertuch, die sich auf dem Sofa mit dem Maler unterhalten hatte, eilte zu ihnen herüber. »Ich werde Kurt sofort die Pferde anspannen lassen.«

»Ich bot den Damen an, sie mitzunehmen«, mischte sich von Marbach ein.

Bertuch kam herüber. Sein Gesicht war von den Diskussionen mit seinen Gästen erhitzt. Die Wissenschaft brachte nicht nur interessante Erkenntnisse, sondern auch erquickende Gesprächsrunden in seinen Salon. »Sie sind in Aufbruchstimmung, Herr von Marbach? Ich würde Sie jedoch gern verpflichten, noch ein Weilchen zu bleiben!«

»Ich versprach den Damen …«

Caroline Bertuch nahm von Marbach bei den Schultern und schob ihn zu ihrem Mann. »Aber das ist doch gar kein Problem. Unser Kurt wird die Damen sicher zum ›Erbprinzen‹ begleiten. Gehen Sie nur, Herr von Marbach, gehen Sie mit meinem Mann.«

Bertuch hakte sich bei von Marbach unter und zog ihn mit sich. Vertraulich senkte er die Stimme. »Ich habe Neuigkeiten von meinem Schwiegersohn. Das wird Sie sicherlich interessieren.«

Marie sah den bedauernden Blick von Marbachs. Dann spürte sie den Schal, den Gesine ihr trotz der Hitze um die Schultern legte.

Der Abend hatte glücklicherweise ein kühles Lüftchen in die Gartenlaube geweht, in der Dennfelder immer noch ausharrte. Er hatte den Jungen in der zu groß geratenen Livree vor einiger Zeit dazu überreden können, ihm ein Glas Wasser zu bringen. Der Junge war nicht sehr helle und zudem sehr mitteilungsbedürftig. Es war nicht schwer, ihn in ein Gespräch zu verwickeln. Er verriet, dass die Französin und ihre Gouvernante zu einer Soiree im

Haus am Baumgarten eingeladen waren. Er selbst habe die Kutsche begleitet und den Tritt heruntergeklappt, als die Damen aussteigen wollten. Dabei hatte er einen Blick auf die seidenen Waden des Frolleins erhaschen können, erzählte er mit stolzem Blick.

Dennfelder beruhigte die Nachricht. Er war noch nicht zu spät. Die folgenden Stunden im Garten waren trotzdem ein Martyrium. Was, wenn ihnen zwischenzeitlich doch etwas passiert war? Was ihn beruhigte, war die Kenntnis darüber, dass die Gesellschaften bei Bertuch meist bis in die frühen Morgenstunden dauerten. Dennfelder blieb also, wo er war – wo sollte er auch hingehen? Er konnte nicht mehr unbehelligt in Weimar herumspazieren, sein Entführer suchte ihn sicherlich schon.

Der Boden des Bechers war inzwischen längst getrocknet und der Junge kam auch nicht mehr vorbei. Dennfelders Magen sang ihm sein Klagelied und erinnerte ihn daran, wie lange er nichts gegessen hatte.

Endlich erglomm ein Licht hinter der Fensterreihe, die er seit Stunden beobachtete. Wenig später öffneten sich die Fensterflügel und jemand lehnte sich hinaus. Wer es war, konnte er im Dunklen nicht erkennen.

Dennfelder verließ den Pavillon und erreichte mit wenigen Schritten die Tür zum Gesindeflur. Er drückte die Klinke hinab, doch war die Tür abgeschlossen. Dennfelder fluchte leise.

Er ging ein paar Schritte zurück, um die Hauswand nach einem weiteren Einlass abzusuchen. Vielleicht ein geöffnetes Fenster. Die doppelflügige Tür für die Gäste ließ er dabei außer Acht.

Plötzlich hörte er Schritte. Er versteckte sich hinter einem Strauch. Dann machte sein Herz einen Satz.

Was für ein Glück ich doch habe, dachte er, als er die Französin in den Garten kommen sah. Während er sie weiter beobachtete, rasten seine Gedanken. Gerade, als die junge Frau nur drei, vielleicht vier Schritte von ihm entfernt vorbeiging, sprang er aus seinem Versteck und legte einen Arm fest um ihre Schultern. Eine Hand verschloss gleichzeitig ihren Mund. »Bitte, schreien Sie nicht. Ich kann Ihnen alles erklären«, beschwor er sie. Er spürte den jähen Schmerz im Fleisch seines Mittelfingers. Wütend riss er seinen Arm weg.

Als die Französin die Flucht ergreifen wollte, erwischte er sie am Arm. »Bitte!«, sagte er eindringlich.

Marie blieb stehen. Der Klang des Wortes zwang sie dazu. Sie hörte die Verzweiflung, die mitschwang. Sie sah ihre Mutter, wie sie unter dem toten Pferdeleib lag, das Blut floss aus dem Mundwinkel und färbte den Kragen des hellen Reitmantels mit der Farbe der Verdammnis. Sie drehte sich zu dem Mann um.

Dennfelder konnte sein Glück kaum fassen, als Marie Malo anhielt. Er hatte seine Chance bekommen.

»Ich, ich muss Ihnen etwas erklären. Ich, ich habe …«

In dem Moment sah er in das wutverzerrte Gesicht einer Frau hinter Marie. Ihre Stimme mahlte seinen Mut zu feinstem Mehl. »Was ist hier los?«

Gesine Wielbachs Herz zog sich zusammen, als sie mit eigenen Augen Maries Namen auf der Liste sah. Sie wusste nicht, ob es richtig war, dem Herrn zu glauben, aber Marie hatte gestenreich darauf gedrängt, ihn mit in das kleine Wohnzimmer zu nehmen, das ihnen zur Verfügung stand. Gesine sandte Stoßgebete gen Himmel, dass sie die richtige Entscheidung getroffen hatte. Wie sie das dem Herrn Malo erklären sollte? Ihr wurde ganz bange.

Dennfelder war unruhig, er wollte keine Minute warten, lieber alles weitere auf der Fahrt erklären. Gesine Wielbach seufzte. Wohin nur sollten sie gehen? Dann kam ihr ein Gedanke. »Eine entfernte Cousine von mir wohnt in einem kleinen Ort in Richtung Apolda. Sie wird uns Unterschlupf geben.«

Eine Viertelstunde später sah die junge Zofe Elisabeth König die Kutsche mit den Damen in Richtung Frauenplan davonfahren. Warum sie es auf einmal so eilig hatten, die Stadt zu verlassen, war ihr egal. Sie hatte die meisten Sachen zusammengesucht und war froh, dass sie ins Haus am Baumgarten zurückkehren konnte. Dafür verzieh sie ihnen auch, sie aus dem Schlaf gerissen zu haben. Sie wollte gerade das Hotel betreten, als sie von einem Mann angesprochen wurde. Er interessierte sich dafür, wohin Marie Malo so plötzlich unterwegs war. Für die Auskunft wollte er ihr einen Beutel mit Münzen geben. Elisabeth witterte ein gutes Geschäft.

Der Mann zog das Mädchen hinter sich auf das Pferd. Es hatte ihm fast den Nerv geraubt. Die Hand konnte es prächtig aufhalten, doch half das leider seinem Geist nicht auf die Sprünge. Schließlich hatte er herausbekommen, dass die Damen nach ihrer mitternächtlichen Ankunft abgereist waren. Wohin? Die Dame spräche ja schließlich nicht, hatte sie frech geantwortet.

Was er mit ihr tun wollte, musste er sich später überlegen. Jetzt hieß es, die ausgeflogenen Vögel einzufangen.

17

Die Kutsche holperte über die unebene Strasse und die Insassen wurden kräftig durchgeschüttelt. Gesine Wielbach klammerte sich an Marie und betete. Sie hatte entsetzliche Angst verfolgt zu werden.

Bitte, lieber Gott, bat sie inständig, verschone die anderen. Sie sind unschuldig.

»Sind Sie denn wahnsinnig?«, kreischte Gesine den Kutscher an.

»Gute Frau, wir haben Halbmond und der Himmel ist stark bewölkt. Ich sehe so gut wie nichts. Wenn Sie mir gestatten würden, eine Laterne anzuzün…«

»Das können Sie vergessen. Sonst könnten wir gleich unsere Fahrt mit einer Fanfare ankündigen.«

»Dann meckern Sie auch nicht«, gab der Kutscher schroff zurück.

»Unmöglich«, ereiferte sich Gesine. »Dieser ungehobelte Mensch.« Nervös tätschelte sie Maries Rücken. Sie bildete sich ein, das Schnauben von Rössern zu hören. Hufgetrappel näherte sich von allen Seiten. Dennfelder? Unmöglich, schließlich war er vorausgeritten, um den Weg sicher zu machen, wie er es genannt hatte. Sie zweifelte, dass ein Mann allein gegen den skrupellosen Mörder bestehen konnte, aber ein Mann war besser als keiner. Wieder hörte sie die Geräusche. Und war da nicht die Silhouette eines Reiters, die sich zu einer monströsen Wesenheit formte, um sie in die Hölle zu reißen?

Wer sonst, wenn nicht der Leibhaftige, hatte diese Todesliste ersonnen? In der Schwärze der Nacht wurde ihr Verdacht zur Gewissheit. Es gab keine Absolution für sie – all die gebeteten Rosenkränze waren vergebens. Ein unartikuliertes Wimmern brach aus ihr heraus.

Das Mädchen war überhaupt nicht zu bändigen. Seit sie die Stadt verlassen hatten, gebärdete sie sich wie eine Verrückte. Der Mann war gezwungen, das Pferd zum Stehen zu bringen. Er stieß die freche Zofe aus dem Sattel. Es ging so schnell, dass sie keine Möglichkeit hatte, sich abzufangen. Sie schrie auf. Der Mann stieg ab und riss die junge Frau hoch. Schockiert starrte sie ihn an.

»Wenn du weiter so tobst, bringe ich dich auf der Stelle um«, sagte er kalt.

Sie hielt sich die Wange, die sie sich beim Sturz aufgeschürft hatte.

»Weiter jetzt!«, befahl er.

Nach einem Ritt durch die völlige Dunkelheit sah er in der Ferne die Lichter seines Domizils. Er hielt geradewegs darauf zu. Das Mädchen schwieg verängstigt. Beim Haus angekommen band er das Pferd fest und sagte an die Zofe gerichtet: »Absteigen!«

Sie stellte sich ungeschickt an, blieb mit ihrem Rock am Sattelknauf hängen. Der Mann riss einmal kurz, der Stoff gab nach. Dann packte er die Frau am Arm und zerrte sie zur Kellertreppe. Die Luke, die für gewöhnlich den Kellerabgang verschloss, stand offen. Er trieb sie die Treppe herunter.

»Bitte lassen Sie mich gehen.«

»Du kannst gehen, wenn wir beide uns in Ruhe unterhalten haben. Setz dich auf den Stuhl da!«

Er deutete zu einem rechteckigen Tisch, auf dem eine Flasche, zwei Gläser und ein Kerzenhalter standen.

»Die Kerze brennt ja«, sagte sie. »Das ist aber ziemlich gewagt. Sie könnte umfallen und alles in Brand stecken.«

»Sie brennt immer, wenn ich Kunden empfange. Das verschwindend geringe Risiko, dass sie aus ihrem Leuchter fällt, nehme ich in Kauf«, gab er spöttisch lächelnd zurück. »Möchten Sie etwas trinken?«

Die Frau zögerte, dann leckte sie über ihre ausgetrockneten Lippen und nickte.

Der Mann goss Wein in die beiden Gläser und stellte sie nebeneinander, sodass die Frau wählen konnte.

»Nicht, dass du denkst, ich würde dich vergiften wollen.«

Er nahm das Glas, das sie übrig gelassen hatte, und prostete ihr zu.

»Du hast im Haushalt der Malos gearbeitet. Heute Nacht ist die begabte Pianistin plötzlich ausgeflogen, mitsamt der Schmeißfliege, die ständig an ihr klebt. Wo sind die Damen hingegangen?«

»Das weiß ich nicht.«

»Genau hier liegt das Problem. Jeder Mensch, der behauptet, er wisse nichts, lügt. Ich stelle hier und jetzt die Hypothese auf, dass du nur zu faul bist, dich zu erinnern.«

Die unversehrte Wange des Mädchens begann zu glühen. Der Mann konnte nicht sagen, ob die gute Durchblutung am Wein lag oder an der Tatsache, dass er die Bedienstete beim Flunkern ertappt hatte.

»Ich bin gewiss nicht faul«, schmollte sie.

»Vorausgesetzt, das ist die Wahrheit, muss ich davon ausgehen, dass du es mir nicht sagen willst. Im Übrigen säufst du deinen Wein wie ein Gaul sein Wasser.«

Das Mädchen stellte das Weinglas abrupt auf die Tischplatte.

»Wie heißt du?«, wollte der Mann wissen.

»Elisabeth König.«

Der Mann lachte heiser auf. »König heißt sie und benimmt sich wie ein Bauer. Schau, du hast den guten Wein verplempert.« Missbilligend deutete er auf die Tischplatte. »Wisch das weg.«

Sie schaute sich suchend um, entdeckte jedoch keinen Wischlappen. Sie nahm den Zipfel ihres Rocks und entfernte den Fleck.

»Fangen wir doch mit der Gouvernante von Fräulein Malo an. Sie war es doch, die dir den Auftrag gab, für die Reise zu packen.«

Das Mädchen dachte angestrengt nach, ihre Finger ineinander verhakt. »Ja, sie sagte, ich soll mich beeilen.«

»Was du auch getan hast. Was hast du den beiden Damen denn eingepackt?«

»Das Nötigste. Die schweren Sachen haben sie dagelassen, wie zum Beispiel die Uhr von Fräulein Malo, die einst ihrer Mutter gehörte.«

»Was geschah dann?«

»Sie sind gefahren.«

Der Mann seufzte. »Geht das etwas genauer?«

»Sie sind in die Kutsche gestiegen und losgefahren«, sagte das Mädchen in frechem Ton.

Der Mann stand auf. »Du bleibst hier. Trink noch etwas Wein.«

Er ging in die obere Etage und holte einige Utensilien. Dafür benötigte er nur wenige Handgriffe, so oft hatte er diese Untersuchung schon durchgeführt. Er schlug mit der Faust gegen eine Wand und machte dem Zorn Luft, den er diesem Weibsbild gegenüber nicht zur Schau hatte tragen wollen. Als sich seine Atmung wieder beruhigt hatte, kehrte er in den Keller zurück.

Das Mädchen musterte die metallenen Gerätschaften und sah ihn daraufhin ängstlich an. Ihre Unterlippe zitterte.

»Keine Angst, ich möchte nur deinen Kopf vermessen. Es tut nicht weh.«

Das Mädchen ließ sich klaglos den eisernen Ring um die Stirn legen. Der Mann nahm den Ring ab und schaute auf die Skala. Unzufrieden schürzte er die Lippen. Dann tastete er ihr Gesicht und Kopf ab. Anfangs zuckte sie zurück, als sie aber merkte, dass er sich überhaupt nicht für ihr Aussehen interessierte, sondern tatsächlich nur Maß nahm, reagierte sie beleidigt. »Ich bin doch keine Kuh fürs Schlachthaus.«

Der Mann schwieg, so vertieft war er in eine Tabelle. Sein Finger fuhr die einzelnen Zeilen herunter. Er flüsterte Zahlen vor sich hin.

»Sie hat tatsächlich keine Ahnung«, sagte er verblüfft.

»Stellen Sie sich immer über andere?«, gab sie gereizt zurück. »Ich bin nicht dumm, falls das bei ihrer Untersuchung rausgekommen ist!«

»Dummheit ist eine vielschichtige Diagnose«, belehrte er sie. »Einerseits bist du dumm, andererseits weißt du dir jedoch zu helfen.«

Er stand vor ihr, dachte nach. Wie er es drehte und wendete, das Ergebnis blieb dasselbe.

»Kann ich jetzt gehen?«

»Von mir aus. Aber zu Fuß; das Pferd bleibt, wo es ist.«

Desinteressiert wandte er sich von ihr ab und griff nach seinem Weinglas.

Das Mädchen eilte hinaus. Als es auf der Kellertreppe war, stach der Mann ihr mit einem langen Messer in den Rücken. Er zielte auf die Lungenspitzen. Sie fiel sofort um. Das hellrote Blut, das bei jedem keuchenden Atemzug aus ihrem Mund quoll, zeigte ihm, dass er sie exzellent erwischt hatte. Sie war nicht mehr in der Lage zu sprechen, geschweige denn zu schreien. Ihre Augen klagten ihn an. Er kannte das schon, im Sterben hatten sie alle denselben Blick. Achtlos trat er über sie hinweg und schloss die Kellerluke.

Dennfelder stoppte seinen Rappen vor dem Eingangsportal des langgezogenen Fachwerkgebäudes. Ein junger Bursche kam sofort aus dem gegenüberliegenden Stallgebäude angelaufen. Er zündete zuerst die Laternen links und rechts der Tür an, dann wandte er sich um.

»Reib ihn gut trocken, er hat ein ordentliches Stück Weg hinter sich.« Dennfelder drückte ihm die Zügel in die Hand. »Und es wird gleich ein Reisewagen ankommen. Halte dich bereit.«

Im oberen Stockwerk erschien ein Licht im Fenster. »Wer da?«

»Dennfelder mein Name, ich würde gern mit der Dame des Hauses sprechen. Erna Heinrich.«

»So? Meine Frau hat mir aber gar nichts davon erzählt!«

In dem Moment bog die Kutsche in die breite Auffahrt des Gutshofes. Das Licht zog sich ins Zimmer zurück.

Als die Damen Malo und Wielbach den Wagentritt herabstiegen – Dennfelder reichte ihnen dabei behilflich seine Hand –, öffnete sich die Haustür. Eine hochgewachsene Dame kam herausgestürmt, ihre Haube prangte ihr dabei auf dem Kopf wie der Pilz auf seinem Stängel. »Gesine! Welch Überraschung!« Sofort wurde die Cousine mit langen, dünnen Armen umschlungen.

Gesine strahlte das erste Mal seit Stunden.

Als Erna Heinrich zurücktrat, begutachtete sie ihre Cousine genauer. »Gesine, du hast dich kein bisschen verändert.«

Der Hausherr, ein eher kleinwüchsiger Mann mit der Figur eines jungen Burschen, dafür aber reichlich mit Barthaaren ausgestattet, stand mit seinem Kerzenständer ratlos im Türrahmen. Dann machte er einen Schritt auf Dennfelder zu, der ihn um mindestens zwei Köpfe überragte. Er grunzte, während er die Kerze hob, um erst Dennfelders Gesicht und dann seine Kleidung in Augenschein zu nehmen. »Arm sind Se jedenfalls nicht, Herr Dennfelder!« Er kratzte sich am Kinn und gab dann den Abschluss seiner Überlegungen mit einem weiteren Grunzer bekannt. Schließlich reichte er Dennfelder die Hand. »Gestatten, Gotthard Heinrich. Was also verschafft uns die Ehre Ihrer Bekanntschaft?«

»Wenn Sie mich hereinbäten, könnte ich Ihnen alles in Ruhe erklären.«

»Sie haben recht, ich könnte jetzt auch einen Cognac vertragen. Und die Damen sind schon recht fröhlich miteinander, wie ich sehe.« Er deutete auf die zwei Cousinen, die Marie inzwischen in ihre Mitte genommen hatten, wild gestikulierten und sich eifrig ins Wort fielen.

Dennfelder hatte eine kurze Nacht gehabt. Jetzt saß er auf einem der schmiedeeisernen Stühle, die die Heinrichs auf einem Freisitz zu einer Sitzgruppe arrangiert hatten. Immer wieder schaute er Richtung Haus, doch verbarg die Trauerweide den gänzlich freien Blick. Eine Biene lenkte ihn ab, sie flog für einen Augenblick über seine Hand und dann zurück zu den bunten Rabatten, die den Freisitz zu zwei Seiten begrenzten. Er folgte ihr mit dem Blick und sah weitere Bienen, die die bunten Blütenkelche umschwirrten. Im Hintergrund hörte er Hunde bellen. Dennfelder verschränkte seine Finger. Seine Daumen kreisten nervös umeinander wie die Gedanken in seinem Kopf. Als er den Kopf wieder zum Haus wandte, stand sie plötzlich vor ihm.

Hastig sprang er auf. »Fräulein Malo, bitte, setzen Sie sich doch.«

Sie nahm lächelnd sein Angebot an.

»So, hier haben wir eine Erfrischung für die beiden Herrschaften.« Erna Heinrich kam um die Trauerweide gerauscht und stellte ein Tablett mit Tee und Gebäck auf den runden Tisch. »Ein nettes, schattiges Plätzchen hier bei der Trauerweide, nicht wahr? Der richtige Ort für einen heißen Vormittag!« Ein herzlicher Blick wanderte aus ihren weit hervorstehenden Augen über das schweigsame Pärchen. »Na, ich lass sie mal allein. Und verzeihen sie, wenn ich ihnen meine Cousine vorerst vorenthalte. Wir schwelgen gerade in wunderbaren alten Zeiten.« Sie gluckste. Und dann war sie auch schon wieder verschwunden.

Dennfelder schenkte den beiden Tee ein. Als er Marie die Tasse reichte, sah er ihren fragenden Blick.

»Ich habe es ihm erzählt – wie abgemacht.« Er sah, wie ein Schmunzeln ihre Lippen umspielte. Dann konnte auch er sich ein Lachen nicht verkneifen »Ja, Mademoiselle, zumindest in dieser Gegend ist Ihr Ruf ruiniert!« Er merkte, wie er entspannte. Er nahm einen Schluck Tee. »Allerdings bin ich nicht sicher, ob er glaubt, dass Sie mein Mündel sind. Er wird seine eigene Theorie haben.« Und ich habe nicht einmal was dagegen, dachte Dennfelder.

Sie rührte nachdenklich in ihrer Tasse. Eine Haarsträhne hatte sich aus ihrer Hochsteckfrisur gelöst und kräuselte sich vorwitzig über ihren Wangenknochen. Ihre halbgeöffneten Augen sahen zu Boden. Das Sonnenlicht verfing sich in dem Braun ihrer Wimpern, tauchte die Spitzen in pures Gold.

Auch wenn sie eine Stimme besäße, sie hätte mir gar nichts zu sagen, resignierte Dennfelder. Ein paar Schritte Abstand täten mir sicherlich gut, dachte er und stand auf.

»Erna Heinrich ist wirklich eine patente Frau. Sie hat sich nicht aus der Ruhe bringen lassen, erzählte mir Fräulein Wielbach.« Er hatte eine kleine Runde durch das Gras gedreht und nahm nun die Rabatten in Augenschein.

Marie drehte den Kopf. Sie lächelte. Er verstand dies als Zustimmung.

»Sie hält es für einen ausgezeichneten Plan, dass wir Sie hier unterbringen. Stellt keine Frage zu viel! Es reicht ihr zu wissen, dass Sie in Gefahr sind. Das macht es unendlich viel leichter, finde ich.« Dennfelder drehte sich um. Er wunderte sich über sich selbst. Noch nie hatte er seine Gedanken in Gegenwart eines anderen so frei dargelegt. Nicht einmal Lambrecht gegenüber. »Heinrich war so nett, mich über den Gutshof zu führen. Ein gediegener Mann. Ich bin nahezu beruhigt, was Ihre Sicherheit anbelangt. An allen Seiten ist sein Anwesen von einer hohen Mauer umgeben, davor fließt ein Bach. Und die Abgeschiedenheit bringt nicht viele Besucher hierher. Wussten Sie, dass der Hof nur über die eine Zufahrt zu erreichen ist? Und die ist in der Nacht fest verschlossen. Und Heinrich züchtet Jagdhunde. Wussten Sie das? Aber Sie können das Gekläffe ja selbst hören.« Dennfelder presste die Lippen aufeinander. Er wusste, wer viel redet, redet letztlich auch viel Unsinn. Um etwas zu tun, setzte er sich und führte seine Teetasse zum Mund.

»Mademoiselle Malo, wir sollten entscheiden, wie es weitergeht!« Dennfelder litt. Er redete sich ein, sich etwas vorgemacht zu haben. Nichts als höfliches Interesse steuerte sie dem Gespräch bei. Ich bin ein Esel!, schalt er sich. Aber wer soll eine so einseitige Konversation auf Dauer auch aushalten? Er mahnte sich, das Wesentliche im Auge zu behalten.

»Nachdem ich mich gänzlich davon überzeugt habe, dass Sie hier für das Erste gut aufgehoben sind, werde ich nach Weimar zurückkehren.« Dennfelders Blick konzentrierte sich auf das eingerollte Blatt, das sich von der Trauerweide gelöst hatte und nun auf dem Tisch lag. »Ich werde dort einem Verdacht nachgehen.«

Als er wieder aufschaute, hatte Neugier ihren gelangweilten Blick vertrieben. »Ein Mann, der im Garten des Erbprinzen herumschlich, kurz bevor Sie von Bertuch heimkamen, erschien mir sehr verdächtig.«

Sie zog die Augenbrauen hoch.

»Sie kennen ihn?«

Maries Gesichtszüge verbündeten sich mit ihren Händen, baten sehnlichst um mehr Information.

»Ein magerer Kerl, dem die groben Knochen als Bügel für seine schäbige Kleidung dienen. Haarsträhnen fallen ihm ungebändigt ins Gesicht. Ein Gauner, wenn sie mich fragen. Er heißt Brückner.«

Marie stand auf. Unruhig wanderte sie im Gras auf und ab und schüttelte dabei unablässig ihren Kopf.

»Sie kennen ihn!«

Sie nickte.

»Um so besser«, stieß Dennfelder freudig aus.

Sie drehte ihm den Rücken zu.

»Marie! Was haben Sie? Glauben Sie mir nicht? Er ist gefährlich. Er hat mich entführt und wollte das Gleiche mit Ihnen tun.«

Marie drehte sich um und sah ihn verzweifelt an.

»Er ist der Schädelmörder, Marie. Er hat ein Zimmer voller Schädel und Schriften über Gall und all seinen Anhängern. Medizinische Gerätschaften, mehrere Skalpelle, er muss etwas von der Wissenschaft verstehen. Und … und noch viel Schlimmeres habe ich dort gesehen, wo er mich gefangen hielt. Marie! Seien Sie doch vernünftig. Ich muss so viel wie möglich über ihn erfahren.«

Maries Blick wurde immer verzweifelter. Sie hielt sich die Hände vor das Gesicht. Ihre Schultern zuckten.

Dennfelder nahm Marie in den Arm, streichelte ihr beruhigend über den Rücken. »Alles wird gut, liebste Marie.«

Für eine Weile blieb sie bei ihm, doch dann löste sie sich aus seiner Umarmung. Ihr Blick zum Boden gerichtet, ihre zusammengesackte Haltung, ihre mutlose Mimik, alles versteinerte. Dann hob sie den Kopf. Wut sprühte aus ihren Augen. Mit einem einzigen Blick machte sie all seine Hoffnungen auf Vertrautheit zunichte.

18

Vor dem Stadthaus bildeten wütende Besucher eine Traube. Sie diskutierten lautstark. Die Saaldiener schwitzten in ihren Livreen. Die beiden Männer warfen sich entnervte Blicke zu. Wie sollten sie den Gästen erklären, was vorgefallen war? Sie wussten es doch selbst nicht. Ein hagerer Mann durchschnitt die Menge wie ein Messer die Butter. Er blieb vor dem jüngeren der beiden Saaldiener stehen und sagte in hartem Ton: »Mein Name ist Inspektor Niemer. Mir liegt eine Beschwerde vor, dass Sie den Besuchern des Konzerts den Einlass verweigern.«

»Das stimmt auch«, gab der Mann zurück.

»Wären Sie so gütig, mir den Grund mitzuteilen? Der Mob dort«, Niemer deutete auf die empörten Leute, »wird nicht friedlicher.«

»Die Pianistin fehlt«, stieß der andere hervor, ehe seinem Kollegen die Nerven durchgingen.

Niemer warf einen Blick auf das Plakat, das an der Tür des Stadthauses hing und Marie Malo auswies.

»Wir wissen doch auch nichts. Aber Herr Schwabe meinte, wir sollen den Leuten nicht erst ›das Maul wässrig machen‹, indem wir sie Platz nehmen lassen.«

»Herr Schwabe? Der Sohn des Regierungsrats?«

»Eben dieser.«

»Was hat die Regierungskanzlei mit diesem Konzert zu schaffen?«, wollte Niemer verblüfft wissen.

»Die hat damit nichts zu tun. Er ist für seinen Vater in die Bresche gesprungen. Er hat das Konzert geplant, ist aber leider unpässlich.«

Niemer ging nicht mehr auf diesen Punkt ein. Er stellte sich ganz oben auf die Treppe, sodass die Menschen eine gute Sicht auf ihn hatten. Dann formte er mit seinen Händen einen Trichter vor dem Mund.

»Werte Herrschaften. Ich kann mir vorstellen, dass Sie erzürnt sind. Aber die Pianistin fehlt aus unbekannten Gründen. Sie werden Ihre Eintrittsgelder selbstverständlich zurückerhalten. Ob das Konzert nachgeholt wird, kann ich Ihnen zu diesem Zeitpunkt nicht sagen. Lesen Sie die Zeitung, ich werde dafür Sorge tragen, dass eine entsprechende Mitteilung verfasst wird. Und nun gehen Sie bitte nach Hause.«

Murrend aber folgsam stellten sich die Besucher an der Kasse an. Dort erschien nach wenigen Augenblicken eine junge Dame mit einem erhitzten Gesicht und tauschte die Eintrittsbillets gegen Münzen.

»Das wäre geklärt«, sagte Niemer zufrieden. »Und nun widmen wir uns dem schwierigeren Teil. Sagen Sie mir, wo die vermisste Dame wohnt?«

»Ich meine, sie ist im ›Erbprinzen‹ abgestiegen«, vermutete der jüngere Saaldiener, dessen Gesicht mittlerweile wieder eine normale Farbe angenommen hatte.

»Danke sehr. Ich werde das nachprüfen. Halten Sie solange die Augen offen und schicken Sie mir umgehend eine Depesche, sollte das Fräulein Malo doch noch erscheinen.«

Der Concierge kämpfte gegen die Müdigkeit an. Die Hitze stand im Foyer und die schnarchende ältere Dame in einem der großen Ohrensessel wirkte zudem einschläfernd. Niemer, der eine Weile am Eingangsportal ausgeharrt und das Foyer beobachtet hatte, schloss aus der schläfrigen

Ruhe, dass sich wohl in jüngster Zeit kein Skandal in diesem Hotel ereignet hatte. Die Geschehnisse im Alexanderhof standen ihm immer noch deutlich vor Augen – da hatte auch Desdemona noch gelebt. Doch bevor ihr Verlust ihn aufs Neue in seelische Abgründe stieß, riss er sich zusammen.

Er ging auf den Concierge zu, der augenblicklich Haltung annahm.

»Guten Tag, der Herr, womit kann ich Ihnen dienen?«

»Ich bin Oberinspektor Niemer und möchte wissen, ob eine gewisse Marie Malo in Ihrem Haus abgestiegen ist.«

»Bis heute Nacht war sie zu Gast bei uns, ja.«

»Sie wollen mir doch nicht erzählen, dass die Dame mitten in der Nacht abgereist ist?«

»Sie hatte es eilig. Sie und ihre Gouvernante.« Der Concierge schüttelte sich, als er sich erinnerte. Dann wurde seine Miene wieder freundlich. »Ach ja, eine Zofe hatte sie auch. Aber die ist weg.«

»Das erklären Sie mir bitte genauer.«

»Die Zofe erschien bei mir, ich hatte den Nachtdienst – so wie auch heute.«

»Ihr Dienst dauert wie lange?«

»Von sieben Uhr abends bis sieben Uhr morgens. Dann werde ich vom Tagdienst abgelöst.«

»Gut, weiter.«

»Es war gegen Mitternacht, als die junge Zofe plötzlich hier erschien. Ich war zu Tode erschrocken.«

»Weil sie Sie geweckt hat, nehme ich an«, sagte Niemer süffisant.

Der Concierge errötete und fuhr unruhig mit den Händen über die Mahagonitheke.

»Nichts für ungut«, schwächte Niemer seine vorherigen Worte ab. »Erzählen Sie weiter.«

»Die Zofe bat mich, die Rechnung fertig zu machen. Die Herrschaften Malo und Wielbach gedächten schnellstmöglich abzureisen.«

»Die Rechnung würde ich gerne sehen. Sie besitzen doch gewiss eine Abschrift.«

Der Concierge nahm einen Stoß Blätter aus einem Fach und zog schließlich eines heraus. »Bitteschön.«

Niemer warf einen flüchtigen Blick darauf, faltete das Papier und steckte es ein.

»Nur wenig später erschienen die Damen und warteten auf eine Mietkutsche.«

»Haben Sie die Kutsche bestellt?«

»Nein, das war ein Mann, der bei den Damen war.«

»Wissen Sie, wie er heißt?«

»Ich habe nur beiläufig etwas aufgeschnappt. Alle waren ja in heller Aufregung. Der Mann hielt sich am Eingang auf und starrte immerzu in die Dunkelheit. Denner oder so ähnlich. Die Gouvernante hat ihn einmal beim Namen genannt. Aber so leise, dass ich es nicht richtig verstanden habe.«

»Könnte der Name Dennfelder gelautet haben?«

»Ja, das war es. Dennfelder. Genau! Jetzt fällt mir wieder ein, warum mir der Name bekannt vorkam. Die Weinhandlung hier in der Nähe heißt genauso.«

Niemer schlug mit der Faust auf den Tresen. Der Concierge zuckte zurück.

»Entschuldigung«, sagte Niemer abwesend. »Und nun«, fuhr er fort, »würde ich gerne das Zimmer sehen.«

»Ich bringe Sie rauf.« Der Concierge nahm einen Schlüssel vom Haken und wies dem Inspektor den Weg.

»Sie sagten, die Zofe sei auch verschwunden. Reiste sie mit den Herrschaften?«

»Nein, sie ging ins Zimmer und kehrte mit einer gepackten Tasche zurück. Dann ging sie auf die Straße hinaus und tauchte nicht mehr auf.«

»Ist Ihnen etwas merkwürdig vorgekommen? Sie sind ja geschult auf exzentrische Verhaltensweisen.«

Dem Concierge schwoll die Brust angesichts des Lobes. »Ich hörte Hufgetrappel. Da war die Kutsche schon einige Minuten fort. Zuerst dachte ich, ein weiterer Gast meldet sich an. Aber es kam niemand herein.«

»Kennen Sie den Namen der Zofe?«

»Nein, aber ich hörte, sie sei mit der Familie Bertuch bekannt.«

»Das hier ist das Zimmer?«, erkundigte sich Niemer, weil der Concierge vor einer Tür Halt gemacht hatte.

»Eine Suite, um genau zu sein.«

»Man wohnt nobel als Pianistin. Sie können wieder an die Arbeit gehen, ich komme alleine zurecht.«

Dem Concierge schien das nicht recht zu sein. Er zögerte, doch als er Niemers unerbittliche Miene sah, machte er kehrt und ließ den Inspektor allein zurück.

Niemer nahm nachdenklich die große Uhr in Augenschein, die fast ein Drittel der runden Tischplatte im Wohnzimmer einnahm. Sie zeigte einige Gebrauchsspuren. Kratzer auf dem Glas sowie eine gewisse Abnutzung der metallenen Standfüße zeugten davon, dass die Uhr oft bewegt wurde. ›Tempus fugit amor manet‹ war in kunstvollen Buchstaben in das Holz gebrannt worden.

Niemer sah, dass etliche Kleidungsstücke in den Schränken hingen. Die Abreise musste tatsächlich in aller Eile erfolgt sein. Unter einem der Kopfkissen fand er zwei Taschentücher, die in der Mitte zerknittert waren. Ganz so, als hätte sie jemand verknotet und den Knoten wieder gelöst. Er stutzte. Diese Tücher waren genau von der Machart wie das, welches Desdemona mit der Tabakdose erhalten hatte. Er nahm die beiden Tücher an sich. Die weitere Inspektion erhärtete nur das Bild einer wohlhabenden jungen Frau, die eilig abgereist war.

Zeit, sich auf die Fährte von Adrian Dennfelder zu begeben. Niemer wusste auch schon genau, wie er es anstellen würde. Lambrecht, der Komplize, war noch in Weimar. Das wusste er, weil er selbst zwei Wachen abgestellt hatte, die jeden von Lambrechts Schritten im Auge behielten.

»Wein, hol schnell Wein!«, flüsterte Gerda.

»Aber sie hat gesagt, sie braucht keinen Wein!«, flüsterte Olivia zurück.

»Wer hat gesagt, dass sie keinen Wein braucht?«

»Sie selbst!«

»Jetzt geh' schon; sonst sorge ich dafür, dass dies dein letzter Tag in diesem Hause wird! Und sieh, ob Elisabeth aus dem ›Erbprinzen‹ zurück ist.«

Dass die jungen Dinger immer alles besser wissen müssen, dachte Gerda ärgerlich und sah der schmollenden Olivia nach. Vom Lehnstuhl am Kamin kamen immer noch reihenweise Flüche. Gerda eilte zu Caroline Bertuch, die auf der vordersten Kante des gemütlichen Stuhls hockte und ihren Ärger über das Verschwinden der verwöhnten Französin ausließ. In so einer Stimmung war sie zuletzt gewesen, als die Köchin ihre Großzügigkeit infrage gestellt hatte und für ihre kranke Schwester heimlich Lebensmittel stahl. Hoch anzurechnen war ihr, fand Gerda, dass sie den Fehler immer auch bei sich selbst suchte. Unbehagen bereitete Gerda jedoch der Umstand, dass die Dame des Hauses ebenfalls den himmlischen Vater zur Rechenschaft zog.

Gerda bekreuzigte sich.

Olivia reichte Caroline Bertuch das Weinglas.

»Ich will keinen Wein!« Ärgerlich wehrte ihre sonst so sanftmütige Herrin das Glas ab. Olivia sah Gerda triumphierend an und stellte den Wein zurück auf das Tablett. Gerda blieb unbeeindruckt, nahm es und hielt es Caroline Bertuch abermals hin.

»Danke!«, sagte die Dame des Hauses und trank das Glas in einem Zug halb leer. Nun war es Gerda, die Olivia mit einem Blick bedachte, der keinen Zweifel ließ, wer Caroline Bertuch besser kannte.

Der Wein brachte Ihre Herrschaft zur Räson. Seufzend sah sie ihre beiden Hausmädchen an. »Was gibt es Neues? Ich nehme nicht an, dass Marie Malo inzwischen im Konzertsaal angekommen ist?«

Die beiden Mädchen schüttelten ihre Köpfe.

»Wie kann sie uns nur so im Stich lassen? Und keine Mitteilung zur Erklärung!«

»Sicherlich wird sich alles auflösen«, versuchte Olivia die richtigen Worte zu finden.

»Natürlich wird es das!« Dieser Punkt schien Caroline Bertuch nicht zu beunruhigen. Erneut nippte sie an ihrem Glas. »Ist Elisabeth König inzwischen zurück? Ich muss wissen, was sie zu berichten hat.«

»Elisabeth ist noch nicht da«, setzte Olivia zaghaft an. »Karl, der zum ›Erbprinzen‹ gelaufen war, um ihr beim Packen zu helfen, ist gerade zurückgekehrt. Allein.«

»Was soll das heißen, allein?«

»Ich … Er hat gesagt, Elisabeth sei nicht in der Suite gewesen.«

»Nun, sie wird kurz woanders gewesen sein.«

»Nein, sie ist gar nicht mehr da.«

Caroline Bertuch sah sie ungläubig an.

»Sie ist seit gestern Abend nicht mehr gesehen worden.«

»Sie wird doch nicht mit Marie Malo …? Nein! Sie konnte sie nicht leiden. Bat mich mehrmals, wieder zurückkommen zu dürfen. Unmöglich. Oder doch?« Caroline stand auf und wanderte vor dem Fenster auf und ab. »Mein Mann ist noch im Stadthaus, nehme ich an.«

»Seitdem er von Schwabe abgeholt wurde, ja.«

»Hoffentlich bringt er Neuigkeiten, die uns weiterhelfen.« Caroline Bertuch sah aus dem Fenster. Auf der Straße schien das Leben seinen gewohnten Gang zu nehmen. Das gefiel ihr nicht. »Am Besten … Ja, Gerda, hole meinen Hut und das gelbe Schultertuch. Und einen Fächer. Ich werde nicht untätig hier herumsitzen, während eins meiner Mädchen verschwunden ist.«

Gerda nickte und zog Olivia am Arm. Zusammen eilten sie aus dem Raum.

»Man sieht sich immer zweimal im Leben«, sagte Niemer zur Eröffnung und sah zum Schreiber, der ihm zum Zeichen, dass er bereit war, zunickte.

Lambrecht schwitzte und fror gleichzeitig. Er war froh zu sitzen. Den ganzen Tag über litt er unter Schwindelgefühlen und sobald er eine noch so geringe Last tragen musste, wurde er kurzatmig.

»Dieses Mal kommen Sie mir allerdings nicht so leicht davon«, drohte Niemer.

Lambrecht schaute dem Inspektor in die Augen. Sie lagen tief in den Höhlen, rote Äderchen durchzogen die Augäpfel. Die Falten im Gesicht des Mannes waren tief und verliehen seinem hageren Gesicht einen grimmigen Zug.

»Beginnen wir mit Ihren Personalien.«

»Aber die habe ich Ihnen doch schon beim letzten Mal …«

»Ihr Name?«

»Warum tun Sie das?«

»Sie könnten uns belogen haben. Sehen wir doch mal, wie gut Ihr Gedächtnis ist.«

»Anselm Lambrecht.«

Wieder und wieder fragte der Inspektor ihn dieselben Dinge. Plötzlich brach Niemer aus seinem Einerlei aus.

»Wo befindet sich Herr Dennfelder?«

»Das weiß ich nicht«, gab Lambrecht zurück.

»Bitte diktieren Sie meinem Schreiber alle Namen der Personen, die in diesem Monat im Hause Dennfelder zu Gast waren. Auch die Besucher, die nicht wegen Herrn Dennfelder kamen.«

Die Liste fiel kurz aus. Niemer las die Namen.

»Und nun möchte ich wissen, wo Herr Dennfelder an jedem Tag des Monats war. Sie als sein Diener müssen dies ja wissen. Er wäre ein schlechter Dienstherr, wenn er Ihnen diese Informationen vorenthielte.«

Lambrechts Magen zog sich zusammen.

»Hier haben wir zwei Lücken in Ihrer detaillierten Aufzählung.« Niemer wirkte zufrieden, als hätte Lambrecht ihm den Kopf von Adrian Dennfelder auf dem Silbertablett präsentiert.

»Ist es nicht merkwürdig? Wir haben zwei rasche Abreisen so kurz hintereinander. Zuerst sind die Damen Elsa Luise Dennfelder und Martha Starken geflohen. Und nun Marie Malo, Gesine Wielbach und eine Dame, deren Namen wir erst in Erfahrung bringen müssen. Sie wissen nicht zufällig, was die Damen bewogen hat, so plötzlich ihre Refugien zu verlassen?«

Lambrecht wusste es, zumindest, was Erstgenannte anging, aber er hütete sich, ihren Aufenthaltsort zu verraten, fehlte noch, dass die beiden Damen in Halle Besuch von der Polizei bekämen. Welch ein Skandal.

Die späte Nachmittagssonne hing träge über den Wipfeln der Apfelbäume, die sich links neben der Toreinfahrt des Gutes aufreihten. Max, der alte Hund von Heinrich, lag seinem Hausherrn treu ergeben zu Füßen, während dieser sich gedämpft mit Dennfelder unterhielt. Gesine und Erna standen vor dem Hauseingang im Schatten des Vordachs und warteten auf den Stallknecht, der für Dennfelder den Rappen sattelte. Die Abreise Dennfelders stand kurz bevor.

Marie hatte sich neben den Gärtner gestellt, der klug genug war, seine Arbeit dem wandernden Schatten anzupassen. Im Moment stutzte er die Ranken der Waldrebe, die sich an der Hauswand hochzog und über dem Vordach aufgetürmt hatte wie ein Kunstblumenarrangement auf Bertuchs Tafel. Marie hatte noch nie einem Gärtner bei der Arbeit zugesehen. Fasziniert versuchte sie, das System zu verstehen, nach dem er einige Triebe herausschnitt und andere wiederum stehen ließ. Es gab Momente, da bedauerte sie, sich für das Schweigen entschieden zu haben.

Ein abgetrennter Trieb fiel über das Vordach, rutschte ein Stück und blieb dann wippend über Gesines Kopfbedeckung hängen. Eine Spinne, offensichtlich durch die Erschütterung aufgeschreckt, machte sich eiligst daran, sich am selbstgesponnenen Faden herabzulassen. Stück für Stück näherte sie sich Gesines Haupt. Marie hielt die Luft an. Die Spinne hatte höchstens noch eine Handbreit bis zu dem mit Rüsche besetzten Baumwollrand, als der Ast mit einem Ruck vom Gärtner fortgezogen wurde. Maries Blick folgte der Spinne, die wie der Köder an der Angel ihrem Seidenfaden hinterherflog. Sie prallte gegen das Holz des Vordachs, wo sie sich prompt festhielt und eilig im dunklen Zwischenraum zweier Hölzer verschwand.

Dann kam der Knecht mit dem Rappen. Endlich, dachte Marie. Sie konnte es kaum abwarten, Dennfelder vom Hof reiten zu sehen.

Gedämpft hörte Unterinspektor Weiland die Stimmen aus dem Verhörraum. Er selbst hatte an diesem Tag nur wenig zu tun. Seine Gedanken wanderten zu den Plänen, die er für die freien Tage, die ihm gewährt wurden, schmiedete. Es wäre schön, wieder einmal aufs Land zu fahren. Oder ans Meer. Er war als kleiner Bub an der Ostsee gewesen. Damals suchte er am Strand nach Bernstein. Sein Vater erklärte ihm, dass Bernstein nicht aus Stein, sondern aus Harz bestünde. Weiland war dies einerlei. All sein Bestreben galt dem Ziel, eine hübsche Menge der orangenen Steine zu finden.

»Es geht ihm nicht darum, was er sammelt, sondern um die Suche«, erklärte seine Mutter einst dem verständnislosen Vater.

»Er soll schwimmen lernen und nicht ständig seine Augen auf den Sand richten.«

»Lass ihn«, bat seine Mutter.

Weiland hatte in jenem Sommer nicht schwimmen

gelernt. Im Herbst war seine Mutter an einer Lungenentzündung gestorben. Es waren die letzten gemeinsamen Ferien gewesen. Ein Klopfen riss ihn aus seinen Kindheitserinnerungen. »Herein«, sagte er matt.

Er staunte nicht schlecht, als Caroline Bertuch in die Stube trat.

Weiland stand auf und verbeugte sich.

»Guten Tag«, sagte sie etwas atemlos. »Ich benötige Ihre Hilfe.«

Weiland bot ihr seinen gepolsterten Stuhl an und nahm auf dem simplen Holzstuhl Platz, der für Besucher bereitstand.

»Wie kann ich Ihnen helfen, gnädige Frau?«

»Sie wissen sicherlich, dass Marie Malo spurlos verschwunden ist.«

»Oberinspektor Niemer nimmt sich bereits dieses Falles an.«

»Abgesehen davon, dass es sehr ärgerlich ist, bin ich allerdings aus einem anderen Grund bei Ihnen.«

Weiland beugte sich interessiert nach vorne.

»Meine Zofe, die ich Fräulein Malo für die Dauer ihres Aufenthaltes gesandt habe, ist ebenfalls fort.«

Weiland erinnerte sich, Niemer von einer weiteren vermissten Frau sprechen gehört zu haben. Er sah die Zusammenfassung der Ermittlungsarbeit durch und fand die Passage.

»Das trifft sich hervorragend«, jubelte Weiland. »Uns liegen nämlich nur wenige Fakten zu besagter Dame vor. Einen kleinen Moment bitte.«

Weiland erhob sich und klopfte an die angrenzende Tür zum Verhörraum.

Durch die offene Tür konnte Caroline Bertuch einen Blick auf den Mann erhaschen, der Niemer gegenüber saß. Er wirkte erschöpft, regelrecht krank. Wie ein Verbrecher sah er nicht aus. Weiland redete leise auf Niemer ein. Während der Oberinspektor aufmerksam zuhörte, beobachtete Caroline Bertuch den erschöpften Mann. Er rutschte unruhig auf seinem Stuhl herum, seine Handflächen wischte er an seiner Hose ab. Er schielte zur Tür und fing Carolines Blick auf. Für einen Moment trafen ihre Blicke einander, ehe Caroline diskret den Kopf zur Seite drehte. Als sie wieder zu dem Mann sah, hatte dieser sich in die Betrachtung der Tischplatte versenkt.

Die beiden Inspektoren beendeten ihr Gespräch und Weiland kehrte zu Caroline Bertuch zurück.

»Ich bitte Sie noch um einen Moment Geduld. Der Mann, der gerade verhört wird, könnte uns wichtige Informationen zu dem Verschwinden der Zofe liefern.«

Caroline nickte erleichtert und Weiland fuhr fort: »Können Sie mir bitte einstweilen alles zu der Dame sagen, was Ihnen einfällt? Jedes Detail könnte wichtig sein, scheuen Sie sich nicht, auch unangenehme Dinge preiszugeben.«

Als Caroline Bertuch mit ihren Ansichten zu Elisabeth König zum Ende kam, wurde die Tür des Verhörraums geöffnet und Niemer trat heraus. Der kranke Mann folgte ihm mit hängenden Schultern.

»Wir wären dann fertig. Sie dürfen Weimar nicht verlassen, bis ich es Ihnen gestatte – und Sie müssen sich auf weitere Verhöre einstellen.«

Er gab dem Mann zum Abschied nicht die Hand und schloss lautstark die Tür hinter ihm.

Weiland sah Niemer fragend an. Er sagte mit einem

Seitenblick auf Caroline Bertuch: »Es wird schwierig, Weiland. Er ist ein zäher und loyaler Kerl. Wir lassen ihn weiter beobachten und warten auf seine nächsten Schritte.«

Er griff nach einem Becher und füllte ihn, um ihn mit großen Schlucken leer zu trinken, bevor Weiland ihm seine Aufzeichnungen entgegen hielt, die Elisabeth König betrafen. Nachdem Niemer sie gelesen hatte, lehnte er sich gegen die Wand und sah Caroline Bertuch ernst an. »Wir müssen davon ausgehen, dass die Damen Malo und Wielbach auf der Flucht sind. Alle Anzeichen deuten jedoch darauf hin, dass sich Fräulein König nicht bei ihnen befindet. Da wäre zum Einen ihre Aversion gegen Fräulein Malo und zum Anderen die Tatsache, dass sie nach der Abreise vom Concierge gesehen wurde. Was unseren Freund von eben betrifft: Er hat ausgesagt, sich letzte Nacht im Hause Dennfelder befunden zu haben. Zeugen gibt es hierfür allerdings nicht.«

»Was tut er denn bei den Dennfelders?«, stieß Caroline verwundert aus. »Ich kenne die Familie. Es sind ehrbare Leute.«

Niemer krauste die Stirn. »Das ist interessant. Woher kennen Sie sie?«

Caroline berichtete ihm von dem abendlichen Empfang, der für Hermine Behrmann den Verlust des Augenlichts bedeutet hatte, dann folgte das Klavierkonzert. Ja, Dennfelder habe sich an diesem Abend merkwürdig verhalten.

Niemer war ebenfalls auf dem Konzert gewesen, konnte sich jedoch nicht entsinnen, Dennfelder dort begegnet zu sein.

Ein Vogel flog von einem Baum auf, ansonsten hatte sich der Gutshof zur nächtlichen Ruhe begeben. Selbst die vermaledeiten Hunde im Zwinger hatten ihr Gebell eingestellt, frohlockte Marie. Sie wusste jedoch nicht viel über Hunde und ob sie einen tiefen Schlaf hatten. Max hatte zumindest nicht geschlafen, als sie die Treppe herunter geschlichen war. Doch blieb er friedlich, hob nur den Kopf kurz an, klopfte ein paar Mal mit dem Schwanz auf den Steinfußboden, dann entspannte er sich wieder. Zum Glück hatte sie sich nach Dennfelders Abreise mit ihm angefreundet. Sie fand schnell heraus, dass er es mochte, hinter den Ohren gekrault zu werden. Marie entschied, dass sie sich an einen Hund gewöhnen könnte, zumindest, wenn sie sich nicht so aufführten wie die Meute im hinteren Teil des Hofes, die sie sich nur aus der Ferne getraut hatte anzuschauen. Doch ihr Vater hatte den Umgang mit Tieren jeglicher Art verboten. Warum, wusste sie nicht.

Marie schlich auf Zehenspitzen entlang des Randes der sandigen Auffahrt Richtung Tor. Sie hatte die Befürchtung, im Haus zu viele Geräusche verursacht zu haben und erwartete jeden Moment die Vereitelung ihrer Fluchtpläne. Aus Angst, jemanden zu wecken, hatte Marie nichts außer ihr Überkleid genommen, das sie sich schnell überwarf. Sie musste eben ohne weitere Sachen auskommen. Das war es ihr wert. Das Grillenkonzert beruhigte sie ein wenig. Wenigstens arbeiten sie hier draußen für mich, dachte Marie. Als sie das Tor erreichte, sah sie, dass sich eine dicke Kette durch die Gittersprossen der beiden Torflügel wand. Ein großes Schloss prangte auf den übereinandergelegten Kettenenden. Wo sich der Schlüssel befand, wusste Marie nicht.

Sie zuckte mit den Schultern. Sie hatte ihre eigenen

Erkundungen über den Gutshof angestellt und eine kleine Holztür entdeckt, ganz versteckt hinter den Obststräuchern. Keine Ahnung, warum Dennfelder die entgangen war. Vielleicht hatte Heinrich die Tür hinter den wuchernden Himbeersträuchern selbst vergessen. Das Holz war alt und grau. Als Marie die Himbeeräste zur Seite bog und sich bis zur Tür vorgearbeitet hatte, stellte sie fest, dass ein verrostetes Einhängeschloss sich als nächstes Hindernis erwies. Ihre Muskeln waren nicht daran gewöhnt, schwere Dinge zu bewegen, doch Marie gab nicht so leicht auf. Sie fand eine kurze Holzlatte, die der Gärtner bei der Errichtung eines Spaliers vergessen haben musste. Mithilfe des Holzes gelang es ihr, die widerspenstige Verbindung zwischen Haken und Öse aufzubrechen. Knarrend ließ sich die Tür bewegen. Marie brauchte nur einen Spalt, dann schlüpfte sie hindurch. Als sie vor die Tür trat, trennten sie nur drei, vier Schritte von der Ilm. Ein Boot lag links von ihr. Doch da sie noch nie selbst gerudert war, verwarf sie sofort die Idee, es zu benutzen. Außerdem könnte ich ertrinken, würde es sich als genauso morsch wie die Tür erweisen, dachte Marie. Kurz entschlossen wandte sie sich nach rechts. Sie begann zu laufen. Ich muss es weit genug schaffen, ehe mich mein Mut verlässt, dachte sie. Ihr Ziel war Weimar. Manuel. Sie musste ihn warnen, bevor Dennfelder ihn fand.

Es war schon drei Stunden dunkel, als sich Oberinspektor Niemer ins Bett begab. Sorgfältig löschte er alle Lichter und stellte fest, wie sehr die Dunkelheit einen Ort zu verändern vermochte. In der behaglichen Sitzecke lauerte nun die Schwärze. Niemer blickte auf die Kerze, die er in der Hand trug, als könne das winzige Flämmchen ihn vor den Dämonen beschützen, die in seiner verfremdeten Wohnstube lauerten. Wo war nur der vermaledeite Kerzenleuchter? Er fluchte, weil ihm Wachs auf den Handrücken tropfte. Einerlei, er würde den Leuchter suchen, wenn es hell war. Welch eine Ironie.

Er hatte gerade zu träumen begonnen, als ihn ein spitzer Schrei jäh aus dem Schlaf riss. Seine Augen waren verklebt und brannten, als er sie öffnete. Es klopfte an seiner Tür. Missmutig stieg Niemer in seine Filzpantoffeln und tappte zur Tür.

Der Nachtwächter war grau im Gesicht und seine Unterlippe zitterte. In seinen Augen stand das blanke Entsetzen.

»Was gibt es?«, knurrte Niemer.

»Ich folgte einer Kutsche – bis hierher. Aber ich konnte nicht verhindern, dass das hier abgeladen wurde.« Der heftig atmende Nachtwächter deutete auf eine Kiste, die vor Niemers Haus stand. Der Deckel war gesprungen, so viel konnte Niemer im flackernden Licht der Laterne des Wächters erkennen.

»Halten Sie doch um Gottes willen das Licht ruhig. Ich sehe ja nichts«, beschwor Niemer den aufgebrachten Mann. Das Zittern nahm zu.

Schließlich nahm Niemer ihm die Laterne aus der Hand und ging zur Kiste. Plötzlich verstand er die Aufregung des Nachtwächters.

Niemer hatte alle Lampen und Kerzen, die er besaß, angezündet. Zwar wurde es in der Wohnstube sehr heiß, aber das war ihm allemal lieber, als der Dunkelheit ausgesetzt zu sein. Der Nachtwächter wirkte nach den drei Schnäpsen, die in seinen Schlund gewandert waren, gefasster. Niemer bat ihn, der Reihe nach zu erzählen, was vorgefallen war.

»Ich war in der Nähe des ehemaligen Erfurter Tores, als ein Mann recht langsam vorbeifuhr. Er sah sich nach allen Seiten um, als sei er nicht richtig im Kopf.«

»Und da beschlossen Sie, ihm zu folgen.«

»Hätte ich das nur nicht getan!« Der Nachtwächter hielt Niemer den Schnapsbecher entgegen. Als das Gefäß erneut bis zum Rand gefüllt war, setzte er an und trank es in einem Zug leer. Dann fuhr er fort: »Der Mann sang. Aber nicht melodisch, sondern wie ein Priester, der seine Messe verliest. Ohne Gefühlsregung. Verstehen Sie, was ich meine?«

»Was sang er denn?«

»›Arm am Beutel, krank am Herzen,
schleppt' ich meine langen Tage‹ …
Und weiter weiß ich nicht mehr. Er wiederholte es ständig wie eine Litanei.«

»Ging es möglicherweise so weiter? Also,
›Armut ist die größte Plage,
Reichtum ist der höchst‹ …
Nein: ›das höchste Gut!
Und, zu enden meine Schmerzen,
ging ich, einen Schatz zu graben.
Meine Seele sollst Du haben!
Schrieb ich hin mit eignem Blut‹.«

»Genau das war es!«, stieß der Nachtwächter verblüfft hervor. »Woher wissen Sie das?«

»Ich kenne alle fünf Strophen.«

»Was soll das sein?«

»Es stammt aus Schillers Musenalmanach, eine Ballade von Goethe.«

»Warum singt er so was?«

»Ich schätze, er möchte uns etwas mitteilen. Das Lied handelt im Großen und Ganzen davon, dass Geld nicht alles im Leben ist. Ein Mann möchte einen Schatz bergen und verspricht sogar seine Seele dafür, ihn zu finden. Wie sah unser Mann aus?«

»Sein Kopf war von einer weiten Kapuze verhüllt und die Lampen an seiner Kutsche waren so positioniert, dass sein Gesicht im Schatten lag. Er trug Handschuhe, nichts Ungewöhnliches, wenn man eine Kutsche lenkt.«

»Wir werden die Wachen befragen, die am Stadtrand patrouillieren. Sie hingegen sollten nach Hause gehen und sich ins Bett legen«, empfahl er dem Nachtwächter, der mittlerweile beim fünften Schnaps angelangt war.

Niemer saß in seiner taghell erleuchteten Stube und sah erneut in die Kiste, die er ins Haus geholt hatte. Oder sollte er sagen ›Sarg‹? Die Hände der Toten ruhten auf ihrer Brust. Ihre Augen waren vor Überraschung weit geöffnet, ebenso der Mund, der in einem stummen Schrei erstarrt war. Die Kleidung war blutgetränkt. Niemer scheute sich, die Tote herauszuholen. Er sah immer wieder Desdemona vor sich, wie sie auf der Straße in ihrem eigenen Blut lag. Jetzt, da der Nachtwächter fort war, musste Niemer nicht mehr mühsam um seine Fassung ringen. Er ließ den Tränen freien Lauf.

Weiland musste sich um dieses Mädchen kümmern. Niemer hatte den Nachtwächter um einen letzten Dienst vor Feierabend gebeten: Weiland aufzusuchen und ihn umgehend zu Niemers Haus zu zitieren. Bald müsste er eintreffen. Neben der Toten, bei der es sich aller Wahrscheinlichkeit nach um Elisabeth König handelte, lag noch etwas in der Kiste. Die Grabbeigabe mutete reichlich merkwürdig an. Es war eine leere Weinflasche. Niemer konnte das Bruchstück des Siegels, das sich noch am Flaschenhals befand, mühelos zuordnen. Weinkontor Dennfelder. Immer wieder Dennfelder. Es wurde höchste Zeit, den Mann zu finden.

19

Der neue Tag kündigte sich gerade mit einem hellen Streifen am Horizont an, als Dennfelder in die Stadt ritt. Der Zorn Maries schmerzte ihn. Er hatte sie vor diesem wahnsinnigen Dichter gerettet – und wie hatte sie es ihm gedankt? Mit wütenden Blicken! Dennfelder sehnte sich nach seinem Zuhause. Er wollte zumindest ein Stück Alltäglichkeit in einer Welt finden, die er nicht mehr verstand.

Er bog in die Rittergasse und erschrak. Im Schatten seines Hauses sah er ein kleines Licht brennen. Schnell stieg Dennfelder ab und band das Pferd ein Stück entfernt vor einem Gasthaus an. Dann umrundete er sein Haus in großem Bogen und näherte sich von der Rückseite. Der Wind trug Stimmen an sein Ohr. Es war das Gemurmel zweier Männer. Einer der beiden vertrat sich die Beine und stolzierte vor dem Hause Dennfelder auf und ab. Dabei streckte er sich und hüpfte sogar ein paar Mal auf der Stelle. Dennfelder sah, dass er eine Uniform trug und presste die Zähne aufeinander. Warum wurde sein Haus überwacht? Er musste unbedingt herausfinden, was in der Zwischenzeit geschehen war. Sicher, er könnte die Wachen fragen. Aber dies würde Gegenfragen provozieren, denen er sich – nach all den Strapazen – nicht gewachsen fühlte. Er musste nachdenken. Dennfelder strich durch Weimars Straßen; ohne es beabsichtigt zu haben, hatten ihn seine Füße zu dem Park, der zum Anwesen der Bertuchs gehörte, getragen. Er setzte sich am Ufer des Asbachs nieder und rupfte gedankenverloren Halme aus der Erde.

»Hier ist es gewesen«, hörte er plötzlich eine Stimme.

Dennfelder sprang auf und schalt sich einen Narren. Es war die Stimme eines Kindes gewesen. Nichts wovor man sich fürchten musste. Der Junge setzte sich dahin, wo bis eben noch Dennfelder gesessen hatte.

»Du meinst den Angriff auf Frau Behrmann?«, gab er zurück und setzte sich gerade so weit von dem Jungen entfernt, dass er ihn nicht berührte. Im Licht der Morgendämmerung glaubte Dennfelder, das Kind nicken zu sehen. »Die Stadt ist böse geworden«, sagte der Junge. Es platschte, als er einen Stein in den Bach warf.

»Ich kenne dich doch. Wie heißt du?«

»Friedemann. Und Sie sind Herr Dennfelder.«

Ihre Hände suchten sich, schüttelten einander. Dann kehrte lange Zeit Schweigen ein, aber es war keineswegs unbehaglich.

Friedemann brach es als Erster: »Sie werden von den Inspektoren gesucht. Besonders Herr Niemer will Sie verhaften.«

»Warum denn mich?«

»Die Morde. Er hält Sie für den Mörder.«

»Du auch?«

»Ich weiß, dass Sie es nicht sind. Frau Behrmann hat Sie und den Schwiegersohn von Herrn Bertuch ins Haus gehen sehen, kurz bevor sie angegriffen wurde. Außerdem habe ich gehört, dass der Mörder eine sehr nette Stimme hat.«

»Und die habe ich natürlich nicht.«

Friedemann schwieg.

»Warum wird dann mein Haus überwacht, wenn ich doch bereits von Frau Behrmann entlastet wurde?«

»Der Herr Niemer kann Sie nicht leiden. Das ist es. Er denkt, dass sich Frau Behrmann getäuscht hat. Dass sie Sie mit jemandem verwechselt hat. Und Ihr Diener ist auch schon verhört worden. Das zweite Mal hat man ihn wie einen Verbrecher abgeführt. Mit Handeisen und so.«

Dennfelder schluckte schwer. Ihm zuzusetzen war eine Sache, aber Lambrecht für nichts und wieder nichts zu bestrafen, traf ihn bis ins Mark. Der gute Lambrecht, der noch nie einer Fliege etwas zu Leide getan hatte, der immer darauf bedacht war, den Ruf des Hauses rein zu halten. Ausgerechnet ihn hatte Niemer auserkoren, für die vermeintlichen Vergehen seines Herren zu büßen.

»Warum hilfst du dem Inspektor nicht?«, wollte Dennfelder wissen. »Du bist so gewitzt und außerdem weißt du eine Menge über die Geschehnisse in Weimar.«

»Ich habe ihm einmal geholfen. Das war ein Fehler. Er kann nicht verhindern, dass der Mörder weiter tötet. Niemer schaut nicht links und nicht rechts. Er sieht nur, was er sehen will.«

Friedemann berichtete von dem Mord an der Frau im Rollstuhl und dem Mord an dem Jungen, der bei der Frau untergekommen war. Er berichtete, wie sich Niemer seitdem verändert hatte und schlussendlich von der Kiste, die vor dem Haus des Inspektors abgeliefert worden war. Absender unbekannt. Dennfelder hörte zu und sein Staunen wurde schier grenzenlos. Dann jedoch fügten sich alle Informationen zusammen. »Ihr Kinder tauscht euch untereinander aus. Ist es das?«

Friedemann nickte vehement. »Wir halten zumindest zusammen. Nicht so wie die Erwachsenen. Die kämpfen nur gegeneinander, aber nicht füreinander.«

»Friedemann, kannst du mir einen Gefallen tun?«

»Kommt darauf an.«

»Es ist nicht recht, dass Lambrecht im Unklaren gelassen wird. Wenn er schon von diesem Niemer Verhören unterzogen wird, soll er zumindest wissen, warum er die Strapazen erdulden muss.«

»Ich soll zu ihm?«

»Ja. Ein Botenjunge fällt nicht auf. Nicht einmal, wenn zwei Wachmänner vor der Türe stehen. Dich wird Niemer nicht mit mir in Verbindung bringen.«

Friedemann nickte nachdenklich. »Und was für eine Nachricht soll ich überbringen?«

»Keine Nachricht, offiziell bringst du Gemüse. Du kaufst Dir eine Kiste davon – ich geb' Dir Geld – und gehst damit in die Küche. Im Haus kannst du ungestört mit Lambrecht sprechen. Es sei denn, dieser Inspektor war so vermessen, mein Personal auch im Haus zu überwachen.«

»Das könnte gehen«, gab Friedemann zu.

Das hohe Tempo und die ungewohnte Anstrengung machten Marie zu schaffen. Doch sie war der Ansicht, sich eine Pause nicht leisten zu können. Bis sie schließlich hinfiel und es ihr die Schmerzen unmöglich machten, wieder aufzustehen. Marie weinte vor Wut – würden ihre Beine ihr doch nur besser gehorchen. Nur widerwillig ruhte sie sich aus. Als sie wieder aufstehen konnte, kühlte Marie ihre schmerzenden Beine im kalten Ilmwasser. Der Schmerz wurde bald erträglich und sie ging weiter. Diesmal war sie vorsichtiger, auch wenn es ihr schwerfiel, ihren Schritt zu mäßigen. Sie sah jedoch schon bald ein, dass sie so schneller zum Ziel gelangte. Ihre Beine dankten es ihr und brachten sie schließlich Meile um Meile entlang der Ilmbiegungen ihrem

Ziel entgegen. Die Nacht war fast schwarz, doch wies ihr das wenige Licht des Mondes, das sich auf dem Wasser widerspiegelte, die Richtung. Sicherlich hätte es kürzere Wege gegeben, doch musste Marie sich auf die Führung ihrer munter plätschernden Begleiterin verlassen.

Während sie lief, dachte sie an Manuel, an ihr Vorhaben, ihm zu helfen. Ihr Herz pochte vor Aufregung. Nur wenn sie stolperte und fiel, überkamen sie die Zweifel und sie dachte, sie könnte es niemals schaffen. Doch Marie rappelte sich immer wieder hoch und klammerte sich an den Gedanken, etwas tun zu können – nicht nur zusehen zu müssen, wie ihr ein geliebter Mensch hoffnungslos entglitt.

Als die Vögel den neuen Tag schon lange begrüßt hatten, sah sie die Brücke zur Stadt zwischen den Bäumen schimmern. Marie setzte sich an das Flussufer. Sie hätte gleich weiterlaufen können, so froh war sie darüber, dass es ihr gelungen war, unbeobachtet so weit gekommen zu sein. Sie konnte es kaum abwarten, endlich bei Manuel zu sein. Doch wie sollte sie durch Weimar spazieren können, ohne aufzufallen?

Marie erschrak. Nur wenige Schritte entfernt stand plötzlich ein Mädchen. Unverhohlen starrte es sie an. Ein schäbiger brauner Umhang verdeckte ihre Schultern, ein paar braune Haarsträhnen quollen unter der Kapuze hervor. Ein Korb, gefüllt mit Wiesenkräutern, stand zu ihren nackten Füßen. Marie überlegte kurz, dann brachte der Mantel sie auf eine Idee. Sie stand auf. Sie ist so groß wie ich, stellte Marie erfreut fest, als sie ihr entgegenlief. Doch sie hat sicherlich Angst vor mir, dachte Marie. Ich darf sie nicht verscheuchen. Marie blieb stehen. Dann knickste sie höflich, als sei das Mädchen ihr ebenbürtig. Marie entdeckte die Verwunderung, die die Ängstlichkeit in dem Blick des Mädchens überdeckte. Sie wagte noch einen Schritt. Das Mädchen blieb stehen. Marie schenkte ihm ein Lächeln und sah, wie es sich entspannte. Den ersten Teil des Spiels habe ich gewonnen, dachte Marie aufatmend.

Der zweite Teil erwies sich als noch leichter, wie sie feststellte. Es hatte wirklich nicht viel gebraucht, das Mädchen zu überzeugen, ihre Kleider zu tauschen. Ihre Wangen erröteten, als sie Maries seidene Kleider anprobierte. Tatsächlich waren sie von gleicher Statur, auch wenn die seidenen Schuhe nicht so recht über die derben Füße passen wollten. Das Mädchen nahm sie trotzdem, zwängte sich hinein und trollte sich in Richtung Schießhaus davon, wie Marie es ihr mit vielen Gesten eindringlich zu verstehen gegeben hatte. Marie hingegen wagte sich nun mit ihrer Verkleidung in die Stadt. Die Kapuze hatte sie zur Vorsicht weit ins Gesicht gezogen. Der Kräuterkorb baumelte an ihrem Arm, als sie über die Kegelbrücke lief.

Friedemanns Herz pochte zum Zerspringen. Wie mit Dennfelder vereinbart, klopfte er am späten Vormittag an die Tür des Hauses und bat um Einlass. Bewusst hatte er den Haupteingang gewählt, damit die beiden Wachen seiner auch in jedem Falle ansichtig wurden. Der Korb wog schwer und der Junge war gezwungen, ihn abzusetzen.

Er bemühte sich, nicht zu den beiden Männern zu schauen, die in ihrem Schwatz innehielten und ihn einer eingehenden Musterung unterzogen. Ein Mädchen öffnete, rückte sich die Haube zurecht und schaute Friedemann verwirrt an.

Ehe sie einen Ton sagen konnte, ergriff Friedemann das

Wort. Er sprach laut und deutlich: »Ich soll das bestellte Gemüse bringen.«

Heimlich schickte er ein Blinzeln hinterher. Das Mädchen zögerte, dann huschte ein anderer Ausdruck über ihr Gesicht. »Ach so, du bist wohl neu. Der Lieferanteneingang befindet sich hinter dem Haus. Aber nichts für ungut. Komm rein.«

Sie warf den Wächtern einen missbilligenden Blick zu, dann schloss sie die Tür lauter als notwendig.

»Ich bringe dich zur Küche.«

»Ist Herr Lambrecht zu Hause?«, wollte Friedemann wissen.

»In der Küche. Er trinkt Tee.« Als wäre damit alles erklärt, ging das Mädchen Friedemann voran, wies ihm den Weg und ließ sich ebenfalls am Tisch nieder, um kein Wort zu versäumen.

Friedemann verbeugte sich vor dem blassen Mann, der mehr am Tisch kauerte, als dass er saß. Seine zitternden Hände waren um einen Becher geschlossen, aus dem er hin und wieder einen kleinen Schluck trank.

»Digitalis«, sagte er.

»Nein, ich heiße Friedemann.«

»Das Kraut hier drin. Es ist giftig, aber in der richtigen Menge dosiert, heilt es. Sagt zumindest der Arzt.«

Friedemann zog misstrauisch die Augenbrauen zusammen. War dieser Herr Lambrecht verrückt?

»Ich soll Grüße von Herrn Dennfelder bestellen.«

Der abweisende Blick des kranken Mannes verwandelte sich in ungläubiges Staunen.

»Woher weißt du …?«

»Er ist in Weimar und versteckt sich. Aber er schafft es nicht allein und braucht Ihre Hilfe.«

Lambrecht schüttelte den Kopf. »Dass es einmal so weit kommen würde. Das hätte ich nie gedacht.«

»Er ist nicht der Böse«, sagte Friedemann.

Zum ersten Mal sah er den Mann lächeln. »Ich weiß. Er ist stur und manchmal in sich gekehrt. Aber böse ist er nicht.«

Friedemann berichtete von seinem Gespräch mit Dennfelder und brachte Lambrecht auf den neuesten Stand. Das Mädchen, das anfangs nur mäßig, dann aber immer interessierter zuhörte, schlug sich des Öfteren vor Entsetzen die Hand vor den Mund und stieß erschrockene Laute aus. Lambrecht hingegen hörte still zu, unterbrach nicht und wurde auch dann nicht ungeduldig, als sich der Junge vor Aufregung wiederholte.

»Gut«, zog Lambrecht am Ende der Ausführungen Friedemanns Resümee. »Herr Dennfelder benötigt einen sicheren Unterschlupf und Verpflegung, damit er seiner Suche nachgehen kann. Wir sind uns einig, die Herren Inspektoren nicht einzuschalten. Das gilt insbesondere für dich, Schwatzmaul.« Damit musterte Lambrecht das Mädchen scharf. »Du kannst damit angeben gehen, wenn alles vorbei ist. Solange Herr Dennfelder jedoch der Gefahr ausgesetzt ist, hältst du den Mund.«

Das Mädchen nickte eingeschüchtert.

Lambrecht bedeutete Friedemann, ihm zu folgen. Die beiden gingen in Dennfelders Schreibstube.

»Ist das ordentlich hier!«, entfuhr es Friedemann.

Kein Stäubchen war auf der polierten Platte des Schreibpultes zu sehen, akkurat lagen die Kanten der Papiere aufeinander. Nicht so wie bei ihm zu Hause, wo Briefe gelesen und dann sofort in Stücke gerissen wurden, um als Abwischpapier für die Latrine zu dienen.

»Ja, so ist er«, gab Lambrecht zurück. Er nahm Platz

und verfasste eine kurze Notiz, dann faltete er das Blatt und gab es Friedemann.

»Es ist wichtig, dass er das noch heute bekommt«, sagte Lambrecht ernst.

Friedemann nickte eifrig. »Das wird er.«

Als Friedemann mit dem leeren Korb aus dem Hintereingang trat, fing er den Blick eines Mannes auf, der an der Straßenecke postiert war. Es bedurfte keiner großen Menschenkenntnis, um ihn als Wachmann zu erkennen, obwohl er keine Uniform trug. Als Friedemann an ihm vorbeilief, spähte der Mann neugierig in seinen Korb, wandte dann aber enttäuscht den Blick ab.

Weiland ahnte, dass in dem Brief nichts Gutes stehen würde. Er wog das Schreiben in der Hand und überlegte, ob er es dem Oberinspektor noch eine Weile vorenthalten sollte. In diesem Moment wurde die Tür schwungvoll geöffnet und Niemer rauschte in den Raum. Ohne Weiland anzusehen, ließ er ein wahres Bombardement an Fragen los. »Haben wir die Berichte von den Wachen vor Dennfelders Haus? Wo ist die Akte über diesen Lambrecht? Ich muss etwas nachschauen. Und hat sich Frau Bertuch noch einmal gemeldet? Sie wollte uns doch die Habseligkeiten ihrer Zofe bringen lassen. Was stehen Sie so herum? Sie werden nicht für Untätigkeit bezahlt.« Endlich sah Niemer ihn an. »Was haben Sie da?«

»Die Post.« Weiland händigte ihm ohne ein weiteres Wort den Brief aus.

Niemer wendete das Kuvert und krauste die Stirn, als er den Absender las. »Von Fritsch schreibt mir. Womit habe ich das verdient?«

Er brach das Siegel und entfaltete das Blatt.

Weiland setzte sich, ohne Niemer aus den Augen zu lassen. Niemers Gesichtsfarbe wechselte schlagartig von blass zu kalkweiß und seine Hände begannen zu zittern. Weiland erhob sich, griff wortlos nach der Flasche Birnenschnaps und einem Becher. Er goss zwei Fingerbreit ein und hielt Niemer den Becher entgegen. Dieser wehrte ab und ein Teil des Schnapses schwappte auf den Boden. Weiland zuckte mit den Schultern und trank den verschmähten Rest. Er würde ihn brauchen, für das, was nun unweigerlich folgen würde. Seine Menschenkenntnis trog ihn nicht.

Niemer lief im Raum umher, als würde er damit ein inneres Uhrwerk in Gang setzen wollen. Immer schneller und kleiner wurden die Schritte.

»Die Wachen werden abgezogen, stellen Sie sich das vor, Weiland! Die Generalpolizeidirektion antwortet auf meine Berichte mit einer Kürzung der Mittel!«

Weiland sagte nichts. In Niemers Zustand war jedes Wort des Trostes verschwendet. Niemer zerknüllte den Brief und warf ihn gegen die Wand. Und als ob das noch nicht genügte, trat er einen Stuhl um. »Von Fritsch schreibt, er sehe keine Notwendigkeit für diesen Aufwand. Er will Beweise. Verdammt noch eins, Weiland! Wie sollen wir ihm denn Beweise bringen, wenn die Überwachung eingestellt werden muss?«

Weiland nickte, als er den wutentbrannten Blick seines Vorgesetzten auffing.

»Wir sollen anscheinend nicht mehr arbeiten. Weiland, trinken Sie noch einen und dann legen Sie die Füße hoch. An welcher Akte sitzen Sie gerade?«

»Ich wollte heute noch einmal die Zeugen wegen der Diebstähle auf dem Markt befragen.«

»Vergessen Sie's. Sie bleiben hier. Das ist ein Befehl! Sie bleiben hier und rühren bis zum Dienstschluss keinen Finger, ist das klar?«

Weiland verstand die Welt nicht mehr. Niemer fluchte für gewöhnlich oft, zog sich mitunter stundenlang in sein Büro zurück und grübelte. Dass er eingeschnappt reagierte, war neu. Das war nicht der Niemer, der nahezu jeden Fall zu lösen vermochte.

Niemer setzte sich an seinen Schreibtisch und fegte mit einer Handbewegung die Akten herunter. Die Blätter purzelten aus der Mappe. Niemer trampelte auf sie ein. Diebstähle zu Morden, Hausfriedensbrüche zu Mundraub. Ein Moloch voller Verbrechen, gestempelt von Niemers Sohlenabdruck. Weiland seufzte. Er war mit seinem Latein am Ende.

Als er seine Feder in das Tintenfass tunkte, reagierte Niemer sofort. »Legen Sie die Feder hin, Weiland. Es wird nicht gearbeitet!«

»Dann kann ich ja auch nach Hause gehen, oder?«, schlug Weiland vor.

»Nichts da. Es ist doch schön, zusammenzusitzen und sich dem Müßiggang hinzugeben. Finden Sie nicht?«

Er braucht Gesellschaft, das ist es. Seit seine Freundin tot ist, hat er nur noch gearbeitet. Das musste ja irgendwann schief gehen.

Weiland hob den zerknüllten Brief auf. Er strich ihn glatt und las. Es war wirklich kein nettes Schreiben. Nicht ein Wort des Lobes für die unzähligen Nächte, die Niemer sich um die Ohren geschlagen hatte. Nur der Befehl, sofort die eingeteilten Wachen zurückzurufen und sinnvoll einzusetzen. Die beantragten Sondermittel seien abgelehnt.

Weilands Erfahrung nach durfte man Niemer durchaus die Meinung sagen, aber nur, wenn sie gerechtfertigt war.

»Es ist doch herzallerliebst, was er uns da schreibt, der Herr von Fritsch«, brummte Niemer und begann seine Notizen zu dem Mord an Elisabeth König in kleine Fetzen zu reißen.

»Halt!«, rief Weiland. »Sie haben doch noch gar keinen abschließenden Bericht geschrieben.«

»Ich werde auch keinen schreiben.« Die Fetzen segelten zu den übrigen Akten auf den Boden.

»Das gibt mächtig Ärger«, wagte Weiland einen letzten Vorstoß.

Niemer stieß unflätig die Luft aus.

Ich freue mich auf meinen Dispens, munterte sich Weiland auf. Und wenn ich in zehn Tagen wieder hier bin, wird sich Niemer hoffentlich beruhigt haben.

Am liebsten wäre Marie gerannt, um so schnell wie möglich in Manuels Arme zu fallen. Doch bremste sie sich – sie durfte unter keinen Umständen auffallen. Ihr Herz rannte dafür um so schneller.

Zum Glück wusste sie, wo er zu finden war. Er hatte es ihr erklärt, als sie sich in der Grotte getroffen hatten. Er wählte erst die gröbsten Worte, machte sich lustig über das Rattenloch, in dem er wohnte. Doch dann kam er in Fahrt, erfand sein Zimmer immer wieder neu. Die Aussicht, die Fenster, die Möbel, alles kleidete er in die herrlichsten Worte, die ein Mensch je erschaffen hatte, sodass sie glauben musste, er lebe im Paradies. Sie hatte ihn ausgelacht, einen Kuss auf die Hand gehaucht und ihm damit den Mund verschlossen. Er befreite sich entrüstet. Fasste sich theatralisch ans Herz. Sie solle ihn nur auslachen.

Seine Situation, das bescheidene Ambiente, der Ausblick auf die Stadt der Muse und die Gewissheit, dass ihn nur ein paar Straßen und ein allerdings wahrlich grausamer Schatten von seiner Liebsten trennten, habe sein Dichterherz inspiriert. Er würde sich zu Hause hinsetzen und sie nicht eher wiedersehen wollen, bis die Worte gereimt seien, die endlich sein Glück besiegeln sollten und sie beide nie wieder trennte.

Dann hatte er gelacht. Nein, das würde er nicht aushalten. Er zog sie an sich. Dich nicht zu sehen wäre wie sterben, hatte er ihr ins Ohr geflüstert.

Endlich stand Marie vor dem Haus am Bornberg. Sie schaute zu der Dachgaube hinauf und musste lachen, als sie daran dachte, wie er sie allein durch seine Worte ganz mit Gold überzogen hatte. Sie trat ein paar Schritte zurück, sammelte einen Kieselstein auf und warf ihn gegen das Mansardenfenster. Drei Stoßgebete gen Himmel – und dann öffnete es sich. Als der zerzauste Haarschopf ihres Geliebten im Fenster erschien, zog sie die Kapuze zurück.

Manuel Brückner hatte wie erstarrt zu ihr herunter gesehen. Dann wedelte er mit dem Arm, wollte sie verscheuchen wie ein Bettelweib. Marie hatte vehement mit dem Kopf geschüttelt und gewartet, bis er sie schließlich ins Haus gezogen hatte. Jetzt saß sie an seinem Tisch, sah ihn an, der sie nicht sehen wollte. Sie wünschte sich, ihm über das Haar zu streichen, doch traute sie sich nicht. Er war sehr erzürnt gewesen, hatte ihr Vorhaltungen gemacht, wie sie es wagen konnte, zu ihm zu kommen und damit ihre gemeinsame Zukunft zu ruinieren. Irgendwann beruhigte er sich und ließ sie erklären. Ungläubig verfolgte er jedes Wort, das sie auf das Papier kritzelte. Dann sank er auf den Stuhl.

Seitdem saß er da.

Marie hatte Angst. Sie hatte sich gefreut, endlich bei ihm zu sein. Dass er sie abwies, tat ihr weh. Und wenn er doch? Marie biss sich auf die Lippen. Nein, Manuel ist nicht der Schädelmörder! Er kann es nicht sein.

Marie stand auf, ging zum Fenster und sah hinaus. Auf dem Dachsims des gegenüberliegenden Hauses saß eine Taube. Sekunden später flog sie weg. Eine einzige Träne lief Maries Wange hinab.

»Du darfst dich nicht an das Fenster stellen«, hörte Marie seine Stimme. Sie drehte sich um. Er hatte sich vom Tisch erhoben, sein Blick war ernst. Wo waren seine Grübchen, seine Lachfalten, wo sein neckender Blick?

»Glaubst du, dass ich der Schädelmörder bin?«

Marie sah ihn an. Sie schüttelte den Kopf. Dann hielt sie es nicht mehr aus und lief ihm entgegen. In seinen Armen konnte sie endlich richtig weinen.

Dennfelder sah dem Nachtwächter hinterher, der gelangweilt seine Laterne schwenkte und wartete, bis er um die nächste Biegung verschwunden war. Dann kam er hinter dem Fass hervor, das ihm als Deckung gedient hatte und schlug fröstelnd die Arme um sich. Er hatte sich keine Pause gegönnt und Stunden in dem Verschlag ausgeharrt. Durch die Astlöcher der Tür konnte er den Eingang des Mietshauses und den unteren Teil der Mansardenfenster sehen. Etliche Menschen waren im Haus ein- und ausgegangen; verdächtig hatten sie nicht gewirkt. Dann war Ruhe eingekehrt. Nach und nach waren die Lichter in den Fenstern erloschen. Nur im linken Mansardenfenster brannte immerzu eine Kerze. War das die Schreibstube des Dichters? Ersann er neben seinen Versen auch Mordpläne in diesem Zimmer? Saß er gar in diesem Moment an der Planung für die nächste Entführung? Zu dumm, dass Lambrecht ihn beinahe ans entgegengesetzte Ende Weimars bestellt hatte. Aber der gute Lambrecht konnte nicht wissen, dass er hier ausharren musste, um nichts zu versäumen.

Die Kirchenglocke schlug die zweite Stunde. Es war an der Zeit aufzubrechen. Dennfelders Beine dankten es ihm, dass er sich zügig zum Treffpunkt bei der Schleifermühle in Bewegung setzte.

Dennfelder vermied es, gesehen zu werden. Zweimal hatte er den Wachen ausweichen müssen, die Sonderpatrouille liefen und sich insbesondere der Inspektion der Schenken widmeten. Jedes Mal malte er sich in den düstersten Farben aus, was geschähe, wenn er gefasst würde. Um sich selbst sorgte er sich nicht. Aber Brückner wäre ohne Aufsicht und könnte in aller Seelenruhe weiter morden.

Er bog in die Straße zur Mühle ein. Wasserrauschen begleitete seine Schritte. Das Klappern des ruhelosen Mühlrads gesellte sich hinzu. Aus der Nähe wirkte das Knarzen und Schwappen gespenstisch. Was hatte Lambrecht nur bewogen, diesen Treffpunkt zu wählen? Das Gras war klamm und die Kälte kroch Dennfelder unter das Hemd. Er setzte sich ein Stückchen abseits der Mühle auf den Boden und zog eng die Beine an den Körper. Lange musste er glücklicherweise nicht ausharren. Ein Licht näherte sich. Das gemütliche Schwanken der Lampe schloss auf langsame Schritte.

»Herr Dennfelder?«, wisperte eine ihm wohlbekannte Stimme.

»Ich bin hier, Lambrecht.«

Das Licht kam näher und offenbarte ihm die vertraute Gestalt seines Dieners.

»Mein lieber Lambrecht, wie froh ich bin Sie zu sehen!«

»Ich wünschte, Sie würden nach Hause zurückkehren. Aber nach dem, was der Junge erzählt hat, müssen wir uns wohl noch gedulden, oder?«

»Die Zeit drängt. Ich habe einen Verdacht, wer es sein könnte. Aber dieser Niemer würde mir das nie und nimmer glauben.«

»Er denkt, Sie sind es.«

»Lambrecht, es tut mir leid, dass Sie wegen mir in diese despektierliche Situation geraten sind.«

Lambrecht lächelte tapfer. Dennfelder bewunderte ihn einmal mehr. Die Haltung, die sein Diener an den Tag legte, war erstaunlich.

Dennfelder berichtete, warum er Brückner verdächtigte. Als er seine Entführung schilderte, schwankte Lambrecht so sehr, dass beinahe die Laterne erlosch.

»Ich muss wieder auf meinen Posten zurück«, sagte Dennfelder gehetzt. »Halten Sie bitte für mich die Augen und Ohren offen. Vielleicht gelingt es Ihnen ja, etwas über Brückner in Erfahrung zu bringen. Alles, was ihn diskreditieren könnte, hilft uns weiter.«

Lambrecht versprach zu helfen. Sie verabredeten sich erneut für den nächsten Tag.

Da stand er am Fenster, der Dichter, und starrte hinaus. Dennfelder bildete sich ein, dass Brückner genau in seine Richtung schaute. Dann wandte er sich ab, sodass er nun seitlich zum Fenster stand. Er hielt ein Buch in der Hand, aus dem er sich selbst vorzulesen schien. Was für eine lächerliche Zeitverschwendung! Warum ging der Kerl nicht aus? Er war doch sonst immer in den Straßen Weimars unterwegs. War die Lektüre so spannend? Wütend biss Dennfelder ein Stück von dem Brot ab, das Friedemann ihm am Morgen gebracht hatte. Es war trocken und Dennfelder verschluckte sich an den Krümeln. Die nächsten Stunden beschäftigte er sich vornehmlich damit, die fette Ratte zu verscheuchen, die, angelockt durch Brot und Käse, immer wieder seine Nähe suchte. Und mit Warten.

Es war früh am Abend, die Schatten wurden länger und Dennfelder war froh, dass die Sonne nicht mehr auf die Brettertür fiel und ihn blendete. Ein Junge huschte vorbei. Es war Friedemann, der nun an dem verschlossenen Verschlag nebenan zerrte und leise vor sich hin fluchte.

»Hier bin ich«, wisperte Dennfelder.

Friedemann hielt inne und wandte den Kopf. Er grinste verlegen und wartete, bis zwei Passanten vorbeigelaufen waren. Dann schlüpfte er in das Versteck. Das Grinsen verschwand wie weggewischt.

»Der Maler ist tot«, sagte der Junge. »Ich hab's vom Fritz erfahren, der bei ihm im Haus wohnt. Er hat die Leiche sogar selber gesehen.«

»Welcher Maler?«

»Der ganz bunt gemalt hat.«

»Ich glaube, ich weiß, wen du meinst. Hat er es endlich geschafft, sich totzusaufen?«

»Nein, er ist umgebracht worden.«

»Gibt es dafür Beweise?«, fragte Dennfelder streng.

»Sein Kopf ist weg und überall war Blut und es war

noch nass. Der Niemer war schon da und hat sich das Zimmer vom Maler angesehen. Er hat gesagt, dass der noch nicht lange tot ist. Das hat der Fritz ganz deutlich gehört. Und alle Bilder waren kaputt geschnitten.«

Dennfelder schluckte. »Aber Brückner war doch die ganze Zeit im Haus«, sagte er fassungslos.

20

Meine werte Frau Dennfelder,

Sie weilen nun schon so lange in Halle, sodass ich nicht umhin komme, Sie postalisch von den neuesten Ereignissen in Kenntnis zu setzen, die sich auf den Straßen Weimars abspielen. Es ist grauenhaft. Man kann sich nicht mehr ohne Furcht aus dem Hause wagen. Es gab einen weiteren Mord! Eine Zofe aus dem Hause Bertuch wurde völlig entstellt aufgefunden.

Als gute Freundin ist es mir eine Pflicht, Sie mit dem nun Folgenden zu konfrontieren. Glauben Sie mir, meine Liebe, ich meine es nur gut und bin möglicherweise eine der Letzten, die noch zu Ihnen hält. Seien Sie sich meiner Treue gewiss.

Nun, wie schreibe ich es am besten, ohne Sie in Angst und Schrecken zu versetzen? Manchmal verlassen die Menschen die Pfade Gottes und wenden sich der Sünde zu.

Welcher Versuchung Ihr Ehegatte erlegen ist, vermag ich nicht zu ermessen. Er wird von der Polizei gesucht und befindet sich auf der Flucht. Es ist furchtbar, aber sogar von Mord wird gesprochen. Bitte verzeihen Sie, dass ich so rüde auf den Punkt gekommen bin, doch mein Herz sagt mir, wie wichtig es ist, Ihnen dies mitzuteilen.

Neulich wollte ich ein Konzert besuchen. Sie kennen ja sicherlich noch die hübsche Französin. Leider fand das Klavierspiel nicht statt, da Fräulein Malo just zu dem Zeit-

punkt verschwand, seitdem auch Ihr werter Ehegatte als vermisst gilt.

Ich hoffe für das junge Fräulein nur das Beste und wünsche, dass sich dieses Missverständnis bald aufklären wird.

Liebe Frau Dennfelder, sollten Sie ein offenes Ohr für Ihre Sorgen benötigen, so bin ich allzeit für Sie da. Grämen Sie sich nicht.

Bitte entsenden Sie Ihrer werten Frau Mutter meine besten Grüße.

Auf ein baldiges Wiedersehen hofft,
mit freundschaftlichen Grüßen, Ihre

Loretta Mohn
Weimar, den 27. August 1805

Elsa Luise ließ den Arm sinken – das unselige Blatt Papier mit dem Siegel Loretta Mohns glitt ihr aus den Fingern und segelte zu Boden. Ihr Blick blieb am Pendel der dunklen Standuhr hängen, verfolgte es, während es hin und her schwang. Sie bemerkte nicht, wie Martha Starken nach dem Brief auf dem Boden fischte. Elsa Luise hörte ihr Herz schlagen. Bummbumm. Noch nie hatte sie ihr Herz schlagen hören. Irgendetwas stimmte nicht. Dann wurde ihr schwarz vor Augen.

Sie wedelte mit der Hand, um das Riechfläschchen, das ihr unter die Nase gehalten wurde, wegzuschlagen. Sie hasste den Geruch von Ammoniak.

»Sie kommt zu sich«, flüsterte ihre Zofe. Im Hintergrund hörte man ein Knurren. Das musste die betagte Hausdame sein, die ihre Mutter eingestellt hatte. Sie richtete kaum das Wort an jemanden – es sei denn, Martha Starken war zugegen. Elsa Luise schloss aus dem Knurren, dass ihre Mutter nicht anwesend war.

Gut so, dachte sie. Sie fühlte sich müde, sie hatte gar keine Lust, richtig aufzuwachen. Jetzt, wo das Riechsalz sie nicht mehr störte, konnte sie sich wieder ihrem Traum hingeben. Adrian kehrte augenblicklich zurück. Adrian, mein Liebster, flüsterte sie. Er lächelte sie zärtlich an. Sein Mund öffnete sich leicht, sagte etwas zu ihr, doch sie konnte es nicht verstehen. Seine Hand hob sich ihr entgegen, bat sie, zu ihm zu kommen. Sie meinte das Glück regelrecht greifen zu können, das ihren Körper durchströmte. Sie hob ihre Hand, um nach seiner zu greifen. Auf einmal verfärbte sich seine weiße Manschette rot. Elsa Luise starrte auf das Blut, das aus seinem Ärmel und dann über seine Hand auf den Boden floss. Sie blickte auf. Sein Gesicht verzog sich zu einer fürchterlichen Grimasse. Dann begann er zu lachen. Er lachte sie aus. Sie wollte ihre Hand zurückziehen, doch er war schneller. Er griff sie, zog sie zu sich und drehte sie in seinen Arm. In seiner anderen Hand entdeckte sie ein Skalpell. Elsa Luise schrie.

Sein Herz klopfte ihm bis zum Halse, aber für eine Flucht war es zu spät. Der Klingelzug war betätigt und schon wurde die Tür geöffnet. Das Mädchen war adrett anzusehen mit dem sauberen Häubchen und der blütenweißen Schürze.

»Gestatten, mein Name ist Adrian Dennfelder. Ich würde gerne Frau Behrmann sprechen.«

Das Mädchen zögerte. »Sind Sie angemeldet?«

»Nein, aber es ist wirklich dringend.«

»Ich muss Sie leider bitten, einen Moment zu warten. Ich frage die gnädige Frau, ob ein Besuch genehm ist.«

Mit diesen Worten schloss sie die Tür. Dennfelder verfluchte sich dafür, Friedemanns Idee in die Tat umgesetzt zu haben, sich mit Frau Behrmann auszutauschen. Nun stand er für alle Passanten sichtbar vor der Tür jener Frau, die einem schrecklichen Verbrechen zum Opfer gefallen war. Er trat von einem Fuß auf den anderen, inspizierte seine Fingernägel, die dringend eines Seifenbades und einer Bürste bedurften, und lauschte angestrengt.

Das Mädchen kehrte zurück und ließ ihn ein. Sie ging ihm voran und deutete auf einen kostbar eingerichteten Salon. Auf einem Stuhl mit hoher Lehne saß Hermine Behrmann. Ihre Augen wurden von einem maßgefertigten Seidentuch bedeckt, das Nase und Augenbrauen freiließ. Sie hielt Dennfelder die Hand hin. Er deutete einen Kuss auf den Handrücken an. Er erinnerte sich an ihre spöttischen Blicke auf dem Fest im Alexanderhof und war froh, diesen nie wieder ausgesetzt zu sein; gleichzeitig schämte er sich für diesen Gedanken.

»Es tut mir leid, dass ich Sie überfalle.« Er lachte unsicher ob seines unklugen Wortspiels. Dann wurde er ernst. »Ich bin in großen Nöten und Sie sind die Einzige, die mir noch helfen kann.«

»Inwiefern kann eine blinde Frau Ihnen von Nutzen sein?«

Dennfelder stellte fest, dass sich der Spott nun in den Falten neben den Mundwinkeln zu erkennen gab. Es war an der Zeit, Frau Behrmanns Verachtung, die sie ihm gegenüber zur Schau stellte, ein Ende zu setzen. »Ich wurde von dem Mann entführt, der Sie angegriffen hat.«

Frau Behrmanns Gesicht wurde zu einer starren Maske. Ihre Finger prüften den Sitz der Augenbinde.

»Sind Sie sicher?«, sagte sie leise. »Wie sieht er aus?«

»Nun, gerade dies kann ich Ihnen nicht beantworten.«

Dennfelder holte tief Luft und erzählte ihr alle Neuigkeiten in Bezug auf den Mörder. Er schloss seinen Bericht mit den Worten: »Mein Ruf in Weimar ist dahin. Es wird schwer werden, mein Geschäft weiterzuführen. Aber daran mag ich augenblicklich nicht denken.«

»Ich muss mich für Ihre Offenheit bedanken«, sagte Frau Behrmann. »Dennoch weiß ich noch immer nicht, wie ich Ihnen helfen kann.«

»Vielleicht nicht Sie, aber Ihr Mann. Er kennt doch alle einflussreichen Personen in Weimar. Demnach könnte er doch auch das Haus kennen, in das ich verschleppt wurde.«

»Wir können ihn gleich fragen«, sagte Frau Behrmann.

»Wie meinen Sie das?«

»Er ist soeben nach Hause gekommen.«

Dennfelder hatte nichts gehört und doch trat nur wenige Augenblicke später Herr Behrmann in den Raum. Er sah schlecht aus. Geplatzte Adern überzogen seine Nase und die Haut an den Wangen wirkte aufgeschürft. Außerdem saß der Kragen seines Hemdes schief und seine Haare standen wirr ab.

Er nickte Dennfelder zu, schlenderte zu seiner Frau, gab ihr einen leblosen Kuss auf die Wange und griff als nächstes nach der Karaffe, die auf einem Seitentisch stand.

»Sie auch einen?«, fragte er Dennfelder.

Dieser nickte, ohne nachzudenken. Suchend schaute sich Behrmann um und entdeckte die Gläser in einer Vitrine. Dennfelder verfluchte sich, zugestimmt zu haben. Jetzt gab es kein Zurück. Behrmann trank offenbar für gewöhnlich aus der Flasche.

»Conrad, du kennst dich doch in Weimar aus.«

»Nicht so gut wie du«, gab er zurück.

Frau Behrmann überhörte die Spitze und fuhr in sanftem Ton fort: »Es geht um ein Herrenhaus, das vor etwa 100 Jahren erbaut worden sein müsste.«

Dennfelder beschrieb Behrmann Lage und Aussehen des Anwesens.

Behrmann trank und dachte nach. Dennfelder tat so, als trinke er ebenfalls und stellte das Glas dann beiläufig ab. Obgleich kein Tropfen der Flüssigkeit seine Lippen benetzt hatte, wischte er sich den Mund ab.

Behrmann grunzte, kratzte sich am Kopf und stieß die Luft aus. »Es kämen zwei Häuser infrage. Das eine wurde an eine reiche französische Witwe verkauft und wird derzeit renoviert. Das andere gehört der Familie von Marbach.«

Dennfelders Nackenhaare stellten sich auf.

»Wissen Sie, ob es bewohnt ist?«, fragte er eilig.

Behrmann trank sein Glas leer und schenkte nach. Dennfelder wischte seine nassen Handflächen an der Hosennaht ab und sah Behrmann auffordernd an.

»Soweit ich weiß, wohnt der Junge vom alten Marbach in einem Haus beim Schlangenstein. Selig seien die Reichen, die sich zwei Häuser leisten können, um eins davon leer stehen zu lassen!«

Frau Behrmann rümpfte die Nase. Dennfelder befand, dass es an der Zeit war, sich zu verabschieden. Er brauchte jetzt dringend einen ruhigen Ort zum Nachdenken.

Victor von Marbach beobachtete, was sich auf der Tanzfläche vor seinen Augen abspielte. Merkte dieser schwitzende Fettwanst denn nicht, dass das Lächeln der Dame in der viel zu engen Umarmung gezwungen war? Dass sie es gewiss keine Minute mehr auf ihrem Antlitz würde halten können? Von Marbach begann zu zählen. Als er bei Zwölf angelangt war, entschuldigte sich die Dame und zog sich aus dem Kreis der Tanzenden zurück. Der Fettsack, ein neureicher Bankier, meinte sich von Marbach zu erinnern, stand noch einen Moment konsterniert da, dann sah er verschämt zu allen Seiten, ob jemandem die Flucht seiner Tanzpartnerin aufgefallen war. Sein Blick erfasste von Marbach, der leicht seinen Kopf neigte. Der Bankier blickte zu Boden und schlich davon.

»Wären Sie jetzt bereit, mit mir zu tanzen?«, nutzte eine seiner Verehrerinnen die Ruhe vor dem nächsten Lied.

»Aber sicher, gnädige Frau.« Von Marbach erhob sich geschmeidig, verbeugte sich und reichte der Dame den Arm.

Sie bewegte sich schwerfällig zur Musik, außerdem hatte sie zu viel Parfum aufgelegt. Von Marbach verbarg seine Aversion und verwickelte sie in ein Gespräch.

»Haben Sie schon Pläne für den Ausklang des Sommers?«

»Ich werde mit meinem Vater ein Kurbad besuchen, Bad Landeck. Es soll sehr schön dort sein.«

»Dann wünsche ich Ihnen schon jetzt ein paar wundervolle Tage.«

»Man darf dort besucht werden. Wenn Sie sich auch ein wenig entspannen möchten, wäre es mir eine Freude, wenn wir uns zufällig begegnen«, wagte sie einen Vorstoß.

Von Marbach fand ihr Gebaren aufdringlich. Die Persönlichkeit dieser Frau besaß nicht eine Facette, die er gerne erforscht hätte. Sie war plump, naiv und ganz und gar unfähig, eine angemessene Konversation zu bestreiten.

Sie tauschten weitere Höflichkeiten aus. Von Marbach bemerkte, dass sie sich immer fester an seinen Oberarm klammerte, ihre Finger fühlten sich unangenehm heiß an. Von Marbach tanzte immer näher an den Rand des spiegelglatten Parketts. Als die letzten Takte verklungen waren, verbeugte er sich und sagte mit einem, wie er hoffte, bedauernden Lächeln: »Entschuldigen Sie mich, gnädige Frau, ich muss mich ein wenig erfrischen.«

Ohne auf ihre enttäuschte Miene einzugehen, geleitete er sie zu ihrem Platz und entfernte sich gemessenen Schrittes.

Er suchte die Dame, die vor dem Bankier geflohen war. Die Contenance, mit der sie ihren Ekel vor dem schwitzenden Fettsack im Zaum gehalten hatte, imponierte ihm. Die Dame saß an einem der kleinen Tische. Sie war allein, ihre Finger spielten gelangweilt mit ihrem Fächer.

Von Marbach trat an ihren Tisch und verbeugte sich.

»Gestatten, Victor von Marbach. Darf ich mich zu Ihnen setzen?«

Röte breitete sich seitlich ihrer Ohren aus, dennoch schaute sie ihm tapfer entgegen.

»Bitte«, sagte sie mit fester Stimme und deutete auf den freien Stuhl gegenüber.

»Es mag mich nichts angehen, gnädige Frau, aber kann

es denn wahr sein, dass Ihre Verabredung Sie schändlich im Stich gelassen hat?« Er deutete auf das unbenutzte Gedeck.

»Begleiterin«, beeilte sich die junge Frau zu sagen.

»Eine Verwandte?«

»Meine Tante. Sie ist schon den ganzen Abend mal hier mal dort. Entschuldigen Sie, wo habe ich nur meine Manieren? Mein Name ist Ariane Sellheimer.«

Von Marbach nahm sanft ihre Finger zwischen seine und hauchte einen Kuss auf den Samt ihres Handschuhs.

Sie ist vermögender als ich glaubte, dachte er. Der Brillantring ist gut und gerne tausend Taler wert.

Als der Lakai zum dritten Mal die Gläser mit Wein nachfüllte, deutete von Marbach auf das Orchester. »Bewundernswert. Sie werden nicht müde, uns mit wunderbaren Melodien zu verwöhnen.«

Sie folgte seiner ausgestreckten Hand, lauschte einen Moment mit geschlossenen Augen. Dann griff sie nach ihrem Glas, trank einen Schluck und verzog angewidert das Gesicht.

Von Marbach sagte: »Das ist eine andere Sorte Wein. Er mag im ersten Moment bitter schmecken, stören Sie sich nicht daran, es hört nach dem zweiten Schluck auf.«

Wacker trank sie ihr Glas bis auf einen Anstandsrest leer.

»Mir scheint, Ihre Tante hat Sie ohne einen Abschiedsgruß verlassen.«

»Sie ist ein wenig vergesslich. Ich gehe sie suchen und bestelle bei der Gelegenheit eine Kutsche.«

Mit einem fassungslosen Ausdruck auf dem Gesicht kehrte Ariane Sellheimer zurück. »Man sagte mir, meine Tante habe das Fest vor einer halben Stunde verlassen. Sie kann mich doch nicht einfach alleine lassen. Was sollen denn die Leute denken!«

»Gestatten Sie mir bitte das Privileg, noch einen Moment länger mit Ihnen zu plaudern. Teilen wir uns doch eine Kutsche.«

Sie unterdrückte ein Gähnen. »Das ist zu viel der Ehre. Ich kann doch nicht verlangen, dass Sie mich nach Hause bringen, jetzt, wo die Feierlichkeit gerade erst beginnt.«

Sie deutete auf die Frauen, die ständig zu den beiden herüber gesehen hatten, und die von Marbach als seine Verehrerinnen erkannte.

»Sie würden mir einen großen Gefallen erweisen, wenn ich Sie begleiten dürfte.«

»Schön, aber nur, wenn Sie mir versprechen, wieder hierher zurückzufahren und ein Glas auf mein Wohl zu trinken.«

»Ich verspreche nichts, was ich nicht halten kann«, sagte er. Als er ihren fragenden Blick bemerkte, fügte er hinzu: »Ich denke, ich habe genug getrunken. Sind Sie auch mit einem Glas Wasser einverstanden?«

Sie nickte und von Marbach sah, wie das Lächeln, das sie ihm kokett zuwarf, ihre Züge weich und verletzlich machte.

»Wohlan«, sagte er energisch und bot ihr den Arm.

Beim Einstieg in die Kutsche blieb der Schal von Ariane Sellheimer am Scharnier der Tür hängen und riss ein Stück ein. Von Marbach half ihr, den widerspenstigen Stoff zu befreien. Eine ihrer Haarsträhnen löste sich. Von Marbach strich sie behutsam zurück. Sie ließ die Berührung zu. Ihre Wimpern, die eine braune Färbung besaßen, wirkten nachtschwarz, als sie den Blick senkte.

Der Kutscher ließ die Peitsche knallen und das Gefährt setzte sich in Bewegung.

Bevor die Stille peinlich zu werden drohte, sagte von Marbach: »Das mit dem Schal war meine Schuld. Bitte erlauben Sie mir, Ihnen einen neuen zu schenken.«

»Aber nicht doch. Wäre ich nicht so ungeschickt eingestiegen …« Weiter kam sie nicht, ihr Kopf sank an von Marbachs Brust. Endlich schlummerte sie selig im Rausch des Opiats, das in ihrem Wein gewesen war.

Als alles vorbereitet war, tätschelte er ihr sachte die Wange, um sie zur Besinnung zu bringen. Schwerfällig öffnete Ariane Sellheimer die Augen. Ihre Pupillen waren groß und leicht verschleiert. Sie blinzelte einige Male und bewegte schmatzend die Lippen.

»Verzeihung«, sagte von Marbach und benetzte die trockene Haut des Mundes mit ein wenig Wasser. »Sitzen Sie bequem?«

Sie bewegte sich in den Fesseln und quietschte auf, als sie die ledernen Gurte sah.

»Was wollen Sie von mir?«, stammelte sie.

Er hob entschuldigend die Hände. »Von Ihnen möchte ich nichts. Zumindest nicht direkt. Die Antworten, die ich suche, verbergen sich hier.« Er tippte mit dem Zeigefinger gegen die Stirn der Frau. In diesem Moment sah sie die Gerätschaften, die von Marbach fein säuberlich arrangiert hatte. Insbesondere die Knochensäge ließ sie nicht aus den Augen.

»Lassen Sie mich bitte gehen«, flehte sie.

Von Marbach schüttelte den Kopf und griff nach seinem Notizbuch, das er stets in einem Versteck aufbewahrte. Dieses Buch wollte er Doktor Gall vorlegen, wenn es bis zur letzten Seite mit seinen Erkenntnissen gefüllt sein würde. Von Marbach schloss die Augen und malte sich Galls Fassungslosigkeit aus. Er lächelte, dann rief er sich zur Ordnung. Das Buch musste zuerst fertig geschrieben werden.

Behutsam schlug er es auf und überprüfte, ob die Feder noch scharf und genügend Tinte vorhanden war. Alles war zu seiner Zufriedenheit vorbereitet. Er wandte sich seinem wimmernden Forschungsobjekt zu.

»Keine Angst, Frau Sellheimer. Wir beginnen zunächst mit der Vermessung Ihres Schädels.«

»Sie sind der Schädelmörder«, hauchte sie und starrte ihn aus geweiteten Augen an.

»Ich bin kein Mörder!« Er schlug so heftig auf den Tisch, dass das Tintenfass umkippte. Schnell brachte er das Buch in Sicherheit. Er presste es fest an sich und atmete mehrmals tief ein. »Ich bin Forscher.«

Als er ein Rasiermesser zur Hand nahm, zerrte Ariane Sellheimer so heftig an ihren Fesseln, dass die Haut an den Handgelenken abschürfte.

Von Marbach schnitt Büschel um Büschel ihres üppigen Haares ab, dann entfernte er akribisch jedes Haar, bis die Haut des Schädels blank war. Er nahm den Vermessungsring zur Hand und notierte Zahl um Zahl.

»Waren Sie jemals bei einer von Galls Vorlesungen?«, wollte von Marbach wissen.

»Ja.«

»Das habe ich mir gedacht. Sie haben sich merklich entspannt. Das ist gut so. Entschuldigen Sie bitte, dass ich Ihr Haar abschneiden musste.«

Ariane Sellheimer schwieg. Von Marbach hatte sich nicht getäuscht, ihr Schädel war interessant und lohnte einer eingehenden Untersuchung. Er begann damit, die ausgeprägten Stellen behutsam abzutasten.

»Bitte sehen Sie geradeaus«, sagte er und drehte ihren Kopf ein wenig mehr zum Licht.

Gewissenhaft vermerkte er in seiner Liste, dass Ariane Sellheimer einen ausgeprägten Sinn für Farben, für Hoffnung, Verheimlichung und Schlussvermögen besaß. Besonders auffallend war die Partie, die für die Beifallsliebe stand. Ein Lächeln stahl sich auf von Marbachs Gesicht, als er sah, wie wenig die Zone für Vorsicht ausgebildet war.

Ariane Sellheimer fielen immer wieder die Augen zu. Im Gegensatz zu ihr war von Marbach hellwach. Es schien ihm, als würden ihn die Untersuchungsobjekte jedes Mal mit einer archaischen Art von Energie speisen. Unermüdlich schrieb er seine Ergebnisse nieder. Von Marbach dachte an Galls Berichte, die er einst in Wien einem Mann abgekauft hatte. Gall hatte sie nach einem Vortrag auf dem Pult liegen lassen. Der Mann hatte eine gute Gelegenheit gewittert, sich ein paar Münzen zu verdienen und die Papiere gestohlen. Als er sie von Marbach zum Kauf anbot, hatte dieser sofort die Möglichkeit erkannt, seine eigenen Forschungen mithilfe von Galls Niederschriften zu verfeinern. Schlampigkeit hatte in der Schädellehre nichts verloren, befand von Marbach. Ein nasales Pfeifen, das er auf die starken Betäubungsmittel zurückführte, die er Fräulein Sellheimer hatte angedeihen lassen, erklang von ihrem Platz. Ihr Kopf war auf die Brust gesunken und pendelte zuweilen im Schlaf ein Stück zur Seite.

Von Marbach setzte den letzten Punkt unter seinen Bericht, legte die Feder beiseite und streckte seine Finger, bis sie knackten. Nun folgte der weitaus anspruchsvollere Teil seiner Forschung. Sein Blick wanderte zu dem chirurgischen Besteck auf dem Tisch. Seine Liste war ein ganzes Stück länger als die von Gall. Von Marbach wendete stets die gleiche Methode an, von der er kein Stück abwich. Schließlich mussten die Ergebnisse vergleichbar sein.

Er griff nach fünf Stecknadeln. »Fräulein Sellheimer«, sprach er sein Versuchsobjekt an. »Wir können fortfahren.«

»Bitte lassen Sie mich gehen«, bat sie weinerlich. »Ich bin so müde.«

»Sagen Sie mir, schreiben Sie mit der rechten oder mit der linken Hand?«

»Mit der rechten.«

Von Marbach griff nach ihrer Schreibhand und stieß die erste Nadel unter den Daumennagel. Ariane Sellheimer schrie wie von Sinnen, ihre Hand zuckte wild in seiner Umklammerung. Schweiß brach aus ihren Poren und ihre Gesichtsfarbe veränderte sich. Von Marbach behielt besonders ihre Augen im Blick. Tränen sammelten sich und überwanden die Barriere des unteren Augenlids. Er öffnete mit Gewalt ihre Faust und streckte den Zeigefinger, bei dem er die Prozedur mit der Nadel wiederholte. Als er die Stecknadel bis zum Kopf unter dem Nagel des Ringfingers versenkt hatte, verlor Ariane Sellheimer das Bewusstsein. Von Marbach vermerkte in seinem Bericht, dass ihr Schmerzempfinden überdurchschnittlich ausgeprägt war.

Nach wenigen Minuten kam sie wieder zu sich. Als von Marbach die Knochensäge zur Hand nahm, heulte sie auf.

21

»Undankbar bist du! Mir fällt wahrhaftig nichts Treffenderes ein.« Martha Starkens Gesicht war tiefrot angelaufen. All ihre Enttäuschung steckte sie in die Worte, wo sie doch tatenlos mit ansehen musste, wie ihre Tochter mit Unterstützung ihrer Zofe das Wichtigste in einen Reisekoffer packte. Elsa Luise ließ die Standpauke unbeeindruckt über sich ergehen. Sie hatte ihre eigene Ansicht der Dinge. Was auch immer in Weimar vonstatten ging und das Klatschmaul Loretta Mohn verbreitete, Adrian war gewiss kein Mörder.

Martha Starken stellte für sich fest, dass sie mit ihrer Taktik nicht weiterkam. Elsa Luise betrug sich ihrer Meinung nach zu aufsässig. Das hatte sie von Zeit zu Zeit. Aber Martha Starken wusste auch damit umzugehen. Und so setzte sie zu einem einschmeichelnden Singsang an. »Elsa Luise! Es kann alles wieder gut werden. Ich werde die Scheidung veranlassen. Papas Anwalt wird uns beiseite stehen. Die Ehe, die Übertragung des Kontors, es wird ein Kinderspiel. Die Mordanklage beweist, dass er uns getäuscht hat. Jeder Richter wird uns glauben, dass Adrian Dennfelder ein Heiratsschwindler ist.«

Elsa Luise schob ihre Mutter beiseite, um besser zur Kommode zu gelangen.

»Ich werde dir einen neuen Mann besorgen, meine Liebe. Und sicherlich werde ich ein besseres Händchen besitzen als dein Vater, der nur ans Geschäft und nicht an einen Titel gedacht hat.«

Elsa Luise sah sich um. Dann nickte sie ihrer Zofe zu, die darauf wartete, den Reisekoffer zu schließen.

»Und der wird mir dann auch das ersehnte Enkelchen schenken.« Verträumt ließ Martha Starken ihren Blick zur Decke schweifen.

Doch Elsa Luise schien unbelehrbar, denn sie zog nun auch noch den Reisemantel an, den die Zofe ihr entgegenhielt.

»Liebes, sei doch vernünftig!«

Endlich sah Elsa Luise sie an. Martha hatte in der Erwartung von Einverständnis und tiefer Dankbarkeit die Arme ausgebreitet. Elsa Luises Blick hätte mit Kummer und Liebe durchtränkt sein sollen, ausgelöst von dem Bewusstsein, unüberlegt gehandelt zu haben. Natürlich würde Martha Starken ihr verzeihen. Sie war ja noch so jung, so unerfahren. Und wenn das Herz getroffen ist, handelt es oft vorschnell und unüberlegt.

Doch Elsa Luises Blick hatte nichts von alldem, als sie zu ihr sagte: »Mutter, ich möchte nie wieder solche Worte über meinen Mann hören, und schon gar nicht aus deinem Munde. Solltest du zur Vernunft kommen, freue ich mich, dich in unserem Hause in Weimar begrüßen zu dürfen.«

Mit den Worten rauschte Elsa Luise aus dem Zimmer.

Marie saß am runden Tisch neben dem Bett und kritzelte mit dem Bleistift auf einem Papier herum. Es standen ein paar Worte darauf, die der Anfang eines Briefes hätten werden sollen, die nun jedoch durchgestrichen waren. Anstatt weiterer Worte hatte sie Noten gemalt und sie zu einer einfachen kleinen Melodie aufgereiht; ein Kinderlied vielleicht, wenn Manuel die passenden Worte dazu fände. Darunter gab es den Versuch einer Variation des Liedes.

Eine zweite Stimme vielleicht. Dann ein Strich quer durch die Komposition. Marie war nicht in der Stimmung für ein Kinderlied.

Manuel hatte ihr sein kostbares Papier gegeben, damit sie sich die Zeit vertreiben konnte. Er hatte ihr vorgeschlagen, einen Brief an ihre Gouvernante zu schreiben, oder vielleicht mochte sie eine kleine Komposition wagen?

Sie fand, er sah recht hilflos aus, seit er vor einer halben Stunde gekommen war. Die Hitze, die sich in der kleinen Wohnung unter dem Dach angestaut hatte, machte das Beisammensein nicht einfacher. Er hatte die Fenster weit geöffnet, doch auch das brachte keine Erlösung. Nun saß er an dem einfachen Schreibpult vor einem der Fenster. Das Pult wackelte, während er ein paar Zeilen darauf zu Papier zu brachte.

Marie wollte nicht an ihre Gouvernante schreiben. Was sollte sie ihr sagen? Dass sie bei Manuel Brückner weilte? Bestimmt nicht. Dass es ihr gut ging? Vielleicht das, aber dafür wollte sie das Papier nicht verschwenden, das für Manuel so wertvoll war. Und nun hatte sie es ruiniert. Mit ihren Kritzeleien dem Ofen geopfert.

Sobald sie konnte, wollte sie ihm das Papier ersetzen. Sie sah sein einfaches Leben. Seine Ansprüche waren gering. Dennoch konnte er kaum für sich selbst sorgen, geschweige denn für eine zweite Person. Er entschuldigte sich fortlaufend bei ihr, sprach von Geld, auf das er warten würde. Marie hatte ein schlechtes Gewissen. Er bemühte sich redlich, aus dieser Situation das Beste zu machen. Tagsüber musste er hier sein, hatte er ihr erklärt. Hier würden seine Auftraggeber ihn aufsuchen; seine Geschäfte seien zu unregelmäßig, als dass er es anders lösen könnte. Die Nacht hatte er woanders verbracht.

Marie hatte geweint, als er sie verlassen hatte. Aber er hatte ja recht. Wenn sie zusammen erwischt würden, wäre alles aus! Und Marie wollte fest an ihre gemeinsame Zukunft glauben – genau wie er. Als er wiederkam, hatte er einen dünnen Stapel Papier dabei und ein Stück frisches Brot. Das Brot gab er ihr, er selbst biss in einen Apfel, dessen Fleisch vor Fallstellen braun und weich war.

Manchmal dachte Marie, dass Manuel sie vielleicht gar nicht liebte. Dass er alles nur für sie tat, da er ein Gentilhomme war. Dann stand sie auf und holte sich die Gewissheit, indem sie den Hut sanft berührte, den Manuel auf all seinen Reisen mit sich nahm und der nun am Türhaken hing. Es war ein Damenhut. Ihr Damenhut. Sie hatte ihn Manuel geschenkt, als sie sich vor einem Jahr in Berlin das erste Mal getroffen hatten. Es war eine Art Liebespfand, wenn auch ein ungewöhnlicher. Er wollte ihn unbedingt haben. Er sei regelrecht verliebt in den Hut, hatte er damals behauptet. ›Er erinnert mich an deine schwarze Locke, die sich genau an dieser Stelle hier …‹, dabei wies er auf die die seitliche Hutkrempe, über der sich ein Berg von Kunstblüten türmte, ›… herauswagt, um dich ständig am Ohrläppchen zu kitzeln. Deine Hand griff immerzu nach ihr, um sie fortzuwischen.‹ Marie konnte sich nicht an ihre Haarsträhne erinnern. Nur an ihren ersten Kuss, mit dem sie ihm ohne Worte gezeigt hatte, was sie für ihn empfand. Sie musste ihn später mit einer Woche Hausarrest bezahlen, ihr Vater ließ ihr unerlaubte Ausflüge nicht so leicht durchgehen wie Gesine. Gesine wählte ihre Bestrafung, indem sie eine Woche lang ausdauernd den verlorenen Hut beweinte.

Victor von Marbach stoppte sein Pferd vor dem Haus am Bornberg. Ein Junge, der an der Hausecke herumlümmelte, sah ihn misstrauisch an.

»Hast du noch nie einen Edelmann gesehen? Pass auf, sonst holt er dich!« Von Marbach lachte.

Der Junge erstarrte, konnte sich aber nicht losreißen. Für Edelmänner zur Verfügung zu stehen versprach meist ein lohnendes Geschäft. Und tatsächlich, der Mann zog eine Münze aus der Tasche und ließ sie zwischen Daumen und Zeigefinger in der Sonne blitzen.

»Die verdienst du dir, wenn du auf mein Pferd aufpasst.« Er reichte dem Jungen die Zügel. Für die Aussicht auf ein paar Münzen verkauften sie ihre Seele. Von Marbach wandte sich angewidert ab.

Er sah zur Mansarde hinauf. Brückners Fenster standen offen. Dann wird er daheim sein, dachte von Marbach. Er hatte einen Beutel Münzen für ihn dabei.

Brückner zählte zu von Marbachs verlässlichsten Geschäftspartnern. Für ihn war kein Weg zu weit, keine Mühe zu groß. Von Marbach machte wirklich gern Geschäfte mit ihm. Bald schon würde er Brückner die Möglichkeit zu weit größeren Verdiensten eröffnen. Aber noch war es nicht so weit. Noch galt es, die Reihe der Mitwisser auf die wenigen Dummköpfe zu beschränken, die er bislang hatte. Solange sie ihren Alkohol bekamen, fraßen sie ihm aus der Hand. Und wer schlug schon die Hand aus, die einen fütterte?

Von Marbach bewegte die Türklinke und trat in den engen Hausflur, in dem sich die abgestandene Luft mit dem Geruch von gekochtem Kohl mischte.

Es klopfte. Brückner stand so plötzlich von seinem Schreibpult auf, dass sein Stuhl polternd umfiel. Er sah zu Marie. Ihr Gesicht verlor jegliche Farbe. Er wies mit dem Arm zur Stellwand, die den Waschplatz vom übrigen Raum abtrennte.

Marie verstand und eilte dahinter, während es abermals klopfte.

Brückner öffnete die Tür.

Von Marbach nahm seinen Hut ab. »Mein lieber Brückner, Sie erwarten mich sicherlich sehnlichst, oder täusche ich mich?« Er schlenderte zum Tisch, um dort achtlos seinen Hut fallen zu lassen. »Verzeihen Sie mir, dass ich nicht schon gestern bei Ihnen war. Sie sind derart zuverlässig, und ich bin das genaue Gegenteil – auf den ersten Blick unverzeihlich. Doch gab es gute Gründe, sehr gute Gründe; Sie werden Sie sicherlich schon bald interessieren, mein lieber Brückner. Doch heute verrate ich noch nichts!« Von Marbach strahlte Brückner an.

»So guter Dinge, Herr von Marbach? Es fällt mir schwer, meine Neugier zu zügeln.«

»Das kann ich mir denken«, von Marbach lachte.

»Darf ich Ihnen etwas zu trinken anbieten?« Brückner schaute sich um und griff nach einer angebrochenen Flasche Wein. »Es ist nicht viel, doch wenn Sie damit zufrieden sein wollen?«

Von Marbach zog einen kleinen Münzbeutel aus der Tasche und hielt ihn Brückner hin. »Hier, damit Sie Ihre Gäste künftig richtig bewirten können. Was mich betrifft – ich werde nun gehen.« Von Marbach überreichte Brückner den Beutel und griff seinen Hut. Dabei fiel sein Blick auf das mit Noten verzierte Blatt. Von Marbach stutzte.

»Sagen Sie, Brückner, versuchen Sie sich neuerdings auch in der Musik?«

Brückner sah Maries verräterische Aufzeichnungen. »Ähm ... ja, schon, manchmal.«

»Und, was soll es werden? Eine Sonate? Ein Menuett?«

»Ich ... ähem ... ich weiß gar nicht.«

Von Marbach entging nicht, wie Brückners Ohren rot wurden. Er lügt, dachte von Marbach. Er sah sich nun interessiert um. Unter der Stellwand lugte der Saum eines Kleides hervor.

Dieser Tunichtgut! Versteckt hier ein Weibsbild, lachte von Marbach in sich hinein. Er drehte sich zur Tür.

Dann fiel ihm der Damenhut auf, der am Türhaken hing. Ein wirklicher Damenhut, nichts für ein einfaches Mädchen. Wenn ich mich nicht täusche, französischer Stil; dazu ein paar hingekritzelte Noten.

»Ach, Brückner?« Langsam drehte er sich zum Dichter um. Beide sahen sich wachsam an. »Mir fällt da doch noch was ein.«

Brückner zwang sich ein Lächeln auf sein Gesicht. »Ich höre?«

»Ein kleiner Auftrag, aber sehr lukrativ. Sie werden nicht lange fort sein, nur ein oder zwei Tage. Im Jenaer Umland wartet ein Freund auf eine äußerst wichtige Botschaft von mir. Ich werde Ihnen diesen Botengang reichlich entlohnen, sollten Sie mein Vertrauen nicht enttäuschen. Wollen Sie?«

»Selbstverständlich, Herr von Marbach.«

»Gut, dann finden Sie sich heute Abend um neun Uhr an der Wasserpforte ein. Ein Mann wird dort auf Sie warten und Ihnen weitere Instruktionen erteilen.«

»Natürlich, ich werde da sein.«

»Ich verlasse mich auf Sie!« Dann tippte von Marbach sich an den Hut und verschwand.

Dennfelder ging unruhig auf und ab und spähte hin und wieder durch die Latten des Verschlags, den er zurzeit sein Zuhause nannte. Wann kamen sie denn endlich? Er sah auf seine Taschenuhr, die seit seiner Entführung nicht mehr richtig funktionierte. Hatte er ihnen denn nicht klar gemacht, wie wichtig dies alles war? Dennfelder fluchte. Wenig später sah er sie den Bornberg runterkommen.

Warum stützte Friedemann Lambrecht? Was ist los? Ach, wenn er nur selbst tätig werden könnte! Seit er von den Behrmanns zurück war, musste er hier tatenlos herumsitzen und sich ganz seinen Gedanken überlassen. Es war aber auch seine Schuld. Warum hatte er Friedemann nicht gebeten, auf ihn zu warten? Kurz bevor sie bei ihm waren, lief er ihnen ungeduldig entgegen.

»Herr Dennfelder, Herr Dennfelder, Herr Lambrecht ist zusammengebrochen!«

Auch das noch, dachte Dennfelder und eilte zu seinem treuen Hausdiener. »Kommen Sie, Lambrecht, ich stütze Sie!«

»Fassen Sie mich nicht an!«, Lambrecht versuchte, sich gegen seine Hilfe zu wehren, Dennfelder griff ihm jedoch entschlossen unter die Schulter, um ihn den Rest des Weges zu stützen. Lambrecht gab seinen Widerstand auf.

Im Verschlag half Dennfelder ihm auf das provisorische Bett. »Sie haben abgenommen, Lambrecht.«

»Das können Sie gar nicht wissen.« Lambrecht mühte sich, sich aufzurichten, wurde jedoch von Dennfelder wieder auf das Lager gedrückt. Lambrecht zog resigniert einen Brief aus seiner Weste und hielt ihn Dennfelder entgegen.

»Von wem ist er?« Dennfelder schnappte nach dem Papier und riss ihn ungeduldig auf. Während er las, erblasste er.

»Ist etwas Schlimmes passiert, Herr Dennfelder?«, Friedemann trat ungeduldig von einem Bein auf das andere.

»Friedemann, das ist ungezogen. Hat man dir denn keinerlei Manieren beigebracht?« Lambrechts Rüge klang kraftlos, dennoch zeigte sie Wirkung. Friedemann lief rot an und hockte sich auf den Boden.

Dennfelder ließ den Brief sinken. »Er ist von Gotthard Heinrich. Marie ist nicht mehr bei ihnen. Sie ist weggelaufen. In der Nacht zum Dienstag.«

Der Junge hörte Dennfelder aufmerksam zu. Er hatte in letzter Zeit viele schlechte Nachrichten verkraftet, da verblüffte ihn diese auch nicht mehr. Erst wurde Dennfelder entführt. Dann sollte es laut dieser Liste der Französin, von der alle Welt sprach – die älteren von den Jungs sogar mit verliebten Augen – an den Kragen gehen. Doch Dennfelder hatte sie noch rechtzeitig davor bewahrt.

Und nun war sie weggelaufen! Auf und davon. Und er, Friedemann, sollte sie finden! Und gleichzeitig ein Auge auf die Mansarde vom Brückner haben.

Und von Marbach war nach Ansicht Dennfelders auch in das Ganze verwickelt. Friedemann sollte ihm aus dem Weg gehen. Dabei fand er ihn doch so ganz nett!

Deshalb wollte Dennfelder nun zum alten Gut der von Marbachs. Allein.

Voller Tatendrang und stolz darauf, dass Dennfelder ihm so viel Verantwortung übertragen hatte, machte er sich auf den Weg, seine Aufgaben zu erledigen. Zuerst wollte er die anderen Kinder suchen. Sie mussten ihm bei der Überwachung der Dichterwohnung helfen. Oder sollte er lieber erst den Brief in Sicherheit bringen, den Dennfelder ihm noch zugesteckt hatte? Wenn Friedemann Marie Malo ausfindig machte, sollte er den Brief zu Frau Behrmann bringen. Er durfte ihn auf keinen Fall verlieren.

Lambrecht hatte sich schwer atmend aufgerichtet. »Sie muten ihm sehr viel zu. Er ist doch noch ein Kind.«

Dennfelder, der halb im Eingang stand und Friedemann hinterher sah, wie er loszog und davonlief, wendete den Kopf zu Lambrecht. »Ich war auch jung, als ich mein Leben in die Hand nehmen musste. Es wird ihm nicht schaden.«

Lambrecht grunzte zur Antwort.

»Was, Lambrecht? Sollte ich etwa Sie schicken? Sie haben genug mit sich zu tun. Ich hätte Sie nicht hierher kommen lassen sollen. Wenn ich nur gewusst hätte, wie ernst es um Sie steht.«

Lambrecht winkte ab.

»Es ist gut so, wie wir es mit Friedemann verabredet haben. Er hat viele Freunde, die nach Ihnen sehen werden. Es wird Ihnen gut gehen – mir ging es auch nicht schlecht.« Dennfelder sah, wie sein Diener missmutig die Lippen zusammenpresste. Er akzeptierte die Verabredung zwar, hieß sie aber nicht gut. »Wie wollten Sie denn wieder in die Stadt gelangen, Lambrecht? Sollte *ich* Sie etwa nach Hause geleiten? Sie wissen, dass das nicht geht.«

Dennfelder hätte Lambrecht auch lieber in Herthas Obhut gewusst. Sie hätte sich um sein Wohlergehen gekümmert und sicherlich die beste Brühe für ihn gekocht. Er sah seinen treuen Diener besorgt an. Lambrecht hatte ihm nach langem Drängen endlich die Diagnose des Arztes gestanden. »Nur Mut, Lambrecht. Ich halte Friedemann sogar für schlau genug, dass er einen Weg findet, Sie nach Hause zu bringen; ohne seine jugendlichen Knochen ein weiteres Mal zu verbiegen.«

Lambrecht schwieg zu alledem.

Dennfelder sah sich um, nahm das Bündel mit dem Brot und die Weinflasche, die Lambrecht und Friedemann ihm gebracht hatten. »Also, Sie wissen Bescheid. Wenn ich bis morgen Abend nicht wieder bei Ihnen bin, alarmieren Sie Niemer.«

Als Weiland von einer heimlichen Befragung zurückkehrte – er hatte eine warme Mahlzeit bei sich zu Hause vorgeschoben –, stellte er mit Erleichterung fest, dass Niemer seine Revolte beendet hatte. Die verwüsteten Akten hatte er, so gut es ging, wieder auf seinem Schreibtisch aufgestapelt. Er war gerade dabei, eine Neue zu beschriften.

»Weiland, hat es denn gemundet? Sie waren ziemlich lange unterwegs! Wollte Sie schon als vermisst melden. Hoffentlich war das Essen wenigstens meine Sorge wert?«

Weiland grinste. Zumindest hatte Niemer seinen Humor zurückgewonnen. »Allerdings! Ich werde den ganzen Tag nichts mehr brauchen.« Weiland hoffte, dass Niemer sein Magenknurren nicht hören würde.

Niemer richtete seinen Stuhl auf Weiland aus. »Setzen Sie sich, Weiland, setzen Sie sich.«

Weiland nahm seinen Hut ab und tat, wie ihm geheißen. Was hatte Niemer sich nun schon wieder ausgedacht?

Niemer überkreuzte seine Beine, seine Fußspitzen wippten ungeduldig. Er grinste Weiland breit an. »Weiland, stellen Sie sich vor, es gibt Neuigkeiten!«

Niemer konnte nicht anders, er musste diesen Moment des Ruhms auskosten. Er ließ Weiland an der Angel zappeln wie einen Fisch, über den der Angler noch nicht entschieden hatte, ob er ihn überhaupt behalten wollte.

Für den Anfang gefiel Niemer Weilands Blick – natürlich stand ihm die Frage ins Gesicht geschrieben! Doch was Niemer noch viel besser gefiel, war die Unsicherheit, die aus Weilands Augen sprach. Und wenn er genau hinsah, konnte er sogar eine Prise Unwohlsein erkennen. Geschieht dir recht!, frohlockte Niemer. Künftig konnte Weiland auf seinen mitleidigen Blick verzichten, den er sich ihm gegenüber seit Desdemonas Tod angewöhnt hatte. Er, Niemer, hatte kein Mitleid, sondern Respekt verdient!

»Weiland, was soll ich sagen? Von Fritsch ist zur Vernunft gekommen! Die Leichen des Mädchens und des Malers haben sich auch auf seiner Liste zu einer weitreichenden Erkenntnis addiert. Seine Behauptung, die Leiche des Professors sei ein gewöhnlicher Raubmord und Katharina von Burlitz habe den Freitod gewählt, ist ins Wanken geraten. Die Verbindung zwischen dem tragischen Schicksal von Hermine Behrmann und den Morden ist für ihn allerdings immer noch indiskutabel.«

Niemer lachte spöttisch auf. »Er ließ mich wissen, dass er nach wie vor nicht an Versteckspielchen mit herausgerissenen Landkarten und zufällig im Gras liegenden Klaviertasten glaube. Nun ja, es ist ja auch nicht seine Aufgabe, die Zusammenhänge zu erkennen.«

Niemer sprang auf. »Nachdem er das Verschwinden des französischen Fräuleins nur als Unbeständigkeit der jungen Leute abtat, gibt ihm das unauffindbare Fräulein Sellheimer hingegen doch zu denken. Doch interessiert uns nur eines an seinem Meinungsumschwung: Er hat die notwendigen Mittel zur Aufklärung des Falles erneut freigegeben. Und was noch besser ist: Wieviele Mittel notwendig sind, bestimme allein ich.«

Niemer sah Weiland strahlend an. »Nun, Weiland? Das klingt doch so, als stünde bald eine Beförderung ins Haus. Nach all den Jahren, Weiland! Und da springt auch etwas für Sie raus! Denn wenn ich meinen Platz räume, so raten Sie mal, wen ich empfehlen werde?« Niemer stand die Freude ins Gesicht geschrieben.

Da Weilands Reaktion ihn etwas enttäuschte – er hatte doch mehr Enthusiasmus von ihm erwartet – stierte er aus dem Fenster. Nach einer Weile sagte er: »Weiland, es würde mich nicht wundern, wenn neben der wertvollen Einsicht auch von Fritschs Freundschaft zu Fräulein Sellheimer ein wenig zu dessen Meinungsumschwung beigetragen hat.«

Selbst Dichter waren berechenbar. Pünktlich verließ der Schreiberling sein Domizil und schlug den Weg zur Wasserpforte ein.

Geld macht doch immer noch jeden gefügig, dachte von Marbach und sah zur Mansarde empor. Sein Versteck war günstig gewählt, er konnte die Fenster sehen und dennoch nicht gesehen werden. Einzig die Betteljungen waren lästig. Kinder waren in jeder Hinsicht nutzlos. Ihre Schädel waren noch nicht endgültig ausgeformt. Sie alle besaßen den wankelmütigen Charakter, den man von abhängigen Wesen erwartete. Sie rangierten für seinen Geschmack auf der gleichen Ebene wie Tiere. Nach einem weiteren abschätzigen Blick auf die verwahrlosten Kinder spähte er wieder zum Fenster. Kein Zweifel, es war die Französin, die ihr Gesicht ans Glas presste und Brückner hinterher sah.

Von Marbach freute sich darauf, die weiße Haut zu berühren, die sich um ihren Schädel spannte. Zu erforschen, ob er mit seinem Verdacht richtig lag, dass in dieser Person mehr Überlebenstrieb steckte als in ihren Vorgängern. Und wieder zeigte sich ihm das Glück hold. In dem Moment, als er überlegte, wie er ins Haus gelangen sollte, wurde die Tür geöffnet und ein offenbar betrunkener Mann stolperte hinaus. Sein nachlässig geflickter Gehrock verfing sich an der Türklinke und von Marbach kam nur zu gerne herbei, um den armen Tropf zu befreien. Dieser lallte etwas, das wie ein »Danke« klang und wankte an ihm vorbei.

Von Marbach schlüpfte ins Haus. Als er vor der Tür des Dichters stand, klopfte er. Stille, wie sie vollkommener nicht sein konnte.

»Fräulein Malo, ich soll Grüße von Herrn Brückner bestellen. Er bat mich, Ihnen etwas zu Essen zu bringen.«

Von Marbach lauschte angestrengt. Er meinte, zaghafte Schritte zu vernehmen, die sich in einem winzigen Knacken der altersschwachen Dielen ausdrückten.

»Zaudern Sie nicht. Er hat mich eingeweiht. Sie müssen hungrig sein.«

Der winzige Spalt, der sich vor ihm auftat, genügte, um die Tür vollends aufzudrücken. Erschrocken wich die zierliche Frau in den Flur zurück und starrte mit geweiteten Augen auf seine Hände, die nur ein Taschentuch, nicht aber einen Korb mit Nahrung trugen. Mit dem Fuß stieß von Marbach die Tür ins Schloss und hob beide Hände.

»Ich war nicht ehrlich zu Ihnen. Aber ich habe mein Ziel erreicht«, sagte er und lächelte sie entwaffnend an.

Dann sah er unvermittelt etwas auf sich zufliegen und

duckte sich. Dennoch traf ihn der geworfene Stiefel an der Stirn. Sie holte erneut aus. Dieses Mal jedoch war er vorbereitet und fing das Schuhwerk ab. Er musterte es kurz. Die Sohle des Stiefels wies zahlreiche Löcher auf und das Leder war brüchig. Mit einem Schnauben warf er ihn weg.

Die Französin hatte die kurze Ablenkung genutzt und war schon fast am Fenster. Von Marbach stürzte sich auf sie, rang sie zu Boden und hielt ihre Finger fest, die zu Klauen gekrümmt waren und nach seinen Augen zielten. Sie besaß viel Kraft in den Händen, was wohl an ihrem Beruf lag, und es kostete ihn einige Mühe, die tobende Frau zu bändigen. Ein gequältes Wimmern drang aus ihrem halb geöffneten Mund. Von Marbach vergewisserte sich, dass seine Knie auf ihren Handgelenken ruhten und öffnete den Verschluss der Tasche. Mit den Zähnen zog er den Korken aus der Flasche, gab acht, nichts von der Flüssigkeit in den Mund zu bekommen und tränkte großzügig das Taschentuch mit dem betäubenden Saft. Fest presste er es der Französin auf Mund und Nase, wandte das Gesicht ab, um keine Dämpfe einzuatmen und spürte, wie die Gegenwehr allmählich erlosch. Er überprüfte Puls und Atmung, dann hüllte er die Schlafende in ihren Mantel, zog ihr die Kapuze fest um das Gesicht und warf sie sich über die Schulter.

Nur zur Sicherheit tat er so, als würde er mit ihr sprechen, als er die Straße betrat. Bis zu seiner Kutsche waren es nur wenige Schritte.

»Ich habe dir gesagt, du sollst nicht so viel trinken. Nun habe ich die Bescherung«, sagte er in einem missbilligenden Ton. Die Kinder hatten sich neben seinem Pferd zusammengerottet.

»Macht, dass ihr wegkommt.«

Die Jungs raunten sich etwas auf einer Fantasiesprache zu und traten widerwillig zur Seite, als von Marbach nach der Reitgerte griff und sie scheinbar ziellos durch die Luft zischen ließ. Er setzte die bewusstlose Marie auf den Kutschbock. Ohne sie loszulassen, hockte er sich neben sie, legte ihren Oberkörper auf seinem Schoß ab und fuhr davon.

22

Niemer hätte Weiland küssen können, als er von seinen erneuten Erkundungen aus dem ›Erbprinzen‹ mit dem Taschentuch zurückkam – obwohl es ihn wurmte, dass er selbst es übersehen hatte. Doch darüber wollte er großzügig hinwegsehen, schließlich gab es endlich eine neue Spur. Und die führte zum Bornberg: ein gewisser Manuel Brückner, der dort als Dichter eine Mansarde gemietet hatte.

Ein kleiner Vers, mit dem Ziel gereimt, das Herz einer Dame namens Marie zu erweichen, war auf das Tuch gekritzelt. Dazu der Ort eines Stelldicheins.

Niemer hatte in diesem Fall schon zu viele Taschentücher gesehen, als dass er den Zusammenhang zu Marie Malo nicht sah. Weiland hatte etwas zu vorlaut angemerkt, dass der Verfasser doch seine Adresse dazugeschrieben hätte und somit als Verdächtiger ausscheide. Doch Weiland war offensichtlich immer noch grün hinter den Ohren. Erstens war dieser miese Reim nicht das Werk eines Dichters und zweitens beherbergte die Adresse keinen dauerhaften Wohnsitz.

Niemer kannte die Adresse. Das Haus gehörte der Witwe Kraus, die ihre Zimmer gern an Mieter vergab, die nur kurze Zeit in Weimar weilen wollten. Für Niemer war die Sache klar: Er brauchte nur ins Haus am Bornberg zu gehen und sich nach einer neuen Spur umzusehen, die ihn schon bald zu Manuel Brückner alias Adrian Dennfelder führen würde.

Weiland ließ er über seine Vermutungen im Unklaren.

Friedemann schürzte die Lippen und sah dem Davonreitenden hinterher.

»Die Frau far tot, oder?«, fragte Gabriel, der eine gespaltene Oberlippe hatte. Er nuschelte stark, aber sie hatten sich daran gewöhnt.

»War sie nicht. Sie hat doch noch geatmet«, gab Friedemann zurück.

»Trotzdem müssen wir's melden«, krähte das einzige Mädchen in der Runde. Sie zerrte aufgeregt an ihrem Zopf.

»Ich bin auch dafür. Das ist genau das, weswegen wir hier sind.«

»Die tun unß in dunkle Kerker und wir sehen nie fieder das Tageßlicht«, unkte Gabriel.

»Nur über meine Leiche«, schloss sich ein weiterer Junge an.

Friedemann trat dicht an ihn heran. »Das kannst du bald haben. Denk doch mal an unsere Freunde, denen man die Zunge rausgerissen hat. Willst du ewig Angst haben?«

»Wenn du zur Polizei willst, bitte sehr. Aber ohne mich«, sagte Gabriel und verschränkte die Arme vor der Brust.

»Still! Die Polizei ist da«, raunte Friedemann und wandte sich den beiden Männern zu, die gerade um die Ecke bogen.

»Friedemann, was machst du denn hier?«, posaunte Niemer.

Die anderen wichen so schnell vor Friedemann zurück, als sei er von einer Katze angepinkelt worden.

Niemer schien sich aber nicht weiter dafür zu interessieren, warum Friedemann hier war. »Ihr kennt euch doch aus. Hier soll ein Manuel Brückner wohnen. Er ist ein Dichter. Wenn auch kein bekannter. Kennt ihr ihn vielleicht?«

Friedemann deutete mit dem Finger auf die Fenster des obersten Stockwerks. Gleichzeitig nahm er aus dem Augenwinkel wahr, dass die Tür des Verschlags einen Spalt weit offen stand. Als er sah, dass Niemer und Weiland empor blickten, machte er eine warnende Geste. Die Tür ging wieder zu.

»Ob ihr etwas beobachtet habt?«, wollte Niemer wissen. Die anderen Kinder schwiegen, scharrten mit den Füßen im trockenen Lehm der Straße und warfen sich vielsagende Blicke zu. Das Mädchen zerrte wieder an ihrem Zopf, das fleckige Band löste sich und segelte zu Boden.

»Ich schenke dir ein neues, wenn du mir hilfst«, sagte Weiland und überreichte ihr das alte Stück Stoff so feierlich, als handle es sich um kostbaren Schmuck. Das Mädchen schloss die Faust um das Zopfband und sagte: »Der Mann hat nämlich die Frau mitgenommen. Und die war nicht tot, sagt Friedemann.«

Friedemann knuffte sie in die Seite und verfluchte sich dafür, das Mädchen nicht weggejagt zu haben.

»Der Dichter hat eine Frau mitgenommen? Das macht keinen Sinn«, dachte Weiland laut nach.

Niemer sah in das Gesicht des Jungen und entdeckte dort Anzeichen eines schlechten Gewissens.

»Weiland, wir schauen uns in der Wohnung mal um. Ihr wartet hier.« Er sah die Kinder ernst an, machte auf dem Absatz kehrt und steuerte die Haustür an.

Weiland folgte ihm. Die Tür der obersten Wohnung war unverschlossen. Niemer brauchte einen Moment, bis sich seine Augen an das Zwielicht im dunklen Flur gewöhnt hatten. Er stieg über einen löchrigen Stiefel hinweg und gelangte in den Raum, den der Dichter wohl seine Schreibstube nannte.

Auf dem Tisch lagen einige Bögen Papier. Er griff nach dem obersten Blatt. Notenlinien und einige Musikzeichen deuteten auf eine kleine Komposition hin. In diesem Augenblick schrie Weiland auf. Niemer ließ vor Schreck das Blatt fallen und drehte sich um.

Erst zuckten nur seine Mundwinkel, dann kicherte er, schließlich brach Niemer in wohltuendes Gelächter aus, das in einem Hustenanfall gipfelte. Weiland hatte einen Hut auf, wie er einem jungen Fräulein gut zu Gesicht stehen würde. Weilands Pausbacken traten unter der zarten Kopfbedeckung nur noch runder hervor und seine buschigen Augenbrauen bildeten einen starken Kontrast zur fein abgesetzten Hutkrempe. Weiland tat empört, nahm den Hut ab und wartete, bis Niemer sich erholt hatte.

»Dem Dichter steht dieser Hut sicherlich so famos wie mir. Ich denke, wir haben hier ein erstklassiges Indiz gefunden.«

»Sieht so aus«, sagte Niemer und schnappte nach Luft. »Das zweite Indiz liegt am Boden, weil Sie Unhold mich mit Ihrem Anblick so erschrecken mussten.«

Weiland hob bezeichnetes Indiz auf und versuchte den Noten einen Sinn abzugewinnen. Schulterzuckend reichte er das Blatt an Niemer weiter.

Der Rundgang durch die Wohnung währte nur kurz, um zu sehen, dass sie verlassen war. Lediglich ein Stück frisches Brot mit Bissspuren zeugte davon, dass sich vor Kurzem noch jemand in den Räumen aufgehalten hatte.

Die Kinder hatten sich nicht von der Stelle gerührt. Niemer wandte sich direkt an Friedemann, da er ihn als gescheiten Jungen in Erinnerung hatte. »Weißt du, wie der Dichter aussieht?«

»Ja.«

»War der Mann, der die Frau mitgenommen hat, der Dichter?«

»Nein.«

»Der hat dunkle lange Haare gehabt und sah sehr reich aus«, meldete sich das Mädchen zu Wort.

»Dann war es auf keinen Fall der Dichter«, sagte Weiland und grinste.

»Und die Frau, wie sah sie aus? Das ist wichtig«, sagte Niemer ruhig.

»Viel war von der nicht zu sehen. Die hatte einen Mantel mit einer Kapuze an.«

»Um feine Fuhe«, sagte der Junge mit der Hasenscharte.

»Wie bitte?«, fragte Niemer.

»Und geatmet hat die«, fügte das Mädchen hinzu.

»War sie groß oder klein?«

»Groß«, sagten alle Kinder unisono.

»Und der Mann?«

»Noch größer«, kam die gleichzeitige Antwort.

»Es ist sinnlos, Kinder nach der Körpergröße von Erwachsenen zu fragen«, tat sich Weiland hervor.

Niemer knurrte, musste ihm allerdings insgeheim recht geben.

»Aber das Pferd vor der Kutsche, das war am größten«, sagte das Mädchen ehrfürchtig.

»Er ist also weggefahren. In welche Richtung?«

Die Kinder deuteten mit den Fingern auf den nördlichen Stadtteil.

Niemers Kopf ruckte zu Friedemann herum. »Warum beißt du dir auf die Lippen? Verschweigst du uns etwas?«

Friedemann schüttelte vehement den Kopf. Weiland strich ihm über den Kopf. »Du bist ein ganz Ehrlicher.«

Friedemann errötete.

»Wenn ihr den Dichter seht, sagt ihm doch bitte, er möge sich bei uns melden. So schnell es geht.«

Die Kinder nickten eifrig.

Weiland schaute missmutig zur Turmuhr der Stadtkirche hinauf, als sie den Töpfenmarkt Richtung Wachstube überquerten. Die Zeiger konnte er in der Dunkelheit nicht erkennen, doch schlug die Glocke gerade die halbe Stunde. Es musste halb elf sein. Wie es aussah, würde der Inspektor ihn heute nicht mehr nach Hause gehen lassen, so sehr war er von dieser fixen Idee beseelt, dass der Dichter der Mörder sei. Weiland wurde aus Inspektor Niemer nicht schlau. Er schien so siegesgewiss, dabei hatten sie doch nichts außer einem Damenhut, ein paar unvollendeten Gedichten und einer hingeschmierten und offensichtlich verworfenen Komposition in der Hand.

Weiland hatte seine Meinung zur Entführung kundgetan, die die Kinder beobachtet haben wollten. Er kannte die Dichter. In Weimar liefen genug von diesen Selbstberufenen herum. Sein eigener Bruder gehörte dazu. Ständig wollten sie sich entweder umbringen oder die Liebste entführen, das schien Teil ihrer romantischen Natur zu sein. Und wenn so eine vermeintlich romantische Tat, wie sie hier offenbar stattgefunden hatte, außerdem noch aus dem Kindermund geschildert wurde, lag auf der Hand, dass deren Fantasie zusätzlich ihre Blüten trieb. Niemer und er sollten dem nicht allzu viel Gewicht beimessen. Doch davon wollte Niemer nichts hören. Er hatte sich in Dennfelder festgebissen, von dem er glaubte, er tarne sich als Dichter.

Wachmann Grobschrot schob den aufgeregten Mann wieder zurück in das angrenzende Zimmer, das sie meist als kurzfristige Arrestzelle nutzten. »Der Inspektor Niemer wird Ihnen bestimmt bald zur Verfügung stehen, Herr Malo. Bleiben Sie bitte, wo Sie sind, ich kann im Moment wirklich nicht mehr für Sie tun.«

Als er die Tür ins Schloss zog, verdrehte er die Augen. Er übernahm gern die Nachtschicht in der Wachstube, aber unliebsamen Besuch konnte er nicht ausstehen. Immer war es dasselbe, jeder nahm sich selbst viel zu wichtig. Schlimm genug, dass der Inspektor nicht nach Hause ging.

Grobschrot schlurfte zu seinem Stuhl zurück und ließ sich schwerfällig hineinsacken. Er kratzte sich noch kurz an einer juckenden Stelle hinter seinem Ohr, brachte sich dann, so gut es ging, in eine gemütliche Position, faltete die Hände vor seinem Bauch und senkte, von einem großen Seufzer begleitet, seine Augenlider.

Im nächsten Moment hörte er Niemers grollende Stimme von der Straße. Mit einem »Es bleibt einem aber auch gar nichts erspart« trennte sich Grobschrot von seinem Vorhaben, seine Arbeitszeit wie üblich mit einem Nickerchen zu verbringen, und richtete sich auf.

»Wir können heute doch nichts mehr ausrichten. Außerdem, wen sollte ich befragen?«, Weiland trat hinter Niemer in die Wachstube.

»Weiland, langsam zweifle ich an Ihren Absichten, einmal in meine Fußstapfen treten zu wollen.«

Weiland verdrehte die Augen hinter Niemers Rücken, der schon fast in seinem Büro verschwunden war.

Doch Grobschrot hielt ihn an seiner Schulter auf. »Inspektor Niemer, ein Herr wartet auf Sie.«

»Was soll das, Grobschrot, Sie unflätiger Kerl!« Niemer drückte den Wachmann zur Seite. »Haben Sie denn nichts zu tun?«

»Ein Herr wartet auf Sie«, wiederholte sich Grobschrot. »In der Arrestzelle.«

Niemer kratzte sich am Kopf. »Ach, wenn das so ist? Ich hoffe, es ist ein feiner Herr. Für Gesinde habe ich heute nämlich keine Zeit.«

»Ich glaube nicht, dass ich zum Gesinde zähle«, hörte Niemer zuerst die Stimme des Mannes, der aus der benachbarten Kammer trat. Dann sah er den Herrn. Er trug einen Rock aus grauem Garn über einer blassgelben Weste, dazu dunkelgraue Beinkleider, die in maßgeschneiderten Lederstiefeln steckten. Edel und doch dezent, fand Niemer. Er war beeindruckt. Sein Blick glitt über seinen eigenen abgenutzten schwarzen Rock und er gab sich für einen kurzen Moment der Idee hin, im Falle der Beförderung seinen Schneider mit der Anfertigung einer solchen Kombination zu beauftragen. Ein Knuff in die Seite brachte ihn zurück in die Wirklichkeit. Er bedachte Weiland mit einem erbosten Blick. Eine mündliche Rüge würde er ihm später erteilen. Dann ließ er dem Mann mit dem akkurat gestutzten Vollbart den Vortritt in sein Zimmer. Weiland winkte er hinter sich her.

»Gestatten, Oberinspektor Niemer. Und das ist meine rechte Hand, Unterinspektor Weiland. Was kann ich für Sie tun, Herr …?«, waren die letzten Worte, die Grobschrot hörte, bevor sich die Tür zu Niemers Büro schloss.

Grobschrot stieß erleichtert die Luft durch seine Zähne. Na, das war ja noch mal gut gegangen. Er hatte schon befürchtet, er müsse das Protokoll schreiben. Er gähnte herzhaft und schlurfte zu seinem Stuhl zurück.

Als sich die Tür zum Büro nach einer guten halben Stunde wieder öffnete, fand Niemer Grobschrot schlafend vor. Wieder einmal, dachte Niemer grimmig und griff nach dem Wasserkrug, der auf dem Schreibtisch stand. Mit einem Schwall übergoss er den nichtsnutzigen Wachmann.

»Was ... ich ... oh, Herr Niemer ...«, stieß Grobschrot erschrocken aus. Das Wasser rann ihm über die Haare und in den Kragen und hinterließ außerdem eine Pfütze auf dem Boden. Er versuchte, sich schleunigst aus seinem Sitz zu erheben, kam jedoch auf den nassen Dielen ins Rutschen. Als Niemer sich laut räusperte, nahm er schließlich Haltung an.

»Grobschrot, Sie begleiten Herrn Malo zum Schwanen.«

»Sehr wohl, Herr Inspektor Niemer. Wie Sie wünschen.«

»Und? Wer hatte nun recht, Weiland?« Niemer blickte seinen Gehilfen angriffslustig an.

»Ich gebe zu ...«

»Ha! Sie geben zu! Sie brauchen nichts zuzugeben. Kommen Sie, Weiland, Adrian Dennfelder hat Marie Malo entführt, genau, wie ich es gesagt habe.«

»Sie konnten aber nicht wissen, dass Herr Malo hier erscheint und schon gar nicht, dass er den Hut als den seiner Tochter erkennen würde«, erwiderte Weiland ebenso angriffslustig.

»In der Polizeiarbeit handelt man nicht nach Wissen, Weiland, man braucht das richtige Gespür!«

Weiland kniff die Lippen fest zusammen. In seinen Augen hatte Niemer lediglich ein glückliches Händchen bewiesen.

»Jetzt knöpfen wir uns aber nochmal den Jungen vor, Weiland. Ich weiß, dass unser Friedemann noch etwas auf dem Herzen hat.«

Das wird man sehen, dachte Weiland.

Die beiden Männer in den abgewetzten Hosen und den dreckbeschmutzten Baumwollhemden blieben stehen, als sie das leise Knarzen einer sich öffnenden Tür hinter sich hörten. Sie drehten sich um. Ein schwacher Lichtschein erhellte die Nische, die zu einem Verschlag führte; dann erschien ein gebeugter Mann auf der Straße, der zitternd eine Kerze in der Hand führte. Er sah die beiden Männer aus aufgerissenen Augen an, schien etwas sagen zu wollen, doch kam nur ein erstickter Laut aus seinem geöffneten Mund.

»Komm, Werner, lass uns abhauen«, flüsterte der Kleinere.

»Nein, warte mal, ich kenne den.« Werner machte einen Schritt auf den Mann zu, der seine freie Hand an sein Herz presste, immer lauter röchelte und sich mehr und mehr krümmte. Werner entwendete ihm ohne Probleme die Kerze und hielt sie ihm vor das Gesicht. »Ja, sicher. Du bist doch der Mann, der unbedingt seinen Kopf verkaufen wollte, stimmt's?«

Der Mann stierte ihn nur an, sein Gesicht war vor Schmerzen verzogen, seine Stirn in Schweiß gebadet. Er versuchte, Werners Arm zu greifen, doch blieb sein verkrampfter Versuch erfolglos.

»Werner, der ist komisch. Lass uns weg von hier.«

»Nein. Siehst du denn nicht, dass er gleich tot ist?«

Augenblicke später kippte der Mann zur Seite und blieb reglos liegen.

»Mit Verlaub, Inspektor Niemer, wir können uns keinen weiteren Verzug erlauben. Der Junge weiß nichts«, raunte Weiland seinem Vorgesetzten zu. Friedemann, der eingeschüchtert auf dem Stuhl saß, die Hände unter die Oberschenkel geklemmt, hob ein wenig den Kopf und schielte zu den beiden Polizisten hinüber.

»Sie lassen sich blenden, Weiland. Ich kenne den Unterschied zwischen Unwissen und einem schlechten Gewissen. Die Angst steht ihm doch ins Gesicht geschrieben.« Niemer beobachtete den Jungen mit gespitzten Lippen. Seine Hände hielt er dabei vor der Brust, seine Finger trommelten aufeinander. Weiland musste sich umdrehen, um Friedemann anzusehen. Er konnte nichts in seinem Gesicht lesen außer der Furcht vor einem starrsinnigen Inspektor, der einer fixen Idee nachrannte.

Auf einmal ruhten Niemers Finger und seine Lippen entspannten sich zu einem Lächeln. Er beugte sich zu Weiland und flüsterte ihm ins Ohr: »Sollte ich recht haben, guter Weiland, und der Junge spielt eine wesentliche Rolle in diesem Spiel der rollenden Köpfe, dann wird es ihm etwas ausmachen, dass ich ihn festsetze. Was halten Sie davon?«

»Ich weiß nicht. Ich denke, er ist ein gutes Kind.«

Keine halbe Stunde später hob Weiland den erleichtert wirkenden Jungen hinter sich auf das Pferd. Niemer hatte recht behalten, die Aussicht auf die Arrestzelle hatte den Jungen gesprächig gemacht. Doch waren seine Erklärungen unzusammenhängend. Einzig sein Festhalten an der Unschuld Dennfelders war deutlich. Weiland bemerkte, dass den Jungen etwas bedrückte. Wir kommen nicht weiter, wenn wir ihm die Sorge nicht nehmen, dachte Weiland und überredete Niemer, allein mit dem Jungen sprechen zu können. Überraschenderweise kam heraus, dass der Junge nur eines auf dem Herzen hatte: Er wollte zu Lambrecht, Dennfelders Hausdiener. Ausgerechnet Lambrecht. Seit Tagen suchten sie ihn erfolglos. Die beiden Inspektoren waren sehr neugierig, was der Junge über den Verbleib des alten Mannes wusste.

Weiland hatte sein Pferd nach Anweisung des Jungen gelenkt und sie ritten gerade den Bornberg runter, als Friedemann ihn bat, anzuhalten. Er rutschte mitsamt Fackel vom Pferd und ging auf die Tür eines Verschlags zu.

Sieh an, dachte Weiland, und ließ sich gerade vom Sattel gleiten, als Friedemann hinter der Tür verschwand.

Aus dem Innern erklang plötzlich ein spitzer Aufschrei Friedemanns. Weiland ließ sein Pferd stehen und eilte zur Tür, aus der Friedemann ihm schon mit schreckgeweiteten Augen entgegenkam. Seine Miene wirkte wie versteinert, nur eine Träne rann ihm über das Gesicht. Augenblicke später drückte sich der Junge an Weilands Brust und wimmerte.

»Was ist los? Was hast du gesehen?«

»Lambrecht … er …«, mehr brachte der Junge nicht heraus, bevor er vom Schluchzen überwältigt wurde.

»Warte du bei meinem Pferd, ich gehe nachsehen«, sagte Weiland. Er griff die Fackel und öffnete die Tür des Verschlags. Er begriff sofort, was passiert war. Auf dem Boden lag ein Körper, der Kopf war sauber abgetrennt.

»Wer ist es, weißt du es?« Weiland hatte Mühe, den Jungen nicht anzubrüllen. Noch ein Toter. Der Junge musste endlich reden.

»Lam…brecht«, brachte Friedemann mühsam hervor.

»Und weißt du, wer es getan haben könnte?«

Der Junge sah ihn an. »Marbach.«

Weiland sah ihn ungläubig an. »Von Marbach? Bist du sicher? Das ist ein schwerwiegender Verdacht.«

Weiland hob den Jungen auf sein Pferd. Sie mussten dringend zu Niemer zurück.

Als sie die Stadt durchquerten, begann Friedemann, sich alles von der Seele zu reden. »Herr Dennfelder glaubt, dass von Marbach etwas damit zu tun haben könnte. Jedenfalls wurde er auf von Marbachs Anwesen gefangen gehalten.«

»Dennfelder war gefangen? Davon wusste ich gar nichts.«

»Natürlich nicht, Dennfelder konnte Ihnen ja nicht vertrauen. Sie haben ihm ja nicht geglaubt. Aber wir haben ihm geglaubt. Und wir haben ihm geholfen. Und nun ist er da und will dem Mörder das Handwerk legen.«

»Von Marbach hat ein Anwesen in der Nähe des Schlangensteins erworben«, überlegte Weiland laut.

»Nein, das ist es nicht. Es ist ein altes Gut, hat er erzählt. Niemand wohnt dort. Es liegt weit draußen, nicht am Schlangenstein. Dort hatte ihn von Marb…, äh, der Mörder jedenfalls hingebracht.«

»Die von Marbachs besitzen tatsächlich noch ein Anwesen.« Weiland nahm die Zügel fester in die Hand. »Wir sollten jetzt wirklich keine Zeit mehr verlieren. Wir informieren schleunigst Niemer und dann machen wir uns selbst ein Bild von dem, was auf dem alten Herrensitz der von Marbachs so vor sich geht.«

Mit den Worten hieb Weiland die Stiefel in die Flanken seines Pferdes und sie galoppierten durch die nächtlichen Straßen Weimars.

23

DENNFELDERS MAGEN ZOG SICH ZUSAMMEN, als er das Anwesen der von Marbachs über den Wipfeln der Bäume aufragen sah. Verzagt ritt er näher. In seiner Erinnerung war das Haus ein bedrohliches Bollwerk gewesen – wie aus einem Guss gefertigt. Im Tageslicht war der Eindruck ein gänzlich anderer. Das Haus wirkte bedauernswert. Zwei Stockwerke, gebaut aus solidem Stein. Weniger solide war der Putz, der stellenweise in großen Stücken herausgebrochen war. Das Dach konnte ein paar neue Schindeln vertragen und die Holztüren, nebst Klopfer und Klinken, eine Politur. Moos hatte sich zwischen die Ritzen der Steine gesetzt. Er hätte ein solches Prachtstück nicht derart verrotten lassen.

Ein Haus spiegelt immer die Seele seines Besitzers wider, kamen ihm Hermine Behrmanns Worte in den Sinn. Damals hatte er sie als lächerlich abgetan, doch nun zeigten sie ihren Wahrheitsgehalt.

Langsam näherte er sich auf dem rückwärtigen Weg dem Hintereingang.

Dennfelder band sein Pferd an einen dürren Birnbaum. Die faulenden Früchte am Boden wurden von Wespen umschwirrt. Er ekelte sich vor der Gier, mit der die Insekten über das braune Fruchtfleisch herfielen. Dann räumte er Steine und Holzteile beiseite, denn im Falle einer Flucht musste der Weg – von der Hintertür zum Pferd – frei sein. Mit dem Fuß schob er eine letzte zerbrochene Daube zur Seite, dann blickte er sich um, ehe er einen faustgroßen Stein zur Hand nahm und überlegte, welches der Fenster er einschlagen sollte.

Der Wind trug süßlichen Verwesungsgeruch heran. Dennfelder ließ den Stein fallen und schnupperte. Die faulen Birnen rochen anders. Und wenn es die Speisekammer war, in der die Würste verdarben. Die Hauptsache war, er kam irgendwie hinein. Er trat auf Holz und stellte fest, dass er auf einer Bodenluke stand. Er klemmte die Finger in eine Vertiefung und fluchte, als er sich einen Splitter in die Fingerkuppe trieb. Aber er zerrte weiter und wurde belohnt. Fast hätte er die Luke wieder losgelassen, denn der Verwesungsgeruch wurde so stark, dass ihm der Magensaft in den Hals schoss. Mit tränenden Augen unterdrückte Dennfelder den Brechreiz und blinzelte in die Dunkelheit. Das einfallende Licht offenbarte ihm eine Treppe, die in den Keller führen musste. Dennfelder drehte sich vom Einstieg weg, nahm nochmals einen tiefen Luftzug, hielt die Luft an und ertastete sich dann Schritt für Schritt den Weg nach unten.

Nach einer Weile zwangen ihn seine Lungen dazu, weiter zu atmen. Geistesgegenwärtig riss er das Hemd hoch und erbrach sich fast lautlos in den Stoff. Dann lauschte er, während ihm kalter Schweiß die Stirn benetzte. Vorsichtig zog er sich das Hemd über den Kopf, wickelte es mehrmals um sein Erbrochenes und gab acht, dass nichts auf den Boden tropfte. Die kleinste Spur seiner Anwesenheit konnte ihm zum Verhängnis werden. Dennfelder bewegte sich mit winzigen Schritten vorwärts, bis er erst mit den Zehenspitzen, dann mit dem Oberschenkel gegen ein Hindernis stieß. Er nahm das Hemd in die eine Hand und fühlte mit der anderen nach dem Gegenstand. Es war ein Tisch. Suchend glitten seine Finger über die Tischplatte, ertasteten die Größe und Beschaffenheit. Als er die Tischplatte abfühlte, spürte er einen klebrigen

Klecks. Dann etwas Kaltes. Metall. Es war ein Kerzenhalter. Er nahm den Leuchter an sich und eilte, so schnell es die Dunkelheit zuließ, zur Luke.

Dennfelder sog die frische Luft ein und ging rasch in den Garten, um sich des beschmutzten Hemdes zu entledigen. Er vergrub es unter einem Fliederbusch. Aus den Satteltaschen, die noch am Pferd befestigt waren, holte er Feuerstein und Zunder. Als die Kerze brannte, wandte er sich erneut dem Keller zu.

Die zuckende Flamme beleuchtete im Takt seines raschen Atems die rostbraune Farbe, die auf mehreren Treppenstufen zu sehen war. Er hatte als Kind einmal bei einer Hausschlachtung mithelfen müssen, seitdem wusste er, wie getrocknetes Blut aussah. Angewidert lief er rückwärts und ließ die Flecken nicht aus den Augen. Endlich entschwanden sie aus dem Lichtkreis der Kerze in die Dunkelheit. Dafür tauchte etwas anderes auf. Rechter Hand wurde anscheinend edle Webarbeit gelagert. Sie schimmerte im Kerzenschein. Erst wollte er weitergehen, dann sah er die Hand. Sie ragte unter dem fein gestickten Saum hervor. Die Finger waren gekrümmt, als wollten sie Dennfelder zu sich locken. Er konnte einen Aufschrei nicht unterdrücken. Wäre sein Magen nicht schon leer gewesen, hätte er spätestens jetzt erneut gebrochen. So würgte er ein paar Mal trocken, aber er zwang sich, die Leiche aus der Nähe zu betrachten. Bizarr blitzte der Wirbelknochen aus dem rötlichen Muskelfleisch. Der Kopf fehlte. Dennfelders Blick wanderte rasch wieder zu der Hand, in der Hoffnung, dass der unversehrte Körperteil ihn besänftigte. Zuerst beruhigte sich sein Atem, bis er die Hand von der anderen Seite betrachtete. Die Fingernägel waren blutverkrustet, Teile davon waren herausgebrochen. Auch die Fingerglieder selbst schienen nicht mehr da zu sitzen, wo sie hingehörten. Die Krümmung der Finger rührte von Brüchen her. Dennfelders Atem ging stoßweise. Er lenkte sich ab, indem er große Zahlen multiplizierte und das Ergebnis stets noch einmal nachprüfte. Wie es ihm gelungen war, sich von dem grotesken Anblick loszureißen, wusste er nicht. Er befand sich zwar immer noch im Keller, nun allerdings auf der anderen Seite. Eine große Stellwand teilte den Raum. Im Dunkeln war ihm das bei seiner Flucht aus dem Verlies nicht aufgefallen, da beide Treppenzugänge lediglich in einen der Räume führten.

Dennfelder trat hinter die Wand. Dort offenbarte sich, wie der Wahnsinnige zu Werke ging. Ein Stuhl mit ledernen Gurten stand vor einem blank polierten Tisch, an dessen Kanten Ablaufrinnen aus Metall angebracht waren. Dennfelder kniff die Augen zusammen, um die Bilder zu vertreiben, die sich hinter seinen Augäpfeln zu einem blutigen Stelldichein trafen. Er sah Marie ausgeliefert auf dem Stuhl sitzen. Dann lag wiederum Elsa Luise auf dem Seziertisch, ein Skalpell ins Magenfett gebohrt. Daneben stand Martha und keifte ihn an, dass er schon wieder zu spät sei. Dennfelder schüttelte den Kopf und sagte laut: »Dieses Mal bin ich rechtzeitig.«

Die Zangen und Sägen, Messer und Vermessungsringe lagen in einem scharf riechenden Sud. Blut hatte braune Schlieren in der klaren Flüssigkeit hinterlassen. Wäre von Marbach gerne Arzt geworden? Oder hatte er gar einen Helfer? Dennfelder wickelte ein Messer mit einer dünnen Klinge in sein Schnupftuch und steckte es ein. Diese Instrumente waren präzise Handarbeiten eines Feinschmiedes. Es ließ sich sicherlich herausfinden, wer sie für von

Marbach angefertigt hatte. Die Fläschchen und Pipetten beließ er an Ort und Stelle. Er benötigte Aufzeichnungen, um die Schuldfrage eindeutig zu von Marbachs Ungunsten zu entscheiden.

Dennfelder verließ den Keller. Das Erdgeschoss war so, wie er es in Erinnerung hatte. Mahagoni an den Wänden und edelster Marmor auf dem Boden. Dennfelder nahm die Treppe ins obere Stockwerk. Dieses Mal öffnete er jede Tür und spähte in die dahinterliegenden Räume. Er fand Laken, die über Schränke, Kommoden, Truhen, Betten, Tische und Stühle gebreitet waren.

Er hatte Glück. Der Inhalt einer Kleidertruhe war nicht halb so verstaubt wie er angenommen hatte. Er fand Beinkleider, längst aus der Mode gekommen, zahlreiche Tücher, sogar eine Perücke lag zerdrückt zwischen den edlen und nicht so edlen Stoffen. Ein Hemd fand er auch. Es war ihm zu groß. Die Ärmel krempelte er um; weil es viel zu lang war, verzichtete er darauf, es in die Hose zu stopfen. Dennfelder freute sich, weil er eine lederne Jagdtasche zwischen der Kleidung fand. Sie war leer, aber bestens für seine Zwecke geeignet. Viele belastende Schriften fänden darin Platz. Dennfelder hegte den Gedanken, dass eine höhere Macht beschlossen hatte, ihn bei seinem Ansinnen zu unterstützen und ihn daher die Tasche hatte finden lassen.

»Alberner Narr«, schalt er sich selbst. »Höhere Mächte. So etwas gibt es nicht.«

Es überkam ihn kalt, weil er sich insgeheim doch vor den vielen Zufällen zu fürchten begann. Das restliche Interieur war eine herbe Enttäuschung. Staub, Staub und nochmals Staub. Dennfelder versuchte, nicht allzu viel aufzuwirbeln. Fehlte noch, dass sich der Staub an der Flamme seiner Kerze entzündete. Er beendete seinen Rundgang und musste sich nun wohl oder übel dem obskuren Schreibzimmer stellen, dessen Tür er bislang als einzige nicht angerührt hatte.

Die Blumen, die beim letzten Mal auf dem Tisch gestanden hatten, waren fort. Stattdessen blickte ihm ein neuer Schädel entgegen. Dennfelder schloss die Augen, um sich zu sammeln. Der Gedanke an Marie gab ihm Kraft. Dennfelder wünschte sich nichts sehnlicher, als sie noch einmal spielen zu hören. Die Musik würde ihm seinen Seelenfrieden wiedergeben.

Entschlossen trat er zum Stuhl hinter den Schreibtisch und setzte sich. Der Schädel blickte ihm höhnisch entgegen. Dennfelder stellte fest, dass es ein Säugetierschädel war. Die Augenhöhlen waren tiefer angesetzt und der Schädel insgesamt kleiner und mehr in die Länge gezogen. Scharf blitzten die Eckzähne im Licht der Kerze. Dennfelder drehte den Schädel kurzerhand um. Nun fühlte er sich besser und zog beherzt den Stoß Papier zu sich heran. Einige der Aufzeichnungen kannte er bereits. Aber auch neue Schriftstücke befanden sich darunter. Was ihm als Beweise für von Marbachs Schuld dienen sollten, faltete er und steckte sie in die Jagdtasche. Die anderen Papiere enthielten entweder Dinge, deren Inhalt sich Dennfelder nicht erschloss, oder aber zitierten irgendwelche Quellen. Nachdem er alles gesichtet hatte, klopfte er den Schreibtisch nach Geheimfächern ab. Tatsächlich fand er in einer Höhlung einen kleinen Beutel mit französischen Goldmünzen aus der Ära Ludwigs des Vierzehnten, wie die Prägung verriet. Er legte den Beutel in das Geheimfach zurück.

Dennfelder stand auf und lauschte. Alles war ruhig. Ein Blick aus dem Fenster zeigte ihm, dass die Sonne weitergewandert war und nunmehr ihren goldenen Schimmer über Wiese und Hof ausgoss. Auch das Portrait von Franz Joseph Gall profitierte von dem milden Licht. Eine Gloriole umgab das hagere Antlitz des Schädelforschers. Dennfelder postierte sich direkt vor dem Gemälde und befand, dass der Rahmen für die Größe des Bildes zu ausladend war. In der Hoffnung, das Signet des Künstlers auf der Rückseite des Portraits zu finden, nahm Dennfelder das Bild vom Haken. Beinahe entglitt ihm das Kunstwerk und wäre womöglich durch den Fall zerstört worden, hätte er nicht geistesgegenwärtig seinen Fuß darunter gestellt. Der Schmerz, als der Rahmen auftraf, trieb ihm die Tränen in die Augen. Er wischte sie mit dem Ärmel seines geborgten Hemdes weg, lehnte das Bild an den Schreibtisch und wandte sich der Nische zu, die hinter dem Gemälde verborgen gelegen hatte. Ein Buch lag darin, gebunden in schwarzes Leder. Ein Wappen war eingeprägt, das Dennfelder sofort als das Marbach'sche Familienwappen erkannte. Er schlug das Buch auf und war überrascht. Er hatte eine Bibel erwartet. Eines jener Erbstücke, die stets vom Vater an den Sohn weitergegeben wurden. Aber Dennfelder hielt ein Tagebuch in den Händen. Auf dem ersten Blatt stand lediglich der Name: *Victor Johann von Marbach.*

Die Schrift war perfekt gerundet, säuberlich, kein Fleckchen verunzierte das fein geschöpfte Papier. Dennfelder selbst rühmte sich schon einer gut lesbaren und sauberen Handschrift, die jedoch von dieser in den Schatten gestellt wurde. Das Datum des ersten Eintrags war auf den dritten April des Jahres 1795 datiert. Daneben stand in kleinerer Schrift ›Karfreitag‹.

Dennfelder wurde sofort vom ersten Satz in den Bann gezogen: ›David ist tot und ich wage es nicht, ihm mein Messer aus der Brust zu ziehen‹.

Ohne den Blick von den Seiten zu nehmen, setzte sich Dennfelder wieder an den Schreibtisch und las weiter.

›Davids äußeres Erscheinungsbild hat sich nicht verändert, sieht man von seiner Kleidung ab, die mit seinem Blute getränkt ist. Seine Haare sind nach wie vor von undefinierbarer Farbe, nicht blond, nicht braun und bar jeden Glanzes. Sein Gesicht ist zu derb, seine Augen gehen zu sehr ins Hervorquellende, als dass man sie attraktiv nennen könnte. Und obgleich er aussieht wie immer, ist er ein gänzlich anderer geworden. Sein Charme und seine Anziehungskraft auf beseelte Wesen, ob Mensch oder Tier, sind dahin. Leer wirkt seine Hülle. Wenn ich nur wüsste, welches Geheimnis in seinem Kopfe gewohnt hat. Am liebsten würde ich es ihm posthum entreißen. Ja, ich bin sicher, die Gabe ist im Kopf zu finden‹.

Dennfelder blätterte um und erschrak angesichts der Zeichnung. Der Schädel des Mannes war grob aufgesägt worden, das Gehirn lag frei. Randbemerkungen wiesen auf die Maße der einzelnen Bestandteile hin. Von Marbach hatte nicht darauf verzichtet, das Gesicht des Toten wiederzugeben. War David ein Freund gewesen? Hatten sie sich zerstritten und von Marbach im Eifer des Gefechts ein Messer in Davids Herz gestoßen? Darüber schwieg sich von Marbach aus.

Dennfelders Hände zitterten leicht, die Kälte des Textes ließ ihn nicht los. Schnell blätterte er das Tagebuch durch. Zeichnungen wechselten sich mit geschriebenen Zeilen und Zahlentabellen ab. Das letzte Bild stellte eine Frau im Ballkleid dar. Dennfelder kannte das Kleid und nun auch den Namen der Toten. Er lautete Ariane Sellheimer.

Von Marbach trieb das Pferd vor seinem Wagen fortwährend mit der Peitsche an. Es konnte ihm nicht schnell genug gehen, zu seinem Domizil zu kommen. Und als er endlich das Gebäude erblickte, eingerahmt von hohen Parkbäumen und schwach erleuchtet von einem Mond, der sich gerade erst zu zeigen begann, zog er harsch am Zaumzeug. Er hielt inne und gönnte sich die Aufregung einer gewissen Vorfreude auf das, was nun kam. Er betrachtete es inzwischen als Schicksal, dass ausgerechnet die Französin als eine seiner Wunschkandidaten zuerst in den Genuss seiner Wissenschaft kam. Denn heute war sein Geburtstag. Und sie war ein Prachtexemplar. Vergleichbar nur mit dem vermaledeiten Dennfelder. Dagegen war Ariane Sellheimer ein billiges Versuchsobjekt gewesen. Immerhin hatte er seine Technik etwas verfeinern können. Fräulein Malo wird es sicher zu schätzen wissen, dass ich schon das Vergnügen hatte, die Methode an einer Frau zu testen, frohlockte er. Heute war sein großer Tag, das spürte er. Er wandte sich um, sein Blick tastete zärtlich die Konturen der Gestalt ab, die in fleckige Kartoffelsäcke eingewickelt hinter ihm auf der Ladefläche lag. Du bist stark, dachte er. Wie du dich gegen deine Gefangenschaft gewehrt hast – wunderbar. Die erste Phase wird ein Kinderspiel für dich sein, liebe Marie. Und wenn mich nicht alles täuscht, wirst du die erste Person sein, die Phase Zwei bei Bewusstsein kennenlernen darf. Er kicherte.

Das Haus konnte sein hässliches Gesicht im schwachen Mondlicht nicht länger verstecken. Die Fensterläden hingen wie glanzloser Schmuck an einer vergangenen Schönheit. Was Dennfelder im Tageslicht noch an einstiger Pracht zu sehen geglaubt hatte, war fort. Verschlungen von einem schwarzen Gespenst, das sich im Keller verbarg und das Gemäuer vergiftete und jeden Stein und jedes Stück Holz dem Los der Verdammnis preisgab.

Dennfelder saß im hohen Gras unter dem alten Obstbaum und konnte seinen Blick nicht von dem Haus lösen. Sein Pferd graste neben ihm, und stupste ihn von Zeit zu Zeit freundschaftlich an, als wolle es prüfen, ob sein Reiter noch lebendig war.

Dennfelder war leer. Seine Augen brannten. All seine Tränen hatte er vor Stunden vergossen; den Opfern dieses Monsters geschenkt. Er hatte bereits vor einiger Zeit seine Satteltasche geöffnet und das Brot und den Wein herausgeholt. Beides hatten Lambrecht und Friedemann ihm heute noch mitgegeben – oder war es gestern gewesen? Doch bislang hatte er nichts angerührt.

Dennfelder wollte nicht mehr in den Keller zurück. Was er gesehen hatte, konnte seine Fantasie problemlos mit den Aufzeichnungen im Tagebuch verbinden. Sobald er in der Lage wäre, würde er nach Weimar zurückkehren und die weiteren Nachforschungen denen überlassen, die dafür bezahlt würden, sich an den Abgründen der Menschheit zu bewegen.

Er würde sich bei Lambrecht und Friedemann erkundigen, ob sie etwas über Marie herausgefunden hätten. Und er musste sich um Lambrecht kümmern. Hoffentlich ging es ihm besser. Niemer würde ihn in Ruhe lassen, jetzt, wo er ihm den Mörder auf dem Silbertablett präsentieren würde. Er konnte nach Hause gehen. Endlich wieder nach Hause gehen. Er würde seiner Frau schreiben. Und Toni Weber.

Dennfelder bemerkte nicht, dass er am ganzen Körper zitterte. Seine Zähne schlugen fest aufeinander. Weiße Blüten tanzten vor den dunklen Fenstern des Hauses. Hoffentlich geht es Marie gut. Hoffentlich haben sie sie gefunden.

Er zuckte zusammen. Apropos gefunden. Er hatte nichts fortgeräumt. Das Bild von Gall lehnte nach wie vor am Schreibtisch, die Kleidertruhe im verstaubten Zimmer stand offen. Andererseits sollte der Mörder doch ruhig wissen, dass ihm jemand auf die Schliche gekommen war. Nicht einmal der Gedanke, den immerfort hämisch grinsenden von Marbach aufs Schafott zu bringen, konnte seine Laune bessern. Vielleicht war es doch keine gute Idee, alles so zu belassen, denn was, wenn von Marbach seine Spuren so gut verwischte, dass nichts mehr übrig war, wenn die Polizei sein verrottetes Anwesen durchforsten würde? Schwerfällig erhob sich Dennfelder und ging ins Haus.

Victor von Marbach stieg vom Wagen und schirrte geschwind das Pferd ab. Mit einem Klaps scheuchte er es in den vorderen Teil des Gartens. Den Wagen ließ er einfach stehen. Von Marbach entzündete eine Fackel und wandte sich seiner Fracht zu. Die Gestalt unter den Sackleinen bewegte sich nicht, was es ihm einfacher machte, sie durch die Luke und die steile Treppe in den Keller hinab zu bugsieren. Der Verwesungsgeruch belästigte ihn nicht sonderlich. Es war der Geruch des Todes, der ihm im Laufe der Jahre ein treuer Weggefährte geworden war. Er gehörte dazu wie der Sonnenaufgang zum Beginn eines neuen Tages.

Von Marbach fluchte, als er seine Instrumente in der Waschlösung liegen sah. So etwas war ihm noch nie passiert! Stets lag alles bereit, sauber und geschärft. Seit wann spielte ihm sein Erinnerungsvermögen Streiche? Einerlei, er hatte sich auf die folgende Aufgabe zu konzentrieren. Bei dieser Frau musste er besonders umsichtig zu Werke gehen, durfte jedoch nicht von seiner Versuchsreihenfolge abweichen. Er legte die Französin auf dem Tisch ab. Nun brauchte er nur noch sein Protokollbuch aus dem Arbeitszimmer. Auf dem Weg nach oben entzündete er etliche Kerzen und weitere Fackeln.

Dennfelder stand im Schreibzimmer und drehte sich im Kreis. Nun sah alles wieder so aus, wie er es vorgefunden hatte, mit Ausnahme der fehlenden Unterlagen. Das Bild hing an Ort und Stelle, alle Schubladen des Tisches waren geschlossen; sogar die Kerzen auf der Kommode hatte er wieder zurechtgerückt.

Fehlt nur noch das Zimmer mit der Truhe, dann kann ich endlich nach Hause, dachte er.

Kurz erwog er, das geborgte Hemd wieder in die Truhe zu legen. Doch der Gedanke, dann einige Stunden mit freiem Oberkörper unterwegs sein zu müssen, hielt ihn davon ab. Er schloss den Truhendeckel und lauschte. Waren da nicht Schritte gewesen?

Langsam schloss von Marbach die Tür des Arbeitszimmers. Der Stuhl vor seinem Tisch stand anders, als er ihn zurückgelassen hatte. Außerdem fehlten Papiere. Der Stapel war wesentlich niedriger. Von Marbach schüttelte den Kopf. Das konnte nicht sein. Lag es an seiner fehlerhaften Erinnerung? Nun das Buch. Doch die Nische hinter dem

Bild war leer! Wo war es? Eine Schublade nach der anderen zog er lautstark heraus. Eine Weile saß er zusammengesunken da. Die Leere in seinem Kopf war eine wohltuende Abwechslung zu den vielen Gedanken, die sonst zeitgleich durch seine grauen Windungen flossen, und die ihm ab und an schreckliche Kopfschmerzen bescherten.

Dennfelder verließ das Haus nicht wie ein Sieger. Er fühlte sich ausgehöhlt. All die Toten, all das Leid. Einzig der Gedanke, Marie dieses Schicksal erspart zu haben, gab ihm die Kraft, sein Pferd am Zügel zu nehmen und zu Fuß das Haus zu umrunden. Immer wieder stolperte er über vermoderte Bretter, Steinbrocken und in der Sonne gehärtete Maulwurfshügel. Als er sich dem Haupteingang näherte, fuhr er zusammen. Sein Pferd hatte ihn instinktiv zu seinem tierischen Kameraden geleitet. Dieser graste unbeeindruckt weiter, schnaubte lediglich kurz zur Begrüßung. Dennfelder konnte die Umrisse eines Wagens im kargen Licht ausmachen. Wie von selbst ließ seine Hand die Zügel seines Pferdes fahren, und ebenfalls ohne sein Zutun setzten sich seine Füße in Bewegung zur Luke, die ihm vorkam wie die Pforte zur Hölle.

24

Dank der offenen Luke und der großzügigen Beleuchtung, die zweifelsfrei der Neuankömmling angezündet hatte, konnte Dennfelder sich diesmal besser im Keller orientieren. Er hörte Schritte im Obergeschoss. So bleibe ich wenigstens vorerst unentdeckt, versuchte er sich zu beruhigen. Er fand einen weiteren Abstellraum in der Nähe der Treppe. Er schien nicht von Bedeutung zu sein, da er weiterhin im Dunkeln lag. Nur ein schwacher Lichtschein vom Gang erhellte den kleinen Raum. Er zeichnete die Umrisse etlicher Schraubgläser auf einem Lagerregal. Dennfelder wollte gar nicht herausfinden, ob darin etwas anderes als die eingelegten Früchte längst vergangener Sommer lagerten. Als er Schritte auf der Kellertreppe hörte, verbarg er sich im Schatten neben der Tür.

Von Marbach vertrieb mit einiger Willensanstrengung den aufwallenden Ärger. Er kehrte mit leeren Händen in den Keller zurück. Sein Buch war verschwunden, ebenso die Aufstellung der einzelnen Punkte, wie sie der Reihenfolge nach abzuarbeiten waren. Nun würde er sehen, wie gut sein Gehirn funktionierte. Die Prozedur hatte er so oft durchgeführt, er müsste sich im Grunde mühelos der Reihenfolge entsinnen können. Fast mutete es wie ein Spiel des Schicksals an. Er hatte vor, sich dem Spiel zu stellen und daraus keineswegs als Verlierer hervor zu gehen.

Von Marbach! Dennfelder musste sich zusammennehmen, um nicht gleich auf ihn loszustürzen. Sein Atem ging schwer – er würde sich sofort verraten und seinem Gegner einen Vorteil verschaffen. Und dass von Marbach vor nichts zurückschreckte, hatte ihn das makabre Tagebuch gelehrt.

Von Marbach konnte sich vor Aufregung kaum zurückhalten. Dennoch zwang er sich, Marie Malo möglichst ohne Blessuren aus dem Sackleinen zu befreien. Eine Verfälschung seiner Untersuchungsergebnisse durch eigene Unachtsamkeit könnte er sich nie verzeihen.

Als hätte die gefangene Französin seine Unruhe gespürt, stemmte sie sich gegen den groben Stoff. Wie eine Raupe wand sie sich, versuchte die gewebte Haut abzustreifen. Von Marbach sah ihr eine Weile fasziniert zu, dann griff er ein.

Dennfelder sah sich nach einer geeigneten Waffe um. Wenn ich das Glas zerbreche, hört er mich, dachte er. Ich muss sehen, ob ich ein loses Brett vom Regal entfernen kann. Er tastete das Regal vorsichtig ab. Als er die folgenden Worte vernahm, gefror ihm das Blut in den Adern.

»Meine liebe Marie, jetzt seien Sie doch nicht so ungehalten. Sie wissen doch genau, dass Sie sich nur noch mehr wehtun werden. Mit jeder Bewegung zieht sich ihre Fessel enger zusammen. Und das möchte ich nicht. Ihre Hände und Füße werden taub werden. Das ist nicht schön. So seien Sie geduldig. Ich bin es doch auch.«

Dennfelder ballte seine Fäuste. Dieses Scheusal, er hat Marie! Habe ich es doch gewusst, dass sie ihm geradewegs in die Arme gelaufen ist. Aber immerhin – sie lebt noch.

»Marie, hören Sie sofort auf! Ich werde Sie Ihrer Fesseln entledigen, sobald ich das Tuch entfernt habe. Aber dazu … Marie, ich warne Sie, Sie machen mich wütend! Gut, wenn Sie es nicht anders wollen.«

Dennfelder konnte den immer schriller werdenden Ton in von Marbachs Stimme nicht ertragen. Er schlich durch den Gang zur Trennwand. Vorsichtig lugte er um die Ecke. Von Marbach stand mit dem Rücken zu ihm am Kopfende des Tisches. Maries Körper war in ein Tuch eingewickelt, doch musste der Kopf frei liegen, da ihre schwarzen Locken hinter von Marbach zu erkennen waren. Marie wand sich hin und her. Sie stöhnte. Von Marbach nahm ein Fläschchen vom Regal, drehte es einmal kurz um und löste dann weit von sich gestreckt den Stöpsel aus der Flasche, um ihn an einem Tuch abzustreifen. Schnell steckte er den Stöpsel wieder in die Flaschenöffnung und stellte das Glas ab. Offensichtlich hatte er Marie das Tuch auf das Gesicht gelegt, jedenfalls erschlaffte ihr Körper. Als von Marbach im Begriff war, sich umzudrehen, zog Dennfelder schnell seinen Kopf zurück.

»So, liebe Marie, jetzt gefallen Sie mir besser. Sie wollten es ja nicht anders haben. Jetzt kann ich in Ruhe alles vorbereiten. Auch wenn ich Ihre Gesellschaft gern genossen hätte. Aber im Dienste der Wissenschaft füge ich mich natürlich dem Willen der Dame.«

Dennfelder konnte nicht anders. Er musste sich vergewissern, dass Marie noch lebte. Er trat hinter der Stellwand hervor. Von Marbach schnitt gerade mit einem Messer die Fesseln an Füßen und Handgelenken ab und entfernte das Tuch. Als Dennfelder mit ansehen musste, wie von Marbach ihre Wange liebkoste, konnte er sich nicht mehr zügeln. »Lassen Sie sie sofort los!«

Seine Worte ließen von Marbach augenblicklich innehalten. Langsam drehte er sich um. Spott sprach aus seinen Augen und seine sonst so einnehmenden Gesichtszüge verzogen sich zu einer hämischen Maske.

»Herr Dennfelder, Sie müssen sich schon gedulden, bis Sie an der Reihe sind.«

Von Marbach lehnte sich nun mit verschränkten Armen gegen den Tisch, den Griff des Messers hielt er lose zwischen Zeigefinger und Daumen. Die Klinge pendelte hin und her. Immer wieder glitzerte sie gefährlich auf, während sie das Licht der Kerze reflektierte.

Dennfelder überlegte fieberhaft.

»Wenn Sie sie gehen lassen, können Sie mich sofort haben.«

Von Marbach schien ernsthaft über den Vorschlag nachzudenken. Dann schüttelte er den Kopf. »Eines nach dem anderen. Das pflegte meine Mutter immer zu sagen. Als Kind fehlte mir das Verständnis für dieses Sprichwort, aber als Wissenschaftler mittlerweile weiß ich ihren Rat zu schätzen.«

»Sie sind mitnichten ein Wissenschaftler!«, rief Dennfelder. »Sie sind nichts weiter als ein verwöhnter Bastard, der im Laufe der Jahre dem Irrsinn anheimgefallen ist.«

Von Marbachs Lächeln verschwand. »Mir ist bewusst, dass Sie kein Verständnis für die Schädellehre aufbringen. Dies wurde mir in dem Moment klar, als Sie geradezu ängstlich mein Angebot ablehnten.«

»Ist das hier«, Dennfelders Hand beschrieb einen

Bogen, der die Instrumente, den Tisch und die Flaschen im Regal einfing, »etwa kein Grund sich zu fürchten? Wissenschaft sollte erleuchten. Sie aber sind in den tiefsten aller dunklen Abgründe gestürzt. Sie sind nichts als ein Mörder!«

»Und Sie, Weinhändler, haben überhaupt keine Ahnung von dem, was ich hier leiste. Ich werde den Menschen bis ins Kleinste verstehen lernen. Das sollten auch Sie einmal versuchen.«

»Zumindest lebe ich und bin mir der Höhen und Tiefen durchaus bewusst«, konterte Dennfelder. »Sie hingegen imitieren das Leben.«

Von Marbach löste die verschränkten Arme und nahm das Messer fest in die Hand.

»Lassen Sie Marie gehen!«, forderte Dennfelder und trat einen Schritt nach vorne.

»Kommen Sie nicht näher.« Das Messer zielte auf Maries Gesicht.

»Wenn Sie das tun, waren Ihre gesamten Forschungen vergebens. Wie ich Ihren Aufzeichnungen entnommen habe, muss Mademoiselle Malo unversehrt sein.«

Von Marbach fuchtelte erregt mit dem Messer. »Menschen wie Sie halten die Wissenschaft auf. Sie machen sich keine Gedanken, warum das Leben so viel angenehmer ist, seit kluge Männer den Fortschritt in Gang gesetzt und die Fesseln der vergangenen Zeitalter abgestreift haben. Sie leben im Wohlstand, aber hätte es nicht Leute wie Gall, Bertuch oder mich gegeben, dann würden Sie, lieber Dennfelder, jetzt noch in einer verlausten Höhle wohnen und mit Pfeil und Bogen auf die Jagd gehen.«

»Nun beruhi…«

»Wo wäre dann die Musik, die Sie so verzaubert hat?

Denken Sie nicht, ich sei mit Blindheit geschlagen. Ich habe Sie beobachtet, wie Sie diese Frau angehimmelt haben und wie Sie Ihrer eigenen Frau mit Gleichgültigkeit begegnet sind.«

»Doktor Gall würde Ihnen vor die Füße spucken, wenn er von Ihrer Scheinwissenschaft wüsste! Öffentlich distanzieren würde er sich, in jeder Gazette einen Artikel erscheinen lassen, dass Ihre Foltermethoden kein Bestandteil seiner Lehre sind.«

Von Marbach schnaubte, sichtlich bemüht, seine Fassung zu wahren. »Wann wollen Sie Ihrer Frau die Wahrheit sagen? Oder habe ich Ihre Pläne durchkreuzt, sich die Französin als Gespielin zu halten?«

Dennfelder schob sich immer weiter an von Marbach heran. »Sie sind ordinär. Warum haben *Sie* eigentlich keine Frau?«

Er hoffte, dass von Marbach abgelenkt war und seine Blicke zu dem dreibeinigen Hocker, der zwei Schritte von ihm entfernt stand, nicht bemerkte.

»Mein werter Dennfelder, wir drehen uns im Kreis. Unsere Ansichten werden nie konform gehen. Ich für meinen Teil kann darüber hinwegsehen. Wenn Sie möchten, dürfen Sie Ihrer Frau einen Abschiedsbrief schreiben. Ich verspreche Ihnen, den Brief zu übermitteln.« Von Marbach kam auf Dennfelder zu. »Den Raum von Ihrem letzten Aufenthalt kennen Sie sicherlich noch. Der Türriegel, den ich angebracht habe, ist allerdings neu. Ein zweites Mal werden Sie ihn nicht öffnen können.«

Dennfelder sprang ein Stück zurück. Von Marbach folgte ihm. Das widerwärtige Grinsen erschien auf seinen Zügen.

»Wenn Sie mir etwas antun, wird die Polizei nach mir

suchen. Ich habe Bescheid gegeben, dass ich bei Ihnen bin. Sie waren lange fort und ich konnte in Ruhe Ihr Haus durchsuchen. Ich habe etliche Beweise sichergestellt, dass Sie für die Morde in Weimar verantwortlich sind.«

Von Marbachs Halsadern schwollen an und die Finger schlossen sich noch fester um den Messergriff. »Sie tragen nicht dazu bei, dass ich Ihnen Ihren Aufenthalt bei mir angenehm gestalten werde. Ist Ihnen das bewusst?«

Dennfelder griff nach dem Hocker und hielt ihn wie einen Schild zwischen sich und dem Messer. Dummerweise hatte er das Möbelstück falsch herum erwischt, sodass die Hockerbeine in seine Richtung wiesen. Dies nutzte von Marbach aus und versetzte Dennfelder einen derben Stoß, der ihn bis zur Wand taumeln ließ. Schmerzhaft bohrten sich die Holzbeine gegen Rippen und Magen. Dennfelders Atemluft entwich mit einem Zischen. Ehe er in der Lage war, neue Luft zu schöpfen, presste sich von Marbach mit Gewalt gegen die Sitzfläche des Hockers. Eine Rippe knackte vernehmlich, doch Dennfelder spürte keine Schmerzen. Er stemmte einen Fuß gegen die Wand und stieß sich ab. Von Marbach wurde zurückgetrieben, hieb mit der Klinge nach Dennfelders Seite. Dieser versuchte vergeblich, den Angriff mit dem Hocker abzuwehren. Das Messer hinterließ einen Schnitt, der im Gegensatz zur Rippenverletzung sofort brannte. Dennfelder nahm den Hocker an einem Bein und schwang ihn mit Wucht. Er traf von Marbach im Gesicht. Dennfelder ließ ihm keine Zeit sich zu erholen. Er setzte nach und zielte dieses Mal sorgfältig nach dem Handgelenk. Es knirschte, die Finger gaben den Griff des Messers frei. Es fiel zu Boden. Dennfelder trat es zur Seite und begann mit bloßen Fäusten von

Marbach zu attackieren. All seine aufgestaute Wut wurde mit einem Mal frei, seine Schläge prasselten auf von Marbach ein, der sein Gesicht mit den Händen schützte. Seine Waffenhand stand in groteskem Winkel ab. Zwischen den Fingern quoll Blut hervor.

Dennfelder ließ von ihm ab. Er atmete heftig. Von Marbach ließ seine Hände sinken – und lächelte. Er machte einen Schritt nach hinten. Dann noch einen. Ehe Dennfelder begriff, hatte von Marbach sich mit der gesunden Hand eine Fackel vom Wandhalter gerissen.

»Was ist los, Dennfelder, geben Sie schon auf? Sie messen dem Schmerz zu viel Bedeutung bei. Er ist kontrollierbar. Ich hatte gehofft, Sie wüssten das. Bislang konnte ich meine Hypothese, dass ein kluger Geist in der Lage ist, Schmerz zu ignorieren, aufrecht erhalten. Sind Sie die Ausnahme? Oder wollen Sie etwa meine Erkenntnisse zunichte machen?« Drohend zog er die Fackel einmal an Dennfelders Gesicht vorbei.

Dennfelder drehte sich blitzschnell um und hastete Richtung Trennwand. Die Fackel flog knapp an ihm vorbei und landete in einem der Regale, das sofort Feuer fing. Dennfelder überlegte nicht lange. Er rannte zum Tisch und warf sich Marie über die Schulter. Schmerz durchfuhr ihn, seine Rippe machte sich unter der Last bemerkbar. Von Marbach nutzte den Moment und versperrte ihm den Fluchtweg. Zwischen ihm und dem brennenden Regal waren keine drei Fuß breit Platz. Dennfelder sah einen Schritt neben von Marbach das Messer auf dem Boden blitzen, das er vorhin mit dem Fuß weggetreten hatte.

Doch auch von Marbach musste es entdeckt haben, denn im gleichen Moment bückte er sich danach. Dennfelder nutzte den Vorteil und trat nach ihm. Von Marbach fiel gegen das brennende Regal, das just über ihm zusammenbrach. Funken und brennende Holzsplitter stoben beim Aufprall durch die Luft und schon fingen weitere Regale Feuer.

Dennfelder registrierte, dass von Marbach reglos liegen blieb. Er drehte sich um und rannte an der anderen Seite der Trennwand entlang. Marie lag schwer auf seiner Schulter, seine Rippe schmerzte höllisch. Augenblicke später erreichte Dennfelder die Stufen, auf denen er aus dem brennenden Keller entfloh.

Sein Pferd graste nur wenige Schritte entfernt. Er hievte Marie quer vor den Sattel. Dennfelder wollte gerade seinen Fuß in den Steigbügel setzen, als er ein Messer in seiner Seite spürte.

»Nicht so schnell, werter Freund, Sie haben doch nicht gedacht, dass Sie schon gehen können?«

Dennfelder setzte seinen Fuß wieder ab. Langsam drehte er sich um, während die Spitze des Messers an seinem Körper entlang wanderte. Der Geruch verbrannter Haut stieg in seine Nase.

Von Marbachs Gesicht war entstellt. Eine Brandwunde zog sich über seine rechte Stirnseite. Seine Augenbraue war nicht mehr da, der Haaransatz war angesengt. Halstuch und Jacke fehlten, wahrscheinlich hatten sie Feuer gefangen und von Marbach hatte sie weggeworfen. Doch was Dennfelder wirklich irritierte, war, dass er immer noch grinste. Er hob seine Hand. Unter seinen langen Hemdsärmeln schaute seine verletzte Hand heraus. Er musste sie sich eingerenkt haben, denn die Glieder standen nicht weiter ab. Dennfelder sah, dass er eines der Fläschchen trug.

Er muss das Messer zur Seite legen um das Fläschchen zu öffnen, ging es Dennfelder durch den Kopf. Beide sahen sich in die Augen.

»Hören Sie auf, den Helden zu spielen, Dennfelder. Sie ist schon tot.«

Das ist nicht wahr, dachte Dennfelder. Er spielt mit mir.

»Sie ist es nicht wert gewesen, Sie war zu schwach.«

Dennfelder spürte die Messerspitze, die sich in seine Brust drückte. Trotzdem schlug er unter von Marbachs Hand. Das Messer riss einen brennenden Schnitt in seine Haut. Eine Blutspur auf dem Hemd zeichnete die verdeckte Wunde nach. Doch von Marbach verlor das Messer. Es fiel herunter und versenkte sich in den Boden. Beide bückten sich, um danach zu greifen. Das Pferd lief erschrocken ein paar Schritte vor. Dennfelder sah, wie die Flasche auf den Boden fiel.

Von Marbach riss das Messer aus dem Boden und richtete es gegen seinen Widersacher. Die Klinge fuhr auf Dennfelders Kehle zu. Dieser rettete sich durch einen Sprung zur Seite. Von Marbach stach erneut in seine Richtung, als ihn ein Tritt Dennfelders gegen seine Kniescheibe aufheulen ließ. Er verlor das Messer und knickte zur Seite weg. Als er zu Boden fiel, stieß er einen unbarmherzigen Schrei aus, wie eine Katze in der Nacht. Dennfelder warf sich auf ihn und bearbeitete ihn mit seinen Fäusten. Von Marbach erwischte Dennfelder an der Gurgel und drückte zu. Dennfelders Ellenbogen krachte auf von Marbachs Schläfe, doch anstatt loszulassen, schlossen sich von Marbachs Hände nur noch fester um seinen Hals. Der Druck in Dennfelders Ohren wurde übermächtig. Er schlug wild um sich. Plötzlich löste sich von Marbachs

Griff, seine Hände blieben für einen Moment fast freundschaftlich auf Dennfelders Schultern liegen, dann rutschten sie schlaff herunter. Dennfelder sprang auf, holte keuchend Luft und machte sich auf einen neuerlichen Angriff gefasst. Schließlich wagte Dennfelder, sich seinem Widersacher erneut zu nähern. Die Brust stach ungewöhnlich hervor, als würde von Marbach auf etwas liegen. Dennfelder stieß den leblosen Körper mit dem Fuß an, so dass er zur Seite rollte. Jetzt konnte er den Griff des Messers sehen, der den blutdurchtränkten Stoff der edlen Jacke tief in die Wunde drückte.

Im nächsten Moment stieg Qualm in Dennfelders Nase. Dicker Rauch kroch aus dem Kellereingang. Dennfelder rappelte sich hoch. Er sah sich um, das Pferd wartete grasend ein Stück abseits. Dennfelder gönnte von Marbach einen letzten Blick, dann rannte er auf sein Pferd zu. Er schwang sich in den Sattel. »Nur ein paar Meter weiter«, sagte er zu Marie, die immer noch reglos vor dem Sattel lag. »Gerade soweit, dass wir in Sicherheit sind. Dann kümmere ich mich um dich.«

25

Ausnahmsweise drängte Weiland zur Eile. Er trieb sein Pferd mit scharfen Rufen an. Niemer hasste es, in der Dunkelheit zu reiten. Weilands Pferd war nur ein heller Schemen vor ihm. Obwohl Friedemann zusätzlich im Sattel saß, wurde Weiland nicht langsamer.

Lange halte ich das nicht mehr durch, dachte Niemer und wäre um ein Haar in Weiland hineingeritten, der plötzlich mitten im Galopp stoppte. Seite an Seite kamen die beiden Inspektoren zum Stehen. Niemer folgte Weilands Blick und konnte sich ein überraschtes »Aha« nicht verkneifen. Keine fünf Schritte abseits der Straße leuchtete eine Fackel, abgeschirmt von einer dicken Eiche. Erst, als sie um den Baum geritten waren, konnte er Dennfelder sehen, der wie eine Spinne über etwas am Boden kauerte.

Niemer quälte sich aus dem Sattel, rieb sich die schmerzende Kehrseite und wankte auf Dennfelder zu.

»Nehmen Sie die Hände hoch!«, rief er. Seine Hand tastete bereits nach dem kurzen Knüppel, den er an seinem Gürtel trug.

Dennfelder drehte sich langsam um, die Hände erhoben, das Gesicht rußgeschwärzt und mit hellen Schlieren durchsetzt.

Er sieht aus wie ein Wilder, dachte Niemer.

Rasch trat er auf Dennfelder zu. Aus dem Augenwinkel sah er, dass eine Frau auf dem Boden lag. Es war die vermisste Pianistin.

»Strecken Sie mir Ihre Hände entgegen«, forderte er.

Dennfelder sagte keinen Ton, wirkte nicht einmal sonderlich überrumpelt. Niemer kannte das. Irgendwann kapitulierten sie alle, ob Mörder, Ehebrecher oder gewöhnlicher Dieb. Etwas in ihnen schrie nach Sühne. Er legte Dennfelder Eisenfesseln an und befahl ihm, sich zu Weiland zu begeben. Der schenkte der Verhaftung jedoch nicht die geringste Aufmerksamkeit. Er stand reglos da, hielt die Nase wie ein Spürhund in den Wind und legte die Stirn in Falten, sodass er nun wie ein trauriger Spürhund aussah.

»Weiland? Was ist mit Ihnen?«

»Ich rieche Feuer. Hier in der Nähe brennt es.«

»Das wird die Fackel sein – so wie die qualmt«, wiegelte Niemer ab.

»Ich weiß eine Fackel durchaus von einem Feuer zu unterscheiden«, murrte Weiland. »Es scheint vom Landsitz zu kommen.«

Weiland verschwand in der Dunkelheit. Als er wieder in den Lichtkreis trat, sagte er: »Es ist der Landsitz. Von da vorne kann man das Feuer sehen.«

Niemer zerrte an der Kette zwischen den eisernen Handringen, sodass Dennfelder unfreiwillig einen Ausfallschritt machte.

»Haben Sie das Feuer zu verantworten?«

»Es war ein Unfall. Von Marbach hat …«

»Weiland, Sie bewachen den Delinquenten und schauen nach Fräulein Malo. Ich reite zu Herrn von Marbach.«

»Aber …«

»Dennfelder, Sie schweigen! Auf das Verhör mit Ihnen freue ich mich jetzt schon. Aber das muss warten.«

Niemer eilte zu seinem Pferd, saß auf und preschte davon.

»Setzen wir uns erst einmal«, schlug Weiland vor und ließ sich neben Marie Malo nieder. Er sah, dass sich ihr Brustkorb regelmäßig hob und senkte, fühlte nach ihrem Puls und nickte zufrieden.

Dennfelder räusperte sich und sagte: »Ich bin froh, dass Sie da sind.«

Weiland holte einen Schlüssel aus seiner Tasche und schloss Dennfelders Handfesseln auf. Auch einen kleinen Krug Schnaps förderte er aus seiner Satteltasche zutage. »Reiseproviant«, sagte er und zwinkerte Dennfelder zu. »Sie sehen aus, als könnten Sie einen Schluck vertragen.«

»Wie recht Sie haben«, gab dieser zurück und trank gleich mehrere Schlucke.

Friedemann fühlte sich sichtlich wohl. Er legte sich ins Gras, zupfte mit den Fußzehen immer wieder Halme aus und blickte in den abendlichen Himmel.

»Hier, für dich«, sagte Weiland und reichte dem Jungen etwas Brot und eine lederne Flasche. »Nur Wasser«, erklärte er, als er Dennfelders besorgten Blick sah. »Erzählen Sie mal. Was ist auf dem Marbach'schen Anwesen geschehen?«

Dennfelder stärkte sich mit einem weiteren Schluck aus dem Schnapskrug und erzählte, was er an Scheußlichkeiten in Erfahrung gebracht hatte. Er zeigte Weiland die Papiere, die er in von Marbachs Schreibzimmer gefunden hatte und wartete geduldig, bis der Inspektor alles durchgelesen hatte.

Weiland seinerseits setzte Dennfelder ins Bild und berichtete zum Abschluss vom grausigen Fund des toten Lambrecht. Dennfelder war erschüttert.

»Ich wusste, dass ich einen hohen Preis würde bezahlen müssen.«

Weiland verzichtete auf eine Nachfrage, da er Dennfelders Blick bemerkte, den er der immer noch ohnmächtigen Marie Malo zuwarf. Ihm wurde bewusst, dass die Worte nicht ihm gegolten hatten.

Schweigen senkte sich über die behagliche Lichtinsel. Jeder hing seinen Gedanken nach. Bei Friedemann war sich Weiland nicht sicher, es mochte auch sein, dass der Junge schlief.

Dennfelders Augenlider wurden schwer. Die schlaflosen Nächte und die Wirren der letzten Tage forderten mit einem Mal ihren Tribut. Wären nicht die Hufschläge eines nahenden Pferdes zu hören gewesen, er hätte es Friedemann nachgemacht, der mittlerweile leise schnarchte.

Ein Rascheln im Gras kündigte Besuch auf der Lichtinsel an. Niemer erschien mit gerötetem Gesicht.

»Weiland, was liegen Sie hier so faul herum? Warum trägt der Mörder seine Handeisen nicht mehr? Das ist Verrat!«

Weiland erhob sich träge. Verwirrt blickte er auf Niemers Fäuste, die sich um seinen Kragen schlossen. Weilands Kragen platzte und das in zweierlei Hinsicht. Er schlug die Hände von seinem zerrissenen Revers und schrie: »Niemer, es reicht jetzt! Wann erkennen Sie endlich, dass Herr Dennfelder nicht der Mörder ist? Von Marbach war es. Es gibt Beweise und nun hören Sie verdammt noch mal auf, überall Gespenster zu sehen!«

Aufgeschreckt rappelte sich Friedemann hoch und rieb

sich die Augen. Dennfelder legte ihm eine Hand auf die Schulter.

»Das ist Verrat«, wiederholte Niemer heiser und schluchzte. Er sackte in sich zusammen und schlug die Hände vor das Gesicht. Sein dünner Leib bebte. Weiland fiel erst jetzt auf, wie sehr das Hemd um Niemers schmalen Körper schlotterte, wie alt die Hände aussahen, die das gramzerfressene Antlitz nur dürftig bedeckten. Mitleid überkam ihn. Er ging neben Niemer in die Hocke, legte ihm eine Hand auf den Rücken und redete beruhigend auf ihn ein.

»Ich habe es ihr versprochen. Am Grab habe ich ihr geschworen, den Mörder zu stellen«, jammerte Niemer.

»Der Mörder hat seine gerechte Strafe bekommen«, sagte Weiland.

»Ich wollte ihn lebend.«

»Sie quengeln ja schon wieder, das ist ein gutes Zeichen«, feixte Weiland und zog Niemer mit einem Ruck auf die Beine. »Wir reiten jetzt nach Hause.«

Friedemann war beschämt, weil der Oberinspektor seine Fassung verloren hatte. Um sich abzulenken, betrachtete er die schlafende Frau. Er sah, wie ihre Mundwinkel zuckten und sie dann den schwachen Versuch unternahm, die Hand zu heben.

»Sie wird wach!«, rief er.

Dennfelder sprang sofort zu ihr. »Mademoiselle Malo, geht es Ihnen gut? Möchten Sie etwas trinken?«

Ihr schwaches Lächeln war ihm Antwort genug. Behutsam flößte er ihr Wasser ein.

»Mehr«, forderte sie mit schwacher Stimme.

Verblüfft hielt er inne. »Sie können ja sprechen!«

Marie nickte.

Dennfelder fasste sich wieder. »Ich weiß nicht, ob noch mehr Wasser gut wäre. Ihnen könnte schlecht werden.« Als er ihren fragenden Blick auffing, fügte er hinzu: »Weil von Marbach Sie betäubt hat. Manches verträgt sich nicht mit Flüssigkeit.«

Marie schien seinem Gestammel tatsächlich einen Sinn abgewinnen zu können und lächelte ihn dankbar an.

»Wenn Sie möchten, können Sie auf meinem Pferd mitreiten.«

Sie nickte und ließ sich ohne Widerrede von ihm bis zum Sattel tragen.

Wie leicht sie ist, stellte er insgeheim fest, so leicht wie ihre Musik.

Er stieg hinter ihr auf und verfolgte nur nebenbei, wie Niemer und Weiland sich schon wieder gegenseitig provozierten. Friedemann kletterte wieder zu Weiland auf den Sattel.

Auf dem Rückweg ließen sie ihre Pferde nach eigenem Gutdünken laufen. In stillem Einvernehmen schwieg die Gruppe. Etliches musste im Geiste erst einmal sortiert und verarbeitet werden. Dennfelder fürchtete sich vor der Rückkehr. Der Trubel und die Neugier der Menschen widerten ihn an. Am meisten graute ihm vor seinem Geschäft, das er sträflich vernachlässigt hatte. Viele Kunden waren sicherlich bei der Konkurrenz mit offenen Armen empfangen worden. Lambrecht war nicht mehr da. Wer sollte sich nun seine Schimpftiraden anhören? Und wer sorgte künftig dafür, dass er nicht den Boden unter den Füßen verlieren würde?

Dennfelder flüchtete sich in eine mögliche Zukunft. Er sah sich in Konzertsälen verschiedener Großstädte neben hoch dekorierten, internationalen Gästen sitzen. Sein Blick wanderte zur Bühne, auf der Marie eine schwierige Partitur meisterhaft darbot. Ihre Wangen röteten sich sanft, angesichts des tosenden Applauses. Sein Herz schlug vor Stolz schneller. Dennfelder sah sich auf Empfängen, zum ersten Mal fühlte er sich nicht deplatziert – denn neben ihm stand seine bezaubernde Marie. Er sah sich in einem Weinkeller beim Verkosten edler Tropfen, gemeinsam mit Marie, die schelmisch in ein Stück Weißbrot biss. Die Reise gipfelte vor dem Traualtar, ihm zugewandt stand seine Braut. Er lüftete den Schleier, um sie zu küssen – und blickte in Elsa Luises Antlitz. Sein Traum zerplatzte wie eine überreife Pflaume. Die Wärme und Zuversicht, die Marie ihm spendete, waren nur geborgt. Spätestens in Weimar, wenn nicht schon vorher, würde sich Marie von ihm distanzieren. In zwei Wochen würde sie schon überlegen müssen, wie sein Name lautete; und in einem Jahr würde sie auf der Straße an ihm vorbeigehen und ihm allenfalls freundlich zunicken. Gewiss war sie dankbar, aber aus Dankbarkeit würde sie nicht ihr Leben mit ihm verbringen. Ihr Herz blieb ihm für immer verschlossen.

Niemer starrte in die Dunkelheit. Im Gegensatz zu ihm stolperte das Pferd nicht auf seinem Weg. Zuverlässig tat es seinen Dienst. Wie hatte er sich derart irren können? Desdemona hätte sofort gewusst, dass Dennfelder kein Mörder war. Dafür war der Weinhändler viel zu angepasst. Aber eben jenem Weinhändler war es gelungen, hinter von Marbachs Fassade zu sehen. War es vielleicht an der Zeit, seinen Posten zu räumen, Platz zu schaffen für aufstrebende Talente? Von Fritsch wäre sicherlich damit einverstanden. Aber so gänzlich ohne Arbeit zu sein, das widerstrebte Niemer dann doch. Zumal seine Ersparnisse nicht lange reichen würden. Das Loch, das Desdemonas Tod hinterlassen hatte, fraß gierig alles in sich hinein. Vor allem die Freude am Leben. Was war denn das Leben ohne sie? Wie sollte es weitergehen? Niemer entschloss sich, nach Weilands Rückkehr selbst einen Dispens zu beantragen. Der Gedanke an eine ausgiebige Wanderung in den Bergen war verlockend. Ruhe, dachte er, das ist es, was mir fehlt. Einfach nur Ruhe. Alles Weitere ergibt sich von selbst.

Weiland stellte schmunzelnd fest, dass Friedemann im Sitzen eingeschlafen war. Der Kopf des Jungen lehnte an seiner Brust, die Arme hingen entspannt zu den Seiten herab. Weiland war gerührt angesichts dieses Urvertrauens. Ich möchte auf jeden Fall eigene Kinder haben, dachte er vergnügt. Das muss schön sein, wenn man abends nach Hause kommt, den Fratz auf den Knien schaukelt und dabei dämliche Lieder zum Besten geben kann, ohne sich lächerlich zu machen.

Es ist schön, dass sich alles noch vor meinem Dispens gefügt hat.

Seine Gedanken wanderten zu den Dingen, die er einpacken wollte, ein Verpflegungskorb mit Leckereien für die lange Fahrt musste auf jeden Fall auch mit. Ach, er würde es sich einmal so richtig gut gehen lassen.

Die Sonne beschien den Frauenplan, Mägde waren unterwegs, beladen mit Körben. Kutscher machten ihre Fuhrwerke für den neuen Arbeitstag bereit.

»Leben Sie wohl«, sagte Dennfelder gefasst und verbeugte sich vor Marie Malo.

Sie lächelte und nickte ihm zu. Dann legte sie unvermittelt die Arme um ihn und drückte ihn an sich. Unbeholfen strich er mit der Hand über ihren Rücken. Dann trat sie einen Schritt zurück und sah verlegen zu den beiden Inspektoren. Weiland sagte: »Ich habe nichts gesehen, was unschicklich wäre. Nun schauen Sie nicht so. Diese Geste von Herzen hat sich Herr Dennfelder ja nun wirklich verdient.«

Dennfelder räusperte sich. »Nun, dann werde ich jetzt wohl nach Hause gehen.«

Weilands Händedruck war kräftig, Niemers leblos. Dennfelder sah sich ein letztes Mal um, dann schritt er zügig aus, das Pferd trottete müde neben ihm her.

Auch Niemer verabschiedete sich. Kurze Zeit später stand Weiland mit Friedemann und Marie Malo im Empfangsraum des Schwanen. Der Wirt warf ihnen misstrauische Blicke zu, was ihm nicht zu verdenken war. Sie waren allesamt schmutzig und erschöpft. Friedemann trug keine Schuhe und grub seine Fußzehen in den weichen Teppich.

»Wir möchten bitte zu Herrn Malo«, sprach Weiland den Mann hinter dem Tresen an.

»Wir haben sieben Uhr in der Früh, er schläft sicher noch. Das Frühstück hat er für acht Uhr auf sein Zimmer bestellt.«

»Ich bin sicher, er wird gerne aufstehen. Sagen Sie ihm einfach, seine Tochter ist hier.«

Dem Wirt blieb der Mund offen stehen. »Sie sind die …«

»Genau jene. Sie ist wieder da und wohlauf. Würden Sie nun bitte Herrn Malo Bescheid geben?«

Der übergeworfene Morgenmantel von Herrn Malo klaffte auseinander und gab ein Nachtgewand frei, für das Weiland gut und gerne zwei Monate würde arbeiten müssen.

»Mein Kind«, stammelte Malo und blieb fassungslos vor seiner Tochter stehen. »Was haben sie dir nur angetan! Dieses Fräulein Wielbach braucht mir nicht mehr unter die Augen zu treten. Ich werde sie entlassen. Wo ist sie überhaupt?«

Marie legte ihrem Vater beschwichtigend die Hand auf den Arm und lächelte ihn müde an.

»Mein armes Kind, so erschöpft bist du. Wirt, bitte quartieren Sie meine Tochter in meinem Zimmer ein. Ein Bad wäre auch genehm.«

»Für mich gibt es hier nichts mehr zu tun«, sagte Weiland und verbeugte sich.

»Vielen Dank, dass Sie mir mein Kind zurückgebracht haben«, sagte Malo. Es klang hölzern. Vermutlich bedankte er sich nicht oft. Aber es klang ehrlich.

»Ich wünsche Ihnen beiden von Herzen alles Gute weiterhin. Geben Sie auf sich acht«, sagte Weiland.

Vor der Tür blinzelte Friedemann Weiland an. »Ich gehe dann auch heim. Mein Vater wird mir eine schöne Tracht Prügel verpassen, aber das war's wert.«

»Sag deinem Vater, wenn er dich anrührt, gefährdet er deine Anstellung bei der Polizei. Wir können zuverlässige Burschen wie dich immer gebrauchen. Und dass du was taugst, hast du ja hinlänglich bewiesen.«

Friedemann sah ihn mit einer Mischung aus Stolz und Verlegenheit an. Dann reichte ihm der Junge die Hand und sagte: »Ich werd's mir überlegen.«

Eine Sache hatte Weiland noch zu erledigen. Er hatte Niemer versprochen, auf dem Nachhauseweg kurz in der Hauptwache vorbeizusehen und sich auf den neuesten Stand zu bringen. Bei einigen Stunden gemeinsamer Abwesenheit konnte viel geschehen sein. Und tatsächlich wurde er von Grobschrot, der seit einer Stunde auf seine Wachablösung wartete und dementsprechend schlechter Dinge war, informiert, dass ein Verdächtiger in der Arrestzelle säße.

»Das hat Zeit, Grobschrot.«

»Nein, es hat mit Ihrem Fall zu tun. Die Wachen haben ihn aufgegriffen.«

Weiland seufzte und öffnete die Tür. Der Anblick des zerzausten Mannes entlockte ihm ein breites Lächeln.

»Herr Brückner, das trifft sich ja hervorragend.«

»Ich weiß nicht, was das zu bedeuten hat, dass man mich einfach so festnimmt. Ich verlange eine Erklärung.«

»Die werden Sie bekommen.«

Weiland fasste die Geschehnisse der letzten Nacht zusammen und sah, dass Brückner immer blasser wurde. Als er wild auf den Nägeln zu kauen begann, schloss Weiland mit den Worten: »Ihre Marie habe ich höchstpersönlich in den Schwanen gebracht. Ich denke, ihr Vater wird gut auf sie aufpassen. So wie ich Herrn Malo einschätze, weiß er gute Kunst zu würdigen. Wenn Sie sich also ein wenig Mühe geben, könnte es durchaus sein, dass er Sie vielleicht einmal mit Marie spazieren gehen lassen wird. Ich wünsche Ihnen, dass die neue Zofe ein angenehmes Wesen besitzt und nicht zu genau hinsieht.«

Brückners Gesichtsfarbe kehrte zurück. Er nahm Weilands Hände in seine Pranken, schüttelte sie wild und bedankte sich wieder und wieder.

»Aber eines müssen Sie mir versprechen, Herr Brückner. Mit der Schädeljägerei ist nun Schluss. Konzentrieren Sie sich lieber darauf, die richtigen Worte anstelle alter Knochen auszugraben.«

»Das werde ich. Haben Sie vielen Dank.« Brückner lief aus der Hauptwache. Er pfiff vergnügt eine lustige Weise.

Zufrieden trat Weiland hinter ihm auf die Straße, hielt sein Gesicht in die Sonne und freute sich auf die Ostsee.

Die Tür glitt leise hinter ihm ins Schloss. Dennfelder lehnte sich erschöpft dagegen. Es hatte ihn tatsächlich Überwindung gekostet, sein Haus zu betreten. So viel war passiert, seit er das letzte Mal hier gewesen war. Und hier gab es niemanden, der ihn erwartete oder aufgeregt um ihn herumlief. Die dienstbaren Geister gingen wahrscheinlich irgendwo im Haus unbekümmert ihrem Tagwerk nach – oder hatten das sinkende Schiff längst verlassen.

Plötzlich meinte er, Martha Starken zu hören. Ihre Stimme kam von oben, hallte durch das Treppenhaus und verschwand unter den Türritzen, um gleich dahinter weiter ihr Unwesen zu treiben. Doch er wusste, sie war fort, weit fort, zusammen mit Elsa Luise.

Als er an Lambrecht dachte und ihn im Geiste langsam die Treppe herunterkommen sah, immer eine Stufe nach der anderen, langsam und bedächtig, löste sich eine Träne aus seinem Augenwinkel. Sie hinterließ ihre Spur entlang der geraden Linien, die sein ernster Gesichtsausdruck vorgab. Als sie seinen Kieferknochen erreichte, wischte er sie entschlossen fort. Es hatte keinen Sinn, er musste sein Leben fortführen. Ein neuer Tag war angebrochen und es wartete Arbeit auf ihn.

Dennfelder setzte sich in Bewegung. Ein heißes Bad würde zumindest die sichtbaren Spuren der letzten Tage beseitigen und ein paar frische Kleidungsstücke seinem Wohlgefühl wieder auf die Sprünge helfen.

Als er seinen Fuß auf die unterste Treppenstufe setzte, öffnete sich eine Tür hinter ihm.

»Adrian?«

Dennfelder drehte sich um. In der Tür zur Bibliothek stand seine Frau. Erst dachte er, auch sie wäre eine Illusion, doch sie verschwand nicht wie die anderen. »Elsa Luise? Bist du es wirklich?«

Elsa Luise eilte auf ihn zu. Nur kurze Zeit später drückte sie sich an ihn. Unsicher strich er ihr über das Haar. »Elsa Luise, was ist los? Ist etwas passiert? Ist etwas mit deiner Mutter?«

Elsa Luise löste sich von ihm und sah ihn erstaunt an. »Adrian, was redest du? Was mir passiert sei? Ich habe mir solche Sorgen um dich gemacht!«

Erst jetzt sah Dennfelder ihre geröteten Augen. »Ich nehme an, deine Mutter …«

»Nein, sie ist nicht hier. Aber Adrian, deine Kleidung, dein Gesicht, du brauchst dringend ein Bad! Komm mit mir.« Elsa Luise griff ihn entschlossen an der Hand und zog ihn die Treppe hinauf.

»Das Wasser. Jemand muss …«

Elsa Luise drehte sich um. Traurig sah sie ihn an. »Oh Adrian, es tut mir so leid. Lambrecht ist … Lambrecht kann nicht …«

Dennfelder nickte. »Ich weiß.«

Sie drückte seine Hand. »Dabei mochtest du ihn so gern.« Dann drehte sie sich um und zog ihn weiter. »Lambrecht wird uns fehlen. Doch wir werden jemanden finden. Genau wie für das Geschäft. Ich habe heute mit jemandem gesprochen, der …«

»Du hast was?« Dennfelder wollte stehen bleiben, doch die Hand seiner Frau zog ihn einfach weiter. Fast wäre er gestolpert.

»Du warst nicht da und irgendjemand musste sich ja um das Geschäft kümmern.«

»Sicherlich wird das deine Mutter arrangiert haben«, knurrte Dennfelder.

Nun blieb Elsa Luise doch stehen. Entrüstet drehte sie sich um. »Meine Mutter? Wenn sie sich nicht bei dir entschuldigt, kann sie gern für immer bleiben, wo sie ist!«

Das verschlug Dennfelder nun doch für einen Moment die Sprache. »Elsa Luise, du bist … Ich kann … Was ist passiert?«

Ein Lächeln huschte über ihr Gesicht. »Was passiert ist? Nichts ist passiert. Ich bin deine Frau, Adrian, hast du das vergessen?«

Dennfelder sah sie lange an. Nein, dachte er, das habe ich nicht vergessen. Doch zum ersten Mal fühlte es sich richtig an.

Nachwort

Liebe Leserinnen und Leser, sicherlich haben Sie sich schon gefragt, wie es möglich ist, einen Weimar-Roman zu Zeiten Goethes ohne Goethe zu schreiben?

Tatsächlich befand sich der Geheimrat zur Zeit der Weimarer Vorlesungen Doktor Franz Josef Galls auf Reisen. Als glühender Verehrer des Wiener Doktors und seiner Lehre hatte er jedoch bereits in Halle die Gelegenheit wahrgenommen, die Vorlesung des Phrenologen zu besuchen. Durch private Begegnungen konnten sie ihre Bekanntschaft vertiefen, Zeitdokumente belegen den gegenseitigen Respekt, den beide füreinander empfanden. Wir haben uns entschlossen, Goethe für unsere Geschichte nicht früher nach Hause zu holen, auch wenn es sicherlich spannend gewesen wäre, Goethe auf Platz Eins von Victor von Marbachs grausiger Liste zu sehen.

Ganz herzlich möchten wir den Mitarbeitern des Stadtarchivs in Weimar danken, die unsere Recherche mit allen Mitteln unterstützten. Bei Herrn Heiner Grosch, ›unserem‹ Wirt vom Hotel ›Zur Sonne‹, der uns mit zeitgeschichtlichen Informationen aus dem 19. Jahrhundert über sein Haus versorgte und uns sogar eine knapp 200 Jahre alte Rechnung präsentieren konnte. Er stellte für uns den Kontakt zu Herrn Weh her, der sich lange Zeit bis zu seiner Pensionierung als Fremdenführer in Weimar verdingte. Herr Weh führte uns zu Schillers ursprünglichem Grab, erzählte uns lustige und schaurige Anekdoten und sorgte dafür, dass die Weimarer Klassik vor unseren Augen lebendig wurde.

Ein Danke, wie es größer nicht sein kann, gebührt Andreas Hohmann für geduldigen Rat und zahlreiche Denkanstöße. Ein Dankeschön an die Mitarbeiter des Gmeiner-Verlags für die Realisierung des Buches – und insbesondere an unseren Lektor René Stein für das Engagement und seine wertvolle Hilfe.

Unseren Familien schulden wir mindestens eintausend schreibfreie Stunden gemeinsamer Zeit und hoffen, dass sie sich mit einer Ratenzahlung einverstanden erklären.

Liebe Leserinnen und Leser, wir hoffen, dass Ihnen die Lektüre viel Spaß bereitet hat. Die Abenteuer in historischen Gefilden werden – wenn alles gut geht – fortgesetzt.

Meike Schwagmann und Christiane Gref

Weitere historische Romane finden Sie auf den folgenden Seiten und im Internet: www.gmeiner-verlag.de

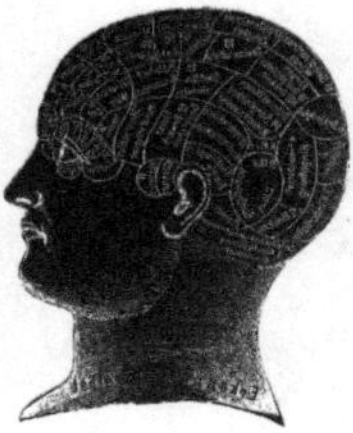